PARTNER GESUCHT PARTNER GESUCHT PARTNER GESUCHT PARTNER GESUCHT
GESUCHT PARTNER GESUCHT PARTNER GESUCHT PARTNER GESUCHT PARTNER
PARTNER GESUCHT PARTNER GESUCHT PARTNER GESUCHT PARTNER GESUCHT
GESUCHT PARTNER GESUCHT PARTNER GESUCHT PARTNER GESUCHT PARTNER
PARTNER GESUCHT PARTNER GESUCHT PARTNER GESUCHT PARTNER GESUCHT
GESUCHT PARTNER GESUCHT PARTNER GESUCHT PARTNER GESUCHT PARTNER
PARTNER GESUCHT PARTNER GESUCHT PARTNER GESUCHT PARTNER GESUCHT
GESUCHT PARTNER GESUCHT PARTNER GESUCHT PARTNER GESUCHT PARTNER
PARTNER GESUCHT PARTNER GESUCHT PARTNER GESUCHT PARTNER GESUCHT
GESUCHT PARTNER GESUCHT PARTNER GESUCHT PARTNER GESUCHT PARTNER
PARTNER GESUCHT PARTNER GESUCHT PARTNER GESUCHT PARTNER GESUCHT
GESUCHT PARTNER GESUCHT PARTNER GESUCHT PARTNER GESUCHT PARTNER
PARTNER GESUCHT PARTNER GESUCHT PARTNER GESUCHT PARTNER GESUCHT
GESUCHT PARTNER GESUCHT PARTNER GESUCHT PARTNER GESUCHT PARTNER
PARTNER GESUCHT PARTNER GESUCHT PARTNER GESUCHT PARTNER GESUCHT
GESUCHT PARTNER GESUCHT PARTNER GESUCHT PARTNER GESUCHT PARTNER
PARTNER GESUCHT PARTNER GESUCHT PARTNER GESUCHT PARTNER GESUCHT
GESUCHT PARTNER GESUCHT PARTNER GESUCHT PARTNER GESUCHT PARTNER
PARTNER GESUCHT PARTNER GESUCHT PARTNER GESUCHT PARTNER GESUCHT
GESUCHT PARTNER GESUCHT PARTNER GESUCHT PARTNER GESUCHT PARTNER
PARTNER GESUCHT PARTNER GESUCHT PARTNER GESUCHT PARTNER GESUCHT
GESUCHT PARTNER GESUCHT PARTNER GESUCHT PARTNER GESUCHT PARTNER
PARTNER GESUCHT PARTNER GESUCHT PARTNER GESUCHT PARTNER GESUCHT
GESUCHT PARTNER GESUCHT PARTNER GESUCHT PARTNER GESUCHT PARTNER
PARTNER GESUCHT PARTNER GESUCHT PARTNER GESUCHT PARTNER GESUCHT

D1753175

Zukunftswerkstatt MARIPOSA Ein Kulturprojekt

Im alten Arabien erbte Mamun, Sohn von Harun al Rashid, eine Stadt, die sich in Unordnung und am Rande des Ruins befand. Es waren vor allem persische Händler, die auf den Märkten mit den Bürgern der Stadt stritten. Als sie merkten, wie willenlos diese bereits waren, fühlten sie sich zu Wucher und Unterdrückung ermutigt. Dem jungen Prinzen war angeraten worden, ein neues Gesetzbuch zu erlassen und weitere Gesetze durchzusetzen, was er schließlich auch tat. Die Folge war jedoch, daß sich die Streitereien vervielfachten, die Bürger verarmten und die Händler sich von der Stadt abwandten. In seiner Verzweiflung überlegte sich Mamun einen Ausweg. Heimlich versammelte er eine Anzahl auswärtiger Handwerker und Künstler, trug ihnen auf, in Elfenbein und teuren Hölzern das Abbild einer von Schönheit geprägten Stadt zu fertigen, deren Entwurf er selbst ausgeführt hatte. Zur Nachtzeit brachte er dann das Kunstwerk selbst zur Hauptmoschee, wo er es hinter einem edlen Vorhang versteckte. Alsdann erließ Mamun ein Gesetz, nach dem jeder Reisende und Händler, der die Stadt betrat, zuerst in diese Moschee gehen mußte, um andächtig zu beten. Dann verpflichtete man sie zu Stillschweigen, und das Abbild dieser wunder- schönen Stadt wurde ihnen enthüllt. Den Bürgern wurde sofort aufgrund des veränderten Betragens der Fremden klar, daß diese eine erhabene Erscheinung geschaut hatten, über die sie nicht sprechen konnten oder es nicht wagten. Sie verlangten danach, es ebenfalls zu sehen. Das war es, was Mamun sich gewünscht hatte: Sie wurden alle eingelassen, einer nach dem anderen, unter den gleichen Auflagen. Nun sah man, daß die Herrschaft der Künste erfolgreicher war als die der Gesetze, denn das Volk ging, durch den Anblick des Abbildes verändert, friedlich seinen Geschäften nach. Allmählich und auf leisem Wege kehrten wieder Ordnung, Frohsinn und Wohlstand in den Ort. Und in ihrem Wiederaufbau glich die Stadt, die Mamun geerbt hatte, der Stadt seiner Träume.   Aus 1001 Nacht.

"Wenn wir die positiven Kräfte der Bildung und der nachhaltigen Entwicklung, der Globalisierung und Informationstechnologie, der Demokratie und des verantwortungsbewußten Stadtmanagements, der stärkeren Rolle der Frauen sowie der Zivilgesellschaft nutzen, dann können wir auch Städte der Schönheit, Ökologie, Wirtschaft und einer sozialen Gerechtigkeit schaffen. Damit die Städte diese Aufgaben auch optimal wahrnehmen können, müssen sie von nationalen und regionalen Regierungen mit angemessenen Kompetenzen und Finanzen ausgestattet werden. Die Städte sollen ihr historisches Erbe wahren und Orte werden, wo Kunst, Kultur, Architektur und Landschaft den Bürgern Freude, Befriedigung und Inspiration bringen."

Auszug aus der Berliner Erklärung der WELTKONFERENZ URBAN 21.

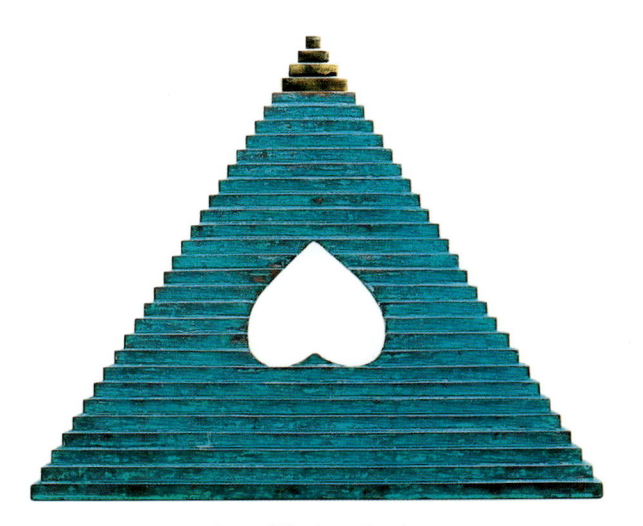

Petrus Wandrey, Spardose

Ich kann nicht sagen, ob es besser wird, wenn es anders wird;
aber ich weiß, daß es anders werden muß, wenn es besser werden soll.

                                              G.C. Lichtenberg

ZUKUNFTS WERKSTATT MARIPOSA

Lageplan

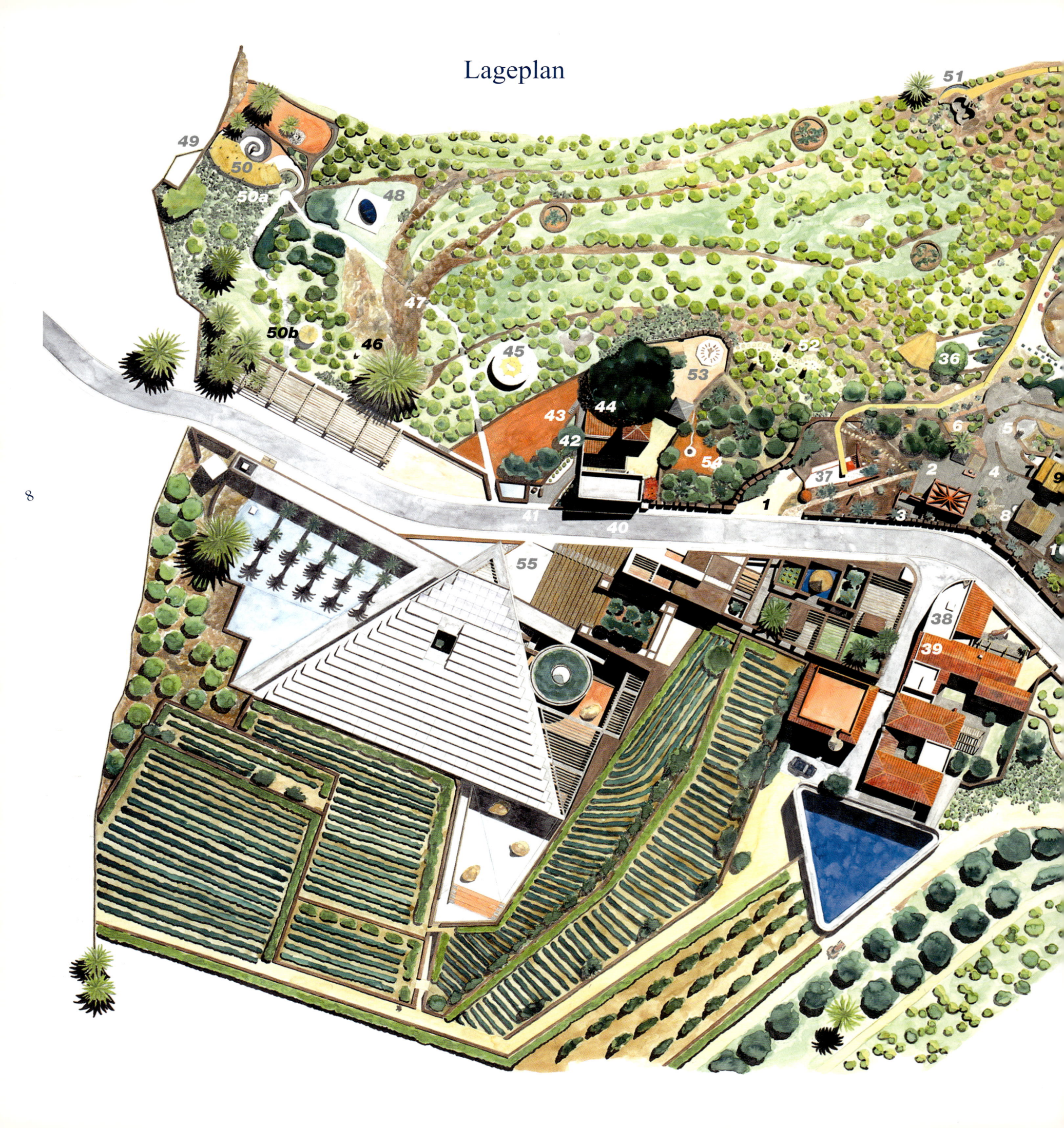

1	Nord-Eingang mit Erdkugel-Skulptur
2	Sternhaus mit Bronze-Skulptur und Stein-Fluß
3	Sternhaus / Waschhof
4	UR-Prinzip
5	Skulptur von Erich Hauser
6	Lesebank, Vogelhaus
7	Studio
8	Haus der Stille
9	Belvedere
10	Platz der Schwarzen Madonna
11	Weg mit Holzskulptur von Lars Zech
12	Steinblumenplatz
13	Zen-Treppe
14	Schmetterlings-Skulptur
15	Bronze-Kaktus
16	Skulptur von Martin Bialas
17	Gewürzgarten
18	Boccia-Bahn
19	Treppe aus roten Lajas
20	Wasserkinetisches Objekt von Jens Loewe
21	Kakteengarten / Zisterne
22	Wasserbecken mit Sitzsteinen
23	Sommerküche
24	Lao-Tse-Treppe
25	Freidusche
26	West-Eingang, Installation von Ursula Stalder
27	Tagoror
28	Helarium von Yves Opizzo
29	Terrasse Badehaus
29a	Tanzplatz von Thomas Stimm und Uta Weber
30	Jurtenplatz von Florian Geiger
31	Pflanztröge und Mandala von Ivan Surikov (Wanja)
32	Torbogen mit Janus-Kopf-Skulptur
33	Materiallager
33a	Skulptur von Thomas Stimm
34	Skulptur von Johannes Brus
35	Einer der sechs Steinkreise von Herman de Vries
36	Rotes Forum
37	Galeria M
38	Palomahaus
39	Finca
40	Casa Blanca
41	Brunnen La Esperanza
42	Torbogen mit Tor von Tobias Hauser
43	Rosen-WC von Jan Hooss
44	Pfefferbaum, Vorplatz Bodega, Casa Dobermann
45	Mongolen-Jurte
46	Sylphe von Nicolae Rosu
47	Barranco und Glasblumenteppich
48	EL PAN Skulptur von Thomas Kahl
49	Wandinstallation Genesis, Keramikarbeit von 11 Kindern
50	Spiral-Platz mit Amethyst-Druse
50a	Vogeltränke von Jürgen Rustler
50b	Tor von Jan Hooss
51	Kreativ-Grotte von Sylvia und Toni Reich
52	Bienengarten von Jeanette Zippel
53	Tanzplatz Oktogon von Ivan Surikov (Wanja)
54	Roter Platz
55	Geplantes Museum, Ausstellungsraum und Hausmeister-Wohnung (alternativ: Wohnanlage)

Isometrie von Georg A. Hermann

Diejenigen, welche schöne Absichten in schönen Dingen entdecken, haben Kultur.
Sie sind unsere Hoffnung.

Oscar Wilde

KÜNSTLER: Ulrike Arnold · Holger Bär · Bernd Bauer · Mark Boyle · Johannes Brus · Herman de Vries · Hartmut Elbrecht · Günter Förg · Gloria Friedmann · Horst Gläsker · Rudolf Hanke · Robert Hartmann · Erich Hauser · Tobias Hauser · Sabine Holz · Jan Hooss Thomas Huber · Alex Hubrig · Peter Hutchinson · Alfredo Jaar · Thomas Kahl · Jürgen Kleinmann · Herbert Koller · Josef Kosuth Sabine Kühne · Frank Labudda · Magdalena Maihoefer · Alfred Meyerhuber · Heinz-Josef Mess · Rune Mields · Bruno Müller-Meyer Nils-Udo · C.O. Paeffgen · Sylvia und Toni Reich · Vera Röhm · Ulrich Roesner · Nicolae Rosu · Peter Schütz · Ursula Stalder · Thomas Stimm · Ivan Surikov (Wanja) · Pompeo Turturiello · Ulrike Theisen · Fernando Villaroya · Harald Voegele · Uta Weber · Josef Wolf Lars Zech · Ulrike Zilly · Jeanette Zippel. FOTOGRAFEN: Gert von Bassewitz (11) Erwin Fieger (18) Norbert Försterling (42) Andreas Götz (60) Roland Halbe (43) Wolfgang Horny (4) Frank Kistner (3) Nikolaus Koliusis (3) Jörg Lange (3) Helga Müller (26) Ulrich Roesner (5) Uwe H. Seyl (37) Heinz Witthoeft (10). AUTOREN: Björn Engholm · Ina-Maria Greverus · John Hormann · Ervin Laszlo · Gilbert Lenssen · Konrad Lorenz · Norbert Meyer · Hans-Jürgen Müller · Helga Müller · Bruno Müller-Meyer · Marko Pogačnik · Joachim Rossbroich · Johann-Karl Schmidt · Oliver W. Schwarzmann · Petra Weingart · Richard von Weizsäcker · Jens Wodzak · Beat Wyss

Künstler, die geholfen haben Mariposa zu realisieren
sowie Fotografen und Autoren, die wesentlich zur Herausgabe
dieses Buches beigetragen haben.

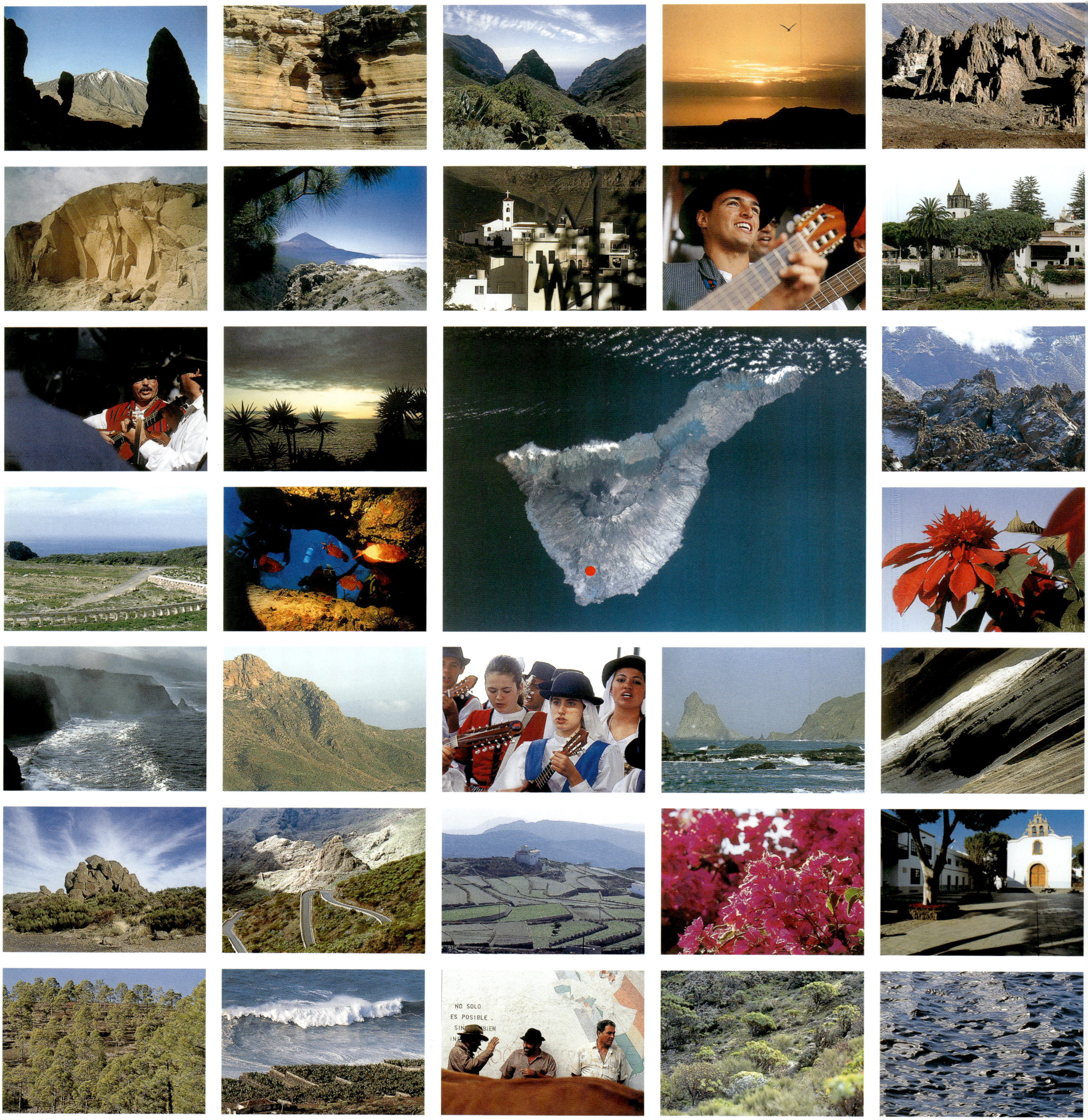
NO SOLO
ES POSIBLE .

Nachdem ich die Ufer des Orinoco, die Cordilleren von Peru und die schönen Täler von Mexiko durchwandert, muß ich gestehen, nirgends ein so mannigfaches, so anziehendes, durch die Verteilung von Grün und Felsenmassen so harmonisches Gemälde vor mir gehabt zu haben ...

Alexander von Humboldt

Ein Juwel der Schöpfung

So wie der große Naturforscher 1799 empfand, als er Teneriffa, die größte der Kanarischen Inseln, durchwanderte, so empfinden wir heute noch: Es gibt kaum ein Reiseland im europäisch-afrikanischen Raum, das beglückender, reizvoller, vielfältiger wäre. Mit Superlativen sollte man vorsichtig sein, aber einer darf hier Anwendung finden: Teneriffa hat das beste Klima der Welt. Es ist ausgeglichen und während des gesamten Jahres äußerst mild. Die Temperaturen schwanken zwischen 17,5 °C im Januar und 25 °C im August. Der Jahresdurchschnitt liegt bei 20 °C.

Ein Ausläufer des Golfstroms, heiße südliche Sonne und nicht zuletzt der ständige, eine angenehme Frische erzeugende Nordpassat bestimmen das Wetter. Die Temperaturen des Atlantiks schwanken zwischen 18 °C im Februar und 23 °C im August. Der Passat ist für den gebirgigen Westteil der Regenbringer, und zwar vorwiegend im Winter. Die Vielfalt der Landschaft ist eindrucksvoll, viele Gegensätze erfreuen die Erlebnisfähigkeit des Auges. Immergrüne Kiefernwälder wechseln mit subtropischen Zonen, almartigen Bergwiesen, Geröllhalden und hochalpinen Bergzonen.

Den geometrischen und optischen Schwerpunkt bildet der majestätische, nahezu 4000 Meter hohe Teide. Er ist der höchste Berg Spaniens, dessen malerischer Kegel aus dem riesenhaften Urkrater der Cañadas herauswächst.

Die meisten steilen Abhänge dieser großartigen Bergwelt werden von tiefeingeschnittenen Erosionstälern zerfurcht. Die Kanarischen Inseln haben sich im Tertiär über einem unterseeisch mit dem afrikanischen Atlasgebirge verbundenen Höhenzug aufgebaut. Vor vielen Millionen Jahren muß eine Landverbindung bestanden haben, so daß Flora und Fauna ausgesprochen mittelmeerisch anmuten. Obwohl die meisten Tiere den gewaltigen Eruptionen zum Opfer gefallen sind, bildeten die Inseln eine Konservierungsstätte für wärmebedürftige Pflanzen, für die der Drachenbaum ein Paradebeispiel ist. Er gilt heute als Wahrzeichen des Kanarischen Archipels und soll bereits zur Zeit Christi existiert haben. Das faunische Gegenstück dazu ist die aus dem Tertiär stammende Echse Lacerta simonyi, die als eine der wenigen größeren Tiere die infernalische Neugeburt der Inseln überlebt hat.

„Glückliche Inseln" nannten die alten Griechen die Inselgruppe im Atlantik, unweit des nördlichen Wendekreises, wo zur Zeit der Sonnenwende der Planet senkrecht über der Erde steht. Teneriffa liegt etwa auf demselben Breitengrad wie Miami in Florida und Kairo.

Die Schönheit der Inseln, das gesunde Klima, 320 Tage Sonne – das alles hat leider in den vergangenen Jahren zu einer unüberlegten Bebauung der Küstengebiete geführt. Doch ist die Insel Teneriffa mit über 2000 km² groß genug, um stundenlange Spaziergänge in absoluter Einsamkeit machen zu können. Wem allerdings Ruhe und Stille kein Anliegen sind, den erwartet in der fast 300.000 Einwohner zählenden Metropole Santa Cruz ein Hauch von südlicher Großstadt.

Hans-Jürgen Müller

Die Abbildungen der gegenüberliegenden Seite zeigen die Schönheit der Landschaft, von der Alexander von Humboldt fasziniert war. Außerdem einige typische Häuser und Menschen während einer kanarischen Fiesta.
In der Mitte ein Satellitenfoto der Insel. Der rote Punkt markiert den Standort des Projektes.

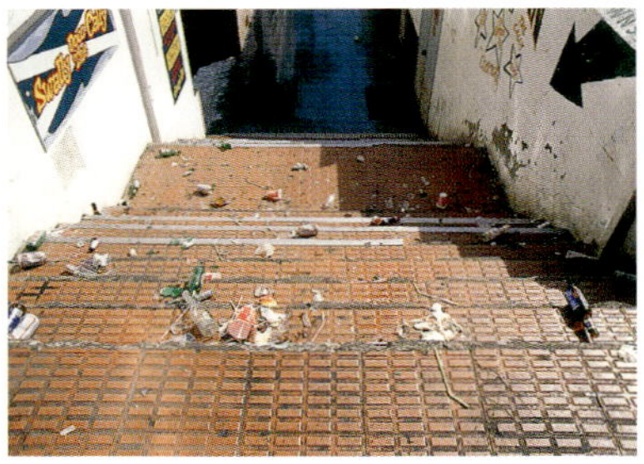
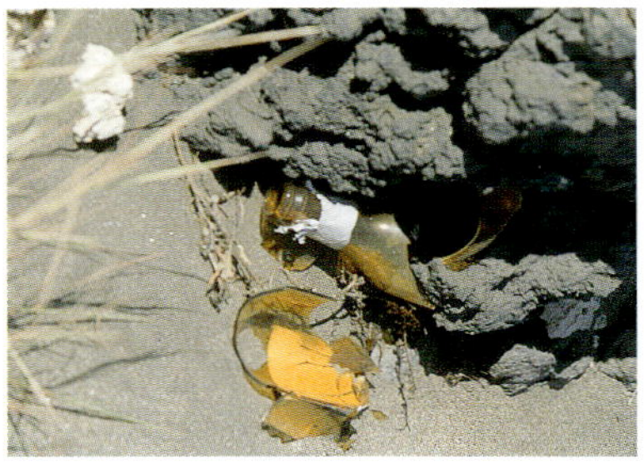
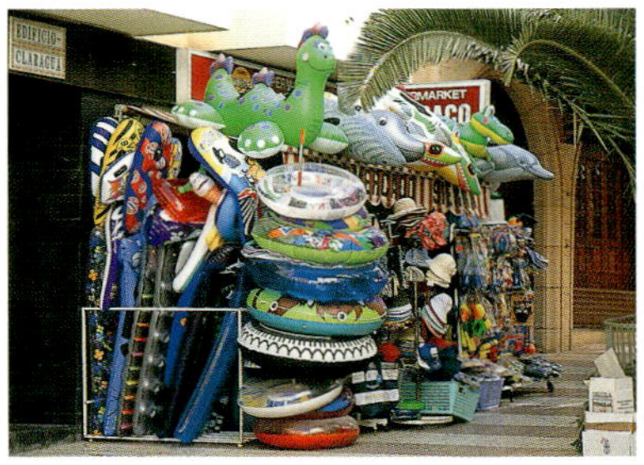
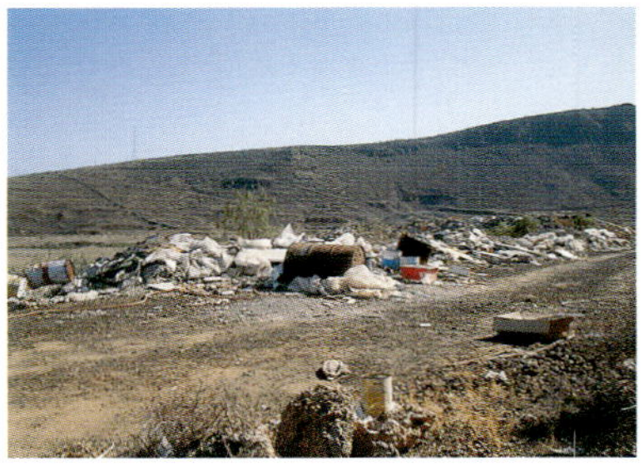
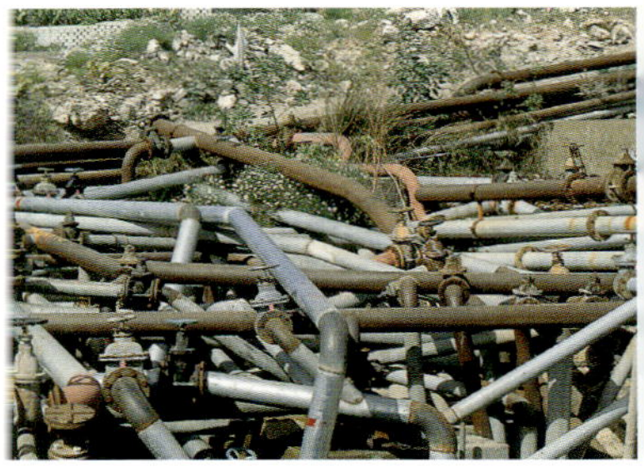
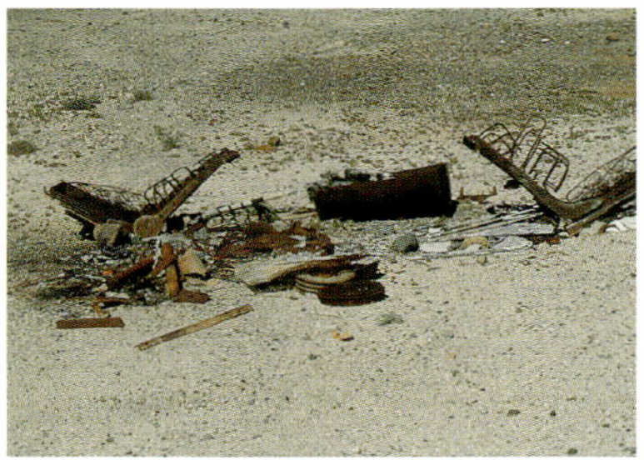
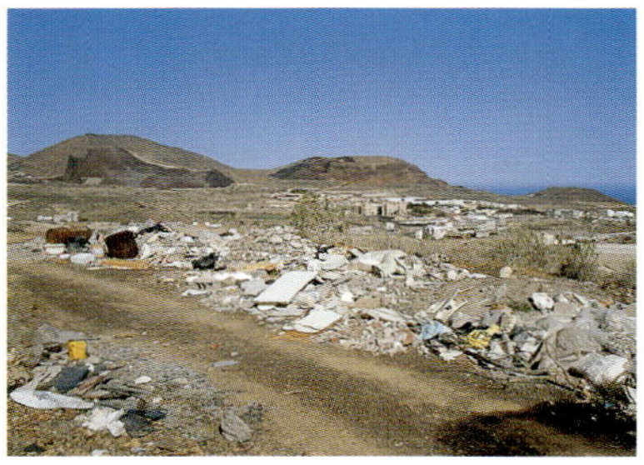
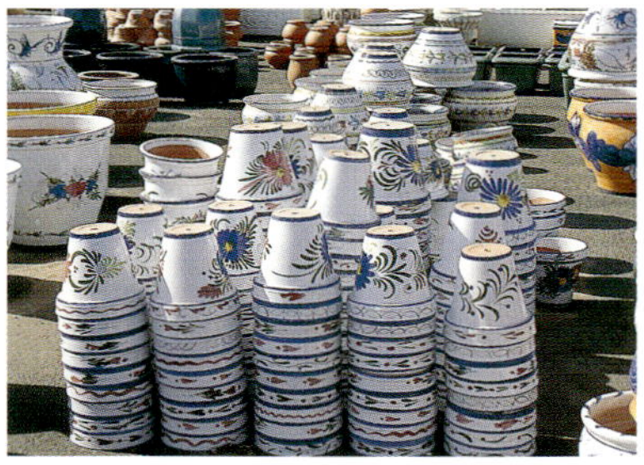
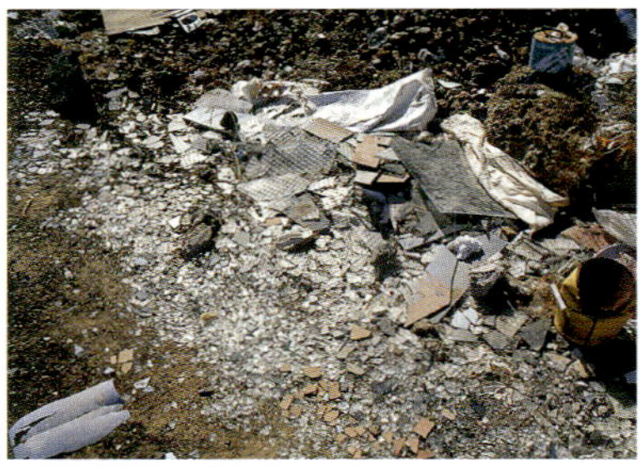
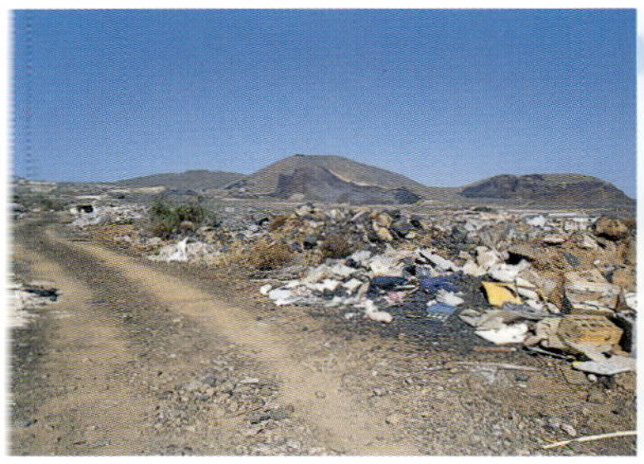
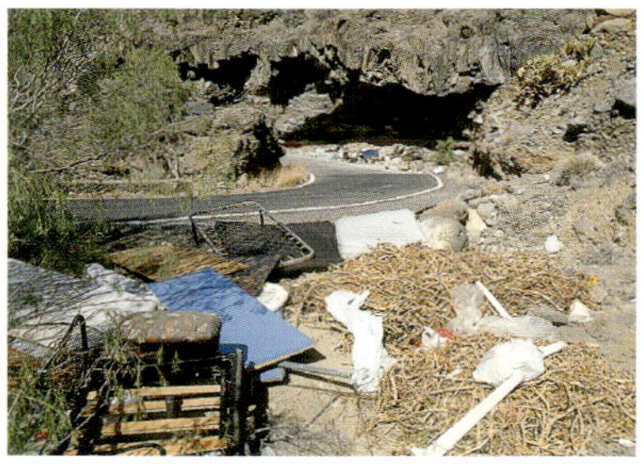
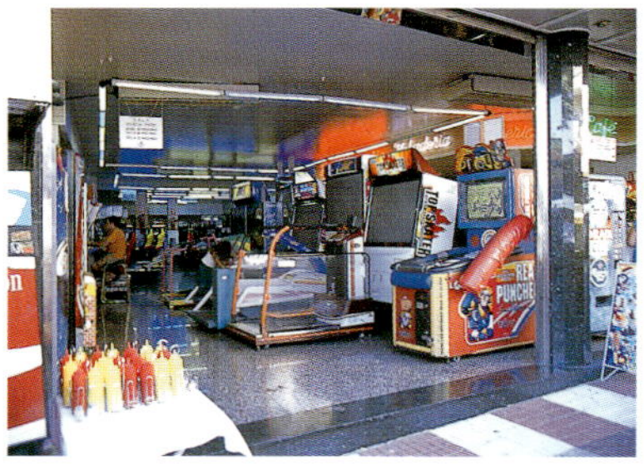
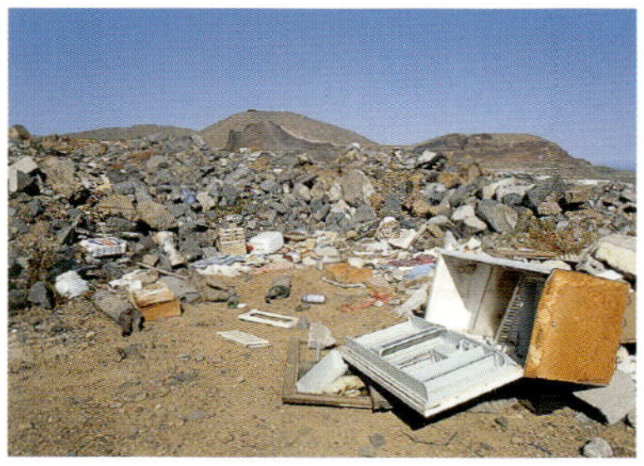
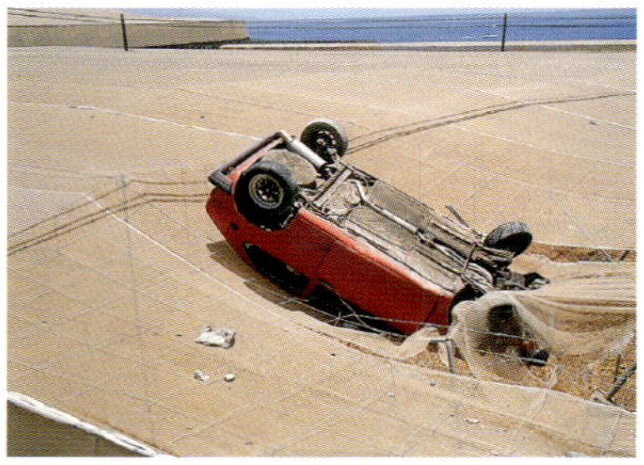
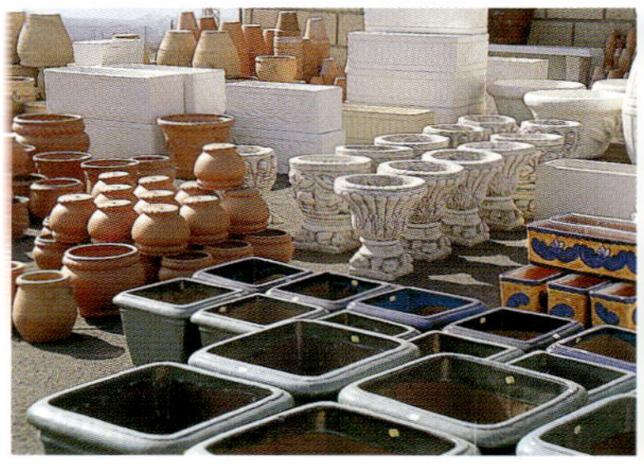
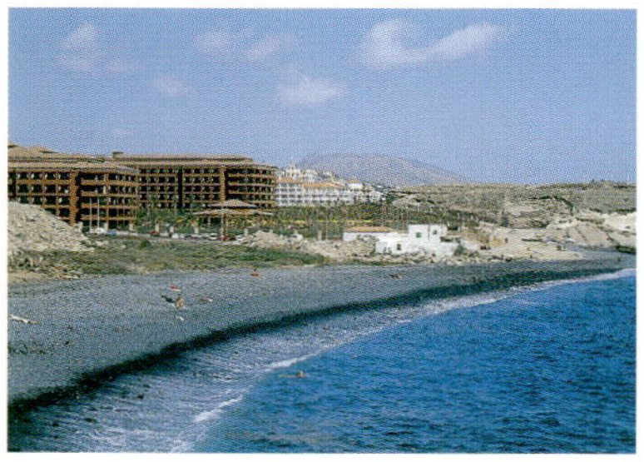
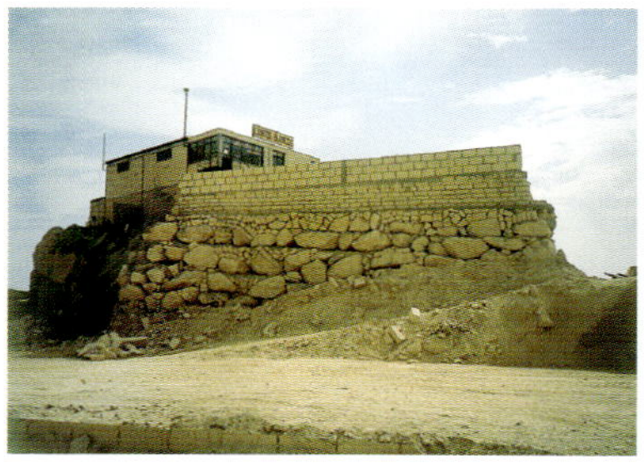
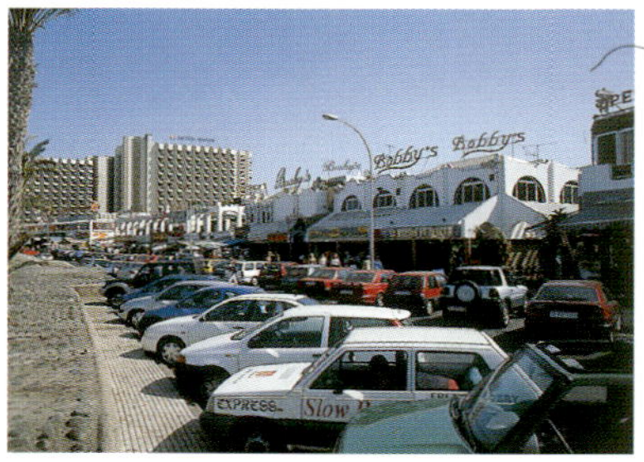
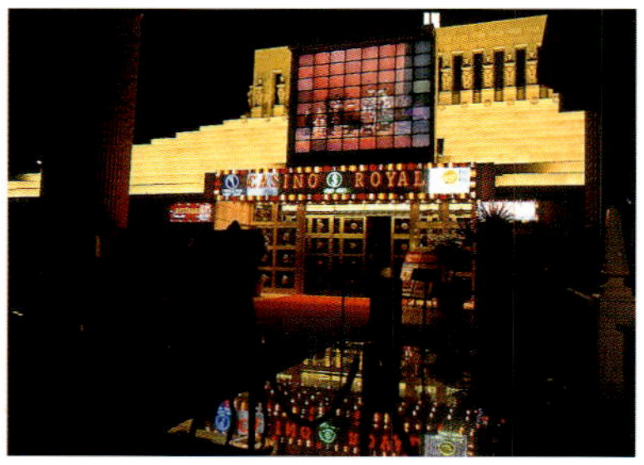
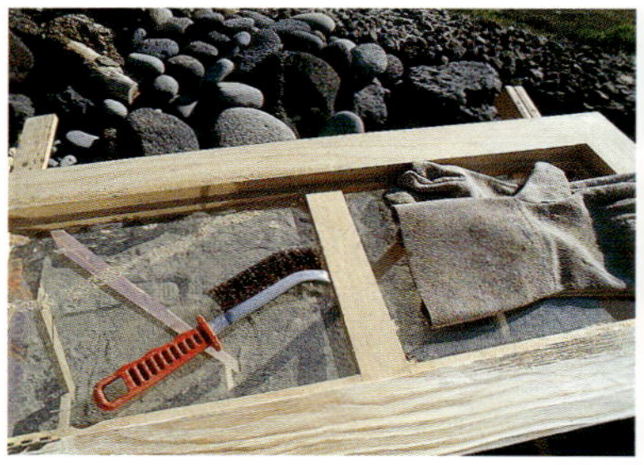
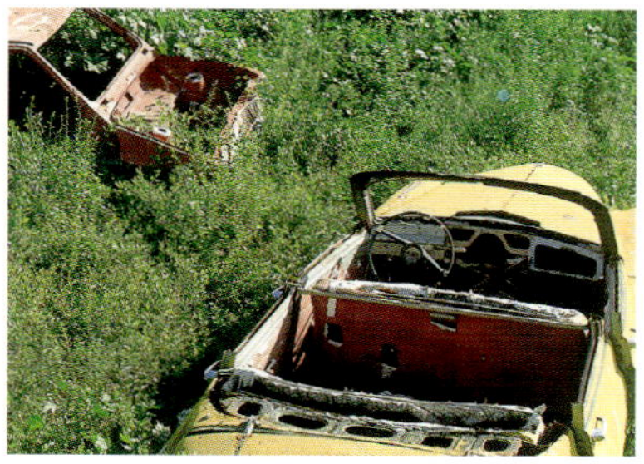
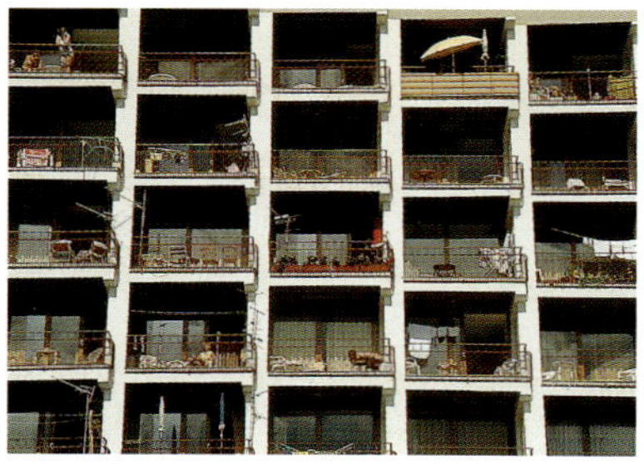
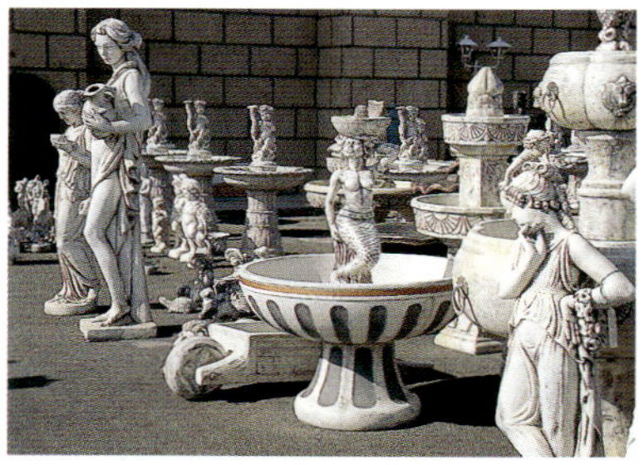
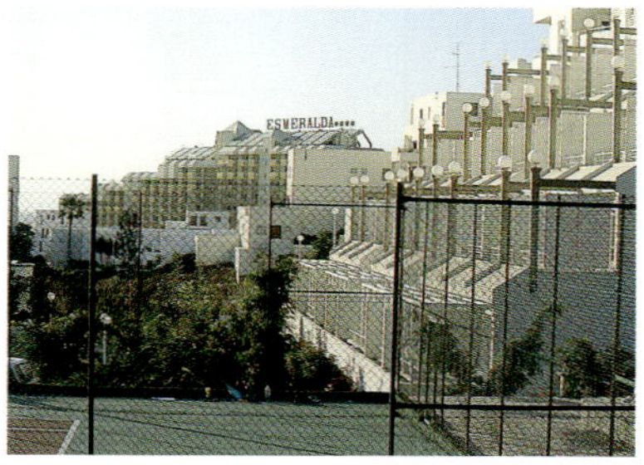
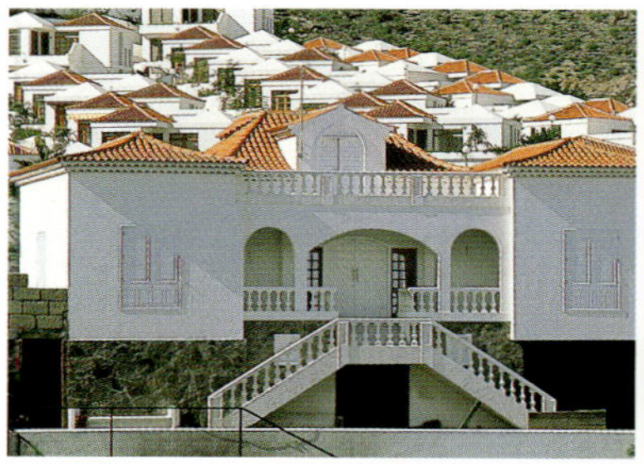
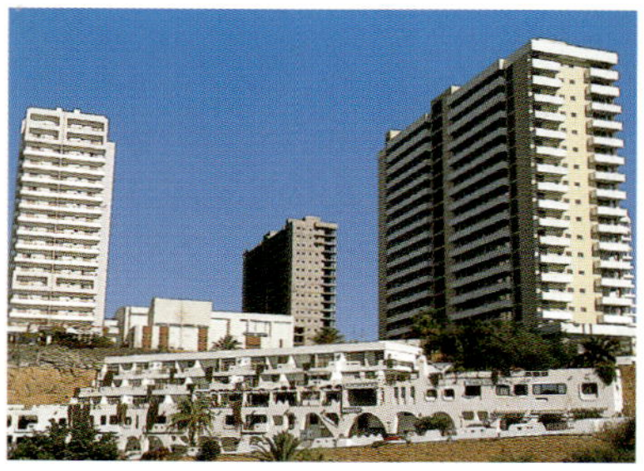
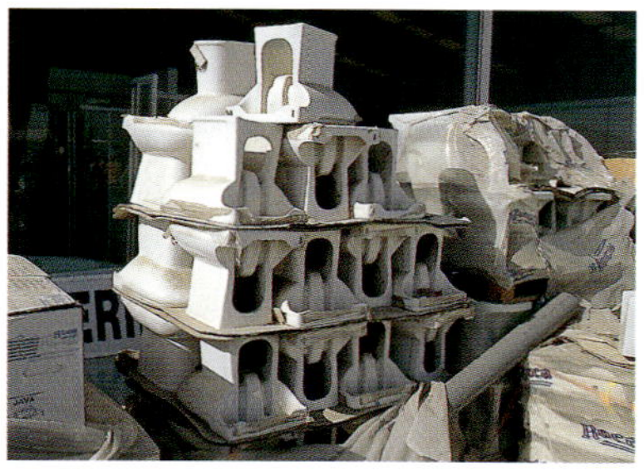
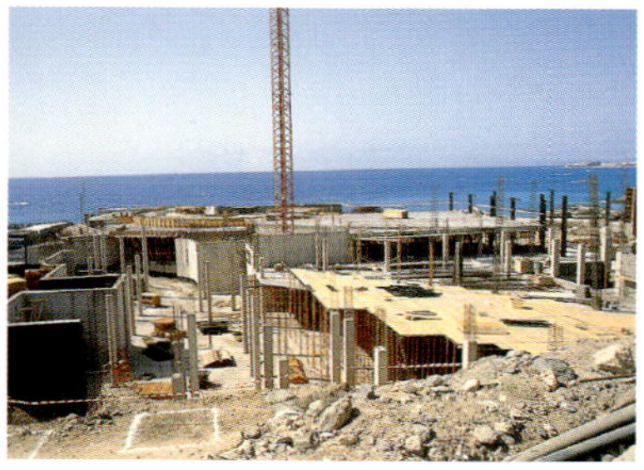
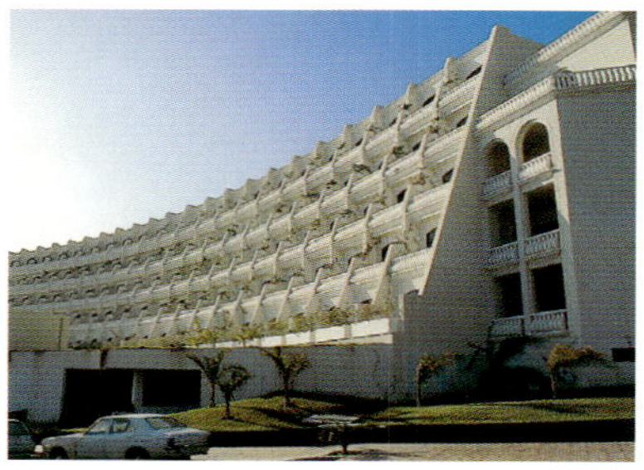
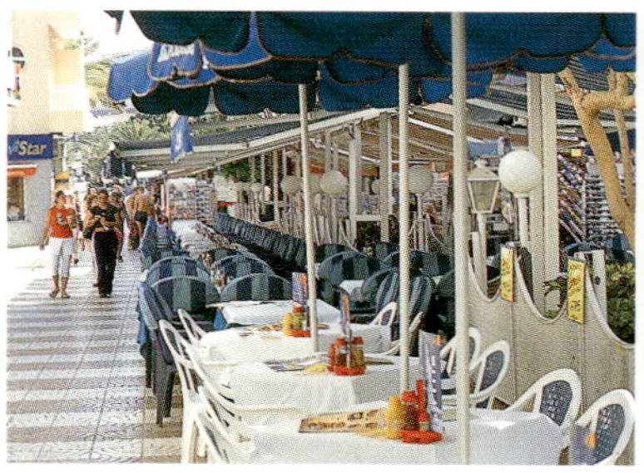
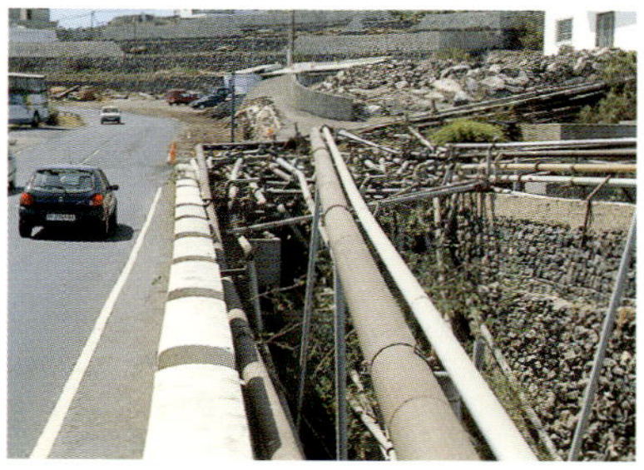
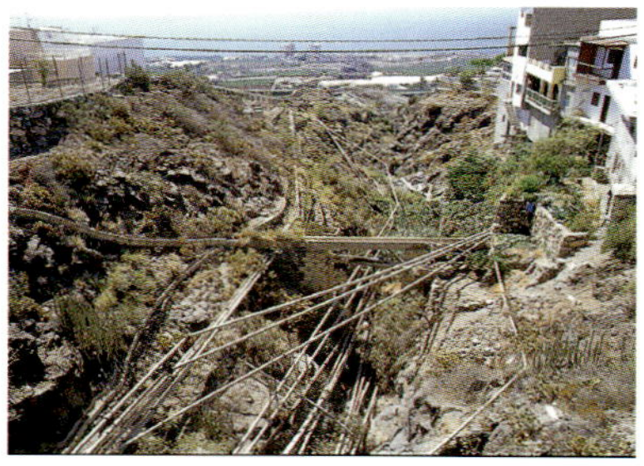
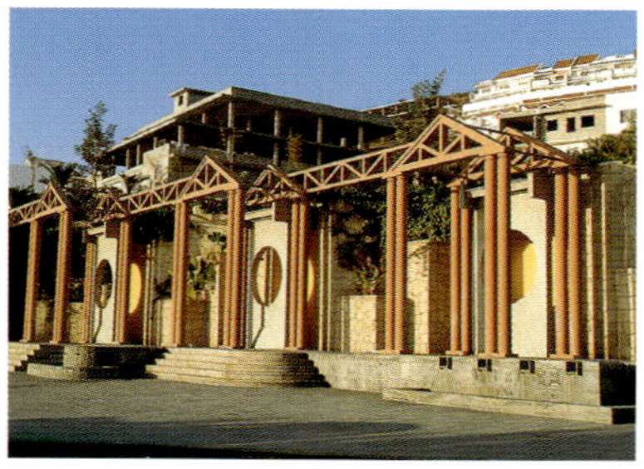
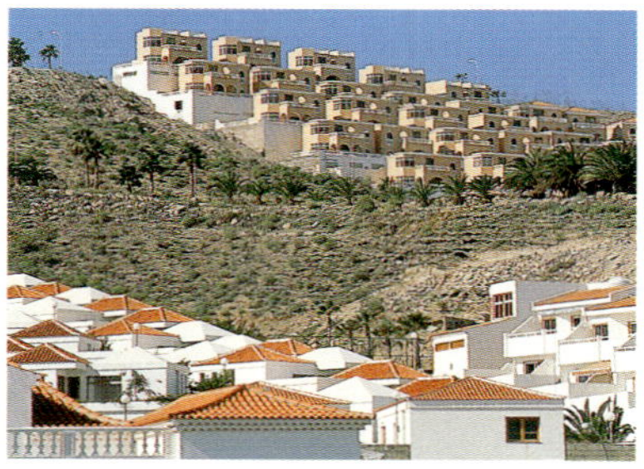
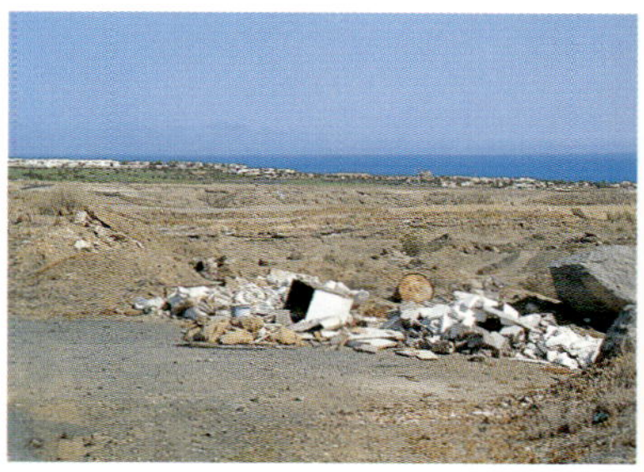

Verhäßlichung von Stadt und Land

Die allgemeine und rasch um sich greifende Entfremdung von der lebenden Natur trägt einen großen Teil der Schuld an der ästhetischen und ethischen Verrohung der Zivilisationsmenschen. Woher soll dem heranwachsenden Menschen *Ehrfurcht* kommen, wenn alles, was er um sich sieht, Menschenwerk, und zwar sehr billiges und häßliches Menschenwerk ist? Selbst der Blick auf das gestirnte Firmament ist dem Städter durch Hochhäuser und chemische Atmosphärentrübung verhüllt. So nimmt es denn kaum wunder, wenn das Vordringen der Zivilisation mit einer so bedauernswerten Verhäßlichung von Stadt und Land einhergeht. Man vergleiche sehenden Auges das alte Zentrum irgendeiner deutschen Stadt mit ihrer modernen Peripherie oder auch diese sich schnell ins umgebende Land hineinfressende Kulturschande mit den von ihr noch nicht angegriffenen Ortschaften. Dann vergleiche man ein histologisches Bild von irgendeinem normalen Körpergewebe mit dem eines bösartigen Tumors: Man wird erstaunliche Analogien finden! Objektiv betrachtet und vom Ästhetischen ins Zählbare übersetzt, beruht dieser Unterschied im Wesentlichen auf einem Verlust von Information.

Ästhetisches und ethisches Empfinden sind offenbar sehr eng miteinander verknüpft, und Menschen, die unter den eben besprochenen Bedingungen leben müssen, erleiden ganz offensichtlich eine Atrophie beider. Schönheit und Natur und Schönheit der menschengeschaffenen kulturellen Umgebung sind offensichtlich beide nötig, um den Menschen geistig und seelisch gesund zu erhalten. Die totale Seelenblindheit für alles Schöne, die heute allenthalben so rapide um sich greift, ist eine Geisteskrankheit, die schon deshalb ernst genommen werden muß, weil sie mit einer Unempfindlichkeit gegen das ethisch Verwerfliche einhergeht.

Konrad Lorenz (aus „Die acht Todsünden")

16

Franz Eggenschwiler 1970
„Lieber Sinnlichkeit als Sinnlosigkeit"

Die Zeit der Ängste braucht ein Modell der Hoffnung

Massenprodukte prägen unsere Welt. Billigware entwertet unseren Alltag. In uniformen Wohnsilos zwischen Tessin und Copacabana gedeiht der Ungeist einer profitorientierten Zeit. In den Nobelherbergen der großen Hotelketten beweist eine begüterte Schicht ihren schlechten Geschmack.

Es gehört zum guten Ton, auf internationalen Biennalen und in modernen Museen an den Werken der bildenden Kunst vorüberzuspazieren. Aber solche Begegnungen verursachen kaum einen Sinneswandel. Es entstehen weiterhin postmoderne Filmkulissen, trostlose Mietskasernen, protzige Geschäftsbauten – ohne Bezug zur städtebaulichen Umgebung, ohne Rücksicht auf die Landschaft, ohne Liebe zum Detail.

Gerade aber die Liebe zum Detail und der menschliche Maßstab sind es, die so etwas wie Charakter entstehen lassen.

Es war ein langer Weg der Auseinandersetzung mit all den negativen Gegebenheiten, denen wir täglich ausgesetzt sind, bis meine Frau und ich uns allmählich der Ursachen eines immer stärker werdenden Unbehagens bewußt wurden. Aus wachsender Besorgnis wurde dann tiefe Betroffenheit, die zum Impuls wurde, nach neuen Lösungsansätzen zu suchen, die von der Fülle drängender Fragen unserer Zeit geradezu verlangt werden. Wir spürten unsere ganz persönliche Verantwortung. – Wir handelten.

Romano Guardini trifft den Kern, wenn er schreibt: „Wir stehen in der Spirallinie der Geschichte wieder über dem Punkt, wo für den anfänglichen Menschen die erste Aufgabe begann, Welt zu schaffen. Wir sind wieder bedroht von allen Seiten, freilich durch ein Chaos, das unserem eigenen Schaffen entsprungen ist. Das erste ist, *ja* zu sagen zu unserer Zeit. Nicht durch Rückkehr, nicht durch Ausstand, auch nicht durch bloße Änderung oder Verbesserung wird jene Frage gelöst. Nur aus ganz tiefem Ansatz her kann die Lösung kommen."

So entstand die Idee „MARIPOSA" als Modell der Hoffnung.

Optimistisch glaubten wir, Gleichgesinnte zu finden, die uns finanziell unterstützen würden.

Aber immer dann, wenn Aufwand und Nutzen im Sinne kapitalistischer Ideologie divergieren, ist es schwierig, begüterte Menschen für ein finanzielles Engagement zu gewinnen, erst recht, wenn das Vorhaben zunächst als Vision existent ist. Genau diese Erfahrung mußten wir machen. Nach einer Phase jahrelanger Enttäuschungen, weil trotz vieler Diskussionen, Vorträge und Ausstellungen keine finanziellen Partner zu finden waren, sprangen wir 1993 ins kalte Wasser und begannen, die Idee selbst in die Tat umzusetzen.

Wir waren und sind der festen Überzeugung, daß bei der sich exponential entwickelnden Vielfalt von Problemen, die nur global zu lösen sind, das Kurieren von Symptomen nicht mehr genügt. Die Menschheitsgeschichte hat gezeigt, daß es nicht ausreicht, wenn vorwiegend philosophisch geprägte Menschen neue Erkenntnisse formulieren und einige wenige dadurch ihre Entscheidungen ändern. Es muß bis hinein in die Verästelungen der Gesellschaft zu einem Umdenken, zu einer neuen Sichtweise und Sensibilität kommen.

Wir meinen, es bedarf des Zusammenwirkens an einem besonderen Ort, einer Art „Universität auf Zeit". Wir sind der Überzeugung, daß MARIPOSA zu einem solchen Ort hellsten Bewußtseins werden kann, von dem aus sich Bildung und Vorbilder neu definieren lassen, um von dieser Ideenschmiede aus hineinzuwirken in alle Bereiche menschlicher Gesellschaft.

Unser Vorbild ist der Künstler, dessen zutiefst verunsichernde neue Botschaft zunächst von niemandem begriffen wird. Er verschlüsselt diese in Form von Bildern, Klängen, Wörtern – bedient sich also desselben Prinzips, das die Seele zur Schaffung von Erkenntnis braucht.

So wird das Noch-nicht-Explizite, das die Kunst von der Wissenschaft unterscheidet, zur verändernden Kraft für die Gesellschaft, zum geistigen Sprengstoff; ihre ästhetische Botschaft zu Impulsen für die Schulung unserer Sinne.

Für uns als Kunstvermittler wurde die bedeutende Rolle von Kunst und Künstlern zu einem Auslöser für die Idee von der Wirksamkeit eines mit Liebe gestalteten Ortes wahrhafter Begegnung, an dem Persönlichkeiten unserer Zeit abseits der täglichen Routine in gemeinsamer Verantwortung zusammenkommen.

Wir alle – aber insbesondere diese Männer und Frauen aus Kultur, Wissenschaft, Wirtschaft und Politik – sind durch rationale und zweckgerichtete Aufgaben normalerweise so vollständig in Anspruch genommen, daß wir regelrecht lernen müssen, jene andere, intuitiv-künstlerische Dimension in uns wiederzuentdecken, weil sie es ist, die uns erst zum wahren Menschen macht.

Wir wollen nicht weniger, als uns der Bewegung zur Humanisierung der Welt anzuschließen.

Wer Kinder hat und große Ideen, wer also an den Fortbestand der Menschheit glaubt, sollte sich an dieser optimistischen Aufgabe beteiligen. Ausgewählte Firmen und Designer, die ihre Produkte unter ästhetischen und ökologischen Gesichtspunkten herstellen, haben wir um Sachspenden gebeten. Verantwortungsvolle Unternehmer und Handwerker haben unserer Bitte oft großzügig entsprochen. Ihnen – vor allem aber den Künstlern – gilt unser herzlicher Dank.

Am 22. August 1990 schrieben uns die französischen Künstler Anne und Patrick Poirier: „Wir sind verantwortlich für die Schönheit der Welt. Wenn die Welt ihre Schönheit verliert, wird die Welt vergehen." Diese Mahnung ist uns stets Verpflichtung gewesen.

Wir sind der Meinung, daß man nicht tatenlos zusehen kann, wie innerhalb nur einer Generation die Schöpfung in Gefahr gebracht wird.

Wenn wir unseren Eltern heute zu Recht vorwerfen, die Herrschaft eines Gewaltsystems tatenlos hingenommen zu haben – mit allen seinen verheerenden Folgen –, dann sollen uns unsere Kinder nicht nachsagen können, wir hätten aus purem Egoismus unsere Welt zu einer Müllhalde verkommen lassen. Das betrifft das umweltliche Außen genauso wie das psychologische Innen.

Hans-Jürgen Müller

18

Was ist Geld ?
Qué es dinero ?
What is money ?
Cosa sono i soldi ?
Qu'est que c'est l'argent ?

Wolfgang Püschel
Multiple

Gedanken über einen Neuanfang

„Ein Zeitalter der Barbarei beginnt, die Wissenschaften werden ihm dienen."
Friedrich Nietzsche

Ein Jahrtausend ist gerade zu Ende gegangen. Mit ihm auch ein Jahrhundert der Weltkriege, diktatorischer, nationalstaatlicher Regime, politischer Erdrutsche, ethischer und religiöser Verfolgung und Vernichtung. Aber auch einer gigantischen, bisher unvorstellbaren Technologie-Entwicklung – über Elektrifizierung, die Erfindung des Automobils, des Flugzeugs bis hin zum Flug zum Mond und Mars, dem Chip, aber auch der Atombombe und der Genforschung.

Wir schreiben das Jahr 2001. Europa soll zu einem Staatenbund zusammenwachsen. Was ursprünglich einmal politisch befriedend gedacht war, entpuppt sich als Zweckgemeinschaft zur bevorzugten Teilhabe am Weltmarkt. Denn die einzige lebendige Utopie an der Schwelle zum dritten Jahrtausend ist die vom „Global Market", der der ganzen Welt zum Segen gereichen soll.
Ein Jahrhundert, Jahrtausend hat sich verabschiedet und eine gigantisch gewachsene Welt-Bevölkerung von ca. sechs Milliarden Menschen – klar unterschieden in mächtige Industrie-Nationen und Dritte-Welt-Länder – ist zunehmend im Begriff, den jeweils in Jahrhunderten entwickelten Wertekanon zu verlieren.
Noch nie gab es in einer Zeit, von der wir wissen, so viele Möglichkeiten, aus den Erfahrungen der Weltgeschichte zu lernen, wie heute. Wir, die Industrienationen, haben Zugriff auf alles Wissen dieser Welt; wir haben die Instrumente und die Mittel – aber nicht die Gesinnung.
Erinnern wir uns: Wie viele Millionen Menschen in Europa haben sich mitschuldig gemacht während des Nazi-Regimes? Haben weggeschaut, verdrängt, sich belogen. Was soll die Aufarbeitung dieses schwarzen Kapitels deutscher, europäischer Geschichte, was das „mea culpa" der Nachgeborenen, wenn keine Lehren für das Heute und Morgen daraus hervorgehen? Mahnmale der Judenvernichtung als Ablaß, Wiedergutmachungsleistungen an Zwangsarbeiter, Opfer auf dem Altar der Geschichte, damit wir weitermachen können wie vorher? Was hätten wir denn gelernt aus dem Versagen der Generation unserer Eltern? Was zeigen wir der Jugend vor an geistiger Evolution, die die Folge sein könnte solcher Barbarei im eigenen Land?
Wo ist unsere Solidarität mit Anders-Denkenden, mit fremden Religionen, Rassen? Wo ist Zivilcourage, die sich tatkräftig auflehnt um den Preis, vielleicht selbst in Gefahr zu geraten?
Wir schauen weg, wenn Ausländer totgeprügelt werden, wenn der Kollege seinen Job verliert, wir urteilen selbstgerecht über Drogenabhängige und andere Verlierer. Wo ist ein Zuwachs an Menschlichkeit, an Nächstenliebe, wo ist die Jugend, die aufsteht gegen eine Politik, die sie nur so lange schützen wird, wie sie selbst zu den Gewinnern zählt.
Hat es denn Methode, daß wir die Jugend nicht zu autonomen Mitgliedern dieser Gesellschaft heranbilden, zu urteilsfähigen Individuen, die sich darüber im klaren sind, daß es von jedem einzelnen von ihnen abhängt, diesen Prozeß zu stoppen, in dem sie sonst nur mitgerissen werden.
Wo sucht die Politik den Diskurs mit den Mahnern in der Gesellschaft? Wo ist die Verantwortung der Journalisten, der Wissenschaftler, der Philosophen, der Filme- und Theatermacher? Ist *das* nicht mit Demokratie gemeint? Wollen wir deshalb nichts von Eliten hören, weil wir dann als Elite auch Verantwortung trügen? Und tragen wir sie nicht trotzdem?

Demokratie, verstanden als Gleichmacherei, wie sie schon lange praktiziert wird, führt zu Mangel an Leidenschaft, an Motivation, an Originalität, an Kreativität und an Mut zu alledem. Wo – außer, wenn ökonomische Ziele locken – sehen wir noch herausragende „Köpfe"? Staatsmänner, Kulturleute von Rang oder auch nur Originale – wo sind sie? Wir wollen nicht aus dem Auge verlieren, daß der gewaltige Vormarsch der Demokratie im 20. Jahrhundert Hoffnungen geweckt hat auf eine Welt, in der Gemeinsinn vor Eigennutz geht. Wir haben auch gelernt, daß diese Staatsform die allerhöchsten Ansprüche an jedes einzelne Gesellschaftsmitglied stellt. Wenn diese „beste aller Staatsformen" nicht wegen eines überbordenden Kapitalismus versagen und die Welt nicht diesmal unter die Diktatur der Weltkonzerne fallen soll, müssen wir jetzt dringend innehalten und etwas in Angriff nehmen, was in der Wirtschaft *bilanzieren* heißt. Nicht Aktiva und Passiva, ausgedrückt in DM oder Euro, sondern eine geistig-ethisch-moralische Bilanz:

- Welche ideellen Werte haben wir noch?
- Wie ist es um unsere Bildung bestellt?
- Womit verbringen wir unsere Zeit?
- Was tun wir für andere?
- Wie gehen wir mit unserem Nächsten um?
- Wie mit der Natur?
- Wie mit unseren Mitgeschöpfen, den Tieren?
- Was geben wir ab von unserem Überfluß?
- Was haben wir an Schönheit hervorgebracht?
- Was bedeutet uns Literatur?
- Was Musik?
- Was die Kunst?
- Was verstehen wir unter Kultur
- Was unter dem „Sinn des Lebens" usw.?

In diese Bilanz gehört *nicht*, was wir aus Imagegründen fördern oder weil wir nicht als kulturlos gelten wollen. Auch nicht, was wir unter dem Druck sich bereits abzeichnender, uns selbst bedrohender Katastrophen zu ändern bereit sind. Hier ist wirklich die Frage zu stellen nach der wahrhaften Bedeutung all dieser Stichworte, und zwar für die Entscheider ebenso wie für die Gesellschaft als Ganzes. Wetten: Das wird ein Schock! Wir sollten uns dem aussetzen. Vielleicht wird dann endlich klar, daß wir einen dringenden Bedarf an nicht-ökonomischen Visionen haben, die wir zuerst einmal entwickeln und dann – genauso konsequent und mit großen finanziellen Mitteln – als wirkliches Gegengewicht verwirklichen müssen. Trauen wir uns doch heran an die Formulierung und schrittweise Umsetzung einer Utopie, die da heißen könnte: „weltweiter Bewußtseinswandel". Die gesellschaftliche

Utopie des Kommunismus *ist* gescheitert, die des Kapitalismus wird über kurz oder lang scheitern. Woran letztendlich? An der Spezies selbst, die sie erdachte, dem Homo sapiens sapiens. Ihm allein muß unsere Aufmerksamkeit und all unsere Energie gelten, um ihn – entlang der Leiter der Erfahrungen mit diesen beiden großen gesellschaftsphilosophischen Bewegungen – hineinzuführen in die Erkenntnis, daß nur ein solcher Bewußtseinswandel diese unsere Spezies und ihren Lebensraum wird retten können.

Alle Entwicklung von Anbeginn der Menschheit hat damit begonnen, daß der Mensch „erkannte". An diesem Erkennen müssen wir gemeinsam arbeiten, einem Erkennen, das nicht nur rational sein darf, an einem gefühlsmäßigen Erkennen – an der Bewußtwerdung. Wir erkennen mit allen Sinnen, wir hören, sehen, riechen, schmecken, fühlen – und je nachdem, machen wir auf oder zu, denn entweder ist es angenehm oder nicht. Die Ausdifferenzierung all dieser Wahrnehmungen hat uns überlebensfähig gemacht, nur so konnten wir uns entwickeln im Umfeld einer den Menschen bedrohenden Natur. Dann begann der Mensch zu denken und auch hier auszudifferenzieren, überlebensfähig zu werden. Und in dem Maße, wie der Mensch die Gesetze der Natur erkannte, sich für ihn das anfängliche Chaos lichtete, begann er die Ratio im Überlebenskampf auch gegen seinen Bruder, den Menschen, einzusetzen.

An der Schwelle zum 21. Jahrhundert stehen wir nun an einem Punkt, wo wir um all dies wissen und deshalb die Chance hätten, aus dem Kampf gegen die Natur und gegen den Menschen herauszutreten und zu erkennen, daß es eine wirkliche Zukunft nur *miteinander* gibt. Die Schwierigkeit, solche Zukunftsziele anzugehen, sie aus den kleinen Sprengeln der „Gutdenker" ans Licht zu befördern und dort anzusiedeln, wo Gesellschafts- oder gar Weltpolitik gemacht wird, wo die Wirtschaft an den Schalthebeln sitzt, ist übergroß. Wer Chancen auf immer mehr Macht und Profit hat, warum sollte der die Strategien ändern? Doch auch dort muß man wissen, daß sich die Kluft zwischen Gewinnern und Verlierern immer weiter auftut. Die Milliarden Menschen, die chancenlos in diese Kluft stürzen und deshalb den weiten Blick der Sieger nicht weiter stören, werden sich zu einem Gewaltpotential entwickeln, das die bekannten Revolutionen der Geschichte wie kleine Stürme im Wasserglas erscheinen lassen wird. Schon heute befinden sich mehr Menschen auf Völkerwanderung als je in der Geschichte vorher. Wer will sie auf Dauer von den Grenzen der reichen Nationen fernhalten? Jeder, der leben will, aber hungert, und dem sein Umfeld keine Entwicklungschancen läßt, wird zu unseren „Fleischtöpfen" streben (um so mehr, als er via Satellit überall in der Welt sehen kann, was wir z.B. unseren Hunden und Katzen füttern). Aber es wird nicht sein wie früher, wo sie kamen, um Arbeit zu suchen, denn diese Form von Arbeit haben wir ja selbst nicht mehr. Wir haben sie nicht für viele Qualifizierte in der eigenen Gesellschaft und auch nicht für unqualifizierte Immigranten. Was wir im Ausland suchen, sind z.B. Computerfachleute, an denen es uns eigenartigerweise trotz aller Universitäten und der Vielzahl von Studierenden fehlt.

Daß uns überall in unserer Gesellschaft die wirklich Kreativen ausgehen, ist offenbar noch nicht ins Bewußtsein gedrungen. Was tun wir dafür, daß sich das ändert? Kreativität ist ebenso modern als Schlagwort-Forderung wie der Ruf nach Ethik. Sie kommt nicht, ohne geübt zu sein. Kreativität hat etwas mit Muße, mit Phantasie, mit Imagination zu tun, vor allem aber auch mit ausprobieren, mit zwecklosem Spiel. Sie hat mit Sensibilität, mit geistiger Freiheit und mit geschehen lassen und nicht mit wollen zu tun. Ihre ureigensten Welten sind der Umgang mit bildender Kunst, mit Malen, Werken, mit Musik und Tanz.
Wo in unserer Gesellschaft werden diese Tätigkeiten ernst genommen als Bereiche, aus denen sie ihre Kreativität, ihren seelischen und damit letztlich auch ihren geistigen Reichtum schöpft? Wer von den politisch Verantwortlichen hat verstanden, daß genau dort das eigentliche *Energiezentrum* jeder Zivilisation zu suchen ist? Stehen deshalb all die musischen Fächer nicht an wichtiger Stelle in unseren Schulplänen? Viele Beispiele großer Wissenschaftler, Erfinder, Neuerer der Gesellschaft ließen sich aufzählen, die leidenschaftliche Hobby-Musiker oder -Maler waren. Fragen Sie einmal den Art-Director einer großen Werbeagentur, womit er sich als Kind und Jugendlicher beschäftigt hat? Fragen Sie bedeutende Ärzte, Politiker, Verleger, ob sie Kunst sammeln und wie sie dahin gefunden haben? Herausragende Juristen oder Manager, ob sie Saxophon oder Klarinette spielen, vielleicht sogar in der Freizeit jazzen, dichten oder malen?

Wir haben eine große Museumslandschaft, viele Theater, Opernhäuser und Konzertsäle. Wer wird sie eines Tages noch besuchen, wenn die Kinder in den Schulen kaum noch Kunst- und Musik-Unterricht haben. Wenn die „Maus" mehr und mehr die Hand ersetzt, wenn der Computer die Gestaltungsvorschläge macht, die Farbpalette vorgibt. Und wer wird eines Tages noch die Computerprogramme „stricken" können? Brauchen wir deshalb schon Inder, weil unsere Informatiker zwar Mathe gelernt haben, aber keine Phantasie mehr besitzen?

Und wie sollen die Arbeitsplätze der Zukunft denn aussehen? Roboter und Computer ersetzen den Menschen, wo immer dies heute schon möglich ist. Der Trend soll sich, glaubt man den Wirtschaftsführern und den IT-Technologie-Firmen in Zukunft exponential verstärken. Das heißt: noch mehr Menschen ohne eine Arbeit, die sie leisten können oder wollen, immer mehr Arbeitslose. Immer mehr Menschen mit guter bis hervorragender Ausbildung stehen auf der Straße. Immer mehr Maschinen sind im Einsatz. Sie nehmen uns stumpfsinnige und schwere Arbeit ab, sie vermindern Unfallgefahren im Arbeitsprozeß, sie arbeiten präzise und genau, machen keine Fehler, schaffen dem Menschen Zeit, sich mit anderen Dingen zu befassen. Aber sie können eines nicht: Sie können keine Schönheit erzeugen – im besten Falle gutes Design.

Nur der Mensch – seine Hand, sein Formempfinden, sein Schönheitssinn und die beim Gestalten kommenden Einfälle – erzeugt Dinge, die man „schön" nennen, die man lieben kann.

Wenn wir wieder Bedürfnisse nach Schönheit schaffen, nach handwerklich hergestellten Möbeln, Stoffen, Kleidern, nach schönen Türen, Gärten, Teppichen, nach künstlerisch gestalteten Häusern und Plätzen und vielem mehr, wie viele sinnvolle Arbeitsplätze könnten entstehen. Für all das hätten wir doch Zeit, auch das Geld. Noch hätten wir das Geld, muß man vielleicht richtiger sagen. Ein gnadenloser weltweiter Wettbewerb um immer niedrigere Preise zwingt zu noch mehr Automation, zur Steigerung der maschinellen Fertigung, und die maschinelle Fertigung kostet uns jede Form von Lebensqualität und immer mehr Arbeitsplätze für einfache, aber auch für kreative Tätigkeiten. Und mehr noch: Sie kostet uns in vielen Lebens- und Arbeitsbereichen die daraus erwachsende Lebensfreude, den Lebens-Sinn.

Mein Mann und ich haben uns 1984 vom aktuellen Kunstbetrieb verabschiedet, haben Verantwortung übernommen und einer übergeordneten Idee gedient. Was entstanden ist – und warum – darüber berichtet dieses Buch.
Noch sind wir nicht zufrieden, weil auf MARIPOSA ein wesentlicher Teil fehlt: eine Art Kloster zur Unterbringung der Gäste. Dies aber können wir beim besten Willen selbst nicht mehr leisten. Hierfür sind jetzt Mit-Streiter, Mit-Finanzierer und Mit-Arbeiter gefragt. Doch wenn man sehen will, was ein einzelnes Paar mit Hilfe von künstlerischen Menschen in ein paar Jahren zustandebringen kann, dann sollte man MARIPOSA, die Kultur-Werkstatt, die Zukunfts-Werkstatt, die Denk-Werkstatt selbst besuchen. Vielleicht animiert ein solcher Besuch, Ähnliches selbst zu tun oder aber unsere Initiative tatkräftig zu fördern.
Sicher ist es erfreulich, wie viele Stiftungen in den letzten Jahren gegründet worden sind, die meisten mit klar definiertem Stiftungsziel wie der Erforschung von Krankheiten, gegen die Ausrottung von Tier- und Pflanzenarten, zur Bewahrung kulturellen Erbes etc. Jedermann weiß, daß das Kurieren von Symptomen nicht mehr helfen wird, daß wir einen Wertewandel, ein verändertes Bewußtsein einleiten müssen. Die Schule für dieses neue Denken ist MARIPOSA.

Helga Müller

10 Postwertzeichen zur Versendung von Bildern

Thomas Huber

Reflexions- und Kreativitätszentrum MARIPOSA

„Wo keine Vision ist, da verderben die Menschen."
Psalm, Altes Testament

„Man kann nicht ein Problem mit derselben Art zu denken lösen, die das Problem entstehen ließ."
Albert Einstein

Mit dem Eintritt ins dritte Jahrtausend befinden wir uns mitten im rasantesten und tiefsten Umbruch der Menschheitsgeschichte. Dieser Umbruch ist ebenso tiefgreifend wie der zwischen Mittelalter und Industriezeitalter. Er vollzieht sich mit Schallgeschwindigkeit – statt in Jahrhunderten in wenigen Jahrzehnten. Die erste Dekade des Dritten Jahrtausends wird sich vergleichsweise ebenso radikal von der Moderne unterscheiden wie diese vom Mittelalter.

Die neuen Verhältnisse erfordern völlig neue Denk- und Handlungsmuster; dies geht nur durch tiefe Reflexion und echte Kreativität. Dies ist der Grund, warum der Club of Budapest Persönlichkeiten mit hohem Verantwortungsgefühl und großer Kreativität zusammenbringt, um gemeinsam über die vor uns liegenden Aufgaben nachzudenken, damit entsprechende Vorstellungen und Entscheidungen in Gang kommen, so daß die uns unmittelbar bedrohende Krise und Katastrophe zu überwinden wäre.

MARIPOSA ist für diese Ziele geradezu wie geschaffen. Dieser künstlerisch liebevoll gestaltete Ort mit seiner natürlichen Schönheit ist Quelle der Inspiration, um die Visionen hervorzubringen, die unsere Zeit so dringend braucht. Künstler, Wissenschaftler, Politiker, Führungskräfte aus der Wirtschaft, Querdenker, Philosophen, Schriftsteller, Designer, geistige Führungspersönlichkeiten, die auf MARIPOSA zusammenkommen, bringen ihre jeweiligen Begabungen und ihre Kreativität ein, um entschieden die Probleme anzugehen, die die Menschheit an diesem Jahrhundert-/Jahrtausendwechsel bedrohen. Hier sollen Visionen entwickelt werden wie:

- Zurücknahme des kollektiven Strebens nach ökonomischem und materiellem Wachstum zugunsten von Zielen wie sozialer Gerechtigkeit, kultureller Entwicklung und eine nachhaltige, gesunde Umwelt.
- Mäßigung des individuellen egoistischen Strebens und Verlangens durch ein ethisches Leben in Verantwortung – leben und leben lassen.
- Entwicklung anderer sozialer, ökonomischer und politischer Systeme, die auf die Bedürfnisse der Menschen zugeschnitten sind, ohne die Integrität des Lebensraums zu untergraben.
- Schaffung von kreativen, entsprechend bezahlten und sinnvollen Arbeitsplätzen für alle Menschen, die Arbeit brauchen und wollen.
- Befähigung der Regierungen, die neuen Bedürfnisse regionaler und globaler Politikentwicklung zu erkennen und umzusetzen.
- Entwicklung und Schaffung eines dauerhaften Sicherheitssystems auf lokaler, regionaler und globaler Ebene – ohne Einsatz teurer, zerstörerischer und gefährlicher Waffensysteme und militärischer Einrichtungen.
- Entwicklung eines nachhaltigen und vernünftigen Umgangs beim Verbrauch und der Nutzung natürlicher Ressourcen, die Kollektiv-Eigentum der Völker und Nationen der Welt sind.
- Einführung einer Rechenschaftspflicht in bezug auf Soziales und Umwelt als integraler Bestandteil öffentlicher und privater Institutionen sowie in der lokalen und globalen Wirtschaft.
- Entwicklung eines ganzheitlichen Ansatzes im Gesundheits- und Wohlfahrtswesen, in der Nahrungsmittel-Herstellung und -Verteilung – über die Gebote einer kurzsichtigen ökonomischen Logik hinaus.
- Respektierung und produktive Nutzung der gesellschaftlichen und kulturellen Vielfalt der heutigen Welt durch die Verfolgung gemeinsamer Ziele und Zwecke.
- Überwindung eines rücksichtslosen Wettbewerbs von verlustbringenden „Ich gewinne – Du verlierst"-Spielen – hin zu gemeinsamem Handeln mit dem Ziel geteilter Vorteile und gewinnbringenden „Ich gewinne – Du gewinnst"-Spielen.

MARIPOSA steht unter der Schirmherrschaft des Club of Budapest

Präsident (International)
Prof. Dr. Ervin Laszlo
Präsident (Deutschland)
Dr. Thomas Druyen
Ehrenpräsident
Sir Peter Ustinov

Mitglieder u.a.
H.H. The XIV. Dalai Lama
Peter Gabriel
Michail Gorbatschow
H.E. Vaclav Havel
Gidon Kremer
Prof. Shu-Shien Liu
Mary Robinson
Dr. Peter Russell
Liv Ullmann
Richard von Weizsäcker
Prof. Mohammed Yunus

www.club-of-budapest.de

In einem Grußwort bei der gemeinsamen Sitzung des US-Kongresses am 21. Februar 1990 sagte Club of Budapest-Ehrenmitglied Vaclav Havel: „Ohne eine weltweite Revolution in der Sphäre des Bewußtseins wird sich nichts zum Besseren wenden ... und die Weltkatastrophe, vor der wir stehen – ob ökologisch, sozial, demographisch oder der allgemeine Zusammenbruch der Zivilisation –, wird unvermeidlich sein."

Der Club of Budapest stimmt mit dieser Aussage völlig überein und fühlt sich herausgefordert, etwas in dieser Sache zu tun. Ihm ist klar, daß ein Umbau der wirtschaftlichen, sozialen und ökologischen Systeme ohne eine Veränderung des gegenwärtig üblichen Bewußtseins nicht möglich sein wird. Wir müssen miteinander leben (nicht jeder gegen jeden) und zwar so, daß wir dem anderen auch seine Lebenschance lassen.

Es darf uns nicht gleichgültig sein, was mit den Armen und Machtlosen, was mit der Natur geschieht; dazu brauchen wir Sensibilität und Empathie, sonst können wir uns nicht einfühlen und auch nicht kreativ darauf reagieren.

Alles in allem brauchen wir eine Vision, die uns über den Egoismus, das Business-Denken und den Nationalismus hinauswachsen läßt in die Dimension Mensch – Natur – Globus.

Mit dem Erreichen einer globalen Vision in bezug auf Mensch und Natur kommt auch das Bewußtsein, daß wir die Verantwortung dafür tragen, uns gemeinsam weiterzuentwickeln und eine Welt zu schaffen, in der Individualität, Innovation und Vielfalt nicht Quelle von Zwietracht, Konflikten und Erniedrigung sind, sondern die Grundlage für Harmonie, Kooperation, Frieden und dauerndes Wohlbefinden.

Es ist das Ziel der von Zeit zu Zeit auf MARIPOSA zusammenkommenden kreativen Menschen, diese Vision und die ihr zugrunde liegende Ethik in die Welt zu bringen, über die Herausforderungen unserer Zeit nachzudenken und kreativ zum Nutzen aller umzusetzen.

Ervin Laszlo

Lars Zech, Skulptur

Aus dem Englischen übersetzt von Helga Müller

24

Nils-Udo
„Barranco del Infierno" Teneriffa 1999

Die Suche nach dem Schönen, Wahren und Guten

„Erkenntnis hat kein Licht als das, das von der Erlösung her auf die Welt scheint: alles andere erschöpft sich in der Nachkonstruktion und bleibt ein Stück Technik"

(Theodor W. Adorno)

Beschleunigung, Informationsüberflutung und die damit verbundene Verknappung von Zeit, Wissen und Orientierung setzen die Menschen, die in der modernen Gesellschaft leben und arbeiten, unter Druck. Wachsende Anteile auch und gerade unter den Entscheidungsträgern in Wirtschaft, Politik und Medien reagieren mit einer Reduktion von Wahrnehmung und Empfinden, mit einer Engführung des Denkens und der sozialen Phantasie, mit einer Schrumpfung von Einfühlungsfähigkeit und Verantwortungsbereitschaft und einer nahezu trotzigen Fixierung auf das „Weiter so" im bisherigen Erfolgsmodell.

Weil ihre subjektiven Fähigkeiten, die Welt anders zu denken, als sie ist, schrumpfen, werden die Menschen als Funktionsträger – als Manager, Wissenschaftler, Politiker usw. – zwar „schlauer", aber mit Blick auf eine ganzheitliche Wahrnehmung und eine übergreifende Orientierungs- und Verantwortungsfähigkeit immer „dümmer". Der neue Funktionsträger droht – um ein Wort von Dieter Hoffmann-Axthelm abzuwandeln – zu einem Menschen zu werden, der nur noch weiß, was er kann, und nicht mehr, wer er ist.

Das Kulturprojekt MARIPOSA versteht sich als ein Angebot an Entscheidungsträger aus allen gesellschaftlichen Bereichen, ihre (Selbst-)Wahrnehmung, ihr Denken und ihre Beziehungs- und Verantwortungsfähigkeit zu erweitern. Es wurzelt in der Ästhetik und Kunst und setzt auf den positiven Einfluß der Schönheit des Ortes, auf die Qualität des Denkens, des Fühlens und der Beziehungen der Menschen, die sich dort begegnen. Die Gründer und Gestalter von MARIPOSA vertrauen – traditionell philosophisch ausgedrückt – auf die Einheit des Schönen, Wahren und Guten.

Wer heute an diese Ideale des Humanismus erinnert und versucht, diese positiv zu definieren, begibt sich auf einen brüchigen Boden. Während es weniger Probleme bereitet, jeweils zu bestimmen und sich darüber einig zu werden, was nicht schön, nicht wahr und nicht gut ist, scheint eine positive Bestimmung dieser Qualitäten kaum noch möglich.

Andererseits scheinen Bedürfnis und Streben nach dem, was mit diesen Begriffen allenfalls noch probeweise, unscharf und in Konturen, die zur Zukunft hin offen bleiben müssen, umschrieben werden kann, nicht aus der Welt zu sein. Nicht nur Künstler, Wissenschaftler und Moralphilosophen, sondern alle Menschen, die ihren sinnlichen, kognitiven und moralischen Fähigkeiten Zeit und Raum für Entwicklung geben, erleben Momente der Evidenz des Schönen, des Wahren und des Guten und teilen diese Erfahrungen mit anderen Menschen. Darum macht es durchaus Sinn, nach den Strukturen einer humanen Praxis zu suchen, in der sich diese Evidenzen einstellen können, und dann zu versuchen, diese Voraussetzungen an bestimmten Orten exemplarisch zu schaffen.

MARIPOSA versteht sich als Ort und Spielraum, an dem sich der verborgene Zusammenhang des Schönen, Wahren und Guten exemplarisch – praktisch und theoretisch – entfalten kann: im Dialog zwischen den Menschen und der Mitnatur, der Menschen über die Wirklichkeit und zwischen den Menschen und ihrer inneren Natur.

Die Geburt des Schönen im Dialog zwischen Menschen und Mitnatur

Als gestalteter Ort ist MARIPOSA Ergebnis eines Dialogs zwischen Mensch und Mitnatur. Die Künstler und Handwerker, die Architekten, Innenarchitekten und Landschaftsgestalter, die mit Helga und Hans-Jürgen Müller MARIPOSA als Ort gestaltet haben, sind mit der Natur in ein Gespräch getreten. Wie in einem zwanglosen Dialog scheinen die komplexen Gestalten der Natur (die Erde, das Wasser, der Himmel, die Steine, das Holz, die Pflanzen, die Farben, das Licht) und die ausgewählten Materialien (Glas, Stahl, Beton, Stoffe, Kunststoffe) und Techniken moderner Zivilisation aufeinander bezogen, sich gegenseitig zu interpretieren und aufeinander zu antworten. Natürliches und Artifizielles, Kunstwerke, Skulpturen, Objekte und Bilder, die Gegenstände „interesselosen Wohlgefallens" – wie Kant sie nannte – und die Gegenstände des menschlichen Gebrauchs – Häuser, Plätze, Räume, Wege, Mobiliar – fügen sich zu einer schönen Gestalt, in der die „Eigenlogik" der Natur und das menschliche Interesse an ihrer Mitgestaltung und Nutzung miteinander versöhnt scheinen.

Die Evidenz des Schönen stellt sich ein in einem Dialog, der sich an der regulativen Idee einer Versöhnung von Mensch und Mitnatur orientiert.

Dieser Dialog geht weiter, die Gestaltung des Ortes ist nicht (vielleicht nie) abgeschlossen: Nicht nur die Gestalter, sondern alle offenen Menschen, die hier der Entfaltung ihrer Sinne Zeit und Raum geben, können in Zukunft an diesem Dialog teilhaben und ihr Wahrnehmen, Denken und Fühlen erweitern und verändern. So kann die Erfahrung des Schönen die Suche nach dem Wahren und Guten beeinflussen.

Die Geburt des Wahren im Dialog der Menschen über die Wirklichkeit

Ähnlich wie Schönheit ist Wahrheit weder Eigenschaft einer Welt „da draußen" noch bloß subjektives Empfinden, sondern das zerbrechliche Ergebnis eines Dialogs. Wahrheit ist zunächst ein Geltungsanspruch, der sich mit jeder Behauptung verbindet, die ein Mensch äußert. Wird dieser angezweifelt und zur Diskussion gestellt, entsteht die Suche nach Wahrheit im Dialog: ein Prozeß der Verständigung von (mindestens zwei) Menschen über Welt mit dem Ziel, zu einer gemeinsamen – von allen Beteiligten anerkannten – Wahrheit zu kommen.

Hier wird Wahrheit zu einer den weiteren Verständigungsprozeß leitenden regulativen Idee, an der man sich im Austausch von Behauptungen orientiert, die sich auf Wahrnehmungen und Erfahrungen, auf Beobachtungen und Interpretationen stützen. Dem Interesse an Wahrheit folgend, können dabei subjektive Blockaden und selektive Wahrnehmungsmuster aufgelöst, Grenzen des Denkens überwunden und partikulare Interessen relativiert werden.

Die Evidenz des „Wahren" stellt sich ein in einem Dialog, der sich an der regulativen Idee einer ganzheitlichen Modellierung der Wirklichkeit orientiert.

Auch hierbei handelt es sich um einen zukunftsoffenen Verständigungsprozeß, dessen Zwischenergebnisse nicht in einem absoluten Sinne „wahr" sein können, sondern jeweils einen gemeinsamen „Reim" bilden, den Menschen sich nach bestem Wissen und Gewissen auf eine Wirklichkeit machen, in der sie sich vorfinden und die sie sensibel und verantwortungsbewußt mitgestalten wollen.

Die Geburt des Guten im Dialog der Menschen mit ihrer inneren Natur

Wie Schönheit und Wahrheit ist auch „das Gute" eine regulative Idee, an der Menschen sich in ihrer Praxis orientieren (können) und deren Einlösung sie als Beobachter empfinden, beurteilen und bewerten (können). Ohne die intuitive Moral in der Orientierung und Bewertung menschlichen Handelns könnten menschliche Gemeinschaften nicht ent- und bestehen – auch wenn dies eine oft anstrengende und konfliktträchtige Form der Einigung zwischen Menschen ist. Wenn moralische Orientierungen und Bewertungen bezweifelt werden, entsteht die Suche nach dem „Guten" im Dialog: ein Verständigungsprozeß zwischen (mindestens) zwei Menschen über ihre moralischen Orientierungen, Werte und Prinzipien.

Das „Gute" kann zur regulativen Idee eines Dialogs werden, in dem die Beteiligten sich zu ihrer inneren Natur hin öffnen und diese wechselseitig und gemeinsam interpretieren. Indem sie ihre persönlichen Befindlichkeiten – ihre Wünsche, Sehnsüchte, Zwänge, Ängste und Konflikte – mit einbeziehen und sich selbst und den anderen transparent machen, können (selbst) destruktive Motive und egozentrische Barrieren aufgelöst, partikularistische Bewertungen überwunden und abstrakte moralische Prinzipien relativiert werden.

Die Evidenz des „Guten" erschließt sich in einem Dialog, der sich an der regulativen Idee einer zwanglosen Entfaltung der menschlichen Natur orientiert.

Auch dieser Dialog bleibt zur Zukunft hin offen und prinzipiell nicht abschließbar: das „Gute" im Sinne der Verwirklichung einer alle Menschen einbeziehenden Ethik, die ihre Natur nicht unterdrückt, sondern entfaltet, wird es nie geben, aber es verändert die Qualität der sozialen Beziehungen, der Beziehungsfähigkeit und der Verantwortungsbereitschaft, wenn Menschen in Verständigung und Handeln dieser Leitidee folgen.

In der Einheit des Schönen, Wahren und Guten sind die regulativen Ideen einer Versöhnung mit der Mitnatur, einer ganzheitlichen Modellierung von Welt und einer zwanglosen Entfaltung menschlicher Natur zusammengefaßt. Auch wenn die Einheit des Schönen, Wahren und Guten in diesem Sinne nie verwirklicht sein wird, kann sie das Begehren, das Fühlen, Denken und Handeln von Menschen tiefgreifend beeinflussen.

Neue Dimensionen der Wahrnehmung, des Denkens und der Orientierung

So erweist sich, was auf den ersten Blick idealistisch und weltfremd erscheinen mag, als sinnvolle Leitorientierung, um Perspektiven, Rahmenbedingungen, Orte und Wege der Entfaltung von Wahrnehmung, Erfahrung und Denken, von Wissen und Orientierungen, der menschlichen Bindung und sozialen Vernetzung zu entwickeln, die über die Grenzen der üblichen Angebote des Selbst-, Wissens- und Beziehungsmanagements hinausgehen.

Eine entsprechende grenzüberschreitende Praxis soll in Begegnungen auf MARIPOSA – den sogenannten „Mariposien" – ermöglicht werden, die in Themenwahl, Ablauf, Moderation und Zielsetzung jeweils an den – persönlichen, beruflichen, politischen, gesellschaftlichen – Situationen und dem Orientierungsbedarf der Teilnehmer ansetzen, um ihnen – der Vision von MARIPOSA folgend – in einem (mindestens einwöchigen) Zusammenleben, -arbeiten und Miteinandersprechen neue Wahrnehmungs-, Denk- und Orientierungsperspektiven für die zukünftige Gestaltung dieser Situationen zu eröffnen.

Das bedeutet, daß die aus 10 bis 20 Teilnehmern bestehenden Gruppen aus allen Bereichen der Gesellschaft kommen und sich auf unterschiedlichste Weise zusammensetzen können: von privaten Initiativen über Menschen, die in bestimmten Organisationen, Unternehmen und gesellschaftlichen Gruppierungen zusammenarbeiten oder die ihr Beruf verbindet, bis hin zu Gruppen, die sich gezielt mit Fragen der Zukunftsgestaltung von Wirtschaft, Politik, Gesellschaft und Kultur beschäftigen.

Nach einer vorangehenden Klärung der persönlichen und gruppenspezifischen Frage- und Problemstellungen wird ein in Thematik, Moderation und Ablauf „maßgeschneidertes" Mariposion konzipiert, dessen Grundmuster jedoch weniger psychologisch und therapeutisch, sondern mehr an der Praxis der philosophischen Lebensberatung und an der Vision und ganzheitlichen Zielsetzung von MARIPOSA orientiert ist. Das betrifft insbesondere die Integration ästhetischer, wissenschaftlich-philosophischer und ethischer Ziele.

C.O. Paeffgen 1972
Geschenk von Barbara und Otto Dobermann

Das heißt
· durch die gemeinsame Erfahrung der Schönheit des Ortes – seiner Natur, seiner Kunst und ihrer neuartigen Verbindungen –, die Teilnehmer ästhetisch zu sensibilisieren und ihnen neue erweiterte Wahrnehmungsmöglichkeiten eröffnen;

· durch Einbezug und Beiträge von Wissenschaftlern, Philosophen und Künstlern und durch die Gelegenheit zum ungezwungenen Gespräch mit diesen den Teilnehmern neue Denkmöglichkeiten und Weltsichten zu ermöglichen;

· durch den Einbezug von Menschen aus verschiedenen Bereichen der Gesellschaft, aus anderen Kulturen, Religionsgemeinschaften und Ethnien und durch die Gelegenheit, mit diesen über ethische Fragestellungen – von der persönlichen und beruflichen Lebensgestaltung bis hin zur Weltwirtschaft und Politik – zu sprechen, den Teilnehmern neue Sinnperspektiven und Orientierungsmöglichkeiten zu eröffnen.

So kann das „Zusammenwirken an einem besonderen Ort" den Teilnehmern neue Wahrnehmungsfähigkeiten, Orientierungen und Ziele eröffnen, die in ihr zukünftiges Handeln an „ihrem Ort" – in die Gestaltung ihrer Führungsrollen in Wirtschaft, Politik, Kultur und Medien, aber auch in ihr Handeln im sozialen und privaten Umfeld – einfließen können. Darüber hinaus sollen die gemeinsamen Erfahrungen in MARIPOSA und die dokumentierten Ergebnisse der Mariposien die Teilnehmer auch über die Veranstaltungen hinaus miteinander verbinden und vernetzen und „nach außen" möglichst weite Kreise ziehen.

Die Gründer und Gestalter von MARIPOSA hoffen auf diese Weise – gemeinsam mit vielen anderen Ansätzen, Bemühungen und Initiativen auf der Welt –, einen Beitrag zu einer verantwortungsbewußten Mitgestaltung der Zukunft leisten zu können.

Joachim Rossbroich

Der Künstler als Mittler

Im Sommer 2000 habe ich Hans-Jürgen Müller in Stuttgart kennengelernt und von ihm an einem sonnigen Plätzchen ein Portrait gemalt. Er erklärte mir während dieser paar Stunden seine MARIPOSA-Vision, und welche Rolle die Kunst darin spielen könnte. Ich begann vom Poesie-Konzept der deutschen Frühromantik zu erzählen, weil es mir für MARIPOSA relevant zu sein schien. Hans-Jürgen Müller hat mich schließlich gebeten, Novalis' Vorstellung vom Künstler als Mittler schriftlich etwas genauer zu erläutern.

Novalis schrieb dem poetischen Sinn des Menschen die Kraft zu, die Welt zu romantisieren und den in der Tiefe liegenden Zusammenhang der Dinge erahnbar werden zu lassen. Er versuchte in seinem Romanfragment „Heinrich von Ofterdingen" ein universales Buch zu schaffen, das durch Poesie alle Lebensbereiche und alle Kulturen zusammenzuführen vermag. Die Poesie sollte die ganze Wirklichkeit in sich aufnehmen, Innen- und Außenwelt vereinen und zwischen Ich und Welt vermitteln. In seinen philosophischen Studien verwendete Novalis im Unterschied zu seinem Lehrer Gottlieb Fichte die Begriffe Subjekt und Objekt nur selten und wählte statt dessen das Begriffspaar „Zustand – Gegenstand". „Zustand" ist als ein Zu-etwas-Hinstehen aufzufassen und „Gegenstand" als ein Gegen-Stehen. Dies bedeutet ein Hereinnehmen der beiden entgegengesetzten Pole Subjekt und Objekt in ein Verhältnis – als Momente eines übergeordneten Zusammenhangs. Ein isoliertes, allein in sich begründetes Sein ist ausgeschlossen. Das Objekt erfuhr bei Novalis somit eine Aufwertung bis zur Gleichstellung mit dem Subjekt. Das Positive in dem Zustand-Gegenstand-Verhältnis konnte für ihn nicht in einem Pol allein liegen, sondern nur im Verhältnis als Ganzem. Jeder Pol konnte Ausgangspunkt der Betrachtung sein. Keiner ist absolut, und jeder führt ins Ganze der gegensätzlichen Momente zurück. Das Absolute ist für ihn gerade in diesem tätigen Wechsel zwischen Gegensätzlichem realisiert.

Es ging Novalis um eine Stimmung, um „allaugenblickliche Aufmerksamkeit" und darum, das Endliche und Bedingte transparent zu machen für das in ihm immer schon gegenwärtige Absolute, das sich immer nur im Wechsel zwischen Gegensätzlichem realisiert und nicht außerhalb oder jenseits. Nur die unteilbare Einheit des Ganzen ist für Novalis das Wahre. Nur im Ganzen ist auch jedes Teilglied wahr. Kein Moment kann für sich sein, alle sind im Ganzen bedingt. Aufgabe der Philosophie wäre es, hinter dem Gegensatz die geheime Identität aufzudecken. Da sich diese Einheit jedoch nicht in Begriffe fassen läßt, bleibt es für Novalis der Sprache der Dichtung und Kunst vorbehalten, die Identität aufscheinen zu lassen und damit zwischen Ich und Welt zu vermitteln.

Das entscheidend Neue und Abweichende gegenüber Kant und Fichte lag bei Novalis darin, daß er von einem „Innern" der Außenwelt sprach, welches nur erahnt werden kann. Die Erfahrung der Realität wurde ihm zur „Chiffre", zur Erscheinung eines höheren, verborgenen unbegreiflichen Seins, das die im Bewußtsein stehenden Phänomene übersteigt. Novalis nannte die Zusammenschau von Subjekt und Objekt „produktive Imagination". Der Dichter soll die Welt poetisieren und romantisieren, d.h. alles sichtbare Seiende aufheben und steigernd verwandeln zur sinnlichen Erscheinung des unsinnlichen und unsichtbaren Geheimnisses. Poesie entsteht also dann, wenn es dem Dichter gelingt, mit dem unendlichen Du zusammenzuschwingen, so daß in dem Einzelnen das Ganze erfahren wird. Das vermag die „dichterische Kraft", die aus jedem alles zu machen versteht. Der Dichter ist „Ergänzer", der das Einzelne mit dem Ganzen zusammenbringt.

Poesie war daher für Novalis das adäquate Medium erkennenden Denkens und Philosophie somit bloß Theorie der Poesie. Poesie ist die Stimmung, in der man „die unendlichen, unbegreiflichen Empfindungen eines zusammenstimmenden Pluralis fühlt". Es ging Novalis also nicht um das Deduzieren aus einem absoluten Prinzip, sondern um die „Kunststücke des Verbindens". Die Wirklichkeit erschien ihm als Sprungbrett, von dem sich Sprache und Phantasie abschnellen können, um den intendierten umfassenden Horizont in seiner ganzen Intensität zu umreißen. Es ging ihm nicht um die Verkündigung von Glaubenswahrheiten, sondern um den Vollzug des schwierigen Prozesses der Bewußtwerdung geistiger Möglichkeiten. Mit dem nötigen Sinn für Ironie wollten seine Aussagen nur Mittel, Köder oder Anreiz sein für die Selbsttätigkeit der Lesenden.

Man könnte nun MARIPOSA in Teneriffa mit einem poetischen Text vergleichen. Novalis würde sagen Textus, Gewebe oder Schleier, durch welchen das zu Erkennende erahnt werden kann. Im Januar 2001 durfte ich eine Woche lang als Gast auf diesem Gelände wohnen und Eindrücke sammeln von den dort bereits realisierten Gestaltungen. Die Insel Teneriffa wird überragt von dem 3.700 Meter hohen Vulkan. Weit oben im Nationalpark sieht die Landschaft aus wie wohl irgendwo auf dem Mond oder sonst einem unbewohnten Planeten. Es ergreift einen dort eine seltsam uranfängliche Stimmung. MARIPOSA liegt weiter unten am Süd-West-Hang, wo das Vulkangestein noch überall an der Oberfläche sichtbar ist, bewachsen von Pflanzen, die sich rundum bewaffnet zu haben scheinen. MARIPOSA wirkt erst einmal als Garten, der sich wie ein Patchwork langsam wachsend in diesen Hang trotzt. Die größeren Pflanzen sind freigestellt und bewässert und können so ihre ganze Pracht entfalten. Es wird dort gearbeitet wie an einem Gemälde, immer dichter, immer komplexer, mal da eine Setzung und dann woanders, dann die Übergänge und daneben noch unbearbeitete Flächen. Das liebevolle Gefüge sieht aus wie eine vorgelegte Vision für den ganzen Abhang, wie eine Utopie des Werdens, in der sich Natur und Kunst durchdringen. Von schön angelegten Sitzplätzen aus kann man

Teun Hocks

über Verbindungswege und Treppen gehen und hat freie Sicht aufs weite Meer hinaus und hinunter zur Ebene bis zum Strand, wo in schnellgebauten Zonen die Touristen untergebracht sind. Dieser Garten hat die Poesie einer Collage von unterschiedlichen Wahrnehmungsräumen mit viel Liebe zum Detail. Man durchschlendert aneinandergefügte Empfindungszonen, welche die Sinne sensibilisieren und Zusammenhänge spürbar machen. Der alte Tagoror-Kreis aus früherer Zeit in der Mitte gibt dem Geflecht rundum die Stille. Hier können sich weiterhin Menschen finden und ihre Ansprüche verhandeln. Hier können sie tanzen und sich danach in die Büsche schleichen.

KünstlerInnen haben zu allen Zeiten versucht, mit spielerischen und schöpferischen Mitteln dort etwas einzubringen, wo es für das Leben eng wird. Ihre Verschiebungen der Wahrnehmung unterwandern unsere starren Bezugssysteme und geben Anstoß zu einem Spiel mit dem Möglichen. So habe ich auch die von irgend jemandem in der Vollmondnacht hingestreuten bunten Konfetti auf dem schwarzweiß gekiesten Weg als ein Kunstwerk empfunden, vielleicht auch als notwendige Ironie.

Bruno Müller-Meyer

Bernd Bauer und Sabine Kühne
Kaktusmann

Kunst als Natur

Arbeit und Öffentlichkeit

Noch nie war unsere Lebenswelt so bunt, tönend und kontaktfroh wie heute: Musik im Aufzug, Fernsehen im Bahnhof, online im Supermarkt. Wir leben in einem unterhaltsamen Generator von Bildern und Tönen und würden es gar nicht merken, wenn es die Kunst nicht mehr gäbe. Seit Jahrzehnten hat sich die Projektionsmaschine der Medien ausgedehnt, ist dichter und engmaschiger geworden, bis sich jetzt – aufgeschreckt, als würden die letzten Fenster hinaus in die vormediale Landschaft geschlossen – eine nervöse Diskussion entspinnt. Podiumsgespräche, Talk Shows und Zeitungskolumnen fragen sich alle: Was ist mit der Kunst im Zeitalter der digitalen Produktion? Der herrschende Tonfall ist entweder von Euphorie oder von Kapitulation geprägt, nicht selten auch in Mischformen: nach Art jenes intellektuellen Masochismus, der vor der Übermacht der Technik freiwillig abdankt. Die Argumente des konservativen Kulturpessimismus und der futuristischen Technikbegeisterung sind gar nicht so weit auseinander, und oft trifft man glühende Wechselwähler zwischen den beiden Polen. Beide Parteien sprechen von der „Kulturzerstörung": warnend die einen, auffordernd die andern. Blicken wir zum Anfang des Jahrhunderts zurück, treffen wir ähnliche Haltungen bei Oswald Spengler und Tommaso Marinetti in deren Pas de deux aus Maschinenpathos und Klassizismus. So wird die Tradition als bedrohendes und zugleich bedrohtes Erbe seit einem Jahrhundert im Jubel und unter Klagen dem Scheiterhaufen überantwortet.

Der Umwertung unseres Verhältnisses zum kulturellen Erbe werden weder Larmoyanz noch Euphorie gerecht, vielmehr sind beide Haltungen nur Symptome eben dieser Umwertung. Im gegenwärtigen Stadium wäre eine nüchterne Analyse notwendig. Zwei Werte, die sich im Lauf der Neuzeit herausgebildet haben, stehen zur Disposition: Arbeit und Öffentlichkeit. Selbstverständlich wäre es vermessen von mir, die sozialen, ökonomischen, technischen Verflechtungen darzustellen, die der Rationalisierungsschub der neuen Informationstechnologie hervorruft. Als Kunsthistoriker kann ich nur die ästhetische, als Zeitgenosse nur die lebenspraktische Seite dieser epochalen Umwälzung ansprechen. In diesem eingeschränkten Blickwinkel schürzt sich die Umwertung von Öffentlichkeit und Arbeit in einem Phänomen, das gemeinhin als „Virtualisierung" bekannt ist. Übersetzt auf die Alltagserfahrung: Es wird immer überflüssiger, persönlich anwesend zu sein. Wir sind vernetzt; als Arbeitende, Verkehrende und Handelnde entkoppelt sich unser Verhältnis zum Gegenstand der Arbeit, des gegenseitigen Verkehrs und des Handelns. Das Operationsfeld ist der Bildschirm. Die neue Kommunikationstechnologie ermöglicht es uns, auf die Welt einzuwirken, ohne sie zu betreten. Arbeit, Verkehr und Handeln geschehen unter Ausschluß der Öffentlichkeit. Die Informationstechnologie fördert, mit Mitscherlich gesprochen, spurlose Arbeit.

Was hat das jetzt mit Kunst zu tun? Sehr viel. Denn die Entwicklung betrifft die Substanz der Kunst, wenn wir Kunst definieren als eine öffentliche Tätigkeit, sowie den Umgang mit Kunst als ein Arbeiten mit deren Material.

In der abendländischen Kultur vor der Medienrevolution war Kunst ganz selbstverständlich eine Angelegenheit vor versammeltem Publikum. Edmund Burke hat in seiner Ästhetik die Pflege des Schönen als einen sozialen Akt beschrieben. Das Schöne fördert die Geselligkeit, denn wo sonst begegnete man ihm im 18. Jahrhundert als in Kirchen, Theatern und Konzertsälen? Man mußte seine lichtlose Kammer verlassen haben, das braungraue Einerlei von Sandstein, Mörtel und Kot in den engen Gassen durchquert, ein schweres Portal aufgestoßen, wo es dann plötzlich entgegentrat: das glimmende Glasfenster der Kathedrale, mit einer Seltenheit an Farben, die selbst die Brokatgewänder der reichsten Damen in der Stadt weit in den Schatten stellte. Oder man war abends, bei Regen, der Kutsche entstiegen, und ein Festsaal mit funkelndem Licht und dem Duft von tausend Kerzen und Fackeln überfiel die Sinne, während das rohe Klangmaterial der Instrumente beim Stimmen im Orchestergraben kochte, dem schließlich die Musik entsteigen würde, wie die Schöpfung dem Schoß des Chaos.

Seit es das Radio und den Fernseher gibt, erschließt sich das Kunstschöne per Knopfdruck im Schlafzimmer. Der bunte, laute Generator, der uns allgegenwärtig umgibt, mag augenblicklich und perfekt unser Bedürfnis nach schönen Eindrücken befriedigen. Eines kann er, im Gegensatz zur Kunst, nicht leisten: Uns zusammenführen in Genuß und der Pflege des Schönen. Die elektronischen Medien privatisieren das ästhetische Erleben, indem sie den Verbraucher unter Umgehung der Öffentlichkeit über Antenne und Kabel erreichen. Die Kunstpflege wird so ihrer sozialen Bedeutung beraubt.

Die sinnliche Qualität der Kunst ist gegen die Medienkonkurrenz besonders zu betonen. Der scheinbar oberflächliche Rahmen wie Vernissagen und Konzertpausen sind wahrzunehmen als die soziale Basis ästhetischer Erfahrung. Der gesellige Betrieb um die Kunst soll uns bewußt machen, daß wir zusammengekommen sind, um Kunst zu genießen und zu beurteilen – den Puristen, die an der Kunst nur das Geistige schätzen, zum Trotz. Kunst ist Kommunion der Sinne. Sie hat, mit Burke gesprochen, die soziale Qualität, die Menschen zusammenzuführen. Mit der Kunstpflege halten wir die Idee der Öffentlichkeit aufrecht. Als Gegenpol zu den elektronischen Medien bietet Kunst die notwendige Verlangsamung der Kommunikation auf das Maß des Menschen, der in seinen Empfindungen und Bedürfnissen hartnäckig analog bleibt. Als Körperwesen sind wir nicht digitalisierbar.

Kunstwissen und Technologie

Damit sei eine Auffassung bekämpft, denen die Medien-Euphoriker anhängen: daß die Kunst in der neuen Informationstechnologie aufgehen werde. Die Einheit von Kunst, Technik und Wissenschaft gehört zu den modernen Utopien, deren Erfüllung fatal wäre. Gewiß: Einst war die Kunst intuitive Wissenschaft vom sinnlich Erfahrbaren gewesen, ein hochtrainiertes Können auf der Höhe der technischen Möglichkeiten ihrer Zeit. Leonardo hatte sein Ansehen als Lautenspieler, Dichter und Ingenieur gewonnen. Die Architektenfamilie der Neumanns war hervorgegangen aus einer Dynastie von Kanonengießern zu Kriegs- und Glockengießern zu Friedenszeiten. Ließ ein Maler des 17. Jahrhunderts seine camera obscura von einem Tischler anfertigen, konnte er diesem bei der Arbeit über die Schultern blicken, um die Ausführung des Geräts mitzubestimmen; er hatte seine eigenen Erfahrungen im Umgang mit optischen Geräten. Der Spielraum der technischen Produktion für künstlerische Sonderwünsche schrumpfte aber mit der Ausbreitung seriell gefertigter Produkte. An einer Fotokamera vom Fachgeschäft gibt es nichts mehr herumzutüfteln.

Die „autonome" Kunst ist ein Reflex auf die industrielle Entwicklung. Der Künstler blieb Handwerker; sein Diskurs koppelte sich ab vom Diskurs der Wissenschaft und Technik. Zur Welt der Industrie, die ihn mit den Materialien zur Kunst versorgte, konnte er nur noch einen ästhetischen Standpunkt einnehmen. Hängebrücken im Abendlicht, die Stimmung einer dampfgeschwängerten Bahnhofshalle, Verkehrsgeräusche und Fabriksirenen gaben der Kunst neue Motive ab. So wie die Kunst sich nur noch mimetisch auf die moderne Wissenschaft beziehen kann, ist sie technisch eine Konsumentin industrieller Verfahren. Meistens hat die Technik schon realisiert, wovon die Künstler noch träumen. Ihre Fortschrittsbegeisterung hinkt dem real existierenden Fortschritt hinterher. Die Künstler der Avantgarde gingen die Probleme der Industriekultur zu kunstlässig an. Als Artokraten hatten sie sich vorgenommen, das Rad nochmals zu erfinden – mittels Kunst. Die russischen Konstruktivisten erhoben Lenins politische Formel „Sowjet plus Elektrifizierung gleich Kommunismus!" zum Programm für Textilentwürfe und Kaffeetassen an den reformierten Kunstgewerbeschulen. Wladimir Tatlin machte sich gar den ewigen Menschheitstraum zu eigen und bastelte an einer Flügelmaschine, mit der, nach der Sage, schon Meister Dädalus dem Labyrinth von Knossos entflogen war.

Moderne Technik und Wissenschaft jedoch verdanken sich gerade der Einsicht, daß die Natur Gesetzen unterworfen ist, die keine Ähnlichkeiten mit dem organischen Leben haben. Das Flugzeug wurde entwickelt, nachdem man vom Studium des Vogelflugs abgerückt war und statt dessen die Gesetze der Aerodynamik studiert hatte. Die ersten Menschen, die so ein Gerät starten sahen, waren denn auch verblüfft über das gerupfte, starre Gerippe aus Eisen, Holz und Leinwand, dessen dröhnender Benzinmotor so gar nichts vom Zwitschern der Schwalben an sich hatte. Die Nutzung der Elektrizität wurde erst möglich, als man sich von Galvanis Vorstellung lossagte, wonach jene eine Erscheinungsform der Lebensenergie sei.

Mit Foucault gesprochen: Die moderne Episteme brach mit dem Denken in Ähnlichkeiten; in der Kunst jedoch bleibt dieses Denken aufbewahrt. Die moderne Wissenschaft zerlegt die Natur, während die Kunst sich einfühlend in sie versetzt. Für die Kunst gelten analoge Verhältnisse zwischen Naturgesetzen und menschlichen Neigungen, so wie es Goethe in den „Wahlverwandtschaften" beschreibt. Das vergleichende Erkennen steht auf der Grundlage der alten Naturphilosophie und der Alchemie. Vom wissenschaftlichen Standpunkt her mag das Werk von Paracelsus veraltet sein; im Feld der Kunst ist seine methodische Einstellung zur Welt gültig geblieben. Ein zentraler Begriff der Alchemie ist die *imaginatio,* die Einbildung, von Paracelsus auch das „innere Gestirn" genannt: Wie ein Magnet zieht die *imaginatio* den Eindruck der vorgefundenen Dinge in den Kopf des Forschers, wo seine Versuchsanordnungen im Sinne der Ideen destilliert und geklärt werden. Das alchemistische Experiment ist ein Reinigungsvorgang. Die sieben Metalle Blei, Zinn, Eisen, Kupfer, Quecksilber, Silber und Gold entsprechen den sieben Planetensphären Saturn, Jupiter, Mars, Venus, Merkur, Mond und Sonne. Diese gilt es zu durchdringen, um den Geist in den höchsten Stand der Erkenntnis zu versetzen. Die Maler standen im Kontakt mit den Chemisten und deren Spekulationen, da auch sie bei der Herstellung der Farbe sich mit dem Gewinnen, Verbinden und Trennen von Materie beschäftigten. Die Musiker lehnten sich an die darstellende Geometrie und die Mathematik an, die auch in der Astronomie angewandt wurden. Die *Harmonischen*

Gesetze waren im Einklang mit der Schönheit eines Nachthimmels. Musik brachte die unhörbaren Sphären der Gestirne zum Klingen, deren Proportionen wiederum mit den Gliedmaßen des Menschen übereinstimmten. Von diesem nahmen die Architekten mit Fuß und Elle ihr Maß und übersetzten die gewonnenen Verhältnisse in die „gefrorene Musik" der Baukunst.
Die Einsichten der Kunst in die Natur bleiben vorwissenschaftlich. Sind sie daher falsch? Dieser Text sei ein Plädoyer für zwei unabhängige Denkprogramme zur Interpretation der Welt. Wissenschaft verhält sich analytisch, Kunst verhält sich *mimetisch* zur Natur. Erstere eröffnet eine technische, letztere eine imaginative Produktionsweise. Beide Verfahren sind gleichberechtigt und dürfen nicht unbedacht vermengt werden. Es gibt kein Zurück in eine Zeit, als Kunst und Technik sich auf dem Gleichstand des Wissens befanden, als Künstler Dekorateure fürstlicher Pracht und Techniker des Kriegs waren. Unter den industriellen Bedingungen der Moderne droht der Königstraum von Kunst und Wissenschaft in totalitären Systemen zu enden. Eine klare Gewaltentrennung zwischen technischer und imaginativer Produktion verhindert jene Mischung von Euphorie und Kapitulation, von der eingangs die Rede war. Die eine Haltung führt in die Technokratie, die andere in die ökologischen Nischen der Esoterik. Die Unvereinbarkeit von Kunst und Wissenschaft muß zu anderen Einsichten und Handlungsmodellen führen.
Die Maxime einer Gewaltentrennung zwischen Kunst und Wissenschaft kann sich berufen auf die nüchterne Einschätzung Hegels, der vom „notwendigen Anachronismus" der Kunst sprach. Ihre Bedeutung liegt gerade darin, daß sie, vom wissenschaftlichen Standpunkt betrachtet, ein „veraltetes" Medium von Weltanschauung darstellt. So geht etwa die Blütezeit der Emblematik in der Malerei einher mit dem Niedergang der Alchemie, als sich die Wege zwischen spekulativen Naturforschern und wissenschaftlichen Laborchemisten zu Beginn des 17. Jahrhunderts zu trennen begannen. Zur spirituellen Richtung gehört jene „Bruderschaft vom Rosenkreuz", gegründet von einer Gruppe protestantischer Theologiestudenten, deren Theorien die Grundlagen einer literarischen Spiritualität legten, die in der Romantik wieder aufglühte.
Die Kunst als anachronistisches Denkmodell entwickelt durch die Reibung mit dem technischen Fortschritt eine schöpferische Erneuerungskraft. Die gegenseitige Befruchtung von imaginativer und technischer Praxis zeigt sich auf dem Feld der Reproduktion. Alle Erfindungen auf dem Gebiet der Vervielfältigung von Information lösten Fragen aus, die der heutigen Mediendebatte nicht unähnlich sind. Macht der technische Fortschritt in der Reproduktion die Kunst überflüssig? So wie heutige Medientechnokraten denken, dachten einst die sparsamen Kalvinisten. Angesichts der Möglichkeit, daß die Heilstatsachen drucktechnisch in großer Auflage und kostengünstig verbreitet werden konnten, machte die bildende Kunst als Medium für die Gläubigen zur reinen Geldverschwendung. Der Bürger verfügte jetzt über die Bibel im Klartext. Kunst war für Zwingli eine „Krücke für die Blöden". Doch die geizigen Reformatoren sollten nicht recht bekommen.

Peter Hutchinson, Iris-Mariposa-Foundation

Das Buch hat das Bild nicht ersetzt – im Gegenteil: Als Transportmittel von grafischen Blättern, von kunsttheoretischen Programmen und kunstgeschichtlichen Thesen schuf der gedruckte Text die Bedingungen für die bildende Kunst der Renaissance.

Der technische Fortschritt in der Reproduktion führt zu einer innovativen Rückkoppelung in den herkömmlichen Verfahren der Kunst. Ein paar moderne Beispiele: Die Fotografie beeinflußte die Malerei, indem sie die Avantgarde zur Montagetechnik und zum Kubismus anregte. Ähnlich hat der Film auf das Theater gewirkt, das sich, inspiriert vom Rhythmus des kinematografischen Bildes, aus dem Korsett der Guckkastenbühne befreite. Gehen die Menschen nicht mehr ins Konzert, seit es die Schallplatte gibt? Die Reproduktionstechnik hat hier einen gewaltigen Schub erzeugt. Die Tonkonserve speichert das vergängliche Musikereignis und ermöglicht die historische Interpretationsanalyse. Sie erschließt neue Publikumskreise, wobei sie einerseits Geschmacksmonopole und Starkult fördert, andererseits aber auch – durch Internet und CD-Verlage – jungen Künstlerinnen und Künstlern eine Plattform schafft.

Kunst wird durch Reproduktion als ein Medium erkennbar, in dem technische und imaginative Verfahren in ihrer Wechselwirkung erscheinen. Die Einsicht in den medialen Charakter der Kunst ist nicht nur von taktischem, sondern auch von kreativem Interesse; sie ermöglicht es, die Sphäre der technischen Produktion kreativ zu unterwandern. Technische Errungenschaften werden nie für die Kunst erfunden. Das Radio und der Computer, unverzichtbare Apparate für die Herstellung und Verbreitung von Musik, waren zu Kriegszwecken entwickelt worden. Indem die Kunst sie für ihre Verfahren nutzt, führt sie einen Gegendiskurs zur Technik mit den Mitteln der Technik. Sie verfremdet die instrumentelle Zielsetzung, die dem Material innewohnt und erinnert so an die Notwendigkeit, sich auf die Welt nicht nur praktisch, sondern auch ästhetisch zu beziehen. Imaginative Produktion unterbricht die technische Produktion. Sie verwandelt das instrumentelle Ausbeutungsverhältnis zur Natur in ein mimetisches Arbeiten mit ihr. Die Künstlerin, der Künstler mögen sich mit digitalen Geräten auf dem aktuellen Höchststand der Technik bedienen: ihr Verhältnis zu den Produktionsmitteln bleibt alchemistisch einfühlend.

Im Diskurs der Kunst gilt noch immer das kosmologische Modell der Schöpfung als der megas anthropos, der große Mensch, dem wir, die kleinen Menschen, als Ebenbilder in ähnlichen Proportionen, Harmonien und Elementen einbeschrieben sind. Kunst und Humanwissenschaften bilden die „Humanities", Disziplinen, die sich die Welt vom Menschen her denken. Mit einer „menschlichen" Welt ist die gute Welt gemeint. Der Glaube an die Möglichkeit, die Natur zum Guten zu beeinflussen im Sinne einer „Humanität", ist die Aufgabe der Kunst, die wissenschaftlich nicht zu begründen ist. Die technische Produktion beschäftigt sich mit Fragen nach dem Wie?: Wie kann etwas schneller, nützlicher und billiger produziert werden? Die Fortschritte in der Wissenschaft verdanken sich dem analytischen Geschick, Warum?-Fragen in Wie?-Fragen aufzulösen. Kunst und Humanwissenschaften aber fragen nach dem Warum?, da sie ihrer anachronistischen Natur nach die Probleme der Metaphysik in die wissenschaftlich entzauberte Welt hineintragen.

Die Kunstproduktion errichtet technisch und praktisch eine Gegenposition zur Welt der Wissenschaft und Industrie. In ihren Methoden und Theorien setzt sie das Erbe der Alchemie fort unter den Bedingungen und im Schatten moderner Wissenschaft. Die Künstlerin, der Künstler verhält sich zur industriellen Realität wie die Hebamme zum modernen Spitalbetrieb.

In den künstlerischen Verfahren läßt sich eine anthropologische Konstante feststellen: das Festhalten an einem animistischen, magischen Diskurs über die Grundfragen des Menschen: Woher kommen wir? Wer sind wir? Was sollen wir tun? Wohin gehen wir? Die Wissenschaft kann darauf keine Antworten geben; sie kann nur Probleme lösen, da sie sich technisch zum Leben verhält. So vollständig es unser praktisches Leben beherrscht, kann das technische Wissen das hartnäckig überlebende metaphysische Bedürfnis nicht befriedigen. Das Kunstwissen verhält sich imaginativ zum Leben; ihr Weltbild beruht noch immer auf dem Makrokosmos-Mikrokosmos-Modell neuzeitlicher Naturphilosophie. Es wundert also nicht, wenn jedes Werk der Kunst, mag es noch so überraschen in der Neuheit seines Ausdrucks und seiner technischen Verfahren, in seinem Sinnfragen uns so altvertraut und heimatlich erscheint.

Die zwei Denkprogramme wissenschaftliches Wissen und Kunstwissen benötigen einen Kulturvertrag, der auf die Gewaltentrennung baut. Es gibt gegenwärtig Strömungen in Wissenschaft und Technik, die die Sinnfrage – von der Gentechnologie bis zu Flügen zum Mars – alleine zu lösen beansprucht. Die Monokultur der technischen Produktion neigt dazu, industrielle Sachzwänge und ökonomische Interessen mit New-Age-Gebaren zu verschleiern. Doch Metaphysik ist Kunstsache!

Ethik und Information

Die Gesellschaft braucht den Anachronismus der Kunst zum Überleben. Nicht nur, weil ihr sonst der Sinn abhanden käme; in der Tat ergeben Profitmaximierung und Beschleunigung von Produktion und Information, für sich genommen, noch keine geistige Lebensqualität. Der Verlust der Sinngebung hätte die Desintegration der Gesellschaft zur Folge. Die Informationsgesellschaft droht zu einem System unter Ausschluß der Öffentlichkeit zu werden. Hochinformierte, chronisch überarbeitete Minderheiten thronten in gläsernen Büroetagen mit Aussicht auf ein Meer urbaner Verelendung. Die Datenkanäle erreichten die da oben unter Umfahrung der zerfallenden Stadtteile und Banlieus. Wie heute schon in Rio de Janeiro oder in Los Angeles, kehrten diese wenigen, die die Informationsgesellschaft ausmachen, abends in ihre befestigten Bungalow-Siedlungen zurück, deren Golfplätze und Jacuzis von Privatmilizen bewacht würden. Der Sohn studierte in Harvard, da die staatlichen Bildungseinrichtungen obsolet sind. Die Informationsgesellschaft zahlte ja keine Steuern und könnte sich daher den sozialen

Service privat leisten. Ein solches Szenario ist in Ländern, die wir zur Dritten Welt zu zählen pflegen, bereits Wirklichkeit. Wir sind auf dem Weg, uns diesem Standard anzupassen. Die Frage ist nur, wie lange die Informationsgesellschaft ihr Inseldasein überleben kann, wenn das soziale Netz ganz zerrissen ist. Anschauungsmaterial einer möglichen Zukunft in Europa bieten die Nachrichtensendungen über Hungeraufstände und Bandenkriege in den bankrotten Tigerstaaten Südostasiens. Informationstechnologie und Know-how schaffen noch kein gesellschaftliches Netz. „Online sein" heißt noch lange nicht dabei sein. Und überdies verfügt die Mehrheit auf der Erde nicht einmal über eine Steckdose – jene technische Bedingung der Möglichkeit, der Informationsgesellschaft anzugehören. Die Informationsgesellschaft ist nachtraditional. In ihren Erscheinungsformen gleicht sie sich überall in der Welt: von Hongkong über Neu Delhi bis Houston/Texas. Die regionale Kultur und Geschichte werden noch als Folklore gepflegt für die Touristen. Der Erfolg der weltweit vernetzten Informationsgesellschaft besteht gerade darin, die Fesseln ihrer kulturellen Herkünfte gekappt zu haben. Die Informationsgesellschaft braucht Kunst allenfalls als Investitionsobjekt zur Dekoration von Bankfoyers. Ein öffentlicher Diskurs findet nicht statt. Die mediale Unterhaltungsindustrie macht Museen, Theater und Opernhäuser, jene veralteten, teuren Institutionen bürgerlicher Öffentlichkeit, überflüssig. Es kommt zu Schrumpfformen öffentlicher Kunstpflege: Pavarotti als Don Giovanni online aus der Mailänder Scala auf einem Großbildschirm auf der Bühne eines aufgelassenen Theaters – zum Beispiel in Milwaukee/Tennessee –, für dessen Ensemble zwar kein Geld mehr da war, aber noch immer eine Klientel, die sich dann und wann gern in der Abendrobe zeigt. Kunst braucht Öffentlichkeit – und zwar nicht nur im erfüllten Tatbestand eines sich versammelnden Publikums. Kunst braucht Öffentlichkeit in Form von Rezensionen, Berichten, Debatten. Im Diskurs um die Kunst verknüpft sich ästhetische Erfahrung mit Fragen der Ethik. Das altmodische Wort enthält Stolpersteine für den reibungslosen Fortschritt. Im Begriff schon steckt ein Beharrendes, auf ein „Früher" Verweisendes. Ethos heißt: Gewohnheit, Sitte, Brauch. Ethik ist die Lehre von den Leitlinien des Handelns, die durch Alter und Überlieferung legitimiert erscheinen. Ethos ist der traditionale Kern jeder Kultur, sofern wir Kultur definieren als die Gesamtheit der Erscheinungsformen, womit eine Gesellschaft die Lebensinteressen ihrer Subjekte nach Gewohnheit, Brauch und Sitte reguliert.

Von Adorno stammt das schöne Paradox, wonach „Kunst die Natur nachahme": jedoch nicht nach deren äußeren Formen, sondern in deren „Ansichsein". Ein Ort, der diesen Gedanken körperlich erfahrbar macht, ist das Kulturprojekt MARIPOSA auf Teneriffa, eine Denkwerkstatt ganz eigener Prägung, realisiert von Helga und Hans-Jürgen Müller. Hier machen die gestalterischen Arbeiten von über 50 internationalen Künstlern und deren Kunst-Inszenierungen nicht nur die Natur des Ortes sichtbar. Hier verschmelzen Natur und Kunst. Die Imagination des Künstlers, angeregt durch die Philosophie des Projektes Atlantis-MARIPOSA ebenso wie durch den vorgefunden Ort mit seinen Farben, Materialien und der Kultur der Region, führt zu der von Burke genannten „sozialen Qualität, Menschen zusammenzuführen", weil dieser künstlerisch gestaltete Ort „Kommunion der Sinne" ist. Hier liegt die Bedeutung von MARIPOSA, das in seinen Häusern und Gärten Gäste aus Wirtschaft, Politik und Wissenschaft wieder in innere Verbindung bringen will mit Kunst und Kultur, mit der imaginatio und dem megas anthropos, mit dem Ziel, erneut die Erkenntnis der Bedeutung von Kultur und Ethos in die Welt der Entscheidungsträger zu bringen, und damit die kontinuierliche Desintegration der Gesellschaft zu stoppen. In der Alchemie sprach man von der „kymischen Hochzeit". Leonardo da Vinci sagt: „Eine Erfahrung, die nicht durch die Sinne gegangen ist, kann keine andere Wahrheit erzeugen als eine schädliche." Das Kulturprojekt MARIPOSA lädt ein, zukunftsfähige Wahrheit hervorzubringen.

Beat Wyss

Warum Schönheit zur größten Wirtschaftskraft im 21. Jahrhundert werden muß

Was ist Schönheit? Diese scheinbar einfache, doch schwer zu beantwortende Frage zieht ständig vor meinem geistigen Auge hin und her. Ich suche nach Begriffen, forsche nach den richtigen Worten, um das erwartungsvolle Weiß des Papiers mit Synonymen, Metaphern und Erklärungen zu füllen, die das faszinierende Geheimnis der Schönheit enthüllen sollen.

Schönheit sei das Wetterleuchten der Wahrheit, sagt Erasmus von Rotterdam, und Oscar Wilde sieht in der Suche nach Schönheit den Sinn des Lebens. Physiker erklären sogar, daß man die Richtigkeit einer Formel daran erkenne, daß sie schön sei.

Das Wesen der Schönheit scheint bereits im menschlichen Genom verwurzelt. Wie sonst wäre es zu erklären, daß der Mensch seit Beginn seines Daseins nach schönen Dingen strebt, daß er sich in künstlerischen Kreationen auszudrücken versucht?

Doch nicht nur in den hehren Sphären der Kunst zeigt sich das Schöne, auch unser Alltag wird von ihr begleitet. Sei es die motivierende Wirkung eines wundervollen Sommertages, der Anblick eines schönen Menschen oder die Begegnung mit einem künstlerischen Werk. Auch die Schöpfung gründet sich auf Schönheit: Der Luxus aus Formenvielfalt, Farbenpracht, Symmetrie und Harmonie dominiert in der Evolution. Die Natur überschüttet uns mit Schönheit, wie der Liebreiz einer Blume oder die Verzauberung durch eine märchenhafte Winterlandschaft.

Das Bedürfnis nach Schönheit wirkt in der Wirtschaft. Marktstrategen und Produktdesigner haben längst erkannt, daß Schönheit verzaubert, Sehnsüchte beschwört und Konsumbedürfnisse weckt. Das ist aktueller denn je. Wir erleben ein Jahrhundert, das von hektischer Globalisierung, Börsenspekulationen und Megafusionen gekennzeichnet ist, ein Jahrhundert, in dem virtuelle Welten unsere Erfahrungen mit der Wirklichkeit verändern, ein Jahrhundert, in dem Daten- und Geldströme blitzschnell um den Globus rasen, ein Jahrhundert der rigorosen Ausbeute natürlicher und menschlicher Ressourcen – ein solches Jahrhundert ist auch von Lärm, Streß und zunehmender Häßlichkeit geprägt. Und Häßlichkeit macht krank. Häßlichkeit verkauft sich auch schlecht, wie der amerikanische Designer Raymond Loewy bereits in den 50er Jahren erkannte.

Die Menschen wollen, so fand ich bei vielen meiner Vorträge als Zukunftsforscher heraus, eine persönliche Zukunft statt Fortschritt, der immer zerstörerischer empfunden wird, sie bevorzugen individuelle Perspektiven statt vager Versprechen. Deshalb wird die Frage nach Schönheit, nach Lebensqualität in allen Teilen der Gesellschaft gestellt werden. Und sie muß gefordert werden, denn an Häßlichkeit gewöhnt man sich und stumpft ab, das Bewußtsein für Schönheit verkümmert und geht verloren, selbst an den Schulen wird wenig unternommen, den Kindern die wichtigsten ästhetischen Grundregeln zu vermitteln.

Für die persönliche, individuelle Schönheit wird hingegen bereits viel Geld investiert: Schönheitskliniken, Wellness-Studios und Kosmetika haben Hochkonjunktur. Schönheit ist eines der ganz großen Konsummotive, denn längst sind in den westlichen Industrienationen die elementaren Grundbedürfnisse wie Essen, Trinken und Wohnen weitgehend befriedigt, die Märkte gesättigt. Vom reinen Versorgungsabsatz kann die Wirtschaft nicht existieren. Auch der Arbeitsmarkt wird von der Schönheit profitieren, denn Maschinen und Computer haben den Menschen als industriellen Produktionsfaktor längst überholt. Deshalb gilt es Bedürfnisse zu fördern, die bereits Produkte fordern, die mit menschlicher Arbeitskraft und humanem Kapital hergestellt werden, wie beispielsweise Handwerk, Dienstleistung und Kultur. Auf diese Weise entstehen hochproduktive, kreative und ertragreiche, somit sinnvolle Arbeitsplätze. Gerade die Kultur wird, nach Ausschöpfung und Sättigung des primären, sekundären und tertiären Sektors, das volkswirtschaftliche Potential der Zukunft darstellen. Damit ergibt sich aus der Schönheit die große wirtschaftliche Chance des 21. Jahrhunderts.

Allerdings müssen wir die Schönheit in allem wiederentdecken, denn es geht nicht nur um ein gelungenes Design, sondern um unsere Lebensqualität und zivilisatorische Zukunftsperspektive. Die menschliche Natur besitzt, wie gesagt, ein tiefes Bedürfnis nach Schönheit, und Märkte folgen Bedürfnissen. Und Unternehmen folgen Märkten. Deshalb wird die Wirtschaft bereits aus marktpolitischen Erwägungen über die Ökonomie der Schönheit Wege zu neuen Märkten eröffnen. Es wird, davon bin ich überzeugt, das handgemachte, schöne Unikat den Massenartikel ergänzen, es wird eine Renaissance des Handwerks stattfinden, ein geschärftes und produktives Umweltbewußtsein entstehen, und die „schnelle Welt" wird ihr Tempo wieder verlangsamen, damit nicht nur Computernetzwerke profitieren, sondern auch Menschen – denn Computer kaufen keine Produkte.

Was kann man daraus folgern? Managern wird mehr und mehr bewußt, gleichwohl es für die reine Betriebswirtschaft suspekt erscheinen mag, daß es gerade die Magie und vor allem die Schönheit, sprich das unerklärlich Anziehende an einem Produkt sind, die Erfolge garantieren. Firmen, die auf den Aspekt des Schönen setzen, werden sich am Markt besser behaupten können – einerseits, weil sie neue Alleinstellungsmerkmale finden können und unterscheidbar werden, andererseits, weil die Menschen und damit die Kunden von einer Wiederverzauberung ihrer eigenen Welt sowie unseres geschundenen Planeten träumen. Deshalb liegt nichts näher, als solche Gedanken zu konkretisieren und umzusetzen. „Manifestation not discription ..."

So ist MARIPOSA entstanden – als Ort voller Schönheit und Harmonie. Neben vielen Künstlern haben sich namhafte Unternehmen an diesem Projekt beteiligt. Die Firmen haben erkannt, daß hier völlig neue Präsentationsmöglichkeiten ihrer Produkte möglich sind. Auch die goldene Treppe auf MARIPOSA ist ein imposantes Stück metaphorischer Architektur – eine Verbindung zwischen materieller und geistiger Welt. Ohne weltfremd zu sein: Sponsoren haben Option, an dieser Treppe, die Vergangenheit, Gegenwart und Zukunft verbindet, mitzubauen. Wer die Gelegenheit erkennt, seine Unternehmensphilosophie auf einer der goldenen Titanplatten festzuschreiben, wird sich nicht nur heute und morgen, sondern Epochen überdauernd und ungewöhnlich in Erinnerung halten – Marketing in Reinkultur: Wer im Gedächtnis bleiben will, muß Spuren hinterlassen.

MARIPOSA, der Schmetterlingsort, ein Platz, an dem zukunftsweisendes Denken entstehen wird. Das rationale, logische, lineare Denken versagt in einer hochkomplexen Welt immer mehr: Wir benötigen ein expansives Denken, ein Denken in Perspektiven, Möglichkeiten und Zusammenhängen, wie ich es sage – oder, wie es Trendforscher Gerd Gerken ausdrückt: die Fähigkeit, gegen das bisher gedachte Denken neu zu denken. Nach Jahren der langen Reden, der eindimensionalen Schulungen in Hotelsälen oder des Abmühens bei Outdoor-Veranstaltungen wird die Wirtschaft und Politik Orte suchen, an denen neues Denken möglich ist. MARIPOSA ist ein solcher Ort. Ein Ort mit magischem Zauber. Ein Ort, an dem ich meine Frage „Was ist Schönheit?" nicht mehr stellen muß.

Oliver W. Schwarzmann

Rudolf Bott
Gefäß

Der Süden Teneriffas zeigt die bunte Vielfalt vulkanischer Steine und...

...Kakteen

Über den Eigensinn

Am Anfang waren die Gerüchte über das „Geschenk 2000" namens „Atlantis", später MARIPOSA, das Hans-Jürgen und Helga Müller aus Stuttgart „der Menschheit" geben wollten. Auf Teneriffa sollte es entstehen, als ein „Ort der Schönheit, als Ort eines geistigen Rats der Völker", wie Helga in einem Gespräch vom Sommer 1999 rückblickend diesen an Jaspers „Akademie auf Zeit" orientierten Ort der Wandlung bezeichnete. Ich war neugierig geworden, beschäftigte ich mich doch in dieser Zeit der 80er Jahre – und noch heute – mit den utopischen Entwürfen und Modellen unserer Gegenwart, die im Sinne Ernst Blochs „einen Gegenzug gegen das schlecht Vorhandene" darstellen oder darstellen wollen. Ich hatte mich auf die Suche begeben nach den gegenwärtigen „Grundrissen einer besseren Welt" (Bloch), die als Sozialutopien auf den Zusammenbruch unseres abendländischen Welt- und Selbstverständnisses nach dem Zweiten Weltkrieg und die anschließende „friedliche" Verökonomisierung unseres Wunschdenkens mit Gegenentwürfen antworteten.

Im Gegensatz zur Rede vom „Ende der Utopien" sehe ich auch in unserer Welt noch eine Fülle von Utopien, mögen sie auch nur Partial-Utopien sein, mögen sie sich nur im Kleinen verwirklichen oder an Sachzwängen und der Macht wirtschaftlicher Effizienzforderungen oder an dem Diktat des postmodernen Sich-nicht-Festlegens scheitern. Diese Utopien unserer Zeit reichen vom Ökoregionalismus bis zu spirituell-kosmologischen Vorstellungen, von Gemeinschaftssiedlungen aller Art bis zu „Orten der Weisen". Als Modelle erstreben sie den Multiplikationseffekt einer sich transformierenden Gesellschaft. Die Kritik am gesellschaftlichen Sosein ist gewissermaßen ihr erster utopischer Schritt. Aus dem transformativen Streben ergibt sich der zweite utopische Schritt, der aus der Kritik erst zur Utopie führt: Der utopische Handlungsentwurf, der einen Ordnungsentwurf für eine bessere Gesellschaft darstellt. Die gebaute Umwelt ist Bestandteil solcher Neu-Ordnungen. Ernst Bloch sprach von Bauten, die eine bessere Welt abbilden; Wolfgang Biesterfeld bezeichnete Architektur und Städtebau als Stimulantia utopischer Lebensweise, und Julius Posener fragte, ausgehend von Aristoteles' Glückserfüllungsforderung an den Städteplaner, nach der utopischen Dimension einer Architektur für das Glück. Poseners Fragezeichen bezieht sich auf den dritten utopischen Schritt: den Handlungsvollzug. Allerdings kann Architektur als solche niemals schon utopischer Handlungsvollzug sein, sondern ist es nur als Teil-Verwirklichung eines alle Lebensbereiche umfassenden gesellschaftlichen Gegenmodells in einer totalen und auch in einer partiellen Utopie.

Mit dem Handlungsvollzug wird der Nicht-Ort oder der Noch-nicht-Ort zum Möglichkeitsort. Hinter dem Begriff des „Möglichkeitsortes" aber lauert auch die Trauer über das Unvermögen der meisten gedanklichen Utopiegestalter, in ihrer perfekt entworfenen Welt andere Kreativitäten, die der Nutzer zum Beispiel, zuzulassen. Nicht über „Atlantis", sondern über einen anderen architektonisch perfekt entworfenen ästhetischen Ort neuen Seins und seine symbolische Dimension schrieb ich: „ ... so bleibt für mich eben jenes Defizit, daß seine Wohnstätten des Seins nicht aus der Konvergenz der vielen symbolfähigen Menschen entstehen können, sondern von einer charismatischen Person fertig geplant sind. Nicht die Gnadengaben der Produktivität, des Seinswerdens werden vermittelt, sondern es werden Symbole zur Rezeption gesetzt."

Auch der Atlantis-Entwurf von Léon Krier erschien mir zu perfekt, auch die Sammlung von utopiebestätigenden Zitaten und die Öffentlichkeitsarbeit, und nicht zuletzt störte mich die Idee, daß „die Veränderung der Welt von oben nach unten passieren müsse". Für letzteres war ich zu sehr auf eine „Entwicklung von unten" fixiert. So, oder auch aufgrund anderer Arbeiten, hatte ich bis Mitte der 90er Jahre „Atlantis" vergessen. Dann tauchte es wieder in meinen Gedanken auf. Inzwischen war es MARIPOSA geworden, alles andere als ein „perfekter" Entwurf und eine fertige Ausführung. Ich habe 1999 drei Wochen dort gelebt. Ob wir uns über „von oben" und „von unten" als Basis für einen gesellschaftlichen Wandel verständigen konnten, weiß ich noch nicht so recht. Aber wir waren uns wohl über das provokative und kreative Potential von Autodidakten und Querdenkern – den „Dilettanten" in einer Welt der Verfachlichung und Spezialisierung – einig. Und diese können tatsächlich aus den oberen oder der unteren Etagen der perfektionierten Gesellschaft aussteigen. Auf sie wartet MARIPOSA

Während meiner Zeit auf MARIPOSA schrieb ich mein „kulturanthropologisches Feldtagebuch" als Fortsetzungsmail an einen Freund. Es waren spontane Gedanken, die mir meistens kamen, wenn ich abends oder in der Mittagshitze in der breiten Fensternische „meiner" Finca saß und über MARIPOSA schaute. Und das Schauen wurde für mich zu einer der wichtigsten Näherungen. Erschautes und Erfahrenes, wie ich es damals niedergeschrieben habe, mögen meine Leser mit mir zu diesem Möglichkeitsort führen. Vielleicht kann man die Idee MARIPOSA besser verstehen, wenn man das Projekt in die Landschaft einordnet, von außen nach innen kommt. Die Idee ist für mich der ästhetische Ort als eine Gegenbewegung zur Häßlichkeit unserer gebauten Umwelt. Der schöpferische Gedanke ist die Verbindung von Kunstschönem und Naturschönem, und Hans-Jürgen Müller, der spiritus rector des Ganzen, betont immer wieder die Liebe, die man den Dingen im Werden entgegenbringen muß; eine Liebe, die tastend und vorsichtig sein soll, damit das Eigenleben der Dinge nicht gestört, sondern hervorgehoben wird. Nun, die Umwelt hier hat alle Seiten, das Häßliche und das Schöne. Da sind zunächst die monströsen Badeorte Los Cristianos und Playa de Las Americas, die sich wie „neuzeitliche Quallen" mit Hunderten von Läden, Kneipen, Discos und Hotelburgen bis an den künstlich angetragenen Sandstrand heranziehen. Dann dehnt sich die Bauqualle mit Tausenden von Appartementhäusern die Berge hinauf. Dicht, für mich zu dicht, liegen diese Retortenstädte an der Oase MARIPOSA. Aber für Uli, der schon lange hier lebt und arbeitet, ist gerade dieser Kontrastcharakter bedeutsam. Jedenfalls war das Grundstück für MARIPOSA in dieser Gegend vorhanden, und damals, zur Zeit des Kaufs vor 28 Jahren, war hier noch eine unberührte oder landwirtschaftlich bereits aufgegebene Kakteen- und Steinlandschaft. Und es gibt

sie noch jenseits der Touristenstädte. Die Landschaft, die sich vor MARIPOSA zu dem im Winter schneebedeckten Vulkankegel Teide erstreckt, ist herb, verdorrt, bedeckt mit Lavageröll, überall bizarre Gesteinsformationen, erstarrrte Lavaflüsse, Farbschattierungen aller Art. Helga Müller findet diese karge Landschaft des Südens jedenfalls anregender und entfaltbarer als die des waldreichen und fruchtbaren Nordens der Insel. Um diese „Entfaltbarkeit" geht es vor allem in dem Projekt. Manchmal hat es etwas sehr Spirituelles an sich, wenn von Astrologen, Geomanten, Wünschelrutengängern, Archäologen und anderen Spurensuchern die Heiligkeit des Ortes bestätigt wird. Mitten im Gelände liegt ein kreisrunder Platz von zwölf Metern Durchmesser, „Tagoror" genannt – von einer heutigen Künstlerin mit Erdfarben bemalt –, der ein Thingplatz der Guanchen gewesen sein soll. Steffen, arbeitsloser Fliesenleger und Künstler aus Berlin, der hier für eine Zeit mitarbeitet, begann sein Interview mit den Energieströmen im Sternhaus, die ihn auf sich selbst wiesen, während andere darin nur schlecht träumen würden. Vielleicht strömt durch die Finca auch zu viel Energie, die mich schlecht träumen läßt. Oder ist das eben das Auf-sich-selbst-verwiesen-werden? Cornelia Schleime, eine Künstlerin aus Berlin, schrieb ihr schlechtes Träumen in ein Bild ein, in dem das MARIPOSA-Gelände eine direkte Verbindung zum Erdinneren, dem Inferno, hat.
Auf dieser kargen und heiligen und traumreichen Erde soll MARIPOSA als der „schönste Ort der Welt" entstehen und heilende Kräfte für unsere kranke Gesellschaft ausstrahlen. Und die Energieströme verursachten irgendwann keine bösen Träume mehr, eine Zeit der Ruhe und neuer Dialoge hätte einkehren können, wenn man nicht die Insel hätte verlassen müssen.
MARIPOSA – Möglichkeitsort der Entfaltung, nicht nur der Umwelt, sondern auch der Eigenwelt und des sozialen Miteinanders? Es braucht Zeit für MARIPOSA. Und Hans-Jürgen Müller, der eigentlich Ungeduldige, läßt sich jetzt Zeit für das langsame Werden der Dinge. Gemeinsam mit Künstlern und handwerklich begabten Randseitern, die hier für eine Weile wohnen, wird das Gelände Meter um Meter gestaltet. Ausgehend von den alten Gebäuden, die hier standen, werden eher kleinräumige Lebensbereiche voller Kunstwerke geschaffen, jeder Türgriff ist ein kleines Kunstobjekt, jeder Stein der Wege wird für seine endgültige Lage ausprobiert. Das dauert.

Ich denke, daß MARIPOSA eben um dieses schöpferischen Prozesses willen nie vollendet werden darf, eine Utopie des Werdens bleiben muß, in der sich Natur und Kunst durchdringen und die Bewohner und Besucher sich selbst und die natürlichen und die künstlichen Dinge entfalten lassen. Und damit bin ich beim für mich wohl Faszinierendsten der MARIPOSA-Gestaltung. Hier spielen die Dinge der Natur, der belebten und der unbelebten, die gleiche Gestaltungsrolle wie Kunstwerke und Bauelemente. Die Übergänge sind fließend. Der natürliche Kaktus ist ein Kunstwerk, deshalb kann neben ihm auch eine blaue Kaktusskulptur stehen, beide in einer Einfassung aus hellgrauem Kies. Hier wird für mich ein entscheidendes Prinzip sichtbar. Beide sind aus ihrer „üblichen" Umgebung – dem dicht bewachsenen Kakteenfeld oder dem musealen Skulpturenwald – befreit und vereinzelt worden. Sie treten, um mit Max Ernst zu sprechen, als zwei singuläre Realitäten, die eigentlich nichts miteinander zu tun haben, in eine neue Realität ein, eine Schöpfung, eine Collage, in der das Natürliche und das Künstliche eine gemeinsame ästhetische Sprache sprechen.

Jedes Ambiente ist sehr dicht und kleinräumig. Die Wege zueinander durch das Gelände lassen manchmal an Irrgärten denken. Absicht – oder nicht vollendet? Eigentlich möchte HJM jede Nische als einen in sich geschlossenen Lebensraum schaffen. Das geht so weit, daß auch auf dem asiatisch gestalteten Jurtenplatz in das Badehaus die weiß ich wievielte Küche eingebaut werden soll. Dabei sollen letztendlich nicht mehr als 20 Menschen gleichzeitig auf dem Gelände wohnen.

Braucht man so viel Platz für die Entfaltung des Eigensinns der Menschen und der Dinge? „Schönheit ist etwas, das schwer erworben wird", sagte Helga Müller und sprach gleichzeitig von der Verzauberung durch einen schönen Ort. Soll die Verzauberung nicht nur eine passive Hingabe sein, so bedeutet sie tatsächlich schweres Erwerben als ein Sich-einlassen auf den Eigensinn des Anderen und des Eigenen und die dialogische Näherung. Max Ernst hat sie als den „überspringenden Funken Poesie der Collage" benannt. Der eigensinnige Möglichkeitsort der Verzauberung ist geschaffen. Findet er die Menschen, die ihre Eigensinne entfalten, um sie in neue und gemeinsame Ideen einzubringen?

Ein blauer Kunstkaktus und ein grüner Feigenkaktus, die miteinander sprechen – ein Künstler und ein Politiker, die miteinander sprechen ...

Ina-Maria Greverus

Ein Lichtblick für die Zukunft vieler

Was hier auf Teneriffa seit 1993 – also in acht Jahren – gebaut wurde, ist mehr als ein wunderschöner Ort. Speziell dort, wo man ehrlich geblieben ist, wo des Menschen Wille und Hand einfühlsam die Natur einbezogen haben, ist ein spiritueller Ort entstanden. Ein Ort, der den Geist reinigt, öffnet und beflügelt. Ein Ort, der seinen Besuchern Respekt vor den mystischen Aspekten des Lebens, vor der einzigartigen Schönheit der Natur und der unermeßlichen Größe des Einen abverlangt. In MARIPOSA kann der sensible Besucher das Paradoxe, nicht Meßbare, das dem Verstand Unzugängliche wahrnehmen. MARIPOSA besitzt eine Qualität, die es möglich macht, das Versteckte unseres Innern, die unergründlichen Dimensionen unserer Existenz und der Welt zu spüren, um mit einer erweiterten Wahrnehmung, einem erweiterten Horizont und Einfühlungsvermögen über den ganz anderen Zustand unserer Welt nachzudenken, zu kommunizieren, um dann auf einer veränderten, umfassenderen Ebene zu neuen Ideen zu kommen und entsprechende Entscheidungen zu treffen. Die meisten Menschen ignorieren das Mysteriöse, weil es außerhalb der eingefahrenen Denkmuster liegt. Sie haben die Tendenz, alles zu ordnen und zu systematisieren, bevor sie sich der Mühe unterziehen, an die eigentlichen Ursachen der Probleme vorzustoßen. Das Gegenstück zu solch reduktionistischem Denken ist die Entspannung des Denkens im Nichtwissen. In der Praxis des Mysteriösen loslassen zu können bedeutet, anstrengungslos das Verständnis für die Komplexität der Realität zu vertiefen und somit den Umgang mit ihr erst möglich zu machen. Viele ältere Menschen sagen, daß sie vieles anders machen würden, wenn sie mit ihrem heutigen Bewußtsein das Leben noch einmal wiederholen könnten. Vor allem würden sie über Sinn und Zweck ihres Tuns tiefer nachdenken. Ihre Entscheidungen wären mutiger, sie würden mehr riskieren und ihre Chancen wahrnehmen. Sie würden sogar ihren Status, ihren Besitz, ihren beruflichen Erfolg gegen ein erfülltes, sinnvolles Leben tauschen. Warum werden solche Einsichten erst im Alter gewonnen?

Scheuen wir Menschen uns vor der Entdeckung unseres ureigensten Wesens, des inneren Lichts? Scheuen wir uns vor Spiritualität in Form von Wahrhaftigkeit, Offenheit, sozialer Verantwortung, Kultur und Religion? Wer gehört zu jenen Menschen, die ein erfülltes Leben gelebt haben? Doch vor allem Menschen, die sich in den Dienst der Gesellschaft gestellt haben! Erfüllung, die aus der Kenntnis des eigenen Wesens resultiert, des wahren Wesens, das sich authentisch leben durfte und nicht von der Gesellschaft konditioniert wurde.

Warum sind solche Leben die Ausnahme und nicht die Norm? Eine weitere Frage: Wer holt in unserer krisengeschüttelten Welt die Kohlen aus dem Feuer? Sind es die Reichen, die Politiker, Wissenschaftler, Unternehmer? Eigentlich hätten die Reichen allen Grund, etwas von ihrem Vermögen an die Gesellschaft, der sie ihren Reichtum verdanken, zurückzugeben. Aber auch die erkennen das – wenn überhaupt – erst im hohen Alter. Die fortschreitende Vereinnahmung der Gesellschaft durch die Wirtschaft und die damit verbundene Monetarisierung menschlicher Werte hat das Leben allzuvieler Menschen sinnentleert. Während alles im Leben ein Verfallsdatum hat, ist Geld für Vermögende ein Unsterblichkeitssymbol. Ihre ganze Kraft widmen sie dem Anwachsen ihres Vermögens. Es muß wachsen und wachsen. Oft geschieht das ohne Arbeit im klassischen Sinn – es wächst, allein durch Spekulation und Zinsen. Aber Geld und Zinsen ohne Geistigkeit haben eine tödliche Dynamik: Die Zinsen für riesige Vermögen müssen, bei stagnierendem Wirtschaftswachstum, durch Umverteilung von unten nach oben bezahlt werden. Die Reichen werden immer reicher, die Armen immer ärmer.

Der Staat wird zum Selbstbedienungsladen für Reiche und Einflußreiche. Je reicher man ist, um so mehr Einfluß hat man auf politische Entscheidungen. Das parlamentarische System ist diesem Druck nicht gewachsen. Politik, Wirtschaft und Wissenschaft bestimmen unseren sogenannten Fortschritt, aber es wird nie klar, was Fortschritt eigentlich ist.

Meist werden negative Wirkungen korrigiert, die Folge des technischen Fortschritts sind. Die kostspieligen Friedenstruppen der UNO befrieden Kriege, die erst durch die Waffenlieferungen von UNO-Mitgliedern möglich wurden.

In Rußland werden jedes Jahr etwa 300.000 Menschen ins Gefängnis gesteckt, obwohl bekannt ist, daß dortige Strafanstalten Brutstätten für Tuberkulose und andere Krankheiten sind. In den USA wird mehr Geld für Gefängnisse ausgegeben als für Bildung, obwohl man weiß, daß weniger Einsehen, sondern Haß und Rache die Folgen der Inhaftierung sind.

Solche primitiven Probleme wie der Hunger in der Welt bleiben weiter ungelöst.

Wer holt also die Kohlen aus dem Feuer? Sind es die Manager, die Professoren, die Lehrer? Die Top-Manager wohl kaum, denn extrem hohe Gehälter korrumpieren. Sie werden schnell zu willigen Erfüllungsgehilfen anonymen Kapitals. Right or wrong – sie sind bereit, es zu vermehren. Solchem Denken adäquat arbeiten unsere Bildungsanstalten. Junge Menschen werden im Kosten-Nutzen-Denken ausgebildet. Alle Vorteile für den Einzelnen – alle Nachteile für die Gesellschaft.

Sie werden zu Egoisten und Gefühlskrüppeln erzogen, zu Menschen, die nicht mehr erkennen, daß sie selbst Teil der Gesellschaft, Teil der Natur sind.

Und so hat unsere derzeitige Wirklichkeit gravierende Mängel: Die meisten Menschen haben über ein ausgeprägtes materielles Weltbild hinaus keine Orientierung mehr. Nicht nur unsere aus der christlichen Tradition stammende ethische Grundeinstellung ist weitgehend verlorengegangen, sondern auch die Wertmaßstäbe anderer Kulturen und Traditionen wurden ausgehöhlt und in ihr Gegenteil verkehrt. Gier, Neid, Mißgunst, Aggression und Krieg sind die Folgen – aber auch die treibenden Kräfte der Wirtschaft.

So erleben wir heute einen Zustand der Entfremdung von der uns tragenden Natur, dem ökologischen System und last not least eine Entfremdung zwischen uns Menschen selbst. Längst gibt es visionäre Denker, Künstler, Wissenschaftler, die Ideen haben, wie der Teufelskreis zu unterbrechen wäre. Längst gibt es Bürgerinitiativen, die sich für eine

Erneuerung der Politik und eine Verbesserung sozialer Strukturen engagieren. Solche Menschen – gewissermaßen die geistige Elite – brauchen eine inspirierende Plattform, eine temporäre Heimat und schützende Hand, in der sie überfällige Reformen und Ideen mit den Verantwortungsträgern aus Politik und Wirtschaft diskutieren können. Ziel dieser Begegnungen muß es sein, daß die Ergebnisse solcher Zusammenkünfte getestet, ausgearbeitet und in der Praxis umgesetzt werden.

MARIPOSA ist ein solcher Ort. Die spirituelle Erfahrung, die hier möglich wird, ist zunächst einmal die persönliche, individuelle Transformation. Mangelmentalität wird umgeformt in inneren Reichtum und heitere Gelassenheit, ohne die Welt mit ihren Problemen aus den Augen zu verlieren. An einem solchen Ort von ausgewogener Gestaltung und Schönheit kann Bewußtsein von jeglichem Zwang befreit werden. Verbunden mit dem Horizont des Atlantiks wird der eigene Horizont erweitert und das eigene Zentrum schöpferischer Kraft wieder entdeckt. Das ist aus meiner Sicht die Voraussetzung für sinnvolles, erfolgreiches Arbeiten. Wir brauchen eine neue Qualität des Denkens, die nötige Zivilcourage entschlossener Zeitgenossen, die sich für eine lebenswerte Zukunft einsetzen.

MARIPOSA, ein Projekt zur Verwirklichung neuer Ideen – notwendig und zur Nachahmung empfohlen.

John Hormann

Josef Wolf
Relief

44

Horst Gläsker
Meeres-Boden-Mosaik für das Dach des Badehauses (Entwurf)

Atlantis-MARIPOSA und die Religion

Teilnehmende Anmerkungen eines Freundes

Elemente frei flottierender Religiosität wie der Glaube an die Notwendigkeit einer fundamentalen Wende, an die persönliche Berufung zu einer Aufgabe auf dem Weg zu dieser Wende und an die verändernde Kraft der Kunst spielen beim Werden von Atlantis-MARIPOSA von Anfang an eine tragende Rolle. Am Ausgang steht die Feststellung, daß die Überlebensfähigkeit des Heimatplaneten Erde auf dem Spiel steht, wenn die Erkenntnisse und Ergebnisse der Studien des Club of Rome, des Brandt- und Brundlandberichts und der Zusammenhänge, die zur ökologischen Krise geführt haben, nicht in ein neues Verhalten einmünden.

Überkommene Diskussionsformen wie politische Debatten, Expertengespräche, mediale Erörterungen, Tagungen, Vorträge und Symposien haben zwar die Einsicht in die Notwendigkeit von Veränderung erweitert, aber die angestrebte Wende noch nicht herbeigeführt. Dabei drängt die Zeit.

Vielleicht ist es schon zu spät.

In diesem geistigen Klima sehen sich die Initiatoren von Atlantis-MARIPOSA dazu ausersehen, ihre Argumente, ihre Überzeugung und ihr im Kontext von Kunst verdientes Vermögen dafür einzusetzen, daß ein Ort entsteht, an dem die Kunst ihr im Umfeld des Marktes verlorenes Veränderungspotential wieder vollgültig entfalten kann. Veränderung, Umkehr und Buße als Abkehr von Veräußerlichung und als Hinwendung zu inneren Werten und zum Schönen werden möglich, wenn ein Ander-Ort entsteht, an dem sich die Besten ihres Bereiches voneinander und von der Kunst zur angestrebten inneren Wende inspirieren lassen. Die so Verwandelten werden dann, so die Überzeugung, die erlebte Verwandlung in ihren eigenen Bereich und dessen Umgebung hineintragen. Ein zu bauender unverbrutzter Ander-Ort, so die Überlegung, könnte bei Vertretern der Eliten aus Politik, Gesellschaft, Wirtschaft und Wissenschaft eine Art inneres Damaskus bewirken und sie vom Saulus zum Paulus werden lassen und zu Missionaren des am eigenen Leib Erlebten. Die Größe der anstehenden Aufgabe verlangt es, Sympathisanten, Mitstreiter und Unterstützer des Projektes zu finden. In der Vernetzung mit ähnlich gelagerten Projekten könnte eine weltumspannende Veränderung auf den Weg kommen, nicht im Umfang, aber in der Intention in etwa vergleichbar mit den Missionsprojekten des Heidenapostels Paulus. Bei Paulus hat die Begegnung mit dem Auferstandenen vor Damaskus alle darauf folgende Veränderung initiiert. Aus dem Christenverfolger ist ein Apostel Christi geworden. Fortan hat Paulus in der Überzeugung gelebt, daß allein Christus, allein die Gnade, allein die Schrift, das hochheilige Evangelium und allein der Glaube die fundamentale Wende herbeiführen können, die Menschen von Grund auf verändert. Nach dieser Erfahrung muß Gott selber eingreifen und dem Menschen statt eines steinernen ein fleischernes Herz geben, wenn Neues in die Welt kommen soll. Paulus ist davon überzeugt, daß diese Botschaft die ganze Welt befreien kann. Deshalb inszeniert er in wohl wenig mehr als einem Jahrzehnt seine annähernd die ganze damals bekannte Welt umspannende Missionstätigkeit und macht die Welt mit dem Evangelium von Jesus Christus bekannt, ehe er als Märtyrer in Rom stirbt.

Mit einem Paulus vergleichbaren außerordentlichen Engagement ziehen Hans-Jürgen und Helga Müller seit 1987 vor allem durch die Welt der Kunst. Am Anfang steht die Visualisierung des von Léon Krier entworfenen Modells von Atlantis. Dieses Modell einer Stadt weist über 100 auf klassische Grundformen reduzierte Bauten und an deren Spitze eine Kirche aus, die die Stadt überragt. In Atlantis hätten sich urbanes Leben, wissenschaftlicher Diskurs und gelebte Überzeugung in der direkten Begegnung mit Kunst und Religion entwickeln und entfalten können. Ein Paulus revidivus hätte auf dem Areopag seine Predigt über den unbekannten Gott weiterführen und dabei sein Verständnis von Kunst und Religion erläutern können. Evangelisch weitergelesen wäre Paulus zweifelsfrei bei seinem vierfachen „allein" geblieben, und er hätte der Kunst wohl auch im Sinne von Martin Luther jede Heilsbedeutung abgesprochen. Von Martin Luther weiß man ja, daß er Kunst als Mittelding ansieht. Man kann Kunst haben oder auch nicht. Jedenfalls ist sie für ihn nicht mehr Teil des Schatzes der Kirche. Der wahre Schatz der Kirche, der die Türe zum Himmelreich aufschließt, ist „das hochheilige Evangelium und die Herrlichkeit und Gnade Gottes" (These 62 aus den 95 Thesen der Disputation zur Erläuterung der Kraft des Ablasses vom 31. Oktober 1517). Veränderung hätte Paulus, wieder evangelisch gelesen, nicht von zeitweiligen Aufenthalten an ausgewählten Orten, sondern allein von der von Gott selber gewirkten Umkehr erwartet.

Umkehr ist eine Lebensaufgabe. Davon bleibt unberührt, daß besondere Orte und Zeiten menschlich gesehen durchaus von Nutzen sind: „Da unser Herr und Meister Jesus Christus spricht: 'Tut Buße ...' (Matth 4, 17), hat er gewollt, daß das ganze Leben der Gläubigen Buße sei" (These 1 der 95 Thesen vom 31. Oktober 1517). Als durch das Evangelium Befreite werden Christen zu freien Herren „aller Dinge und niemand untertan" und zu dienstbaren Knechten „aller Dinge und jedermann untertan" (Martin Luther, Von der Freiheit eines Christenmenschen, 1520). In der Linie dieser Überzeugung werden Menschen dadurch andere, daß sich Christus in ihre Herzen einbildet und ihnen in der Veränderung ihres Sinnes einen neuen Geist schenkt. Veränderung in diesem fundamentalen Sinn braucht also nicht eigentlich den kreativen Diskurs der Eliten am Ander-Ort, sondern die Gegenwart des ganz Anderen im alltäglichen Leben, Gottes Gegenwart im Hier und Jetzt. Veränderung ist nicht aus eigener Kraft zu erwirken. Diese Auffassung kontrastiert deutlich mit der Charakterisierung

46

Mark Boyle

der in der Zwischenbilanz des Atlantis-Projekts von 1991 gesuchten Träger der Bewegung. Demnach soll Atlantis getragen werden von Menschen, die „kraft ihres Vermögens zur besseren Tat schreiten wollen". Der Streit um die Frage, ob der, der das andere aus besserer Einsicht tun will, es auch tun kann, steht noch an. Im Kontext der positiven, christlich geprägten Religion wird festgestellt: „Ich kann das Gute höchstens wollen, aber nicht tun" (Römer 7, 18). Nach dieser Auffassung kann allein Gott die Kraft geben zum Wollen und Vollbringen (Philipper 2, 13).

Ob es neben vielen anderen bedenkenswerten Gründen auch daran liegen mag, daß die 500 Millionen DM, die zur Realisierung des Stadtentwurfs von Léon Krier gebraucht worden wären, nicht geflossen sind? Immerhin soll ja ein Betrag in dieser Größenordnung an jedem einzelnen Tag des schon wieder in den Hintergrund getretenen letzten Golfkriegs durch die westliche Allianz ausgegeben worden sein. Atlantis im Sinne von Léon Krier ist also auf dem Müllerschen Grundstück auf Teneriffa nicht gekommen, dafür aber das mehr an Garten- und Paradiesvorstellungen orientierte MARIPOSA-Projekt. Analog der biblischen Vorstellung, daß Menschen sowohl im Paradies als auch im himmlischen Jerusalem direkt mit Gott kommunizieren können, soll auch auf MARIPOSA eine unmittelbare Kommunikation mit der Kunst möglich sein.

Auf MARIPOSA wird es – soweit bisher absehbar – keine eigentliche Kirche geben. Kunst und Religion werden es gleichwohl miteinander zu tun haben. So erinnert im jetzt schon realisierten Teil des Projekts Friedrich Hölderlins Wort „Wo aber Gefahr ist, wächst das Rettende auch" an die notwendige Rettung. Ob Rettung mehr von der Kunst oder von der Religion oder von beiden zu erwarten ist, bleibt in der Schwebe. Die in Anfängen realisierte goldene Treppe läßt neben vielen anderen auch Bilder von Engeln imaginieren, die über dem träumenden Flüchtling Jakob auf der Himmelstreppe auf und ab gehen. Daneben stellen sich Bilder vom schmalen und vom breiten Weg ein und die erfahrungsgesättigte Überzeugung, daß der Weg in die Hölle mit guten Vorsätzen gepflastert ist. Die überdimensionierte blaue Brotskulptur PAN von Thomas Kahl läßt an das tägliche Brot denken, um das im Vaterunser gebeten wird, und an das christlich verstandene Abendmahl: Demnach gibt sich Gott selber in diesem Mahl in seine Gemeinde hinein und verbürgt durch dieses Mahl seine heilende und Neues schaffende Gegenwart. Die Madonnenskulptur von Peter Schütz am Platz der Schwarzen Madonna erinnert an Marienfrömmigkeit und daran, daß der Erlöser durch eine Frau in die Welt gekommen ist. Ivan Surikovs transversale Ikone im Haus der Stille schreibt die Tradition der nicht von Menschenhand geschriebenen Bilder und damit eine mögliche Vorstellung von Inkarnation in der Kunst fort. Auf diesem Ikonen-Fresko begegnen Christus und Lenin dem Künstler und der Kunst. Die Kunst steht auf dem erhöhten Platz in der Mitte. Ob sie aufs Ganze gesehen die Kraft haben wird, die erwartete Wende einzuleiten, oder ob es dazu neben vielem anderen auch der Religion bedarf, steht dahin. Erfahrungen im Kontext der positiven Religionen können so verstanden werden, daß aus Religionen herausgetrennte Versatzstücke von Religion mit Notwendigkeit in Beliebigkeit führen und im Mißbrauch von Religion enden können. Funktionalisierte Religion wird die angestrebte Veränderung aber so wenig bewirken können wie eine im Marktgeschehen funktionalisierte Kunst. Deshalb setzen die positiven Religionen auf ganzheitliche Lebensentwürfe. Sie wehren sich zu Recht dagegen, daß man Teile aus ihnen herausbricht. Für die christlichen Kirchen heißt das, daß sie in ihren Konzepten auf Gott, die Veränderbarkeit des Einzelnen und auf die Gemeinschaft der Kirche setzen, die Orte und Zeiten überdauern. Für das Projekt MARIPOSA steht deshalb auch die konzeptionelle Diskussion der Frage, wie sich in Zeiten der Individualisierung und Pluralisierung über einzelne Unternehmungen hinaus Gemeinschaft und wie sich Dauer konstituieren lassen, erst noch an.

Helmut A. Müller

Mehr als Kunst

> „Das Auge sieht sich nimmer satt,
> und das Ohr hört sich nimmer satt."
> Prediger 1, Vers 8.

Das Kassel-Erlebnis

Daß ich Helga und Hans-Jürgen Müller an jenem warmen Sommertag des Jahres 1992 auf der documenta IX in Kassel traf, sollte weitreichende Bedeutung bekommen. Ich war damals Manager in der deutschen Industrie, und meine Fahrt zur documenta mit etwa 30 jungen Nachwuchs-Managern (sog. „High Potentials") war Teil ihres Ausbildungsprogramms für Führungsaufgaben. Ich war davon überzeugt, daß es wichtig wäre, uns mit zeitgenössischer Kunst, Künstlern und ihrer Interpretation unserer heutigen Welt auseinanderzusetzen.

Die documenta wirkte stark hinein in all unsere Diskussionen über Globalisierung, das heraufziehende digitale Zeitalter und die Notwendigkeit, neue Organisationsformen zu erforschen, die Wertzuwachs und Innovation erleichtern helfen würden. Aber gleichzeitig verspürten wir auch ganz stark, daß wir Herz und Verstand würden aufmachen müssen, um das Unbekannte in uns aufzunehmen – neugierig und ängstlich zugleich. Die Arbeit „Approach in Live and Fear" von Jimmy Durham spielte dabei eine zentrale Rolle.

Aber den stärksten Eindruck hinterließ zweifellos der Pavillon des Projektes „Atlantis-MARIPOSA" am großen Platz, gegenüber dem Fridericianum, der Hauptausstellungshalle der documenta. Der Pavillon war wenige Tage zuvor Opfer eines Brandanschlages geworden, und die Müllers hatten die Zeit bis zur Eröffnung genutzt, um eilends (mit ein paar Kunstwerken auf schwarzverkohlten Wänden und sicherem Gespür für das Makabre der Situation) das Beste aus dem zu machen, was übriggeblieben war. Ich erinnere mich nicht mehr an die Kunst, aber ich spüre noch heute das Gefühl von Demut, das mich überkam angesichts dieser ungeheuren Fähigkeit des Menschen, selbst in tiefster Verzweiflung die Hoffnung nicht zu verlieren. Jonathan Borofskys „Man walking to the sky" hob sich wirkungsvoll gegen den Hintergrund ab, als wollte er uns daran erinnern, daß es die Hoffnung ist, die uns immer weiter gehen läßt – unser Ehrgeiz läßt uns nach den Sternen greifen –, und doch bleiben wir sterbliche kleine Erdenbürger.

Das Ganze hatte eine undefinierbare spirituelle Qualität, und eine fast kontemplative Stille überkam fast jeden von uns. Ich bat Hans-Jürgen, ob er zu unserem abendlichen Treffen im Hotel käme, um uns ein wenig an seinem Kunstverständnis teilhaben zu lassen. Ganz im Geist seines Buches „Kunst kommt nicht von Können", uns allen zu diesem Zeitpunkt unbekannt, sprach er ruhig und leise über die Motivation des Künstlers, Kunst zu machen, darüber, wo Kreativität herkommt und über das Existenzielle eines Künstlerlebens. Der Abend klang aus mit Musik von Debussy, Messiaen und Stockhausen auf CD, und am nächsten Tag kehrten wir wieder zurück an unseren Schreibtisch.

Ich zögere, die Gesetze von Ursache und Wirkung zu bemühen, aber ein kurz darauf stattfindendes Meeting über die Zukunft unseres (Öl-)Geschäfts war stark geprägt durch das Kassel-Erlebnis wie durch herausragende Thesen für kühne Innovationen: eine ganze Flut von Maßnahmen – von vergleichbar einfachen Entscheidungen, wie z.B. dem Beschluß zum Auslaufenlassen der am meisten umweltschädlichen Produkte, bis hin zu mehr komplexen Plänen, wie z.B. dem Einstieg in den E-Commerce und die Solarenergie.

Zu behaupten, daß Öl als Haupt-Energiequelle im nächsten Jahrhundert allmählich verschwinden und durch erneuerbare Energien, wie z.B. Sonnenenergie, ersetzt würde, verwirrte damals fast jeden und grenzte an Ketzerei. Aber nur fünf Jahre später stand ich selbst an der Spitze des Geschäftsbereichs Solar-Energie desselben Unternehmens und hörte den Chef des Welt-Ölgiganten solche „Ketzereien" von sich geben, als seien sie die selbstverständlichste Sache der Welt. Übrigens ist der Konzern Haupt-Sponsor für Solar-Technik von MARIPOSA.

Das Thema Umweltfragen stand nicht ausdrücklich auf unserer Tagesordnung in Kassel, Hans-Jürgen machte lediglich ein paar wenige Bemerkungen zur „Heiligkeit von Natur". Wie kam es dann eigentlich, daß es so zum zentralen Thema wurde? – Wenn Sie auf MARIPOSA zu Besuch sind und selbst erfahren, wie Kunst und Natur im Inneren zusammenhängen (und das war schon immer so, schon seit den Höhlen von Lascaux), wird Ihnen das sofort klar – aber wieso passierte das in Kassel? Saßen unsere Ängste so tief, und war es der Katalysator Kassel, der das Tor zum Reich der Hoffnung aufstoßen half? Wir werden es wohl niemals genau wissen.

„Wissenschaft ist Spektral-Analyse, Kunst ist Photosynthese", so Karl Krauss im Passagen-Werk der documenta IX. Wir sollten nie versuchen, Kunst zu einem analytischen Instrument für den wirtschaftlichen Fortschritt zu machen. Aber Umgang mit Kunst ermöglicht es uns sehr wohl, dort wieder Verbindungen herzustellen, wo wir spüren, daß sich etwas zu trennen beginnt; wieder zusammenzubringen, was bereits getrennt ist; uns damit auseinanderzusetzen, wie wenig Ethik und Ästhetik bei uns noch miteinander zu tun haben. Und wenn wir das tun, so macht uns der Umgang mit Kunst vielleicht Mut, ein neues Leben zu beginnen, und wir werden selbst zu Künstlern.

Wie Joseph Beuys behauptete, ist es wichtiger „ein Künstler zu *sein*", als Kunst zu machen".

Die jungen Nachwuchs-Manager kommen von der Universität, trainiert in profanem, reduktionistischem, wissenschaftlichem Denken des 19. Jahrhunderts, und vertreten meist ein Surrogat des Newton'schen Weltbildes. Doch wer von ihnen an die Unternehmensspitze will, wird erkennen müssen, daß der menschliche Genius alle drei, bisher noch getrennten geistigen Bereiche – Auffassungsgabe, Wissen und Weisheit – wird nutzen müssen, um Antworten auf die wirklich großen Fragen unserer Zeit zu finden. In den meisten unserer Ausbildungs-Programme für Nachwuchs-Manager spielten damals Kunst, aber auch Musik, Literatur

und Wissenschaft eine herausragende Rolle, – so wie später dann auch Zen-Meditation. Kunst in den Ausbildungs- und Entwicklungsprozeß des Management-Nachwuchses aufzunehmen, erwies sich als sehr erfolgreich; dies besonders vor dem Hintergrund deutscher Management-Kultur, die – trotz allem Anspruch der Wirtschafts-Bosse, „ein kultivierter, geistreicher Haufen zu sein" – festgefahren war im Fachbereichs-Funktionalismus mit der Tendenz, aus Sicherheits- und Konsens-Gründen, die Risikobereitschaft stark herunterzufahren.
Nicht alle Jung-Manager blieben, verlockt durch schillernde Karrierechancen anderswo, und ich war oft traurig, daß sie gingen. Doch ihr Dank für die Einzigartigkeit der genossenen Ausbildung erinnerte mich stets wieder daran, daß Dinge getan werden müssen, weil es so richtig ist, und nicht, weil sich Nutzen und Ertrag rechnen lassen.

Eine Entdeckungsreise

Ich kam zur Kunst über die Musik. Immer schon war ich fasziniert gewesen von der Vorstellung, was Zeit ist, und wie das Wahre, wenn auch zunächst nur schemenhaft und in verschiedenem Kleid, im Laufe der Zeit zum Vorschein kommt, vergleichbar dem Thema einer klassischen Symphonie. Außerdem habe ich mich immer mit dem Problem der Einteilung von Zeit befaßt, nicht zuletzt in meiner Eigenschaft als Verantwortlicher beim Umbau industrieller Organisationen bzw. bei der Einführung komplexer Entscheidungsfindungsprozesse, wo das richtige Timing von lebenswichtiger Bedeutung ist.

Als ich Arnold Schönberg entdeckte, fand ich heraus, daß er 1909 – in der Schlußphase seiner Arbeit an den fünf Orchesterstücken op. 16 – zu malen anfing. Von 1909 bis 1912 komponierte er überhaupt nichts, weil er nicht wußte, wie er das veränderte Zeitgefühl integrieren sollte, das er durch die 12-Ton-Musik ausgelöst hatte. Statt dessen wandte er sich der Leinwand zu. Er nannte seine Bilder „Übersetzte Klänge" und stellte sie zusammen mit der Gruppe „Blauer Reiter" in München aus. Sein Selbstportrait und andere Bilder sind im Historischen Museum der Stadt Wien zu sehen, und als ich selbst sie dort mit 25 Jahren sah, war ich erschüttert und verblüfft zugleich.

Sind Raum und Zeit eingebildete „Arenen" für die menschliche Ausdruckskraft, und entstammen beide derselben Energie? Wußte Albert Einstein von Schönbergs Kümmernissen? Hat er je gelesen, was Kandinsky, Schönbergs Freund, schrieb: „Wörter, Töne der Musik und Farben besitzen die physische Kraft, die Seele in Schwingung zu versetzen, was letztlich zur Erlangung von Wissen führt. Schwingung, das formative (morphogenetische) Agens hinter allen materiellen Erscheinungen, die nichts anderes sind als die Manifestation des Lebens, das in der Materie verborgen liegt ..."?

15 Jahre später, als ich die Anfänge von Atlantis(-MARIPOSA) sah, wurde mir klar, daß ich mit meiner intuitiven Ablehnung der Trennung von Kunst, Wissenschaft und Spiritualität nicht allein war, daß ich sie teilte mit Menschen, die sich um die Zukunft unserer Kultur im 21. Jahrhundert kümmerten. Als Geschäftsmann fühlte ich, daß dieses Thema integraler Bestandteil meiner Verantwortung wäre, und zwar firmenintern wie auch gesellschaftlich. Aber ich sollte noch einen langen Weg vor mir haben, bis ich all das in meinem Kopf zusammenbrachte und – was noch schwieriger war – in meinem Handeln.
Es waren die intellektuelle Langeweile und die Starrheit der Unternehmen, die das Geschäftsleben der 80er Jahre kennzeichneten, die mich in die Arme der Kunst zurücktrieben. In London begegnete ich Hoyland und Atroschenko, zwei abstrakten Expressionisten, die mich in ihr Werk einführten und mir ihre Art zu arbeiten zeigten. Sie machten mir klar, was sie einem ganzen Jahrhundert abstrakter Kunst – bis hin zu Delaunay und Matisse – zu verdanken haben. Sie nahmen mich mit in die Tate-Galerie und zeigten mir Pollock und Newman. Dies waren ungeheuer prägende Erfahrungen, und zwar für mich persönlich ebenso wie als Manager. (Später kam ich zu dem Entschluß, daß es nicht fair wäre, solche Begegnungen und die damit verbundenen Erfahrungen jungen Managern vorzuenthalten.)

Die Abstrakte Kunst mit ihrer Verweigerung abzubilden und statt dessen parallele Welten darzustellen, stellt an die Kreativität des Betrachters viel größere Anforderungen. Es handelt sich um eine Art „offene Einladung", die Welt als nur halb erschaffen anzunehmen, deren unvollendete zweite Hälfte darauf wartet, daß wir einen niemals endenden göttlichen Mitgestaltungsprozeß aufnehmen. Nicht die Deutung von Welt, sondern erst ihre eigentliche Erschaffung hält uns wach und lebendig. Verkörpert wird dies beim Künstler durch das, was auf der Leinwand passiert. Inzwischen sind konstruktivistische Theorien in Wirtschaft und Management selbstverständlich geworden, aber damals waren solche Erkenntnisse reine Ketzerei.

Es folgt natürlich die Erkenntnis, daß wir mit der Neigung, unsere Welt unter Kontrolle bringen zu wollen, der Illusion von einer befriedigenden Lebensaufgabe erliegen, allerdings um den Preis, vom mit-schöpferischen Prozeß ausgeschlossen zu sein. „Kontrolle und Beherrschung sollen den Weg für bewußtes Mitgestalten freimachen." – Das ist heute der Kernsatz sogenannter „selbst lernender Organisationen".
Auf MARIPOSA ist genau dieser Gedanke des Mitschöpfertums die Hauptsache. MARIPOSA ist ein Prozeß, der niemals endet.

Meine Freundschaft mit den Malern erfuhr einen schweren Bruch, als sie spürten, daß meine philosophischen Überlegungen eher irrelevant waren im Hinblick auf das, was für sie auf dem Spiel stand. Ich höre sie noch heute die Losung ausbringen, daß es wahrscheinlich genug Ideen in der Welt gegeben hat, die die Menschheit ins Unglück gestürzt haben – nicht zuletzt im 20. Jahrhundert. „Das Zeitalter des Denkens wird zu Ende gehen", prophezeiten sie mir. Ihre Kunst war so etwas wie eine „Bewegung", ja – aber eine materielle, keine idealistische. Was sie wollten, war, die geistige Kraft der Materie zum Vorschein zu bringen und zu zeigen, zu welch hoher Qualität des Handelns sie anregen kann. Die überhandnehmende Jagd nach materiellem Reichtum hat übrigens, paradoxerweise, ihre Wurzeln in der tiefen Mißachtung der Heiligkeit von Materie und

Natur. Die Malerei und was sie ausmacht seien nicht dazu da, dem sinnlosen Verlangen nachzugeben, Bilder und Ideen darzustellen. Diese verführten lediglich zu intellektuellem und ästhetischem Genuß und – gefährlicher noch – ließen uns zudem die Scham vergessen, die wir angesichts der armseligen spirituellen Qualität unseres Lebens haben müßten ...

„Ein bedeutendes Bild kann Gestus, Pinselstrich, Umgang mit Farbe, Struktur oder Materialqualität sein. Was es nicht unbedingt haben muß, ist ein sofort erkennbarer Inhalt" (Milton Grundy, Unternehmer und Kunst-Mäzen). Solch ein Bild stellt größere Anforderungen, da es mehr Fragen stellt, als es Antworten gibt.

Die Welt der Wirtschaft und des Managements entdeckte in jenen Tagen gerade die Werte der Japaner in bezug auf die Qualität von Entscheidungs- und Produktions-Prozessen. Sie äußerten sich
- in ständig bewußtem Handeln und Kommunizieren,
- in Ausdauer und
- durch einen Blick auf längere Zeiträume.

„Der Weg ist das Ziel" – Handlungen haben Handlungen nach sich zu ziehen und sind nicht dazu gedacht, so etwas wie armselige Reflexionen von ein paar klugen, aber abstrakten Ideen zu sein.
Eine ganze Ära westlicher, rein platonisch geprägter Strategieplanung kam plötzlich in Mißkredit.
„Nicht von oben nach unten, sondern in sich selbst ist die Realität zu erkennen und zu gestalten."

Für manche ist MARIPOSA so etwas wie ein Unternehmen, das uns aus Platos Höhle hinausführen will ins helle Licht und zu den vollkommenen Ideen, von denen die meisten Menschen bis heute nur die armseligen Schatten an der Wand sehen. Sie vergessen dabei, daß das grelle Licht blendet und zu blindem Aktionismus führen kann. Was aber vielleicht noch wichtiger ist: Für die in der Höhle Zurückgebliebenen wird sich so nichts ändern. Auch haben sie wohl nicht bemerkt, daß sich der Name von „Atlantis" (dem Bild einer perfekten Kultur, die wegen ihrer Gottlosigkeit unterging) in „MARIPOSA" (das spanische Wort für Schmetterling und die Inkarnation unserer Sehnsucht nach dem verlorenen Paradies) gewandelt hat.

Für andere lebt MARIPOSA dann, wenn dort Künstler ruhig am Werk sind, wenn sich Hans-Jürgen lange Gedanken darüber macht, wo ein bestimmter Stein hin soll, oder wenn Helga unaufmerksame Besucher liebevoll auf jedes kleine Detail an den Bauten oder Kunstwerken hinweist. MARIPOSA ist nicht nur auf das aus, was man Schönheit nennt, sondern auch vor allem darauf, ehrliches und verantwortliches Handeln in Gang zu setzen, und – last not least – MARIPOSA liegt richtig auf dieser Insel, die eines der traurigsten Beispiele der Folgen unseres modernen Lifestyle ist.

Eine spirituelle Reise – über den Ort hinaus

Ich muß noch einmal zurückkommen zu meinen Erfahrungen mit den beiden Malern in London und anderen, die ich danach in den USA traf. Ihre Verneinung des Intellektualismus und ihre Bejahung wohl überlegten Handelns beinhaltete gleichzeitig die Ablehnung jedweder emotionalen Nabelschau. Für sie alle war Malerei nichts anderes als, wie Rothko meinte, „... eine Erfahrung, wie man die großen Geheimnisse der Welt mit einfacher Farbe auf die Leinwand bringt."
Sie behaupteten, weniger auf der Suche nach Wissen und der eigenen Identität als vielmehr angetrieben zu sein von dem Begehren nach Bewußtseinserweiterung. Und so versuchten sie, wieder in Verbindung mit der spirituellen, ja sogar der mystischen Tradition der Kunst zu kommen. Mir kam ein Satz aus einer der berühmten Vorlesungen Wittgensteins in Cambridge in den Sinn: „Alles spielt sich direkt vor unseren Augen ab, durch keinerlei Schleier verborgen. Hier unterscheiden sich Religion und Kunst." Als ich noch Student war, hatte ich das Paradoxon dieser einfachen Behauptung nicht begriffen.

Ich begann Fragen zur spirituellen Qualität von Management und Managern zu stellen und auch zu meiner eigenen, persönlichen Fähigkeit, im Bewußtsein genauso zu wachsen, wie ich beruflich erfolgreich war. Je größer die Verantwortung ist, die einem übertragen wird, um so komplexer werden auch die wechselseitigen Abhängigkeiten und um so tückischer scheinen sich die Wahlmöglichkeiten ethischer Entscheidungen aufzutürmen. Ab einem gewissen Punkt sind nämlich analytisches Wissen und sogar pragmatische Klugheit für das weitere Vorgehen, bei der Entscheidungsfindung und der Ausführung von Entscheidungen nicht mehr adäquat, machen keinen Sinn mehr. Jenseits aller individuellen Herausforderung ist da noch die Herausforderung durch die Komplexität der organisatorischen Struktur und das dumpfe Gefühl, daß ein Manager wohl beides ist: Mit-Schöpfer ebenso wie Spiegel der Organisation, der er angehört.

Heute ist klar geworden, daß die gewaltigen organisatorischen Transformationsprozesse in der Wirtschaft auch von den Managern signifikante persönliche Transformation verlangen, wenn auf lange Sicht Wertzuwächse sichergestellt werden sollen. Mein Freund und Kollege, Maurizio Zollo, Professor für Strategisches Management am INSEAD in Paris, forscht nach den Verknüpfungen zwischen den unterschiedlichen Evolutionsebenen bei der Entwicklung von Organisationen und der Bewußtseinsqualität ihrer Manager. Seine Forschungshypothese ist, daß in komplexen Prozessen wie Firmenfusionen, neben Gestaltungsdrang und analytischem Intellekt, emotionale Intelligenz und geistiges Bewußtsein des Managers entscheidend sind.
Die oft praktizierte „Ego-Macht"-Kultur vieler Top-Manager ist in dieser Hinsicht gewiß nicht förderlich; Indiz für diese These sind die vielen mißlungenen Fusionen. Und dennoch, oft sind gerade diese Menschen großzügige Sponsoren für die Künste, und ihre Firmen besitzen berühmte Sammlungen. Das mag ihren Namen bekannt und berühmt machen, die Qualität ihres Seins scheint es nicht zu bereichern.

Sie sollten nach MARIPOSA kommen und dort die ungeheure Komplexität der Beziehungen zwischen sich und ihren Aufgaben begreifen,

NORTH

NORTH   NORTH

SOUTH

Alfredo Jaar

indem sie sich dort einige Tage der genauen Betrachtung und der Kontemplation hingeben, eins werden mit den spirituellen Kräften des Ortes und einen kurzen Blick durch die Vergeblichkeit menschlichen Ehrgeizes hindurch in das Reich zeitloser Erleuchtung werfen. Denn unser Intellekt, der die Hyper-Komplexität der Moderne mit ihren weitverzweigten Technologien hervorgebracht hat, ist nicht mehr dazu imstande, all das zu kontrollieren. Wir sind an unseren eigenen Grenzen angekommen.
Aber MARIPOSA ist viel mehr als ein Ort zum besuchen. Es ist ein geistiges Projekt, in das man sich von überall und jederzeit einklinken kann. MARIPOSA ist Symbol unserer größten Hoffnungen für die Zukunft in einer Welt weitverbreiteter Skepsis, was die Chancen auf Fortschritt bei der Entwicklung menschlicher Qualitäten angeht.
MARIPOSA ist ein Geschenk, ein Geschenk insbesondere für die Jungen, die wissen sollten, „daß sie die Wahl haben, Könige zu werden oder ... Kuriere von Königen, die durch die Welt eilen und einander laut die Nachrichten zurufen, die *längst* bedeutungslos geworden sind" (Franz Kafka).

Gilbert Lenssen

Aus dem Englischen übersetzt von Helga Müller

„... nur phantasievolle und kreative
Menschen sind auch innovativ genug,
um die Probleme der Zukunft zu lösen."
Rudolf Seitz

Ästhetische Bildung darf kein Luxus sein – dem Kunstunterricht gebührt eine Schlüsselfunktion

Wenn man heutzutage der Frage nach ästhetischer Bildung nachgeht, muß man erstaunt feststellen, daß dieser Begriff fast nur noch in theoretischen oder wissenschaftlichen Abhandlungen zu finden ist. Im Alltag, gerade einem Schulalltag, fristet die ästhetische Bildung im Gegensatz zu kognitiven Lerninhalten ein Randdasein. Oder noch schlimmer: Betrachtet man Lehr- und Stundenpläne mancher Schulen, findet man den Kunstunterricht schon gar nicht mehr! Sparmaßnahmen im Bildungsbereich setzen bevorzugt bei „nutzlosen", also musischen Fächern an.

Rechtfertigt unser gegenwärtiges Konzept von Schule daher noch einen Begriff wie „Lernkultur", in der ästhetische Bildung kein Luxus ist, sondern ein unverzichtbarer Teil der „Schule als Lebensort einer gestalteten Lebenszeit"?

Wie ist es möglich, daß sich das spontane und intuitive Interesse unserer Kinder an ästhetischem Erfahren und Handeln mit Schuleintritt nachweislich vermindert anstatt zu wachsen und sich zu entfalten? Wäre nicht ein Kennenlernen und Auseinandersetzen mit Kulturgütern, mit schöpferischem Denken und kreativem Tun, mit Weltanschauungen und ethischen Werten ein wesentlicher Aspekt zur Lebensorientierung für Kinder und Jugendliche? Wäre dies nicht ein unverzichtbarer Kontrapunkt oder auch Anknüpfungspunkt in unserer virtuellen Welt?

Wie makaber sähen unsere Köpfe aus, könnte man an ihrer Form erkennen, daß einseitig nur eine Gehirnhälfte „bearbeitet" oder „gebildet" wird und somit größer wird, während die andere jämmerlich verkümmert.

Können sich unsere Kinder in dieser Einseitigkeit zu Gesamtpersönlichkeiten entwickeln? Wozu hat die Natur bewußt beide Seiten in uns gleichberechtigt angelegt?

Der Ausbildung der Sinne wird in unseren Schulen kaum Beachtung geschenkt. Doch um sich in unserer täglich komplexer werdenden Welt zurechtzufinden, braucht der Mensch eine intensive Wahrnehmungsschulung, die möglichst alle Fachbereiche einbeziehen muß.
„Die Kunst" als Schule des Sehens, des Hörens, des Fühlens, des Erlebens und Erkennens, auch des Handelns und Tuns ist daher unverzichtbar. Es ergeben sich durch sie Gruppenprozesse, die neben künstlerischem Lernen auch zu sozialem Lernen führen. Soziale Verantwortung ist für unsere Zukunft und eine humane Welt absolut notwendig.

In der heutigen Zeit mit ihrer Möglichkeit des raschen Zugriffs auf eine ungeheure Vielfalt von Wissensinhalten müssen der Wissenserwerb des Menschen und seine Lernprozesse – wie neuropsychologische Untersuchungen bestätigen – als solche der Selbstreferenz und der Selbstkonstitution gesehen werden; das heißt, der Mensch ist selbst Konstrukteur seiner Welt. Er kann nur durch eigenes Interesse, eigene Erfahrung und eigenes Tun zur Erweiterung seiner persönlichen Kompetenz gelangen. Um dies zu gewährleisten, sollte eine umfassende ästhetische Bildung mit einer sensiblen, intensiven und individuellen Lernberatung eine existentiell bedeutsame Begleitung sein.

Vor allem in einem Alter von sechs bis zwölf Jahren zeigen Kinder großes Interesse für alle Bereiche unserer Kultur. Sie sind neugierig auf Geschichte, haben große Freude an Literatur, Musik und Kunst.
In mehrjährigen Projekten durfte ich erkennen, daß Kinder mit Begeisterung und offenen Augen in Museen malten, in der Würzburger Residenz staunten, fragten und zeichneten, und ein Tag dort nicht lang genug sein konnte, eine Begegnung mit Urbibeln sie stundenlang faszinierte. Diese Erfahrungen übertrafen anfangs auch meine Erwartungen.

In einem projektorientierten, interessendifferenzierten und fächerübergreifenden Unterricht in Kunstpädagogik konnten erstaunliche Ergebnisse festgestellt werden:

· Die Schüler arbeiteten mit Freude.
· Gruppen- und Teamgeist sowie gegenseitige Fürsorge wuchsen stetig.
· Freiwillige Eigeninitiativen entstanden.
· Die Experimentierfreude ging weit über den schulischen Rahmen hinaus.
· Persönliche Interessen vertieften sich und trugen durch Vorstellung zur Unterrichtsgestaltung bei.
· Selbständigkeit und Selbstwertgefühl nahmen bei allen Kindern zu.
· Ästhetische Erfahrungen und alltägliche Praxis führten zu einem hohen Wissensstand.
· Transferleistungen wurden in großem Umfang möglich.
· Die Schüler begannen selbständig, eigene Projekt-Tage-Bücher zu entwerfen.
· Sie konnten sich an Planungen zu Ausstellungskonzeptionen aktiv beteiligen, da über ihr ästhetisches Handeln auch der Wunsch nach „Erzählen" und „Erklären" ihre Sprachkompetenz und Sprachfreude erweitert hatte.

Diese positiven Auswirkungen übertrugen sich auch auf alle anderen Fachbereiche. Ein besonders erfreulicher Aspekt war die Mitwirkung und die aktive Unterstützung der Eltern. Es entstand ein Klima von frohem, wohlwollendem Miteinander und gegenseitigem Getragen-Sein, wie es in unseren Schulen sonst selten zu finden ist.

Aus diesen Erfahrungen kann man ableiten: Unsere Kinder brauchen die Begegnung mit antiker bis zeitgenössischer Kunst, das Kennenlernen und Arbeiten mit lebenden Künstlern, Räumlichkeiten mit Werkstatt-Charakter zu kreativem Schaffen und nicht zuletzt „Lernberater" mit umfassendem

Teun Hocks

eigenen Wissen und Können, vor allem aber ästhetischem Interesse.
Warum enthalten wir unseren Kindern eine solche „Schule" vor? Oder: Warum können Kinder mit einer solchen konstruktivistischen, ästhetischen Vorbildung nach ihrer Grundschulzeit nicht entsprechend weitergefördert werden, sondern verlieren eher ihre erworbenen Kompetenzen wieder in einer Bildung durch Indoktrination?

Es ist mein innigster Wunsch, daß die „Tönerne Schöpfung" (siehe Seite 238-240), die aus einer mehr als zweijährigen, intensiven Arbeit und Auseinandersetzung „meiner Kinder" mit dem Thema „Schöpfung" auf dem Grundgedanken einer Verantwortlichkeit für unser aller Zukunft erwuchs, viele Menschen – vor allem Pädagogen und Bildungspolitiker – zum Nachdenken und Nachsinnen einladen wird. Dann gäbe es Hoffnung, daß dem Kunstunterricht ein besonderer Stellenwert eingeräumt wird, daß ästhetische Bildung eine Vorrangstellung in unserer Gesellschaft erhält und damit die Chance besteht, eine humane, ästhetische Welt zu entwickeln. Mit anderen Worten: eine lebenswerte Zukunft.

Petra Weingart

POLITIQUE SANS PRINCIPES

RICHESSE SANS TRAVAIL

PLAISIR SANS CONSCIENCE

CONNAISSANCE SANS CARACTÈRE

COMMERCE SANS MORALITÉ

SCIENCE SANS HUMANITÉ

ADORATION SANS SACRIFICE

Alfredo Jaar

Ästhetische Gegengewichte: MARIPOSA

I.
Der unvergeßliche Jean Monnet soll gesagt haben, er würde, hätte er die Chance, noch einmal mit Europa zu beginnen, die Kultur an den Anfang setzen. Und Louise Weiss konstatierte im Juli 1979 als Alterspräsidentin des EP, es sei eine zentrale Aufgabe, das kostbarste Gut Europas zu bewahren: die Kultur, in der allein der Kontinent brüderlich verbunden sei.

Solche Äußerungen unterstellen, daß Europas Wurzeln, seine Urkraft und seine Faszination im Kulturellen gründen. Und in der Tat, geht man diesem Gedanken auf den Grund, so stehen am Anfang Europas nicht Imperien, Mächte und Ökonomien, sondern Städte und Regionen (wie Athen, Rom, Kreta, Rhodos ...), deren legendärer Ruf auf ihren fruchtbaren und vielfältigen Kulturen basiert.

Systematisiert man diese historischen Triebkräfte, lassen sich fünf kulturelle Basislinien entdecken, die die Menschen unseres Kontinentes wie auch dessen Ansehen in der Welt irreversibel geprägt haben:

· das den Mythos überwindende rationale, wissenschaftliche Denken; es beginnt mit der griechischen Philosophie, führt über die Scholastik zu den frühen naturwissenschaftlichen Denkern, von dort zu den Enzyklopädisten und der französischen Aufklärung, zur Frankfurter Schule und den kritischen Postmodernisten unserer Tage ...;

· der ausgeprägte Sinn für Form und Praxis, der seit den Römern das systematische Gestalten der Polis zu hoher Perfektion bringt;

· der von der römischen Kirche verbreitete Glaube, der zur ersten – theologischen – Integration Europas führt und die gesamte Welt der europäischen Werte prägt;

· parallel dazu der jüdische Glaube und Geist, dem Europa zahllose kulturelle Schätze und innovative Ideen verdankt; und

· die Vielfalt und Dichte der Künste: die Malerei und Bildhauerei, die Musik, der Film und das Theater, die Literatur, das Kunsthandwerk – eine global einmalige Landschaft der Sinne und des Schöpferischen.

Vereinfacht gesagt: Wenn etwas das Gesicht Europas, nach innen wie nach außen, und wenn etwas fundamental unsere Identität als Europäer geprägt hat, dann waren und sind es die Künste, das rationale Weltbild und der Glaube.

II.
In den letzten Jahrzehnten und letztendlich mit dem Untergang des Staatssozialismus vollzieht sich eine fundamentale Wandlung der Welt – sie wird grenzenlos offen. Der Einbettung nationaler Wirtschaften stehen keine Grenzen mehr entgegen. Von nun an werden Produkte, Produktionen, Dienstleistungen, Finanzierungen und Kapitaltransfers weltweit zu den jeweils günstigsten Konditionen verfügbar; der Druck der Günstigkonditionen erreicht jeden Erdwinkel. Das ist der Kern dessen, was wir Globalisierung nennen. Die Folgen sind evident.

Grundsätzlich gilt: Unterhalb dieses sich global entwickelnden ökonomischen Datenkranzes wird alles individuelle und gesellschaftliche Tun zunehmend von wirtschaftlichen Aspekten dominiert; der Zweck, der Nutzen, der Ertrag, die Effizienz, der Erfolg werden zum allgegenwärtigen Maßstab. Diskutieren wir über Bildung, steht die Berufskarriere im Vordergrund; streiten wir über Europa, meinen wir den Euro und die Notenbank; wird von Vorzügen einer Nation gesprochen, stehen die ökonomischen Standortfaktoren im Raum; der Sport ist lange schon ein Wirtschaftsbetrieb; der Wert von Medien bemißt sich nach Reichweiten und Quoten; Städte werden zu Kaufparadiesen, Bahnhöfe zu Vergnügungszentren; Kinos gehen aufs Börsenparkett; die

Ökobank bietet Abschreibungsprojekte ... – alles wird Ökonomie.

Diese Mechanismen gelten universell; sie durchdringen alle Länder und Kontinente (von Norwegen bis Indonesien), machen vor keiner sozialen Schicht halt, sparen kein gesellschaftliches Segment aus: Die Welt wird zum globalen Wirtschaftsdorf, in dem alle nach den gleichen Regeln funktionieren – eine neue Form von Egalisierung.

III.
Es verwundert daher kaum, daß auch die Kultur im wachsenden Maße ökonomischen Zwängen ausgesetzt ist. Vordergründig zeigt sich das in zahlreichen Sparhaushalten europäischer Staaten und Regionen; wo Kultur öffentliche Aufgabe ist, bleibt sie vom Rotstift nicht verschont.

Wichtiger scheint und nachhaltiger in der Wirkung, was mit den Hauptelementen der europäischen Kultur geschieht – mit dem kritischen Geist, der Ratio, sowie mit der Welt der Wahrnehmung und den Künsten.

· Wie steht es um die Ratschläge Kants, sich seines Verstandes zu bedienen und wie um Descartes' „cogito ergo sum"? Wo ist der kritische Geist, der Fehlentwicklungen markiert, wo die Universitas, die Optionen für die Zukunft offeriert? Wo der leidenschaftliche öffentliche Disput über Alternativen? Wo ist der Diskurs der klugen Köpfe der Gesellschaft über die Zukunft derselben? Es scheint, als ginge der Geist nach Brot, orientiere sich am Markt, liefere Produkte, die marktgängig und gefragt sind. Die Ratio kapriziert sich auf Ökonomisch-Technisches. Querdenker, Zeitgeistlose, Skeptiker – wenn es sie denn noch gibt – haben ein abnehmendes Publikum, keine Einschaltquoten und schon deshalb keinen Markt: Der grenzenlos kritische Geist, Europas vielleicht größte Kraft, steht in der freiesten Zeit aller Zeiten alles andere als in Blüte!

· Auch die Kultur der Sinne, die *Aisthesis*, also die sinnliche Wahrnehmung, die uns allein den Zugang zur Welt ermöglicht und Basis jeder künstlerischen Kreation ist, verändert sich rapide.

· Das Sehen, unsere visuelle Kompetenz, wird in hohem Maße geformt und geprägt durch laufende Bilder, deren Flut (300.000 bis 400.000 Angebotsstunden per anno) alles frei Haus liefert, was noch vor einer Generation selbst zu entdecken war. Je bildervoller, desto fensterloser würden wir, denn wer alle Bilder besitze, brauche keinen neugierigen Blick nach draußen mehr (Wolfgang Welsch). Daß die hochgradige mediale Konstituierung des Menschen Folgen hat, versteht sich.

· Das Hören, der auditive Strang unserer Wahrnehmung, unterliegt ähnlichen Veränderungen. Daß Verkehrslärm oder industrielle Dezibel das empfindsame Ohr schädigen können, ist hinlänglich bekannt. Was es bedeutet, wenn eine akustische Glocke über uns gestülpt wird, unter der – im Büro, beim Frisör, im Kaufhaus, im Lift, vom Café bis zum Airport-Klo und dem Animationsclub auf den Seychellen – die ewiggleichen Musikclips laufen; wenn der Hörfunk (die alte Domäne der Sprache) zur sprachlosen Popmaschine und Sprache zum Träger von Werbebotschaften wird; wenn die musikalische Vielfalt im postmodernen Cross-over verschmilzt; wenn Orte differenzierter Hörerfahrung, der Stille, der Regeneration des Hörempfindens immer seltener werden – es sei dahingestellt.

· Was für Sehen und Hören, gilt auch für die übrigen Sinne, für Tasten, Riechen und Schmecken. Je cleaner diese Welt wird, je mehr synthetische Düfte sie durchziehen, je weiter die Junk-und-Fast-food-Kultur reicht und je universeller und weniger vielfältig die Duft- und Geschmacksvarianten werden; je umfänglicher alte handwerkliche durch neue industrielle Großproduktionen und Individuelles von Massendesign ersetzt wird; wenn Sex vor Erotik geht: Es hat Auswirkungen auf unsere geschmacklichen, olfaktorischen und taktilen Fähigkeiten.

Hans Zender, einer der bedeutenden zeitgenössischen Komponisten und Dirigenten, hat jüngst seiner Befürchtung Ausdruck verliehen, daß Kultur mehr und mehr zur Marktware werde, zum wirtschaftlichen Produkt, dessen Ansehen und Preis von Angebot und Nachfrage bestimmt und nach Nutzen und Zweck bewertet würden. Es sei der Tod von kultureller Innovation, wenn Kunst zum Wurmfortsatz des Ökonomischen verkomme.

Unfraglich geschehen in unserer Wahrnehmungsapparatur Veränderungen, weil die Welt, in der wir leben, weil dieses Gehäuse unserer Erfahrung selbst extremen Wandlungen unterliegt; wir sehen und hören und riechen, schmecken, tasten heute anders und anderes als noch vor einer Generation. Wohin diese Veränderungen führen, welche Auswirkungen sie auf unsere Sinnlichkeit haben, ob sich gar neue, mehr virtuelle Sinnlichkeiten entwickeln, bleibt offen. Für den Augenblick gilt: Die aus offener, neugieriger und sensibler Wahrnehmung erwachsenden Fähigkeiten wie Weitsichtigkeit, Hellhörigkeit oder Feinfühligkeit stehen erkennbar nicht in hoher Blüte.

IV.
Was braucht unsere Zeit; was brauchen die Menschen? Was erhoffen wir uns von Europa? Meine Antwort auf diese Fragen ist einfach – und im klassischen Sinne konservativ: Benötigt wird das, was Europa geformt hat, nur in einer zeitgenössisch revitalisierten Form.

· Dazu gehört notwendig ein moderner Glaube, nicht nur, weil er Rückhalt geben kann und Kontemplation ermöglicht, vielmehr, weil er unsere stärkste Investition in die Entwicklung einer Weltethik (Küng) darstellt; wenn es eine solche Ethik geben wird, dann sicher nicht ohne die großen Weltreligionen, eingeschlossen das Christentum.

· Setzen muß Europa auf die Prinzipien des kritischen Geistes, der sich nicht in technisch-ökonomischer Rationalität erschöpfen darf, sondern alle Felder des sozialen Lebens durchdringen und wieder alternative Zukunftsoptionen eröffnen muß.

· Unverzichtbar sind die Künste, die Musik, Literatur, Darstellung und Bildkunst. Ihre Promotion ist Voraussetzung für die Vitalisierung aller sinnlichen Wahrnehmungs- und

Kreationspotentiale. Woher, wenn nicht aus der Pluralität künstlerischer Expressionen, sollten wir die Kraft zu Intuition, Imagination, Phantasie und Kreativität ziehen? Vor allem: Wie sollten europäische Identifikationen oder gar eine europäische Identität entstehen in einer Welt universeller und herkunftsneutraler Modernisierungsprozesse? Sich seiner Geschichte, der Vielfalt von kulturellen Würfen bewußt sein, aus ihnen schöpfen und Neues kreieren – darin mag Europas größte (mögliche) Stärke liegen.

Sich in Zeiten der Dominanz der Ökonomie einen Kontinent vorstellen, auf dem eine Polis gedeiht, die lustvoll und grenzenlos von ihren großen Geistern und Gütern Gebrauch macht; ein Kontinent, auf dem neugieriges Sehen, sensibles Hören, Querdenken, starke Gefühle und bewußtes Mitempfinden zu Hause sind; eine Gemeinschaft, in der Prestige als Repräsentant von Ökonomie oder Politik nur verdient, wer sich kulturell engagiert – das hört sich eher naiv an. Aber was bliebe andererseits von Europa ohne solche Hoffnung?

MARIPOSA ist eine solche Hoffnung.

Björn Engholm

Martin Bialas

Dipl.-Ing. Norbert Meyer
Vorstandsvorsitzender
des Berufsförderungszentrums Essen
Altenessener Strasse 80 – 44
45326 Essen

Mr. Michael Liddle
Chatswood – Sydney / NSW
Australien

Mein lieber Michael, Essen, den 20. Oktober 2000

nun steht der endgültige Tagungstermin für die nächste Tagung unseres regionalen Netzwerkes „Essener Konsens" endlich fest, und wir können die Reihe von interessanten und inzwischen erfolgreichen Arbeitsmarkt- und Beschäftigungsprojekten mit vielen Verantwortungsträgern fortsetzen. Ich weiß, daß Du feinfühlig gespürt hast, was dieses Netzwerk für mich bedeutet, und gesehen hast, welche Visionen ich zur Weiterentwicklung entfalten konnte.

Vor geraumer Zeit nun lernte ich Helga und Hans-Jürgen Müller und ihr Projekt Mariposa kennen, was mich auf die Idee brachte, dort einen Workshop zu machen.

Ein solches Pilotprojekt war eine Herausforderung mit all den Ängsten und Zweifeln, die so ein komplett neuer Konferenz-Ansatz für die Veranstalter bedeutet. Du hast diese Bedenken nicht geteilt, als ich im März letzten Jahres bei Euch in Sydney war, denn Du konntest ja die Vorbereitungen für dieses erste Mariposion hautnah miterleben. Kann den Erwartungen der Teilnehmer entsprochen werden? Ist es die richtige Gruppengröße und -zusammensetzung? Für Deine klaren Fragen, die mich immer weitergeführt haben, bin ich Dir heute noch sehr dankbar. Meine Motivation für den durch Mariposa mit seiner besonderen Philosophie angestoßenen neuen Konferenzansatz lag, wie Du aus den damaligen Gesprächen sicher noch weißt, in den guten Erfahrungen, die ich mit interdisziplinären Veranstaltungen in der Vergangenheit machen durfte. Dies in einem ungewöhnlichen Rahmen, der Abgeschiedenheit, der besonderen Schönheit des Ortes Mariposa und der großen Distanz zur täglichen Realität zu versuchen, war gewagt, weil unerprobt, aber aus heutiger Sicht voll gelungen. Das Thema: „Macht und Einfluß – Synergien wagen!"

Schon kurz nach unserer Ankunft löste sich meine Sorge bezüglich der Zusammensetzung der Gruppe und der Erwartungen der Teilnehmer auf. Das individuell und gut organisierte Management vor Ort war entscheidend für das Klima im gesamten Gruppenprozeß. Die Teilnehmer waren in kurzer Zeit wirklich „da" und hatten ihren Alltagsstreß zusammen mit dem Boss-Anzug samt Krawatte abgelegt. In Kontakt mit der Mariposa-Anlage und der Philosophie von Mariposa brachte uns alle eine Führung von Helga Müller. Seine Entstehungs-Geschichte, die beteiligten Künstler, ihre Botschaften – all das stimmte die Teilnehmer auf den Ort und seine Idee ein und, mehr als das, erzeugte ein ganz besonderes Grundmuster für eine andere, vielleicht ganzheitliche Form der Wahrnehmung.

Als ich ankam, waren mir in der Routine des Alltagsgeschäfts meine Visionen blaß und die Kraft, diese in Handlung umzusetzen, abhanden gekommen. Die wunderbare Welt von Mariposa mit all den verschiedenen Plätzen, um sich allein oder in kleinen Gruppen zusammenzufinden, die Energie des Ortes, die gute Stimmung der Teilnehmer, die außergewöhnlichen Gespräche und – last not least – die Anwesenheit von Mariposa-Künstlern ließen Visionen wieder in kräftigen Farben erstrahlen. Es war so eine Art „Wendepunkt", was sich binnen kurzem ereignete. Ich, und nicht nur ich, bekam wieder Energie, fühlte Mut und Zutrauen für die Aufgabe, zusammen mit Sinnesgenossen ein systemübergreifendes Netzwerk zu gestalten, das partnerschaftliche Beziehungen fördert, so gegenseitiges Vertrauen schafft und in gesellschaftliche Verantwortung mündet.

Es bot sich an, dies im Bereich der Informations-Technologie zu tun, einer Branche, die zu den Haupt-Wachstumsmärkten gerechnet wird. Schließlich ist Informations-Technologie nur ein Instrument, das die menschliche Kommunikation und ihre Beziehungen unterstützen, nicht aber ersetzen soll. Die Herausforderung heißt, die Beteiligten zu Partnern werden zu lassen und eine neue Kommunikationskultur zwischen den „Welten" zu entwickeln.

Wie ich bereits anfangs erwähnte sind wir gerade dabei, eine Tagung vorzubereiten, die versuchen soll, genau diese Überlegungen in strategische Modelle umzusetzen. Wenn es uns gelingt, daß die Systemgrenzen durchlässiger werden und die Akteure den Willen zur Verständigung und Veränderung zeigen, werden Synergien zum Tragen kommen, die nicht nur wir als Wertschöpfung erleben werden. Dieser Prozeß soll auf Mariposa fortgesetzt werden mit dem Ziel, mitten in unserer Stadt Essen eine „Lernwelt" zu gestalten, die den Einzelnen in seiner Individualität und seinen Potentialen weitestgehend zur Entfaltung bringt. Machtverhältnisse sollen für gemeinsame Ziele genutzt werden und nicht zur Bevormundung anderer.

Wie Du siehst, Michael, ein alter Herzenswunsch von mir drängt in die Verwirklichung. Ich werde Dich weiter auf dem laufenden halten.

Für heute grüßt Dich
Dein

Erkenntnis durch Kunst verpflichtet

Ein Portrait

„Wenn du ein Schiff bauen willst, so trommle nicht Leute zusammen, um Holz zu sammeln, sondern wecke in ihnen die Sehnsucht nach dem weiten endlosen Meer" (A. de Saint-Exupéry).

Hans-Jürgen Müller ist immer über die Grenzen gegangen – das erste Mal, als er seine Geburtsstadt Ilmenau in verwegener Flucht in den Westen verließ zugunsten der Freiheit, und sei es auch nur der Freiheit, in jugendlicher Unvernunft alles aufs Spiel zu setzen, um ein Ziel – ja nicht einmal zu erreichen, aber um es wenigstens nicht aus dem Auge zu verlieren.

Unerklärt bleibt, warum er 1953 Ilmenau gerade mit Stuttgart vertauschte, aber es liegt doch eine Begründung dafür im Wesen dieser schwäbischen Stadt, die zwar niemanden charismatisch an sich fesselt, keine Bekenner hervorbringt – nur selten eigene Stuttgarter Charaktere –, die aber doch einen starken Genius besitzt durch die protestantische Zielstrebigkeit und den selbstbewußten Eigensinn ihrer Menschen. Hier lebt man weniger im Heute als im Morgen, das besser sein soll als die Gegenwart, und an der Verbesserung der Welt von der kleinen Erfindung bis zum großen Weltentwurf wird in Stuttgart seit jeher gearbeitet. In Stuttgart leben und erfolgreich sich durchsetzen bedeutet, eine Sache mit Ernst zu betreiben und gegen Widerstände zu Ende zu führen. Anders läßt sich die Achtung dieser ernsthaften Menschen nicht erringen. Bunte Versuchsballons steigen hier nicht auf und aus den Mündern der Menschen keine Sprechblasen.

Als gelernter Schriftsetzer und Werbegrafiker zu Erfolgen zu kommen, kann nur ein Hilfsziel sein, wenn ein jugendlicher Idealist seinen Lebensplan entwirft. Dennoch paßte die Richtung, weil sie das gute Auge und die urteilende Anschauung mit den verborgen im Hintergrund der Erscheinungen liegenden Zwecken verbindet. Das werbende Verführen ist von Führen nicht zu trennen, und einen guten Werber zeichnet vor allem die eigene Überzeugung von der Richtigkeit des Einsatzes aus. Der Brotberuf ernährte deshalb in Stuttgart nicht nur seinen Mann, sondern erlaubte ihm auch den Blick in das geistige Nachbargebiet der bildenden Kunst. Hans-Jürgen Müller begann in Stuttgart sein Leben als Galerist und Ideenvermittler.

Der Kunstbetrieb in Deutschland bestand vor 1960 aus einigen Dutzend Künstlern, die in den großen Städten kleine Kreise bildeten, je einem sie vertretenden Galeristen, insgesamt nicht mehr als zehn, wenigen Sammlern, die allesamt Kunstfreunde waren und in damaligen Zeiten schon wohlhabend sein mußten, und einer geschlossenen breiten Front der Ablehnung von Gegenwartskunst bei allen öffentlichen Institutionen. Zu dieser Zeit Kunst zu verkaufen bedeutete nicht, sich einen lukrativen Platz im Kunstmarkt zu erringen. Es hieß vielmehr, kulturell aufgeschlossene Menschen des gebildeten Wohlstands überhaupt erst für zeitgenössische Kunst zu interessieren und Kunstsammler aus ihnen zu machen. Vor allem Verkaufen von Kunstwerken kam für den Galeristen das Vermitteln von Inhalten und Motiven. Wer dagegen mit eigenen künstlerischen Ambitionen zu Hans-Jürgen Müller kam, fand oft seine Hilfe im Ratschlag, anderen Begabungen zu folgen. Messianisch war diese Aufgabe angelegt, und sie berief Jünger zur Kunst, wenn sie gelang.

Hans-Jürgen Müller eröffnete seine Galerie in Stuttgart mit den Künstlern Georg Karl Pfahler, Thomas Lenk, Erich Hauser und Max Ackermann, die hier arbeiteten und ihren Platz suchten. Ihnen diesen Platz freizumachen bedeutete nicht nur, Kunstfreunde zu Sammlern zu bekehren, indem man ihren Blick aus der Kunstgeschichte ins Zeitgenössische lenkte, das Teilhabe und geistige Abenteuer versprach – Sammler wie Günther und Renate Hauff, Rudolf Scharpff, Erwin Mutschler, Kurt Fried, Otto Dobermann hatten hier ihre frühen Kunstbegegnungen. Es bedeutete auch Auseinandersetzung mit öffentlich und privat aufgestellten Wänden von Ignoranz und Intoleranz moderner Kunst gegenüber, eine Erinnerung, derer sich die beschämte Gegenwart heute gern enthält.

Aber gerade aus diesen inakzeptablen Widerständen ging sein Vertrauen in das als richtig Erkannte gestärkt hervor. Das galt nicht nur der Kunst als verbindlicher Äußerung der eigenen Zeit – das betraf auch das Urteil über Haltungen, die für eine humane Allgemeinheit zumindest als hinderlich ausgemacht werden konnten. Hans-Jürgen Müllers Einsatz für die Gegenwartskunst – und er blieb darin nicht der einzige – war in Wahrheit Engagement für eine liberal und menschlich handelnde Gesellschaft.

Wenn seine Galerie in Stuttgart zunächst nicht vom finanziellen Umsatz lebte – Werke von Cy Twombly ließen sich selbst für wenige hundert Mark nicht verkaufen –, so hatte sie doch lebhaften Gedankenumsatz, der sie neben dem inneren Kreis von Künstlern und Käufern zu einem Ort der breiteren Information, man kann auch sagen Aufklärung, über die geistig-künstlerische Situation der Gegenwart machte. Offene Zirkel finden über die Aufnahme der avantgardistischen Äußerungen ihres eigenen Heute zur Zeitgenossenschaft und über den Austausch darüber zu einem Netzwerk zugänglicher Mitmenschen. Humanismus und Modernismus aber sind die Fundamente von Demokratie und Freiheit. Galerien wie dieser, deren Typus heute immer seltener wird, verdanken Städte und Gesellschaft insgesamt privat geleistete Bildungsarbeit, die gern hingenommen, wenig anerkannt wird.

Die Galerie begann sich nach 1965 wirtschaftlich zu tragen, sie stützte zugleich den kulturellen Ruf Stuttgarts als Vorort der Gegenwartskunst. Zusammen mit der Pionierarbeit von Ottomar Domnick und Roman Norbert Ketterer brachte sie neugierige Besucher aus aller Welt in die Mauern der Stadt. Stuttgart wurde bald zum Zentrum des deutschen Hard Edge, der Minimal Art und ihres internationalen Umfelds und schloß damit an eine seit der Weißenhofsiedlung von 1927, seit dem Wirken Camille Graesers und Anton Stankowskis bei uns beheimatete künstlerische Haltung parallel zur Hochschule für Gestaltung in Ulm an. Zum letzten Mal prägte ein kunstlandschaftlicher Geist, den hier zuletzt Willi Baumeister mit hohem Rang vertreten hatte, die Region, bevor sich die Welt globalisierte.

1966 schlossen sich bis dahin in den westdeutschen Metropolen einzelkämpferisch operierende Galerien zu Kooperationsgesprächen zusammen. Gemeinsam mit Hein Stünke und Rudolf Zwirner wurde in Stuttgart das Projekt einer zentralen Kunstmesse entwickelt, das mit 18 Galerien, denn mehr gab es nicht, und überraschendem Publikumserfolg als Kölner Kunstmarkt 1967 zum ersten Mal stattfand. Dank des richtigen Urteils seines offenen Kulturdezernenten machte Köln das Städterennen als Austragungsort und konnte mit dieser und ähnlichen Initiativen eine kulturelle und wirtschaftliche Struktur aufbauen, die heute das Stadtprofil zur Metropole der Gegenwartskunst prägt. Mehr Menschen an die Kunst heranführen hieß unter dem zeitgemäßen Schlagwort „Kunst demokratisieren" die Lösung des Verbandes Progressiver Kunsthändler, die von Hans-Jürgen Müller mit wissenschaftlichem Eifer propagiert wurde („bei 10 Millionen Menschen im Alter der frei gefaßten Meinung zwischen 20 und 40, davon wieder 4 %, die ihr Leben nach ästhetischen Gesichtspunkten einrichten, vermutete Hans-Jürgen Müller 400.000 potentielle Kunstfreunde in Deutschland"). Aus Hamburg, München, Berlin, Kassel, Stuttgart zogen die namhaften deutschen Galerien nach Köln. 1970 eröffnete Hans-Jürgen Müller seine Galerie in Köln neu mit der Ausstellung Friedrich Vordemberge-Gildewarts, Mitglied der Hochschule für Gestaltung in Ulm, um sich ab 1971 der Wiederbelebung des deutschen Informel zuzuwenden.

1972 konnte Hans-Jürgen Müller auf Einladung von Arnold Bode und Harry Szeemann auf der documenta in Kassel 100 Tage lang seine wachsende Kritik am Kunstbetrieb vertreten. Kunst ernst nehmen und im anhebenden Aufschwung der Märkte und Messen nicht zur Handelsware verkommen lassen: Er sah diese Gefahr als Erster mit der persönlichen Konsequenz des Rückzugs 1973 vom aufboomenden Geschäftsbetrieb, in dem zweifelhafter Publikumserfolg, Spekulation und Produktion sich gegenseitig

62

Gunther Rambow
Fotomontage

anheizten, um ins Wardaktienfieber nach Kunstkompaß zu münden. Aus eigener Überzeugung und um seine Kritik unangreifbar zu machen, brauchte er den Ausstieg. Seine Gegenschrift „Kunst kommt nicht von Können" entstand im neuen Refugium auf Teneriffa, weniger um in den Kritikpunkten öffentlich abzurechnen, als um den Kunstbetrieb vor belastenden Irrtümern zu bewahren.

Refugien von Tätern dauern nicht ewig, wenn Taten statt Reden gefragt sind. Es war Stuttgarts Oberbürgermeister Manfred Rommel, der mit Ermutigungsworten an die Künstler kulturpolitisches Interesse signalisierte und die Rückkehr nach Stuttgart auslöste: 1979 stand Stuttgart der IX. Internationale Künstlerkongreß ins Haus. Wenn wirtschaftliche Unsicherheit der Preis künstlerischer Freiheit ist, dann schien ein Standesverband von Künstlern, den ihrer eigenen Definition nach Ungebundenen, widerspruchsbedürftig zu sein, so daß Hans-Jürgen Müller zusammen mit Max Hetzler und Ursula Schurr die alternative Veranstaltung EUROPA '79 vorbereitete. Hier sollte alles, was an junger Kunst im Experimentierstadium nach dem Fachurteil renommierter Galerien zukunftsträchtig wäre, zur Anschauung kommen. Wie wird die Kunst der Zukunft aussehen? Was bewegt die jungen Künstler jetzt, und wie spürt man sie auf? Denn daß ein Neubeginn nur mit jungen, ihrerseits aufbruchbereiten Künstlern möglich sein würde, war klare Voraussetzung. EUROPA '79 wurde zum Erstauftritt heute namhafter Künstler wie Tony Cragg, Wolfgang Flatz, Günther Förg, Reinhard Mucha, Francesco Clemente und anderer; es blieb bis heute das Muster aller Debutausstellungen in Deutschland.

Die junge Kunst entstand um 1980 aus dem Lebensgefühl der nach 1950 Geborenen, das sich in den großen Städten aus der Musik-, Drogen- und Akademieszene speiste. Als Heftige Malerei wurde sie die erste breite Erfolgskunst in Deutschland, Sammler, Museen und Ausstellungsinstitute nachziehend. Schon 1976 hatte Hans-Jürgen Müller seine ersten Sammlerfreunde auf diesen jugendlichen Expressionismus aufmerksam gemacht und die Zusammenarbeit mit Künstlern begonnen. Ein völlig neuer Schauplatz tat sich auf mit Künstlergruppierungen wie „Mülheimer Freiheit", „Moritzplatz", mit neuen Künstlernamen und neuem Galeristenengagement wie dem von Paul Maenz in Köln oder Felix Buchmann in St. Gallen. Allseits begann die Erstarrung des Kunstbetriebes sich zu lösen. Hans-Jürgen Müller kaufte mit sicherem Urteil repräsentative Hauptwerke der wichtigsten Vertreter dieser Kunst, und 1984 eröffneten wir den Neubau des Hessischen Landesmuseums in Darmstadt mit der fertig stehenden Sammlungsausstellung „Tiefe Blicke" als umfassende Dokumentation der Kunst der 80er Jahre in der Bundesrepublik Deutschland, der DDR, Österreich und der Schweiz.

Von 1982 an hatte Hans-Jürgen Müller seine Überlegungen und Entscheidungen zusammen mit Helga Osthoff erarbeitet, die ihm zur unentbehrlichen dialektischen Partnerin wurde. Seine bisher auf ästhetische und künstlerische Gesichtspunkte gerichteten Fragen lenkte sie auf die weltumfassenden kulturellen Defizite im Umgang der Menschen miteinander und mit unserer Welt. Beide heirateten 1985. Die fruchtbare neue Lebensverbindung, der Abschluß des Darmstädter Projektes und das Katastrophenereignis von Tschernobyl im Mai 1986 setzten Kräfte frei und lösten neue Motivationen aus. Kann es für die Kunst länger darum gehen, Kunstwerke zu vermarkten und Museen zu eröffnen? Muß nicht vielmehr der Sinn künstlerischer Beschäftigung extrapoliert werden auf das, was die Lebenswelt statt Sammlungen und Kunstmessen wirklich benötigt? Wie setzt man Künstler in die Lage, ihre Ideen so freizusetzen, daß sie nicht im Ghetto des Kunstbetriebes verschmachten, sondern dort virulent werden, wo die Welt sie braucht? Wenn Kunst das Mittel der Zukunftsbefragung und Zukunftsgestaltung ist, so muß man sie auch dorthin richten, wo über Zukunft entschieden wird. Wenn das Ehepaar Müller sich diese Frage nach den nun als vordergründig angesehenen professionellen Erfolgen früherer Jahre mehr und mehr stellte, so auch unter dem moralischen Druck, den eigenen Kindern eine bessere Rechenschaft ablegen zu können als die Verderberbilanz der eigenen Elterngeneration. Wo Hilflosen Auswege fehlen, müssen Kritik geleistet und vor allem Vorbilder geschaffen werden. Wie könnte ein solches Vorbild für die Gestaltung der menschlichen Zukunft aus dem Geiste der Kunst aussehen? Daran arbeitete das Ehepaar Müller seit Mitte der 80er Jahre, nicht ohne bald Mitstreiter zu finden. 1992 lud Jan Hoet sie zur documenta IX nach Kassel ein, um die kritische Position gegen den aufkommenden Rechtsradikalismus und kulturellen Defätismus wieder für 100 Tage in Diskussionen und Publikumsaufklärung zu vertreten. Der Brandanschlag auf den selbsterrichteten Pavillon bewies um den Preis bedeutenden finanziellen Schadens die Notwendigkeit dieser frühen Kassandra-Rufe – denn bekanntlich erfüllten sich die Vorhersagen dieser Prophetin zum Nachteil derer, die sie nicht hören wollten, immer.

Die Idee von Atlantis wurde zwar über Nacht geboren, aber sie fand erst in der Gedankenarbeit von fünfzehn Jahren ihr endgültiges Gesicht, und zur Jahrtausendwende 2001 soll sie auch ihre äußere Form angenommen haben. Reformerische, elitäre geistige Bewegungen haben sich gern in zurückgezogenen Stätten ersonnen und aus Kernzellen ihre Wirkung entfaltet. Cassino, Bayreuth, Sils, Dornach, Monte Verità geben Muster dafür, daß die Welt zu korrigieren heißt, die Kräfte vorher zu versammeln. Die Gründung MARIPOSAs von Helga und Hans-Jürgen Müller soll der Reihe erfolgreicher Reformationen einen Sitz hinzufügen. Künstler stehen in Begriff, in MARIPOSA beispielhaft den Ort und das Haus zu bauen, in dessen Schatten es gelingen kann, einen fruchtbaren und zukunftsfähigen Geist unter die Menschen des 21. Jahrhunderts zu säen. Wenn Künstler die humane Avantgarde ihrer Zeitgenossen sind, so muß die Vision junger avantgardistischer Künstler der Öffentlichkeit das bekannt geben können, was ihre besten Hoffnungen in die Zukunft transportiert. MARIPOSA soll musterhaft jener Ort werden, in dem die Flucht der schöpferischen Kräfte jedes Einzelnen in die Lichtung der Freiheit endlich ein Ziel sieht.

Johann-Karl Schmidt

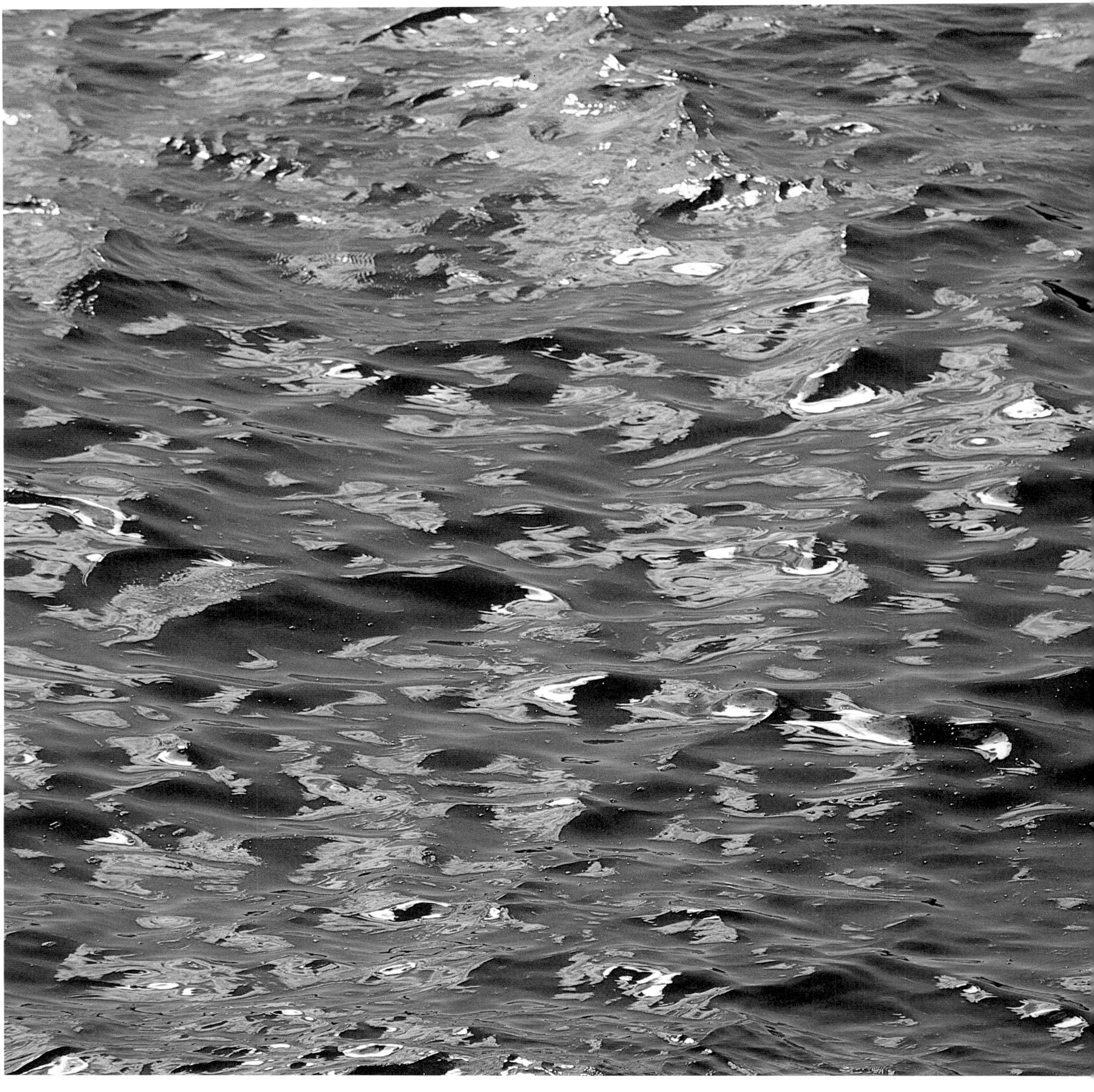

Von Ruhe umgeben und
angeleitet von der Kunst
können wir frischer und schöpferischer
Denken lernen und gemeinsame
Maßstäbe für unser Handeln gewinnen.
Wir brauchen diese politische Kraft
menschlicher Kultur

Richard von Weizsäcker

29. IV. 1991

Sitzbank am höchsten Punkt der Straße Arona – Tunez
mit einer antiken Holzskulptur des Hl. Paulus.
Platzgestaltung: Fernando Villaroya und Ulrike Theisen

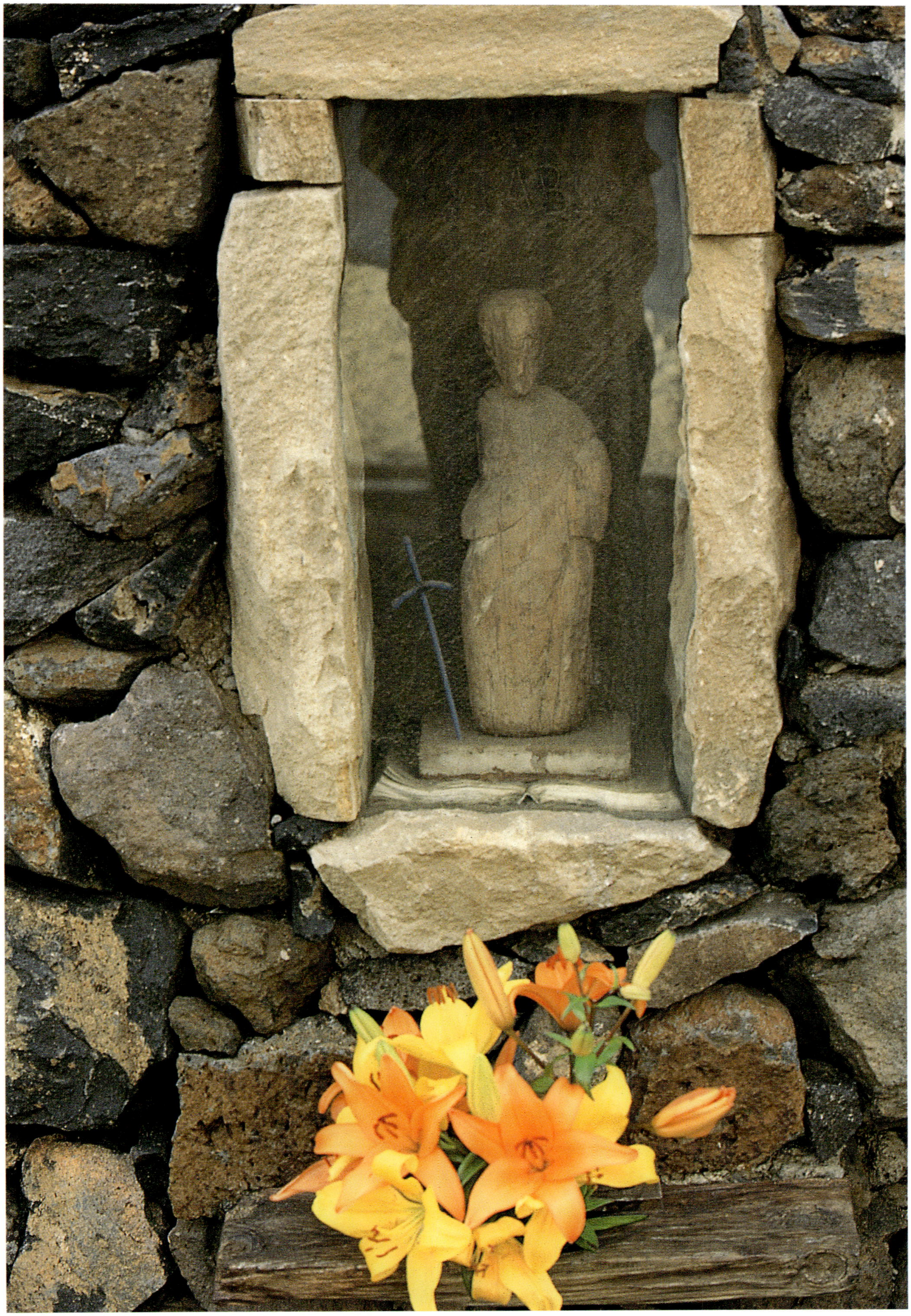

Eingangsbereich zum Sternhaus. Gestaltung: Hans-Jürgen Müller. Steinkugel: Ulrich Roesner

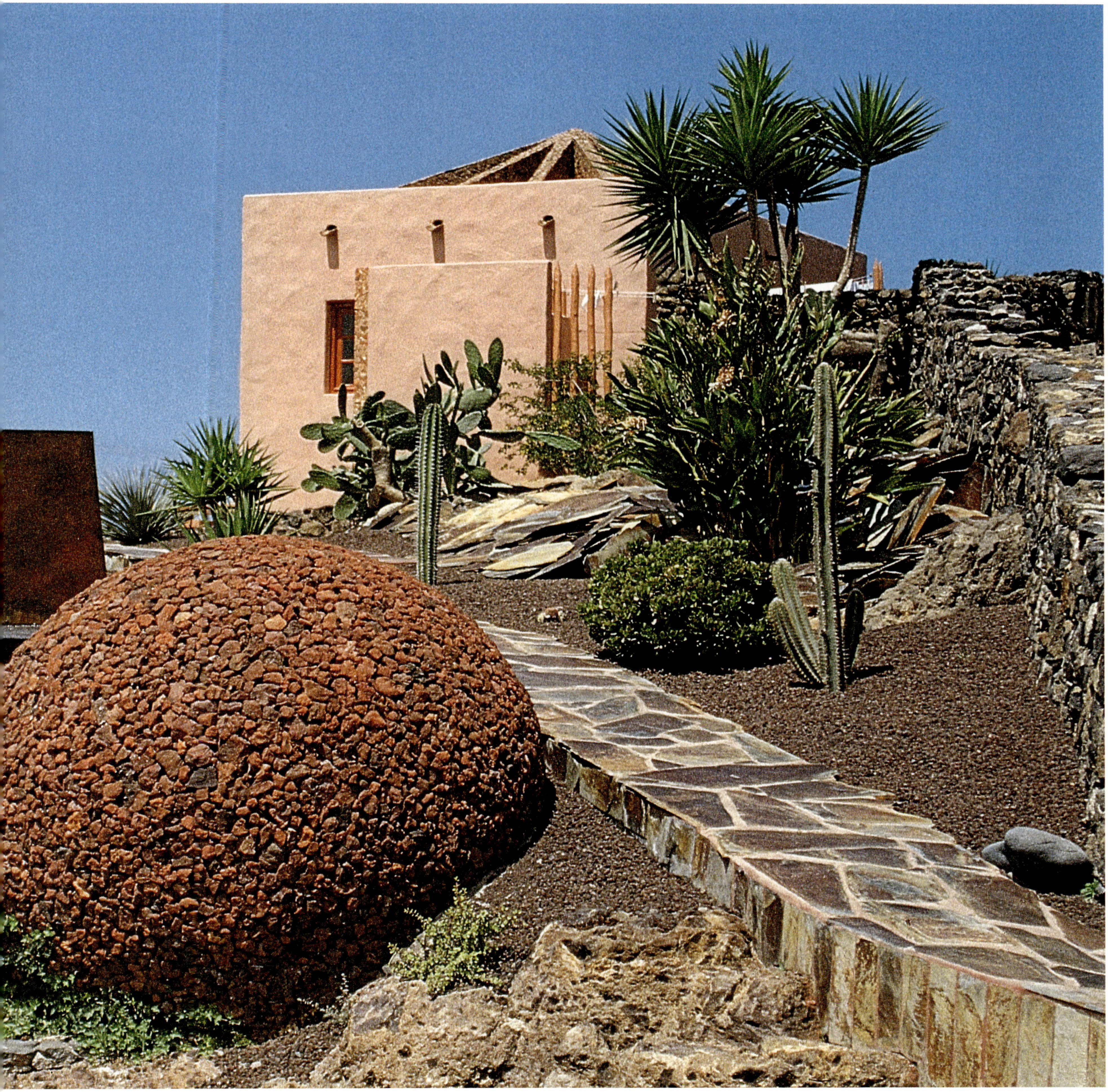

We must be the change we want to see. Mahatma Gandhi

Eingang zur Galeria M.
Die blauen Solarzellen wurden als
„künstlerisches" Element
in die Gesamtarchitektur integriert.
Gestaltung: Hans-Jürgen Müller

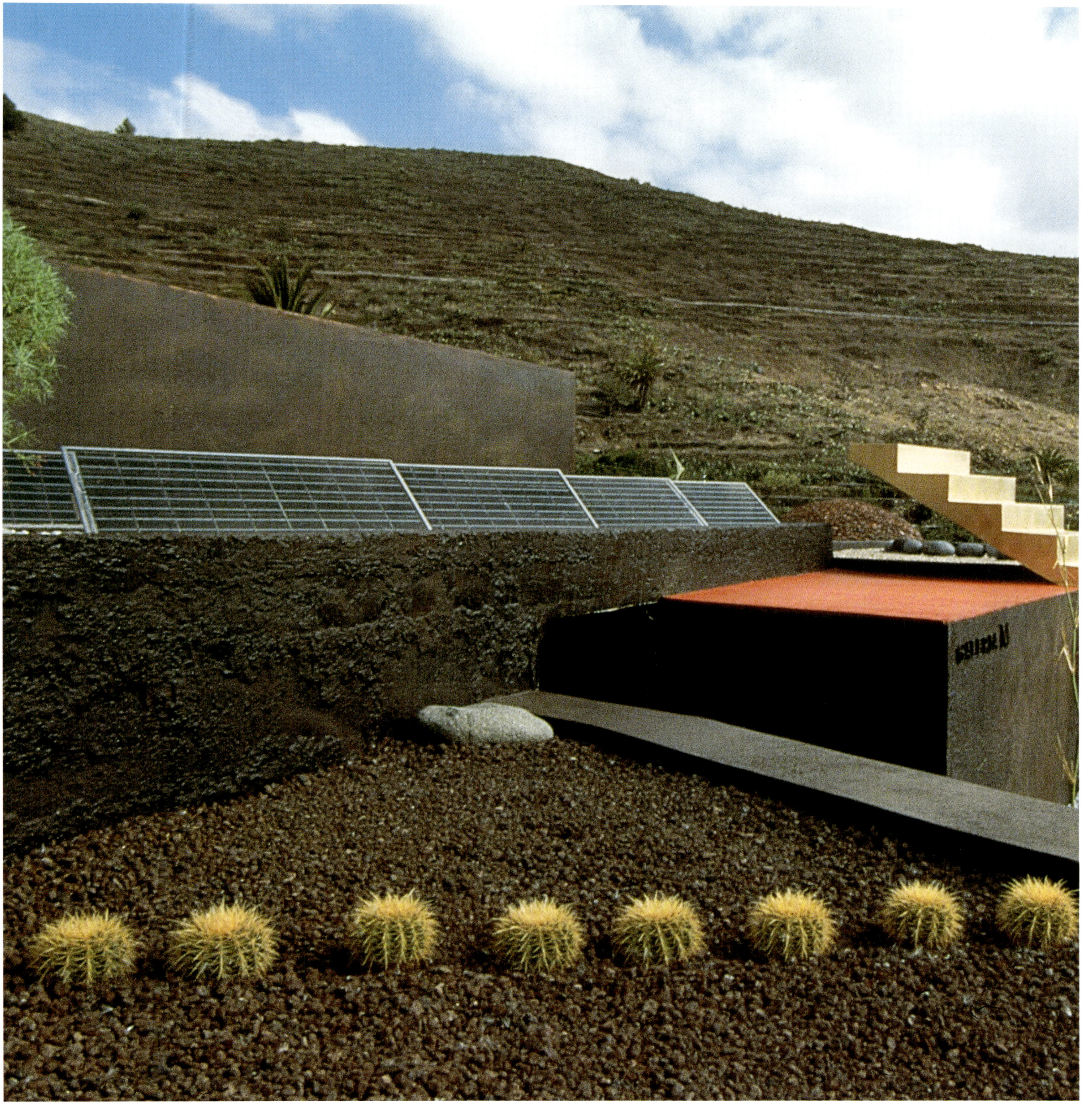

72

[Manifestation, not description.]

Escalera Dorada
mit einer Neon-Arbeit
von Joseph Kosuth

74

Durchgang zum Waschplatz.
Das Mosaik am Tor besteht aus Keramikscherben, die von Meer und Sand gerundet wurden.
Ausführung: Ulrike Theisen

Verkleidung der Waschmaschine
mit über 2000 Kiefernnadel-Büscheln.
Ausführung: Fernando Villaroya

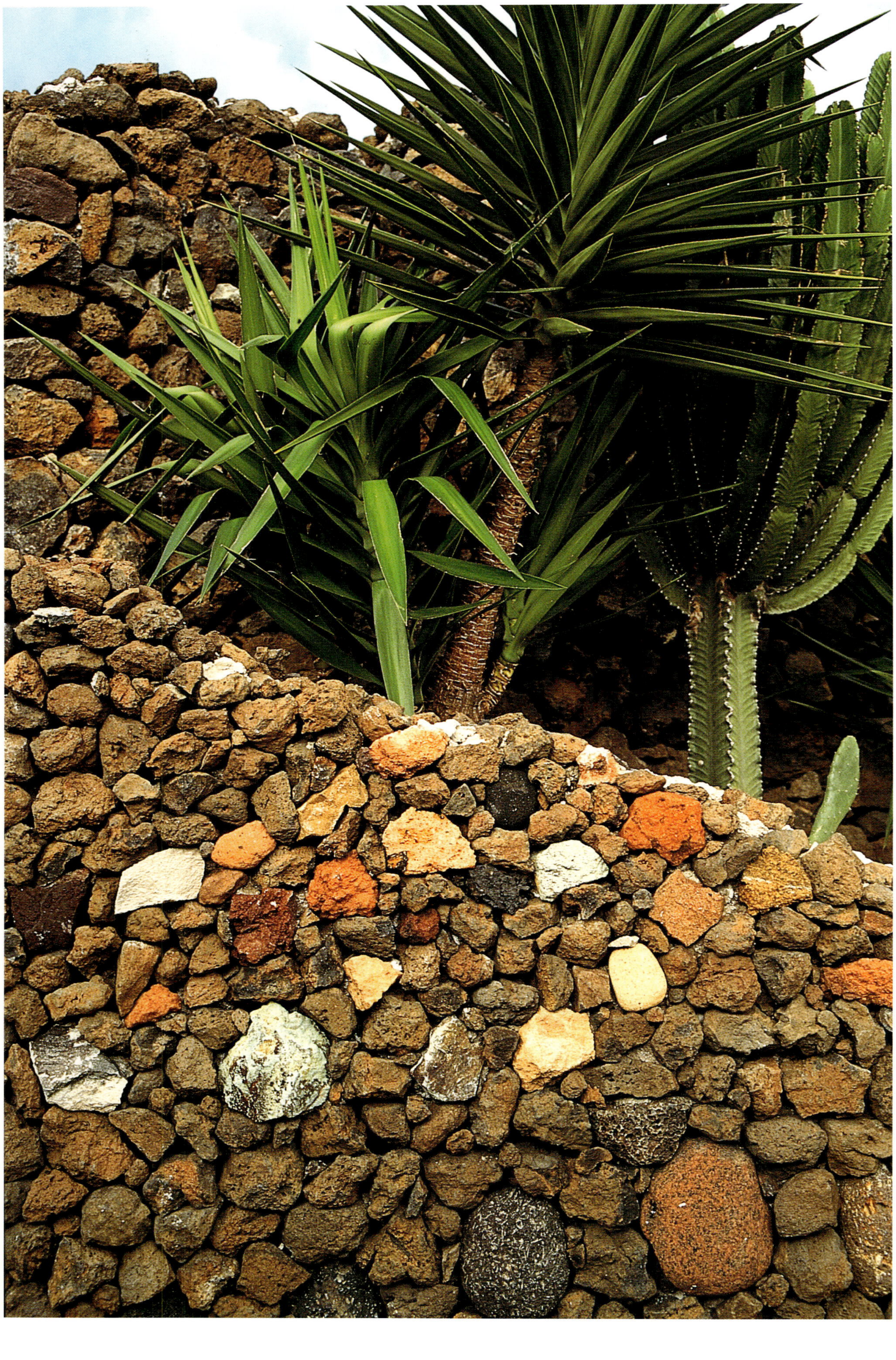

Dach des Sternhauses
mit Mosaik aus zerbrochenen
Ziegelsteinen

Eingangstür Sternhaus.
Relief
Entwurf: Fernando Villaroya
Ausführung: Ulrich Roesner

Bronzeskulptur: Tobias Hauser

80

Sternhaus von der Straße aus gesehen

Waschhof (Teilansicht)

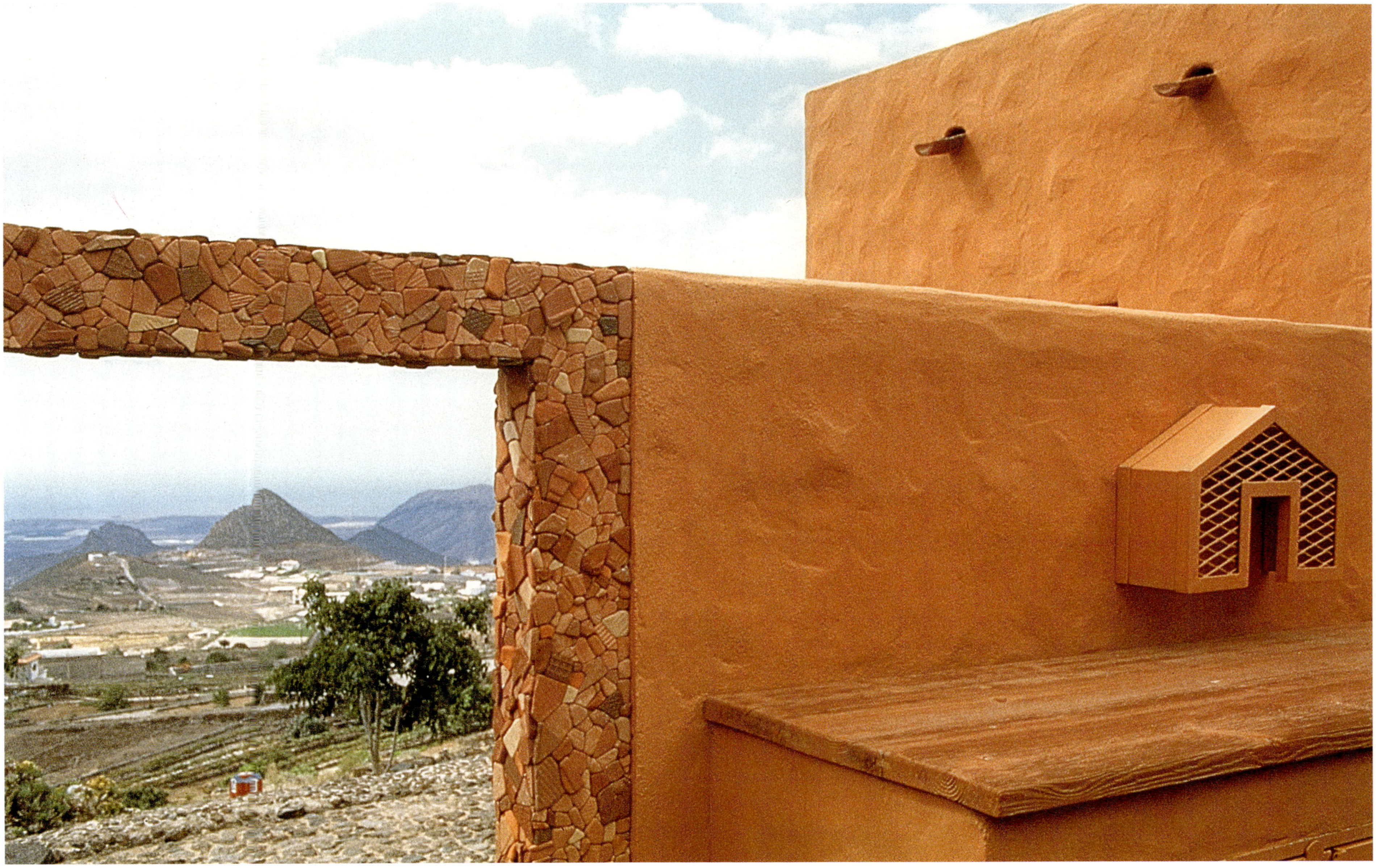

Sternhaus
Gestaltung:
Fernando Villaroya
und Ulrike Theisen

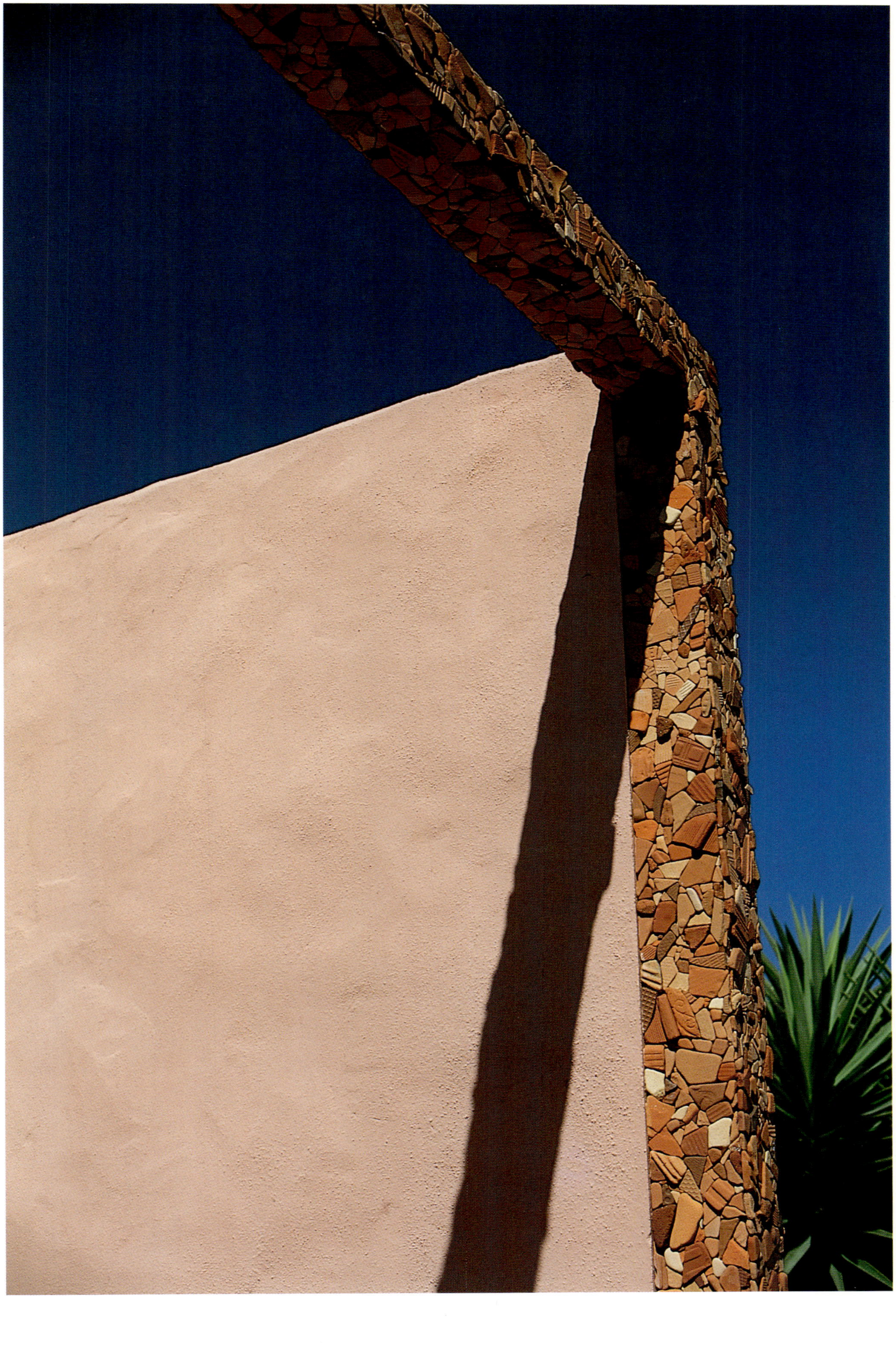

Sternhaus Innenraum
mit einem Bild von Rudolf Hanke

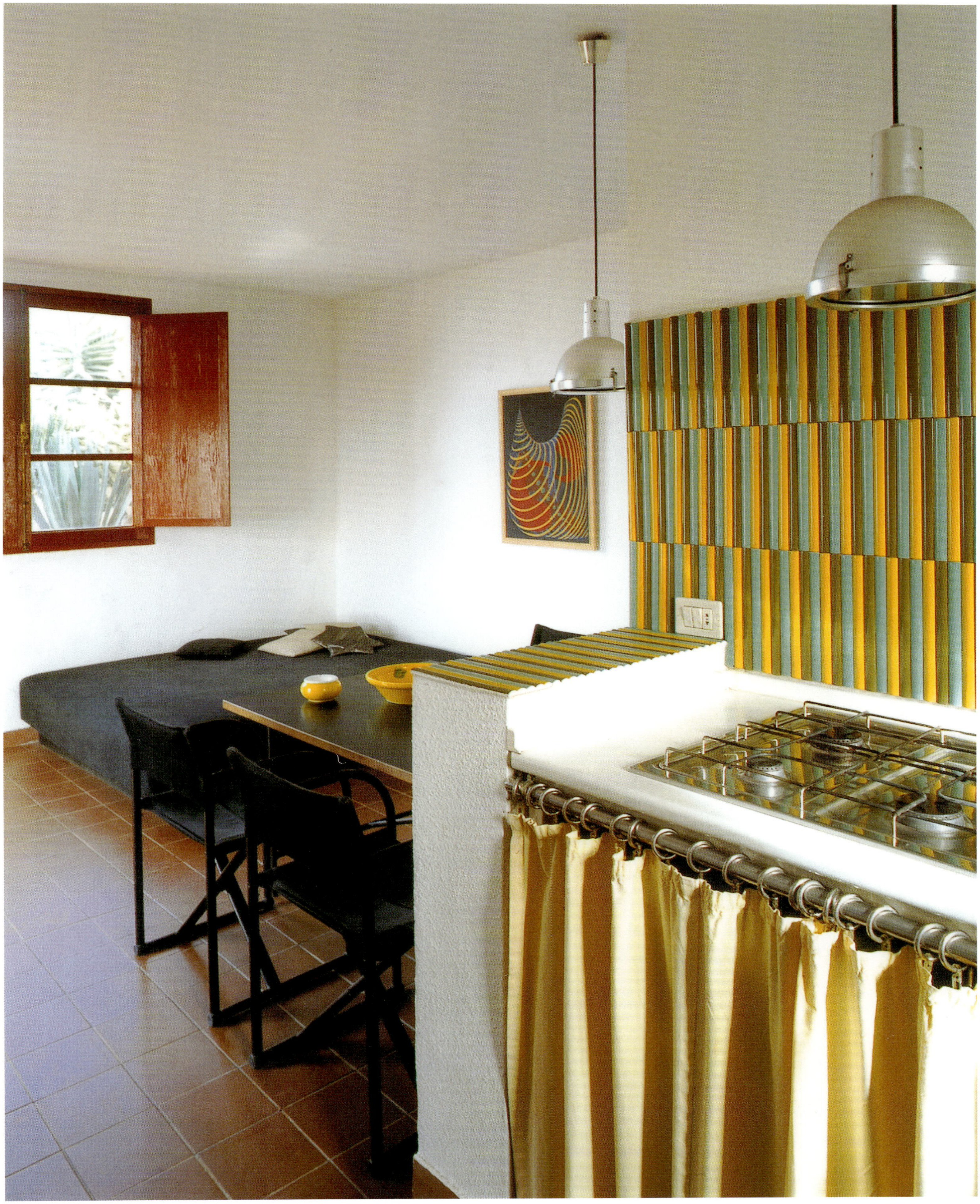

86

Badezimmer
Gestaltung:
Fernando Villaroya

Türgriffe: Peter Orts

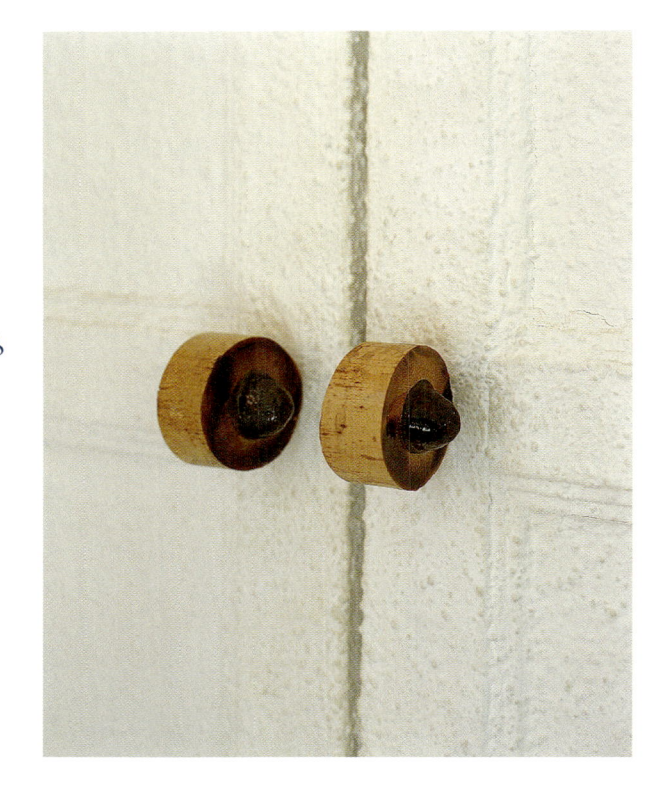

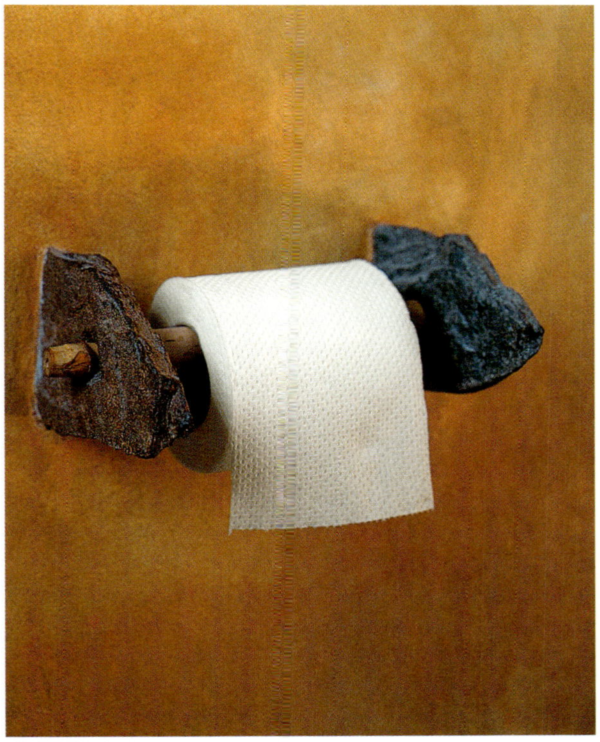
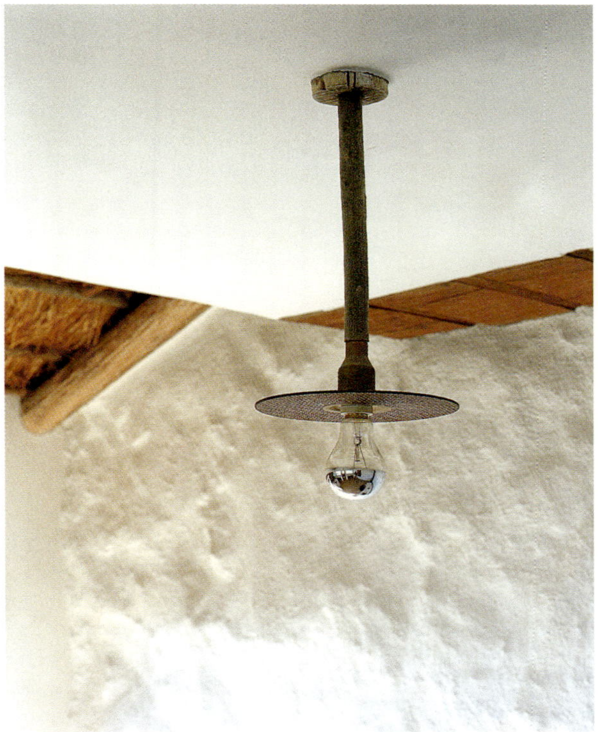
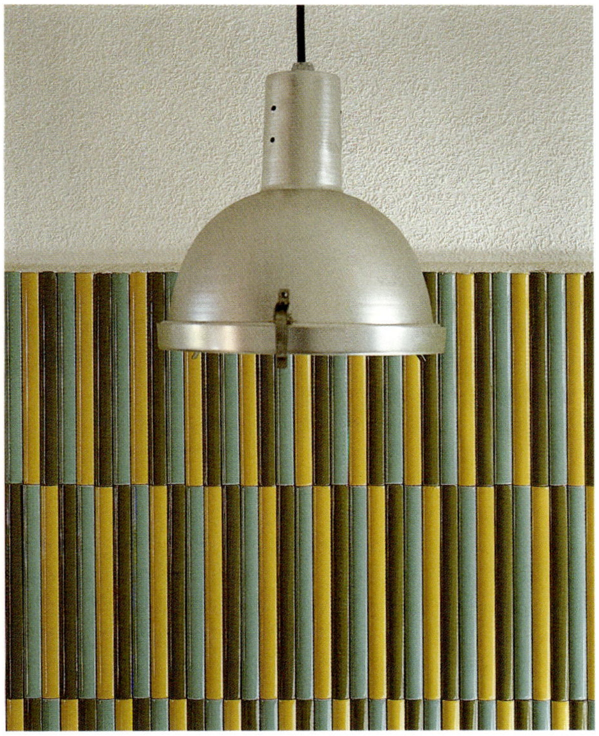

90

IMPULS FÜR EIN NEUES KULTURBEWUSSTSEIN

Wenn wir „Kultur" und kulturelles Sein neu gestalten als sinnbildenden Verknüpfungsprozeß zwischen den unterschiedlichen Bereichen menschlichen Lebens – zum Beispiel zwischen Ökologischem, Künstlerischem, Politischem, Religiösem, Wissenschaftlichem, Philosophischem, Technischem, Sozialem –, dann wird deutlich, daß die gegenwärtige Kultur dies nicht leistet. Deshalb sind wir in uns so zerrissen, deshalb trat an die Stelle eines kulturellen Bewußtseins ein zivilisatorisches (das sich vor allem an Technik, Logistik und Perfektion orientiert), deshalb stagnieren kulturelle Entwicklungsprozesse, gehen kulturelle Identitäten verloren, keimen neue nationalistische Ideologien auf. Zur Überwindung der gegenwärtigen Krise bedarf es eines kulturell-ökologischen Strukturwandels, der das Leben in seinem ganzen organismischen Zusammenhang kulturell begreifbar und individuell lebbar macht, der eine neue vielschichtige Allianz zwischen Mensch und Natur ermöglicht, Grundlagen für übernationale, kulturelle Identitätsbildungen entwickelt und Technik – ökologisch verträglich – als Instrumentarium zu kultureller Sinnbildung nutzt.
Mariposa – als Ort und Quelle neuen kulturellen Seins – soll alle Kräfte zusammenführen, die diesen Wandel anstoßen können.

Jo Wallmann

92

Zellulärer Automat

Ulrich Roesner

94

Die Bodenskulptur zeigt einen gerundeten Abschnitt eines „zellulären Automaten", dessen Regel von mir im September 1993 entdeckt wurde. Der Begriff „zellulärer Automat" ist eher irreführend als selbsterklärend. Zellen sind nicht biologischer Natur, sondern z.B. Pixl oder Rechenkästchen. Nach der vorsätzlichen oder willkürlichen Besetzung (Zelle ausmalen oder einen Punkt einsetzen) einer Grundreihe, bestimmt dann eine Regel, wie sich die darüberliegenden Zellen-Zeilen generieren. Durch die jeweilige Regel erfolgt der weitere Aufbau (am Computer) automatisch, aber auch manuell erzielt man das selbe Ergebnis, wenn fehlerfrei aufgebaut wurde – es entsteht ein zellulärer Automat.

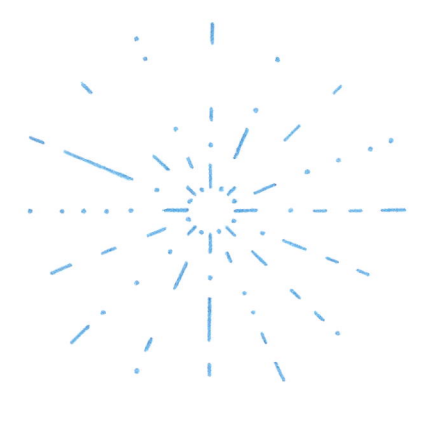

| EXPANSION | SPIN | ABFLACHENDE KRÜMMUNG | DREHIMPULS (ROTATION) |

Bis vor wenigen Jahren waren zelluläre Automaten ohne Gebrauchswert – die meisten sind es auch heute noch. In der 2. Hälfte der 90er Jahre tauchten erstmals zelluläre Automaten in Doktorarbeiten auf, vor allem in Zusammenhang mit Entwicklung und Darstellung von Fluktuationen (z.B. bei Populationen).

Im Falle des UR-Prinzips stellte sich nach und nach eine Analogiefähigkeit heraus, deren gesamte Bandbreite noch kaum abschätzbar ist. Durch mein mehrjähriges Forschen kann ich inzwischen die Vermutung wagen, daß dieser zelluläre Automat als kosmologisches Analogie-Modell eine mögliche Grundlage für einen zunehmend geforderten Paradigmenwechsel werden könnte. Darüber hinaus ist es das einzige (Welten-)Modell, in welchem die Grundstruktur des biologischen Lebens enthalten ist, in einer zylindrischen Aufbauweise auf nur drei Grundzellen rundum, entsteht das Gebilde, welches uns als Doppel-Helix der DNS bekannt ist.

Alle Versuche, in einer großen vereinheitlichten Theorie die vier Grundkräfte im Universum mathematisch auf eine einzige Ursprungskraft zurückzuführen, schlugen bisher fehl. In dem „zellulären Universum" lassen sich diese Grundkräfte herauslösen, die nach meiner Überzeugung keine starren Kräfte sind, sondern sich in einem Fließgleichgewicht zueinander verändern.

Ulrich Roesner

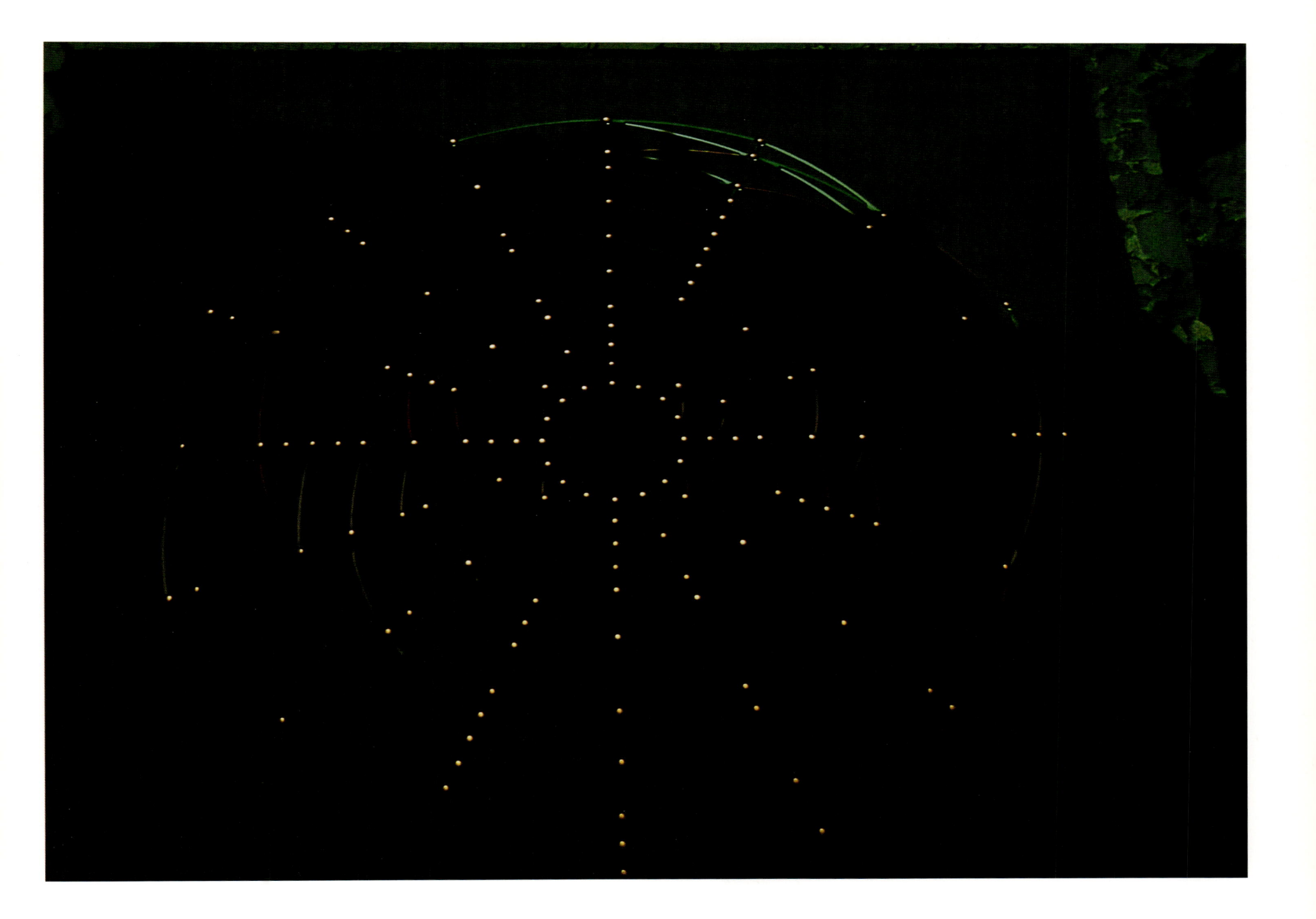

ELEKTROMAGNETISMUS　　　SCHWACHE KERNKRAFT　　　GRAVITATION　　　STARKE KERNKRAFT

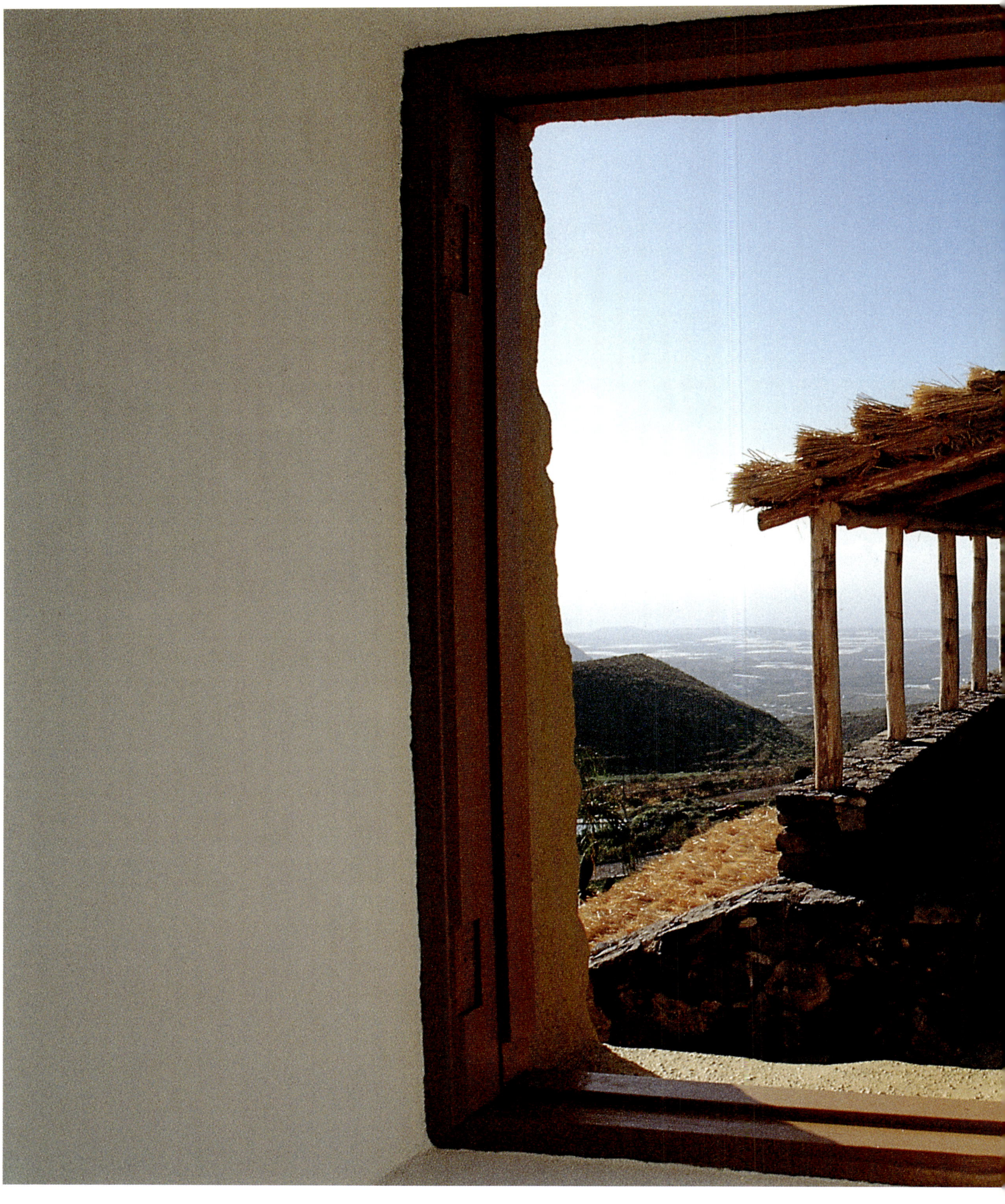

Blick aus dem Haus der Stille
Gestaltung:
Fernando Villaroya und
Ulrike Theisen

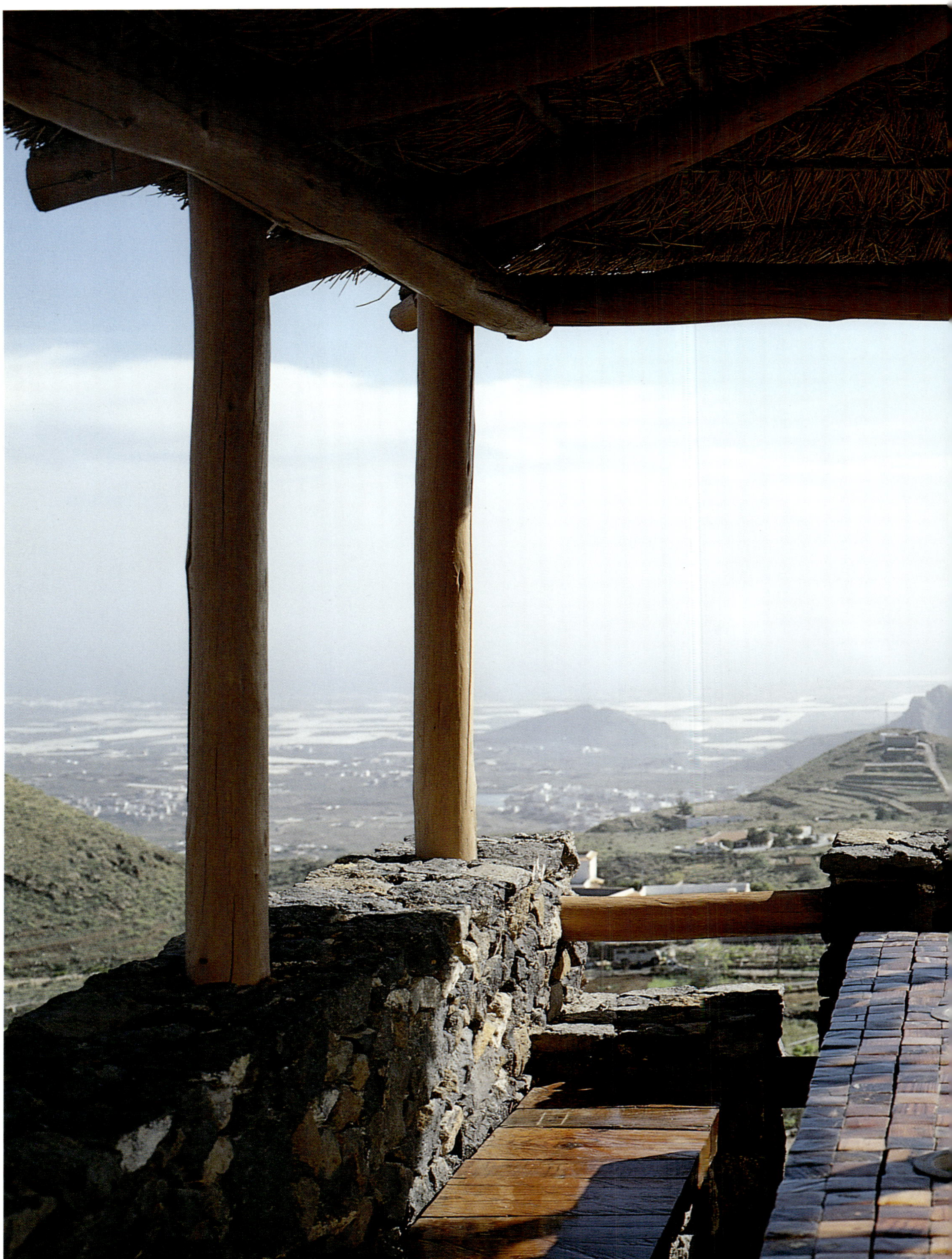

Belvedere

Versammlungsplatz
mit Panoramablick auf die
Vulkanlandschaft und den
Atlantik

Nichts in der Welt ist mächtiger als eine Idee, deren Zeit gekommen ist. Victor Hugo

Studio
Gestaltung:
Fernando Villaroya und
Ulrike Theisen

Bilder:
Ulrike Zilly, Milan Kunc
und Horst Hödicke

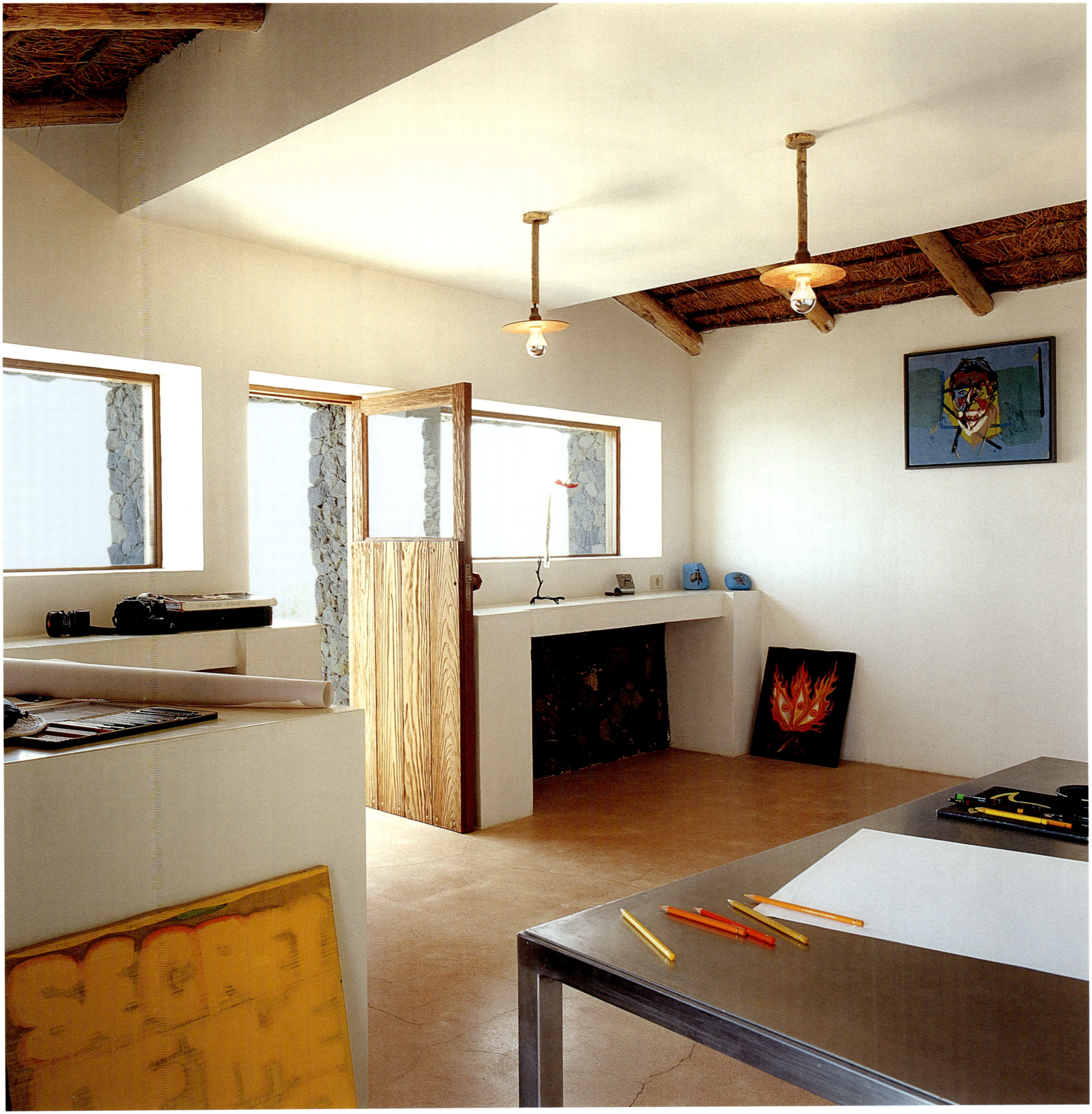

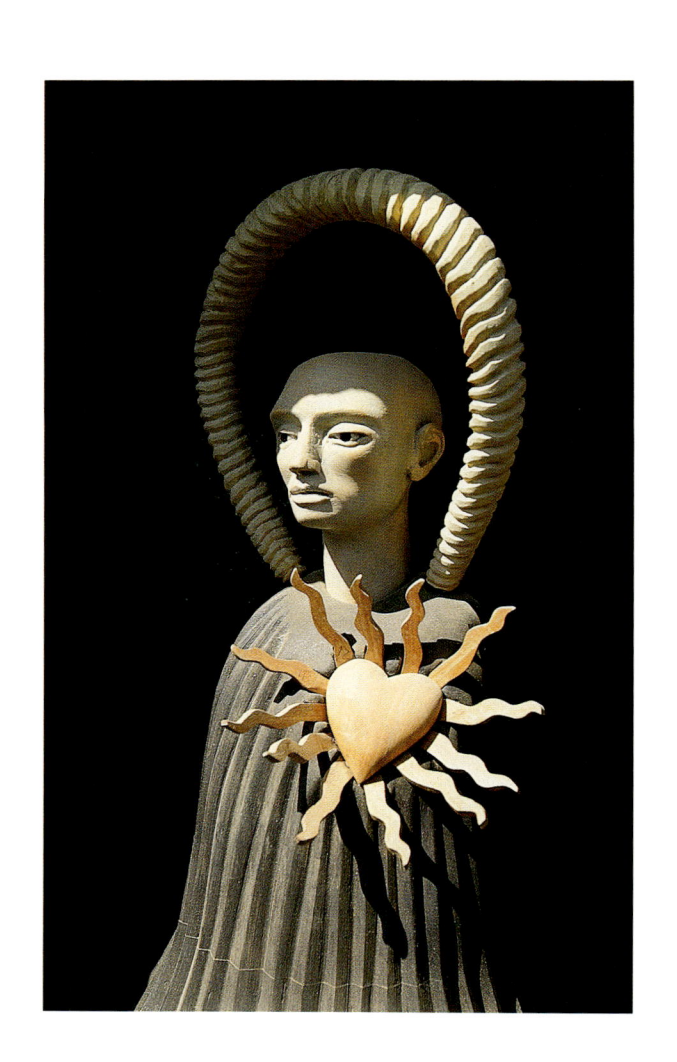

104

Platz der
Schwarzen Madonna

Platzgestaltung:
Pompeo Turturiello und
Harald Voegele

Holzskulptur von
Peter Schütz

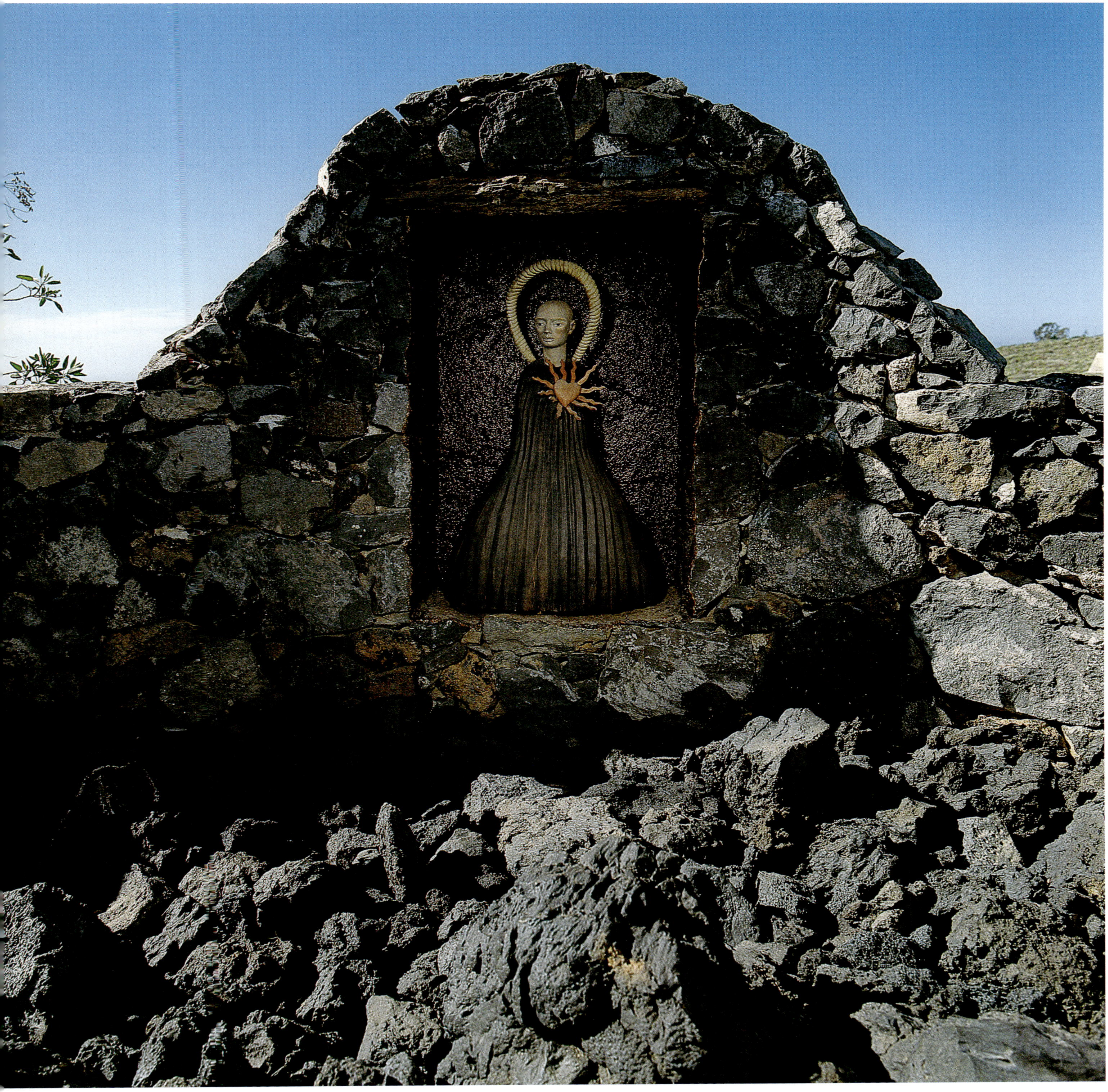

Platzgestaltung:
Pompeo Turturiello und Harald Voegele

Nächste Seite
Gestaltung und Ausführung: Hans-Jürgen Müller

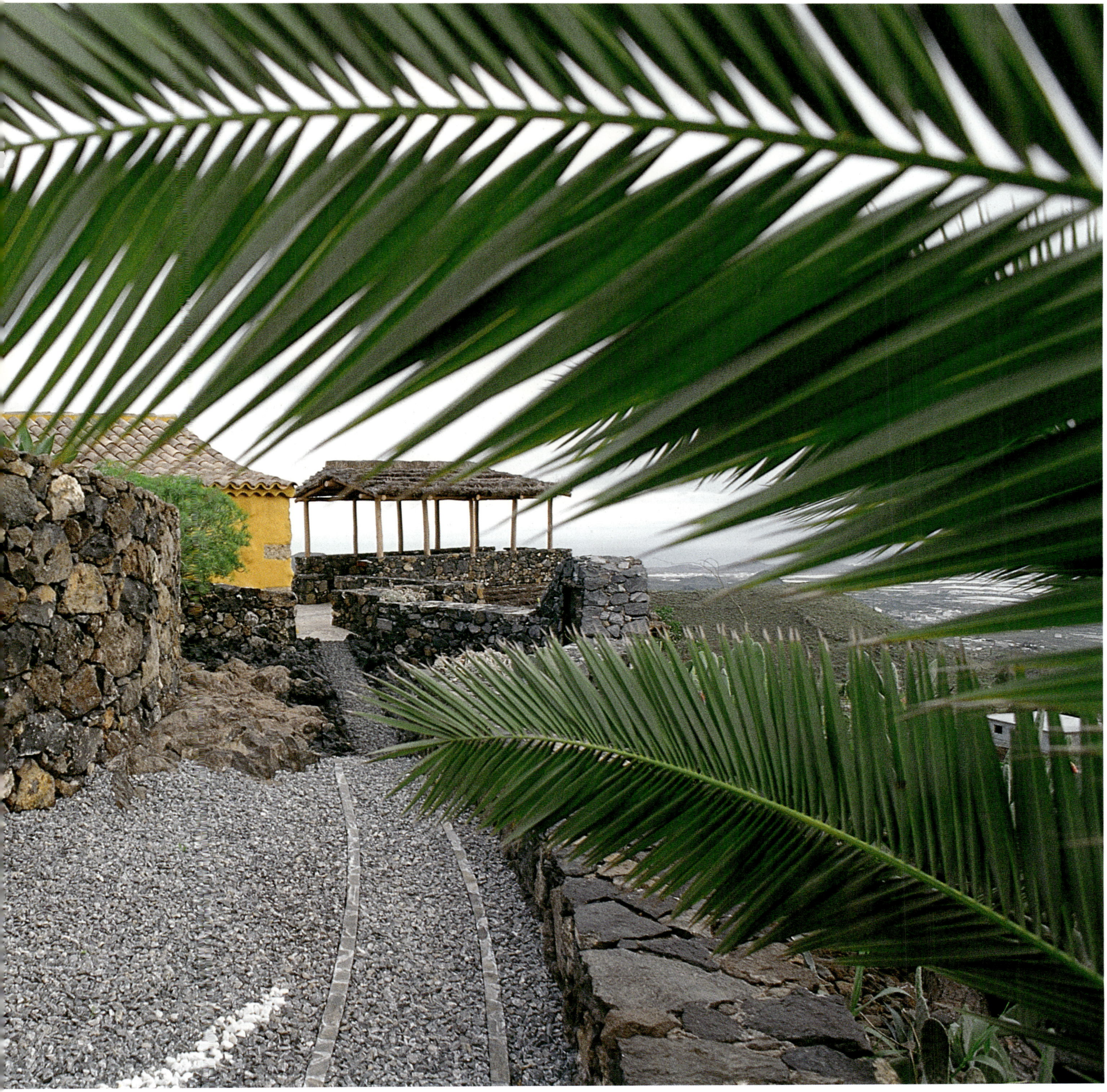

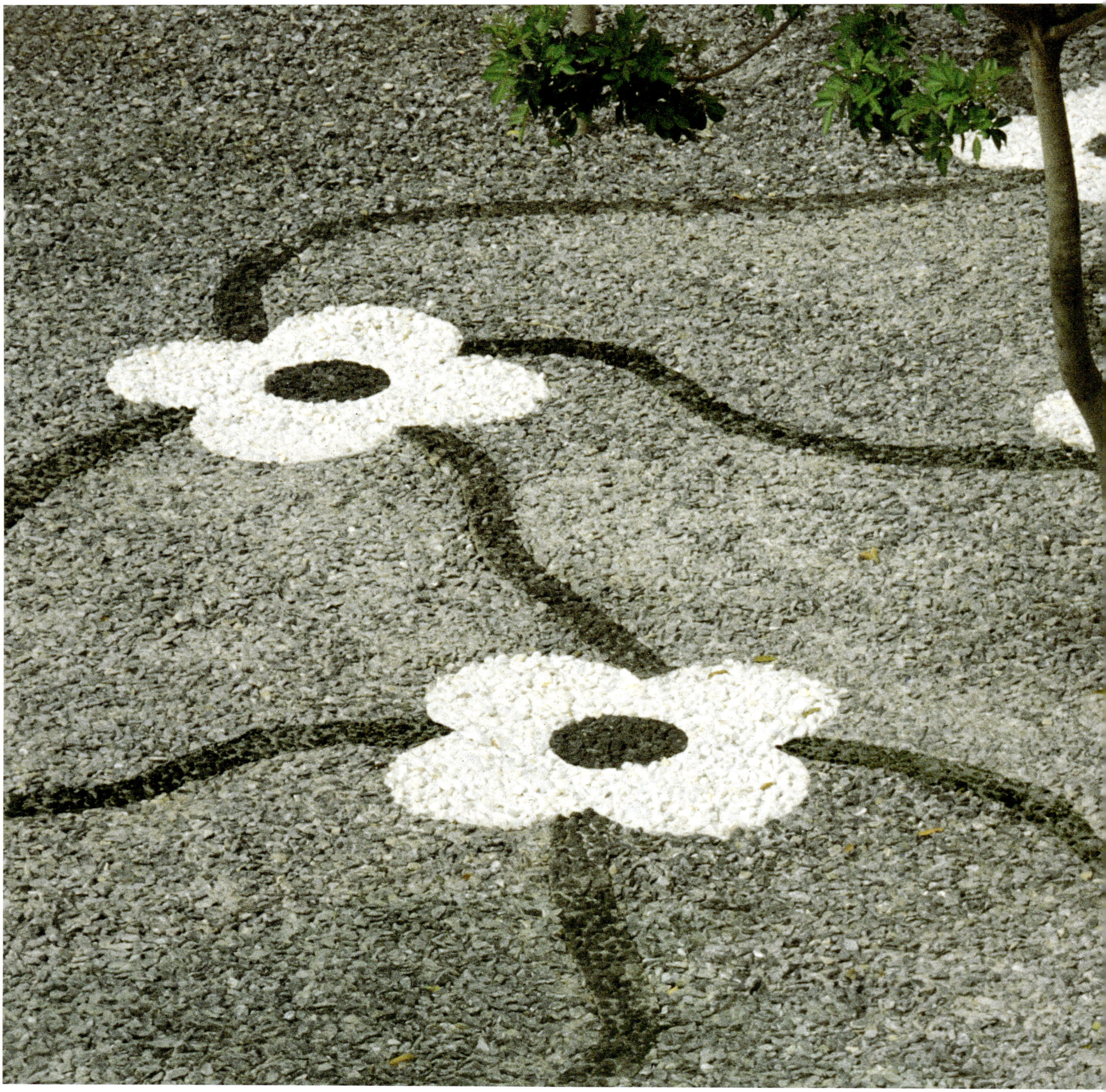

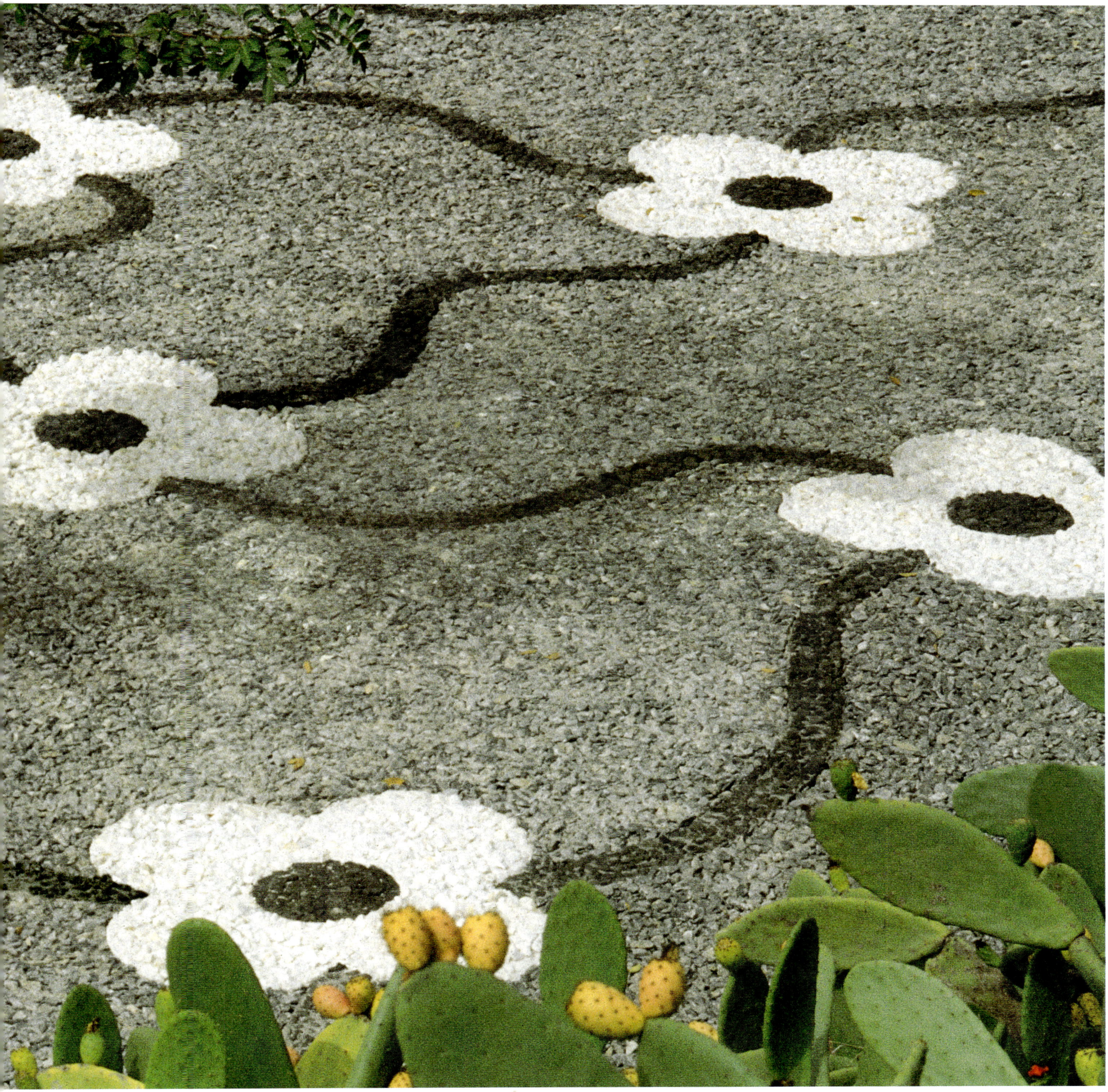

110

Haus der Stille
mit traditionellem kanarischen Dach

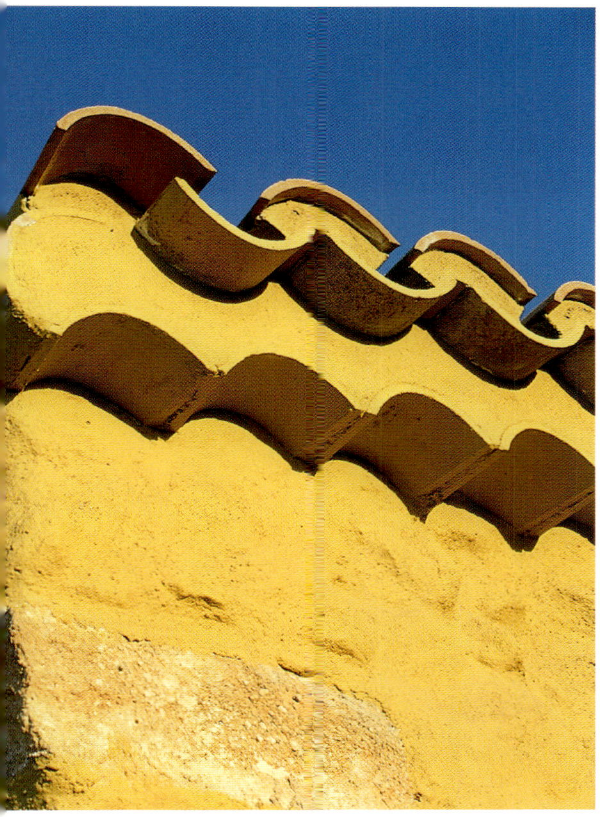

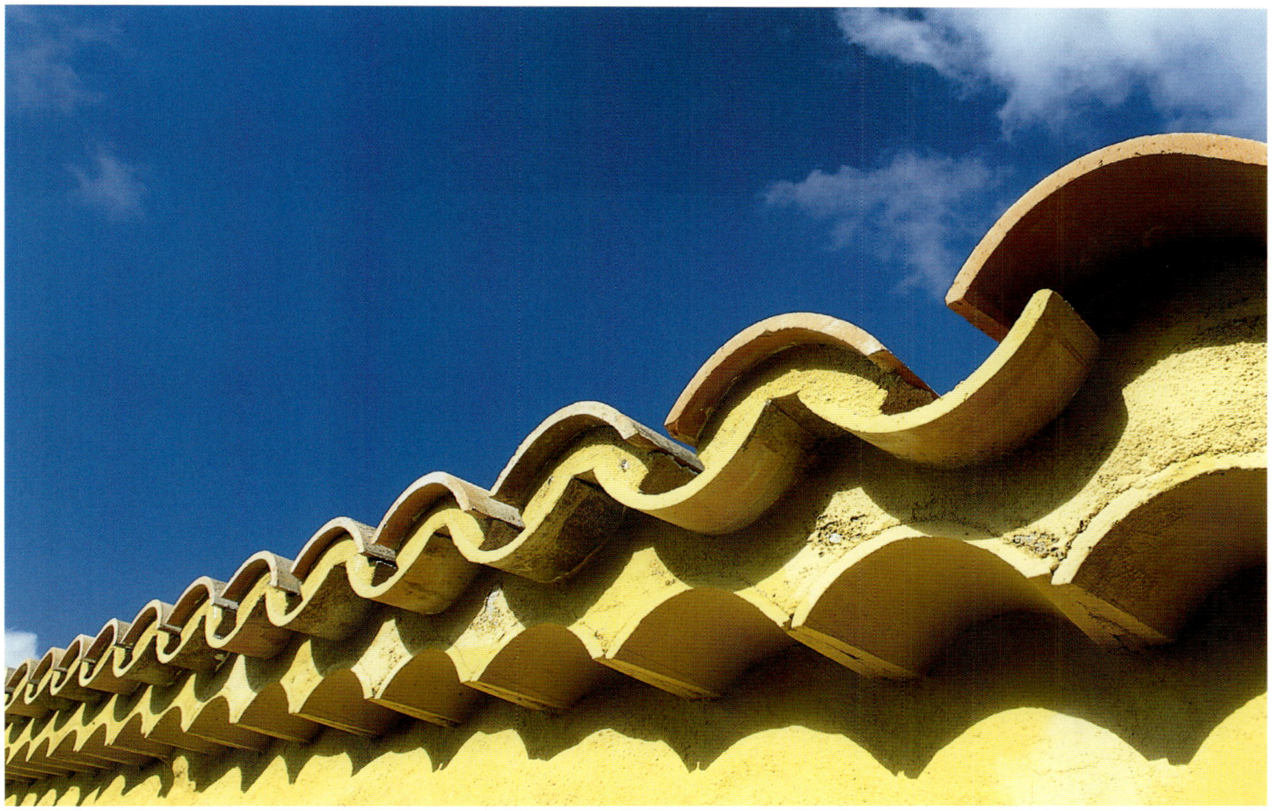

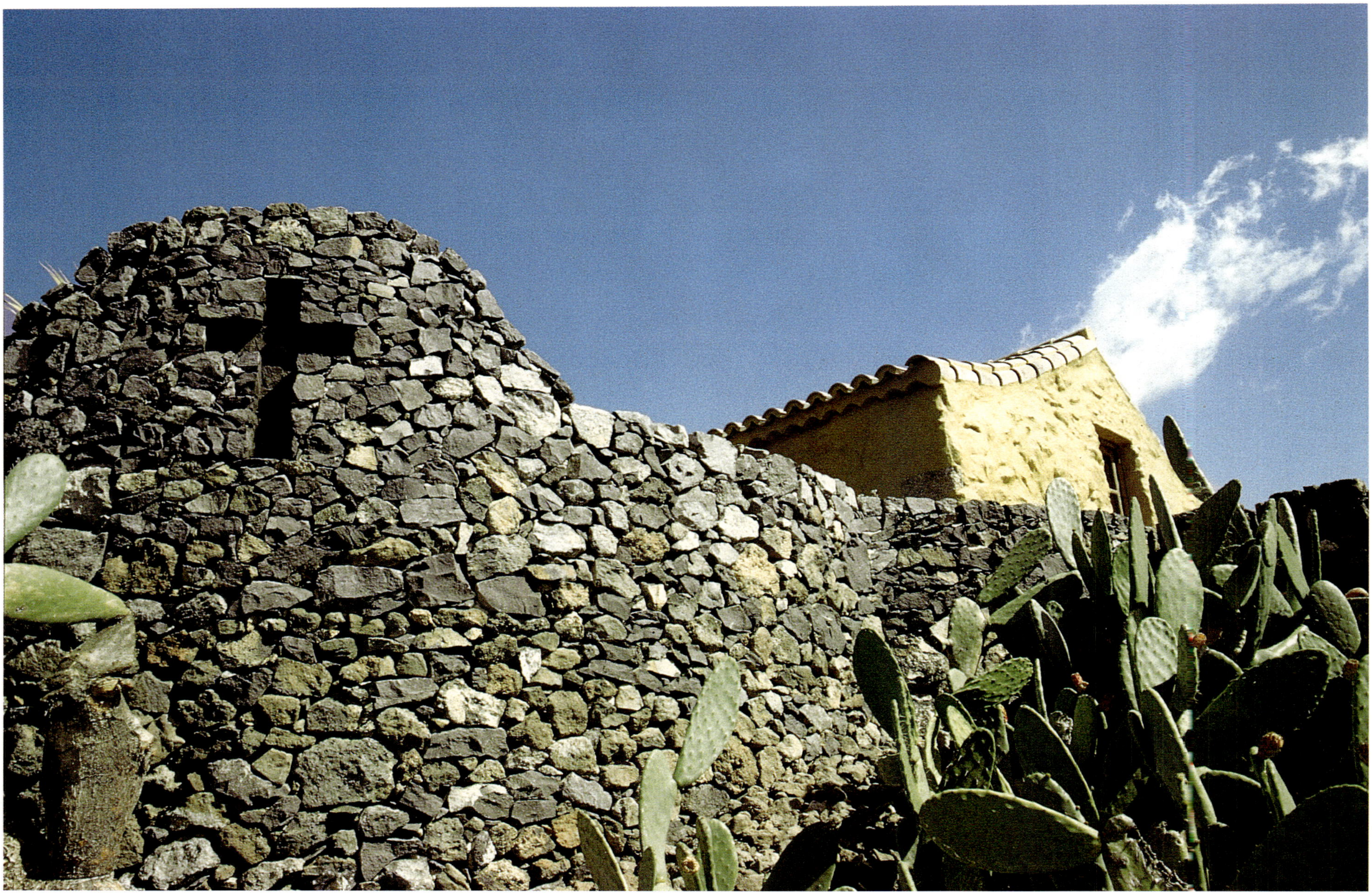

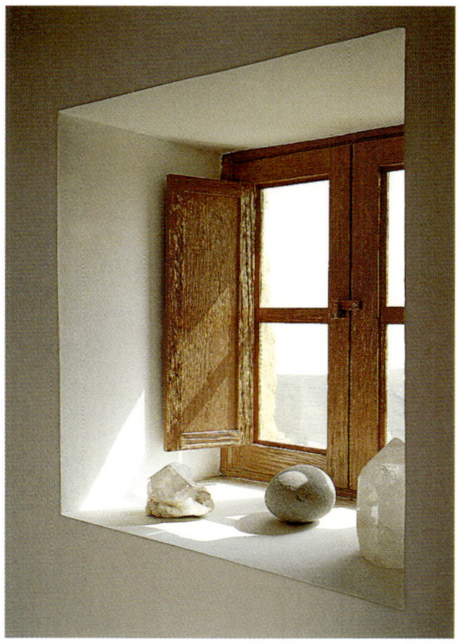

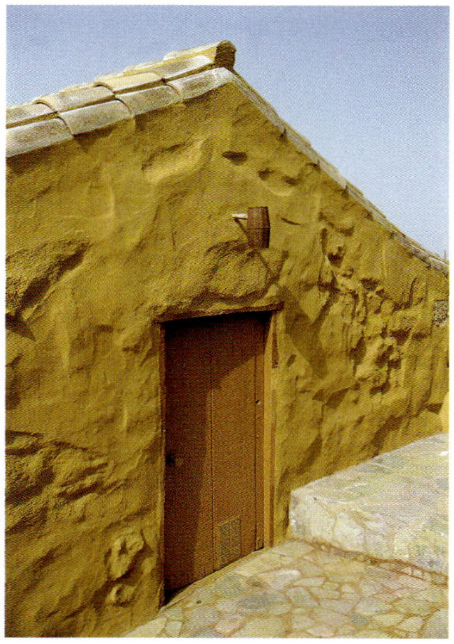

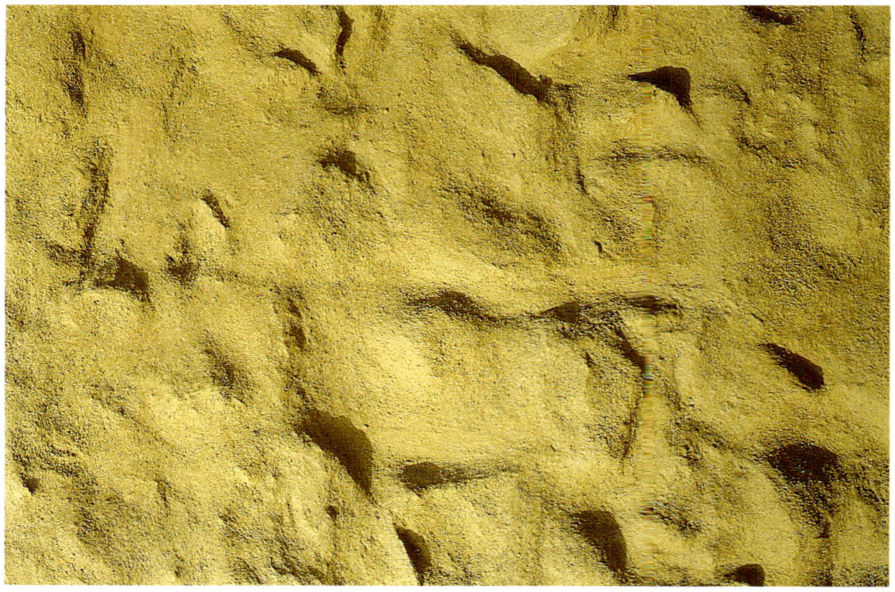

Haus der Stille
mit einem Fresko
von Ivan Surikov
(Wanja)
und einer
thailändischen
Buddhafigur

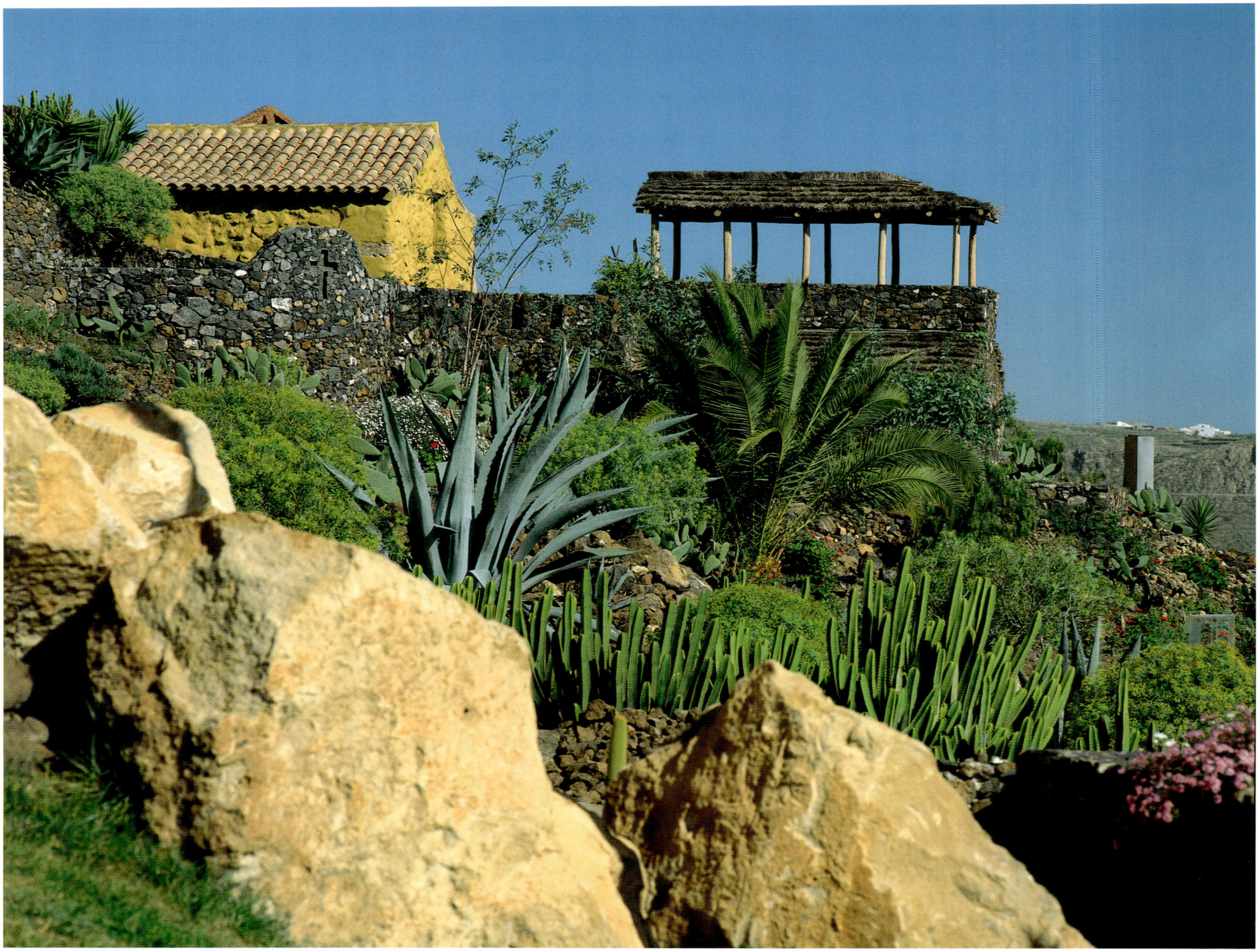

Bronzekaktus
Idee: Hans-Jürgen Müller

116

Günther Förg
Mariposa-Treppe 1997

Idee und Gestaltung: Hans-Jürgen Müller

Escalera Dorada

Als weithin sichtbares und unvergängliches Zeichen der Kultur-Initiative MARIPOSA führt eine 84 Stufen hohe, 70 Meter lange und 96 cm breite Treppe vom unteren Ende des Geländes zum oberen Teil der Anlage.

Diese „goldene Treppe" enthält Botschaften, Zeichnungen, Zitate und Partituren bedeutender Persönlichkeiten der Zeitgeschichte und verbindet die Idee des „goldenen Gästebuches" einer Stadt mit einem Sponsorenmodell für die Finanzierung der als „Geschenk zum Jahr 2000" bezeichneten Zukunftswerkstatt.

Bisher wurden vergoldete Messingplatten unter anderem für Prof. Max Ackermann, Theodor W. Adorno, Johann Sebastian Bach, Michael Buthe, Louis S.M. Daguerre, Erich Fromm, Jesus von Nazareth (nach Lukas), Ernst Jünger, Konfuzius, Lao-Tse, Dr. Franz X. Mayr, Pablo Picasso, Platon, Prof. Carl Sagan u.a gespendet, aber auch Botschaften von Firmen hinterlassen, die ihr soziales Engagement bekunden.

Auch Privatpersonen, die sich über die eigene erlebbare Zeit hinaus zu ihrer Verantwortung gegenüber der Natur und den Menschen bekennen, haben ihre Botschaften eingravieren lassen.

Pflicht ohne Liebe macht verdrießlich
Verantwortung ohne Liebe macht rücksichtslos
Gerechtigkeit ohne Liebe macht hart
Wahrheit ohne Liebe macht kritiksüchtig
Klugheit ohne Liebe macht betrügerisch
Freundlichkeit ohne Liebe macht heuchlerisch
Ordnung ohne Liebe macht kleinlich
Sachkenntnis ohne Liebe macht rechthaberisch
Macht ohne Liebe macht grausam
Ehre ohne Liebe macht hochmütig
Besitz ohne Liebe macht geizig
Glaube ohne Liebe macht fanatisch

Lao-Tse

Ehrentafel für Ernst Jünger,
gestiftet von Verleger Michael Klett
Verlag Klett-Cotta Stuttgart
(Format 60 x 30 cm)

PFLICHT OHNE LIEBE MACHT VERDRIESSLICH

VERANTWORTUNG OHNE LIEBE MACHT RÜCKSICHTSLOS

GERECHTIGKEIT OHNE LIEBE MACHT HART
LA JUSTICIA SIN AMOR NOS HACE DUROS

WAHRHEIT OHNE LIEBE MACHT KRITIKSÜCHTIG
LA VERDAD SIN AMOR NOS HACE CRITICOS

KLUGHEIT OHNE LIEBE MACHT BETRÜGERISCH
LA INTELIGENCIA SIN AMOR NOS HACE ENGAÑOSOS

FREUNDLICHKEIT OHNE LIEBE MACHT HEUCHLERISCH
LA AMABILIDAD SIN AMOR NOS HACE HIPÓCRITAS

ORDNUNG OHNE LIEBE MACHT KLEINLICH
EL ORDEN SIN AMOR NOS HACE MEZQUINOS

SACHKENNTNIS OHNE LIEBE MACHT RECHTHABERISCH
LA PERICIA SIN AMOR NOS HACE TERCOS

MACHT OHNE LIEBE MACHT GRAUSAM
EL PODER SIN AMOR NOS HACE CRUELES

EHRE OHNE LIEBE MACHT HOCHMÜTIG
EL HONOR SIN AMOR NOS HACE ALTIVOS

BESITZ OHNE LIEBE MACHT GEIZIG
LA POSESIÓN SIN AMOR NOS HACE AVARICIOSOS

GLAUBE OHNE LIEBE MACHT FANATISCH
LA FÉ SIN AMOR NOS HACE FANATICOS

LAO-TSE

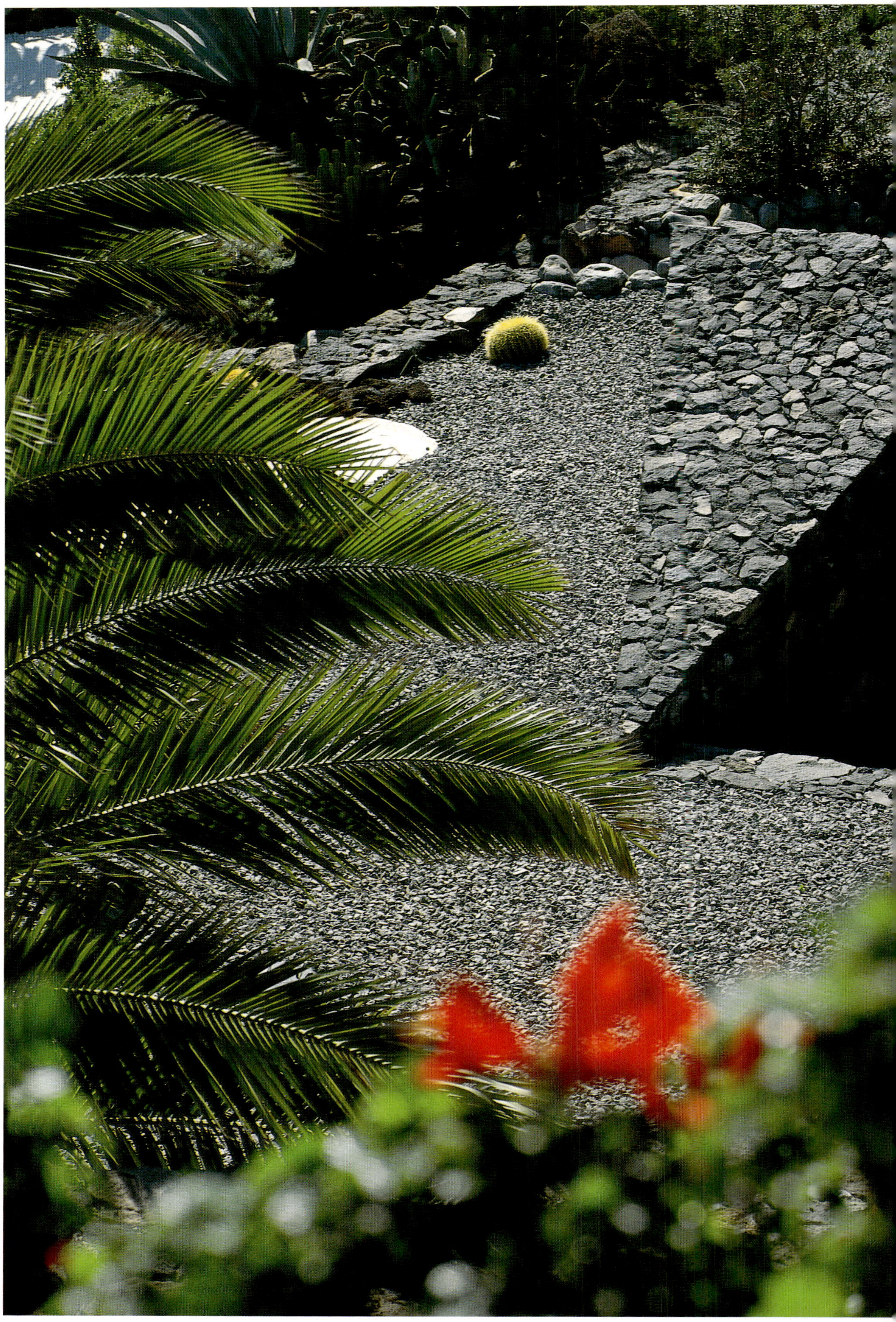

Schmetterlingsskulptur
Gestaltung: Pompeo Turturiello und Harald Voegele

Die Höhe der Kultur ist die einzige, zu der viele Schritte hinaufführen und nur ein einziger herunter.

Friedrich Hebbel

Gestaltung: Pompeo Turturiello und Harald Voegele

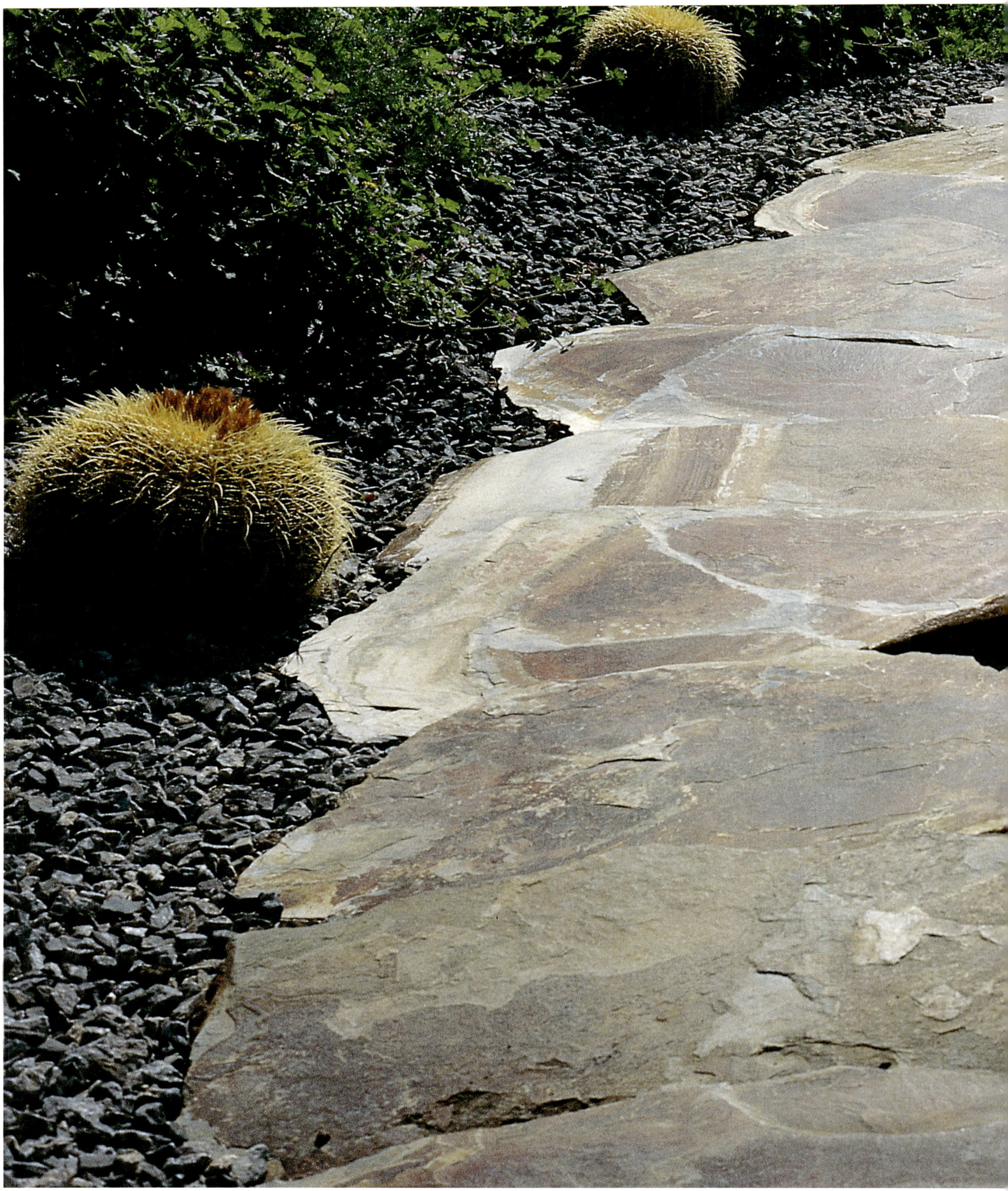

Treppe zum Teich
Gestaltung:
Pompeo Turturiello und
Harald Voegele

128

Quelle
Idee: Pompeo Turturiello und Harald Voegele
Ausführung: David Besenfelder

130

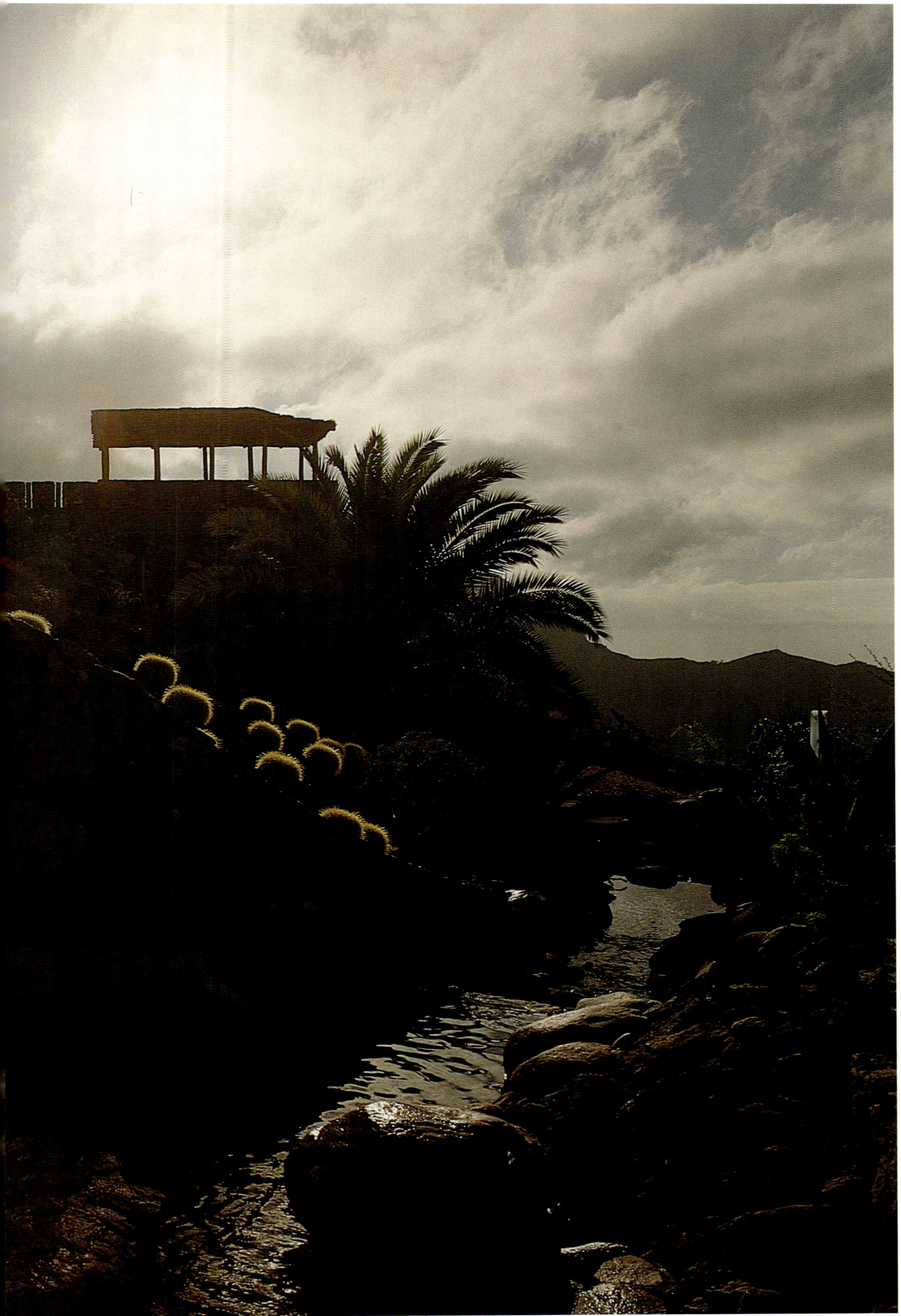

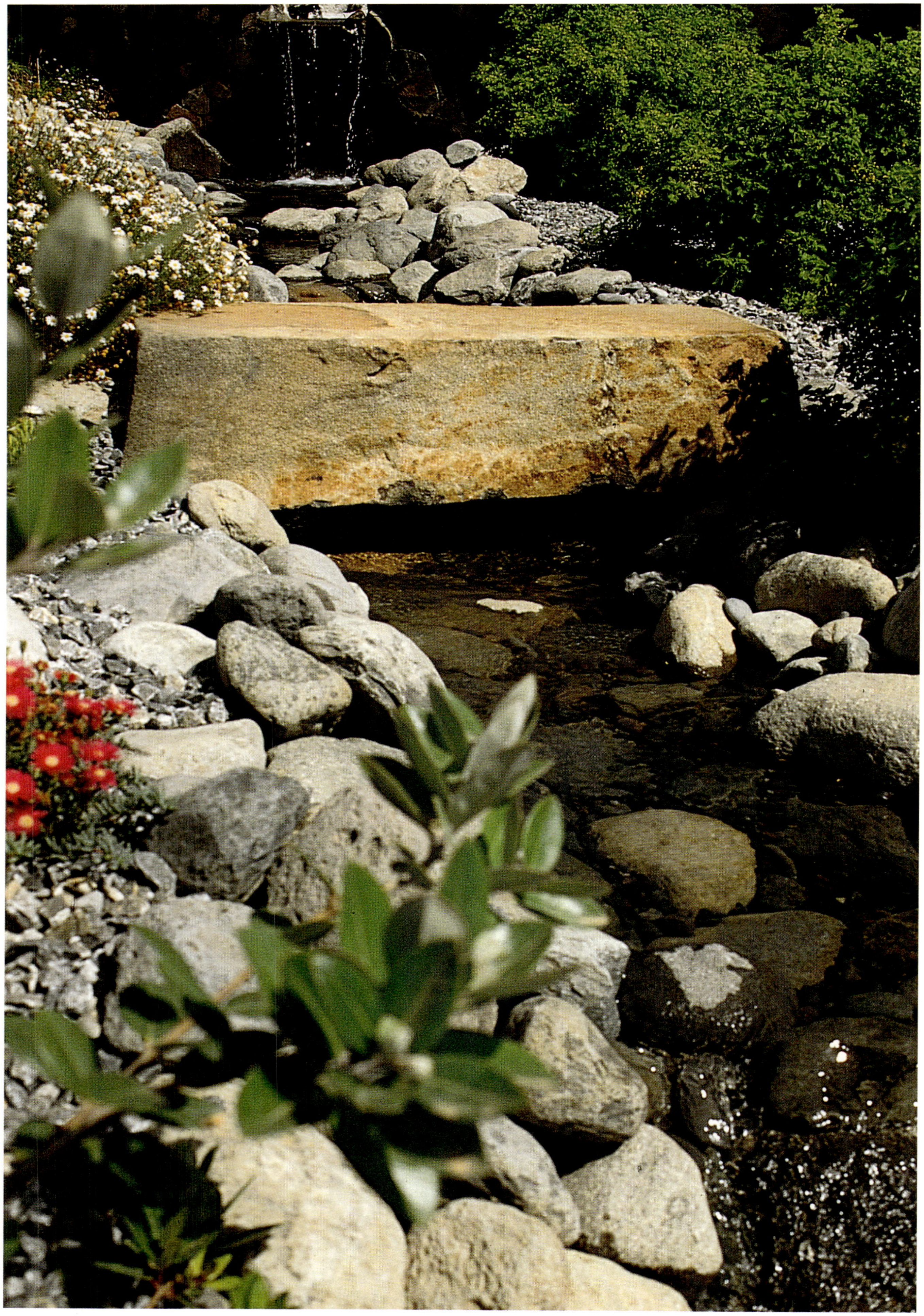

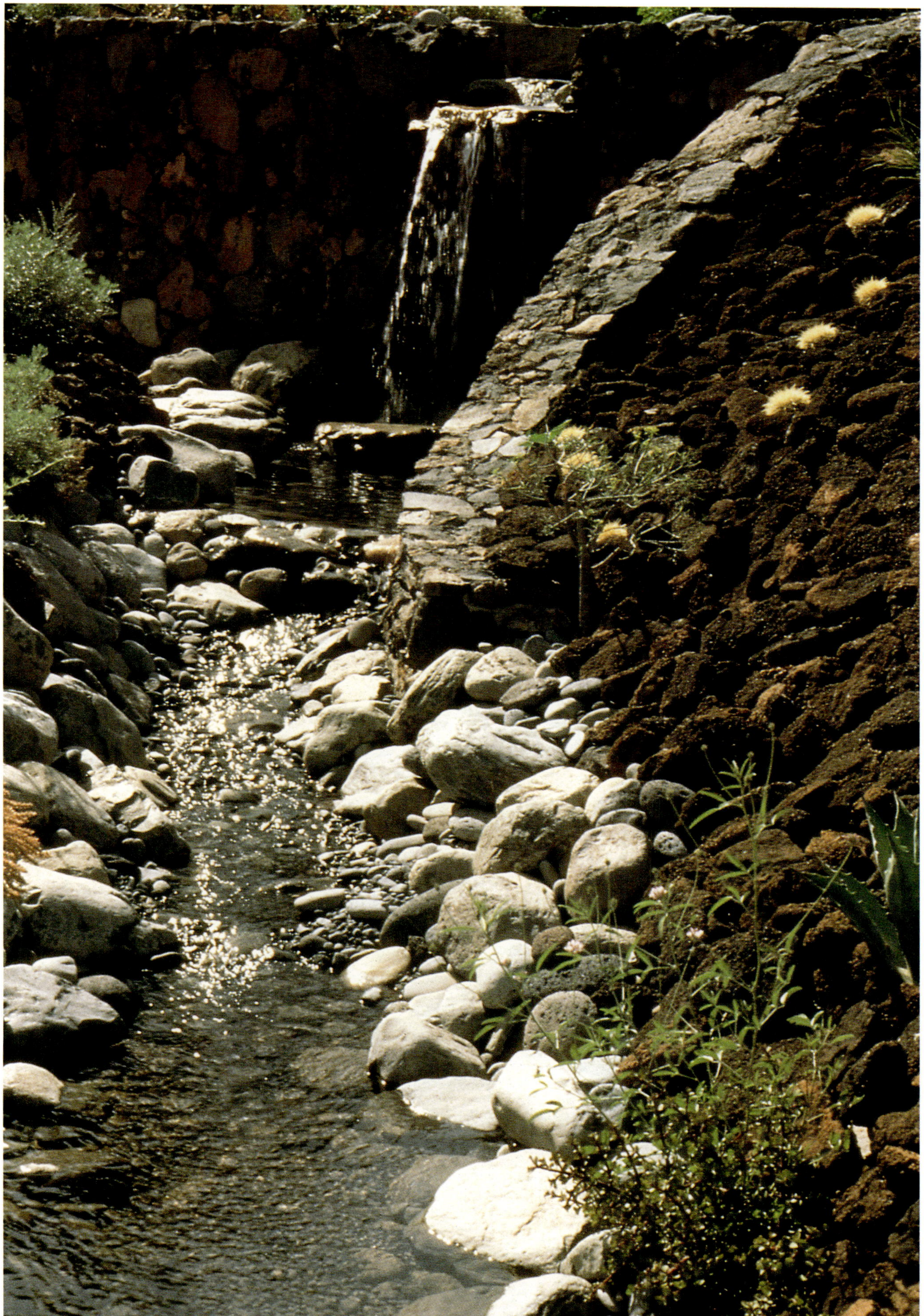

Kommunikationsplatz am Wasser

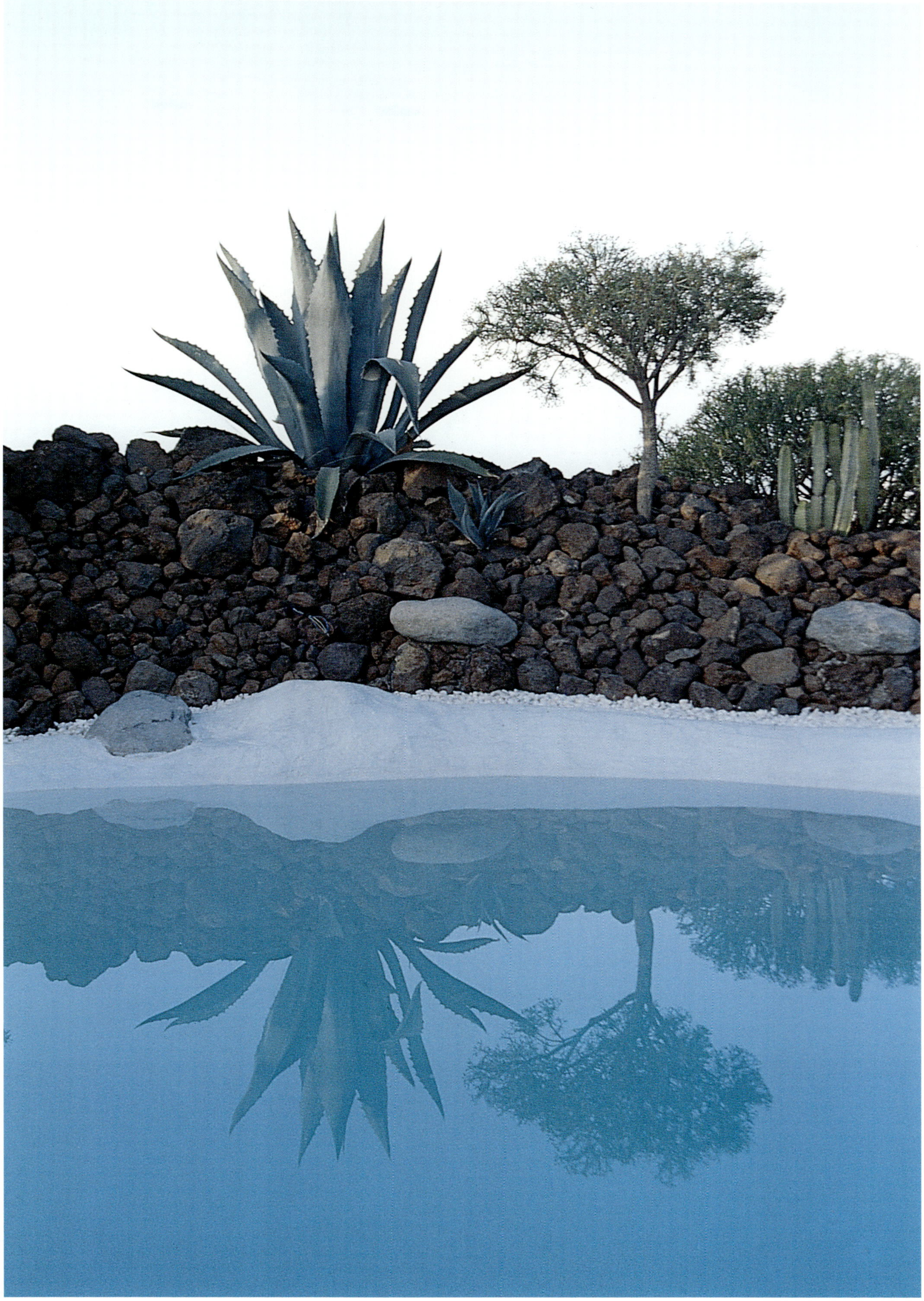

Sommerküche. Gestaltung: Pompeo Turturiello und Harald Voegele

Sommerküche mit einem
Zitat von Hölderlin:
„Wo aber Gefahr ist,
wächst das Rettende auch"

Blick aus der Sommerküche

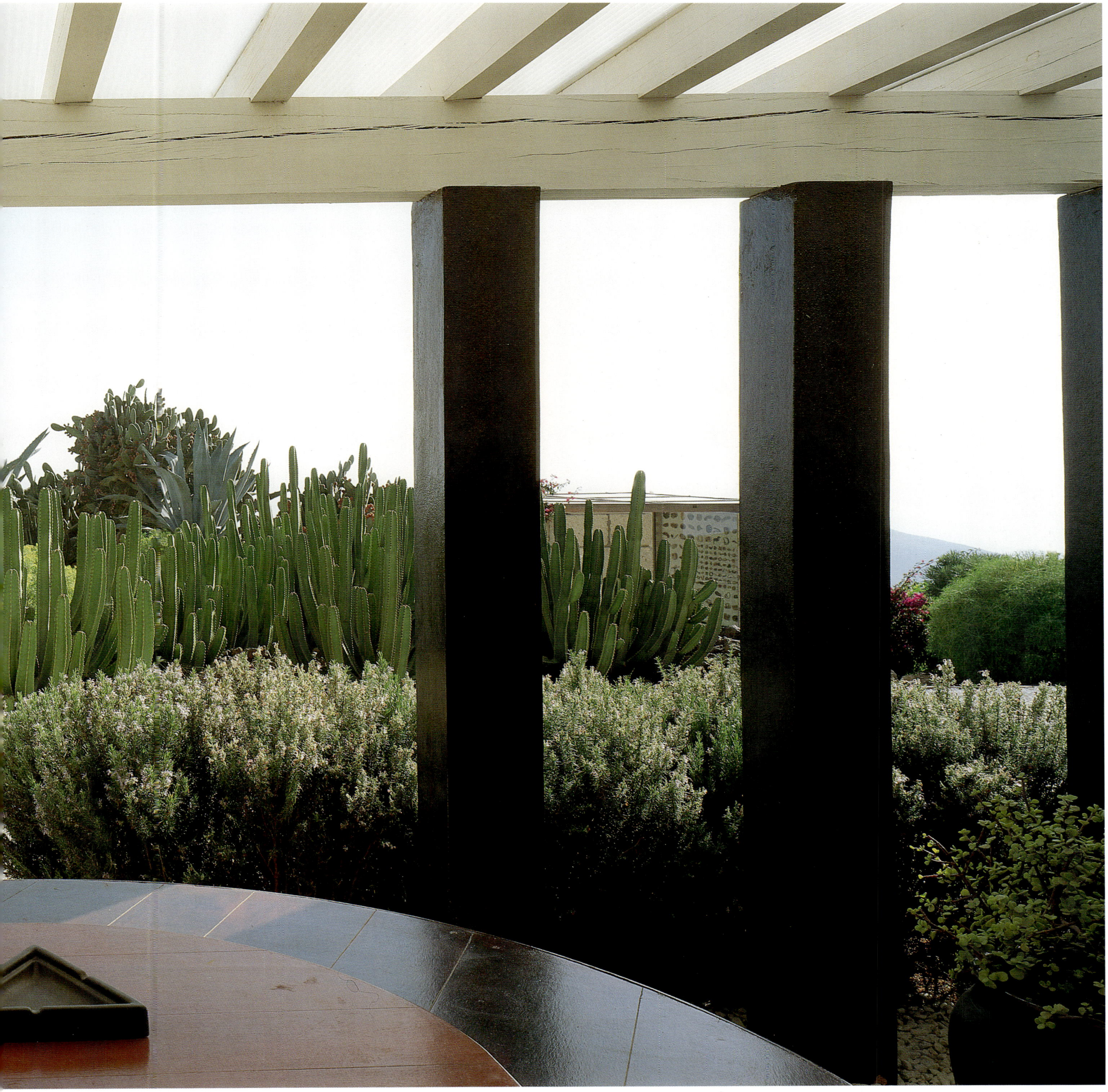

140

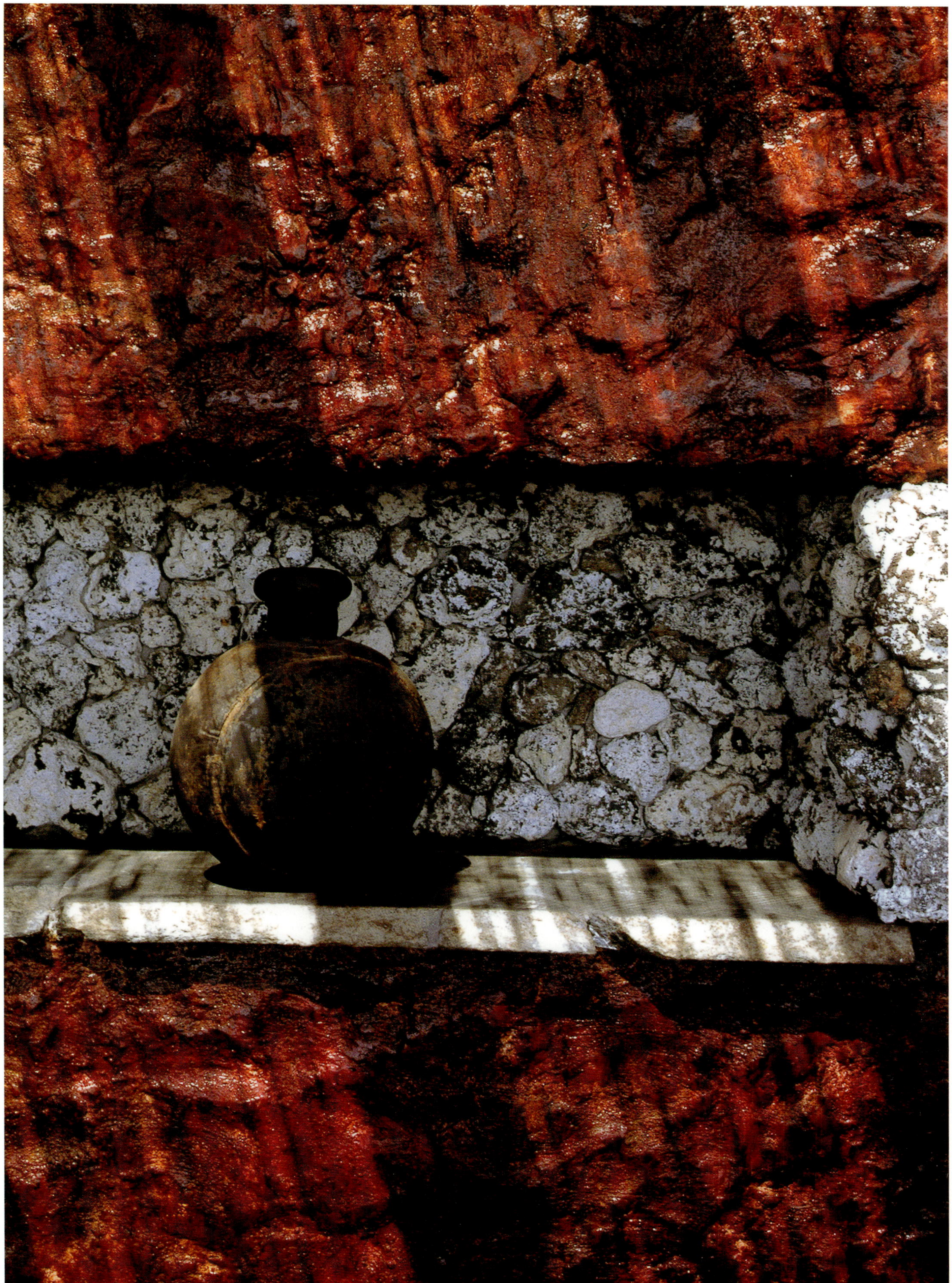

Kräutergarten von Albrecht Schilling und Carsten Wieth

Teil der Gartenanlage.
Im Hintergrund:
Wahrzeichen von Alfred Meyerhuber

Restaurierte Zisterne

Freidusche. Gestaltung: Hans-Jürgen Müller, Fliesenarbeiten: Steffen Braun

Durchgang zur Sommerküche mit einer Installation von Ursula Stalder

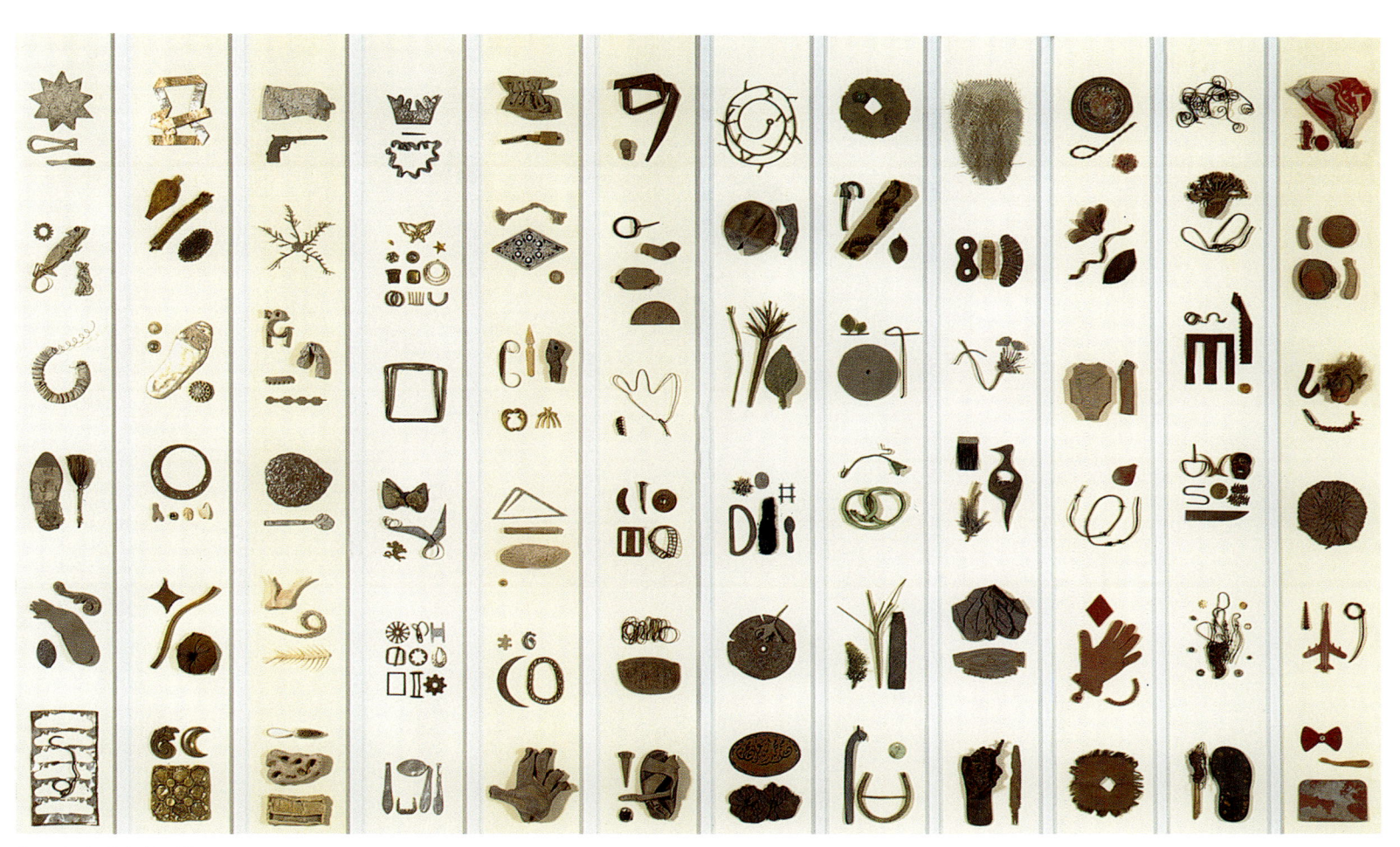

Ägyptische Schrifttafeln

Teneriffa Fundstücke

Die Kreativität der Natur

Ursula Stalder richtet eine leidenschaftliche Aufmerksamkeit auf das, was an europäischen Küsten angeschwemmt wird. Schritt um Schritt bewegt sie sich an den Rändern Europas entlang, ertastet die Fundstücke, prüft, wählt und verwirft.
Befragt, warum sie sammle, sagt die Künstlerin: „Wahrscheinlich will ich etwas beweisen. Wie innen, so außen – oder umgekehrt. Mit anderen Worten: Ich trage meine Bilder zusammen. Mein eigenes Weltbild. Im einzelnen sind es immer nur Ausschnitte, dem Wandel unterworfen. Das Ganze kann ich nie vollständig kennen, immer werden ergänzende Teile hinzugefügt."
Ihre ‚Beute' – Zeichen und Objekte von unterschiedlichster Farbe, Temperatur, Stimmung, Form und Struktur – komponiert sie zu Bildtafeln. Sie scheint die Dinge so, ohne an ihnen Änderungen vorzunehmen, wie Musikinstrumente aufeinander abzustimmen und gibt ihnen dadurch ihre ‚Stimme' zurück, läßt sie für sich und miteinander reden. „An den Dingen", sagt sie, „fasziniert mich die Kreativität der Natur, die Schönheit und das Sichtbarwerden des Verborgenen." Es sind die Spuren von Reibung und Bewegung, von Verletzung, Verbrennung, Verbleichung, es sind die Narben und vor allem die Metamorphosen, die sie fesseln. Und die Vergänglichkeit.

1995 weilt sie neun Monate in Ägypten. Wieder gilt ihre ganze Aufmerksamkeit dem Boden – von der Küste weg in die Wüste, dann in die Oasen, ins Tal der Könige und bis in die ärmsten Stadtteile von Kairo.

1998 wird sie von Helga und Hans-Jürgen Müller eingeladen. So sammelt sie auf Teneriffa und komponiert die Fundstücke in einer eigens für MARIPOSA bestimmten Bildtafel. Dieser Komposition stellt sie ägyptische Schrifttafeln „Found in Egypt" gegenüber. Beide Werke, in die Seitenwände des Eingangs eingelassen, führen die Besuchenden in den Park von MARIPOSA.

Ausschnitt Ägyptische Schrifttafeln

Ausschnitt Teneriffa Fundstücke

In jeder Nation sollte die Kunst an erster Stelle stehen.   William Blake

Stahlskulptur: Erich Hauser

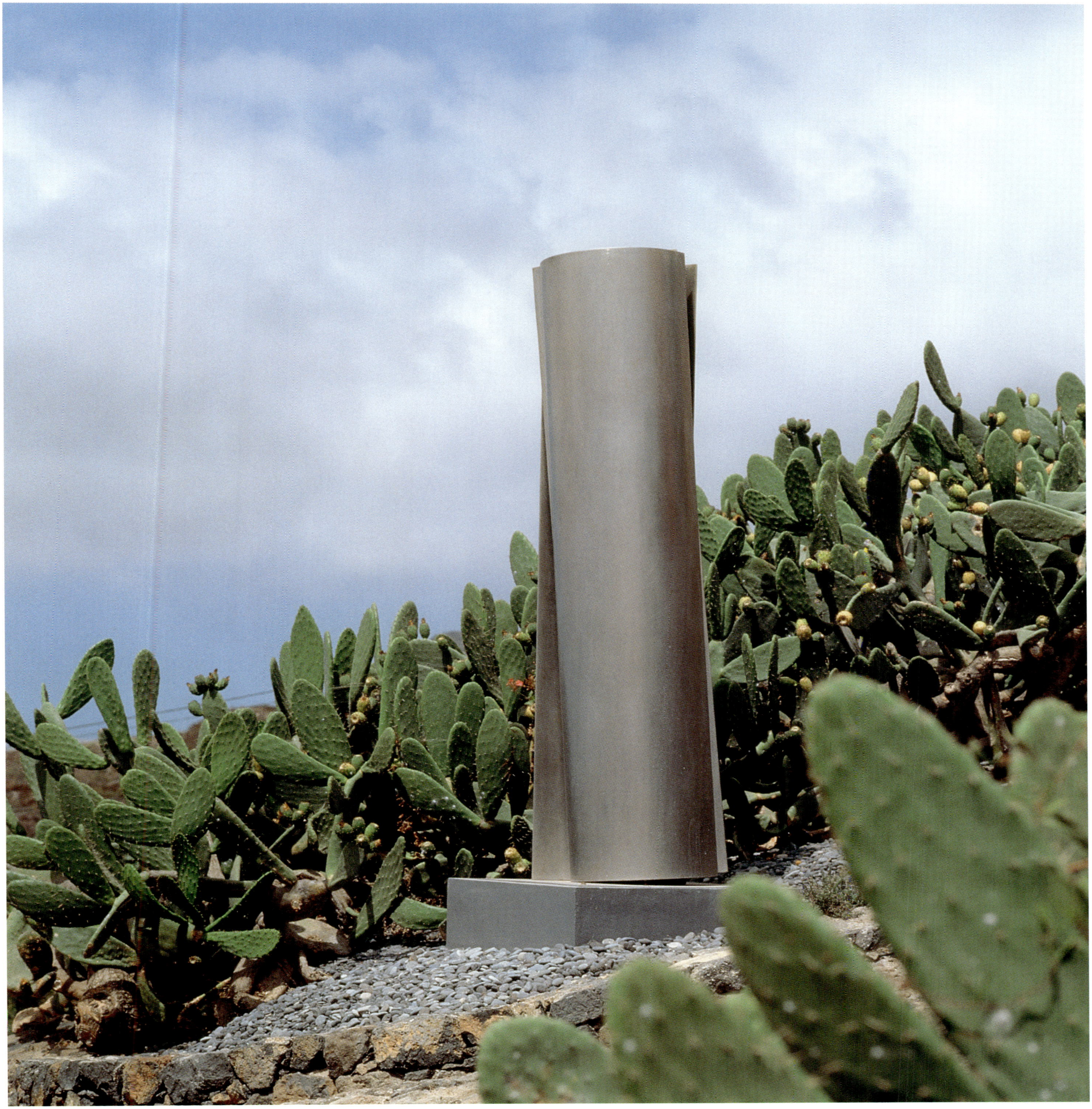

152

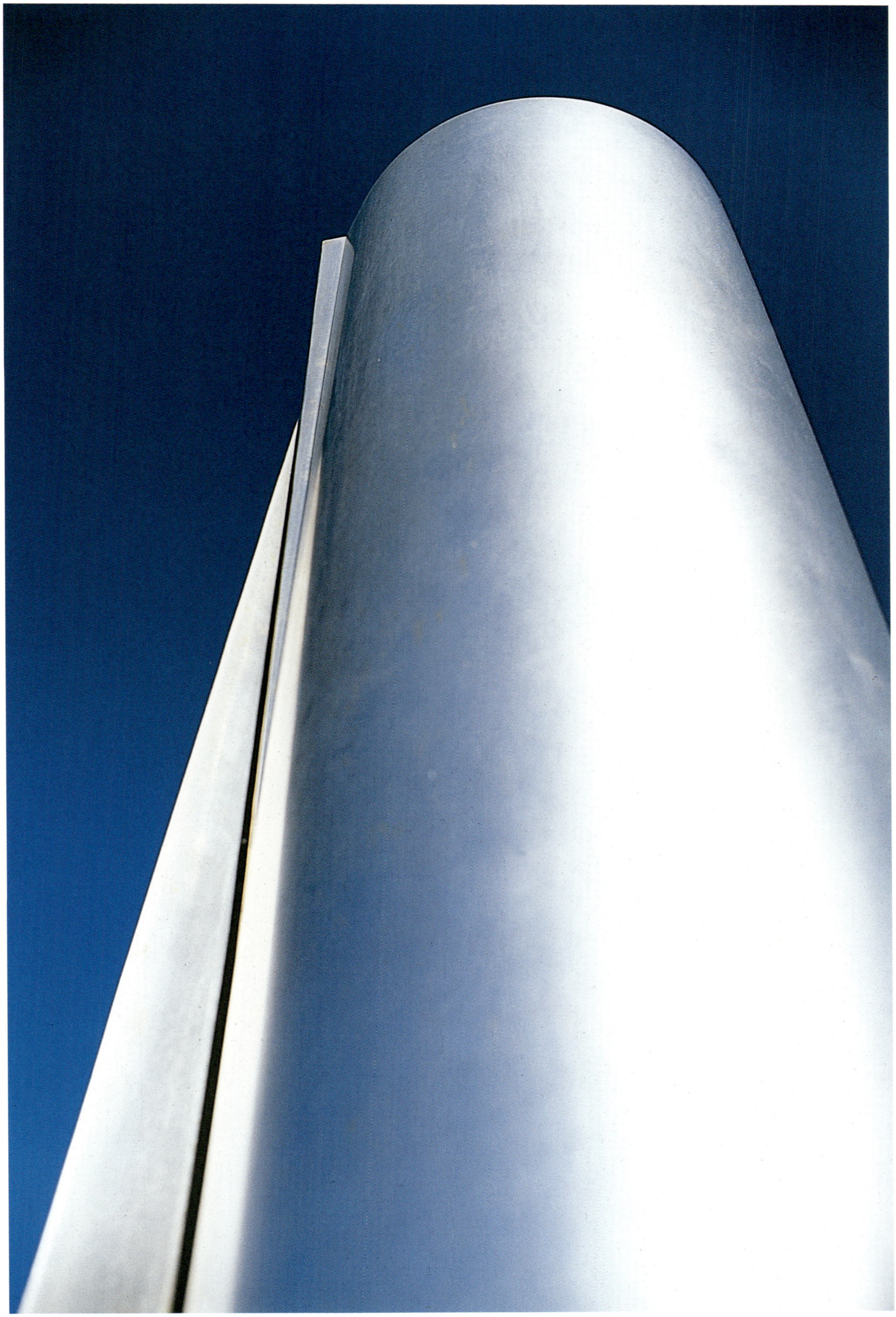

Der Bienengarten

mit Wild- und Honigbienenskulpturen erweitert das Konzept von MARIPOSA um ein Projekt, das Lebewesen direkt in eine künstlerische Arbeit einbezieht. Es ist aus deren Lebensbedürfnissen heraus gestaltet und fügt einen ökologischen Aspekt hinzu, der einen weiteren Umgang mit Natur als *geistigem* Potential herausfordert.

Die Skulpturenformen sind inspiriert von einer frühen Darstellung der Artemis als Schutzgöttin der Bienen mit weiblichem Oberkörper und Bienenhinterleib als Unterkörper. Die Skulpturen bieten Nistplätze für Wild- und Honigbienen. In der Idee der „belebten Skulptur" nimmt der Gedanke Gestalt an, daß der Organismus Bienenvolk in Analogie zum seelisch-geistigen Organismus des Menschen steht.

Die Wegform aus Steinplatten ist entwickelt aus dem Rundtanz der Honigbienen. Entlang der geschlängelten Wegform stehen zwei Steinskulpturen aus weißem Tuff für Wildbienen und eine Eichenholzskulptur für Honigbienen. Die Eichenholzskulptur umschließt zwei Bienenräume, die dem Platzbedarf der iberischen Honigbiene angepaßt sind. In den gefäßartigen Innenräumen errichten die Honigbienen ihren Naturwabenbau.
Die Steinskulpturen sind mit 10 cm tiefen Löchern versehen. In die Röhren mit Durchmessern von 2 bis 8 mm bauen verschiedene vor Ort lebende Wildbienenarten ihre Nistzellen. Wildbienen leben meist einzeln, jedes Weibchen legt ca. 30 bis 40 Zellen in Niströhren an und verschließt diese mit Lehm, Harz oder Blattstücken. Die Brut bleibt in der Entwicklung, anders als bei den brutpflegenden Honigbienen, sich selbst überlassen.

Einheimische Blütenpflanzen der Umgebung bieten die Nahrungsgrundlage für die in den Skulpturen lebenden Bienen. Der Gartenbewuchs ist naturbelassen.
Kunstwerk und Lebensraum verbinden sich im Bienengarten zu einer Einheit, in die der Mensch beobachtend eintritt und das Bienenwesen als sein geistiges und seelisches Gegenüber erleben kann.

Jeanette Zippel

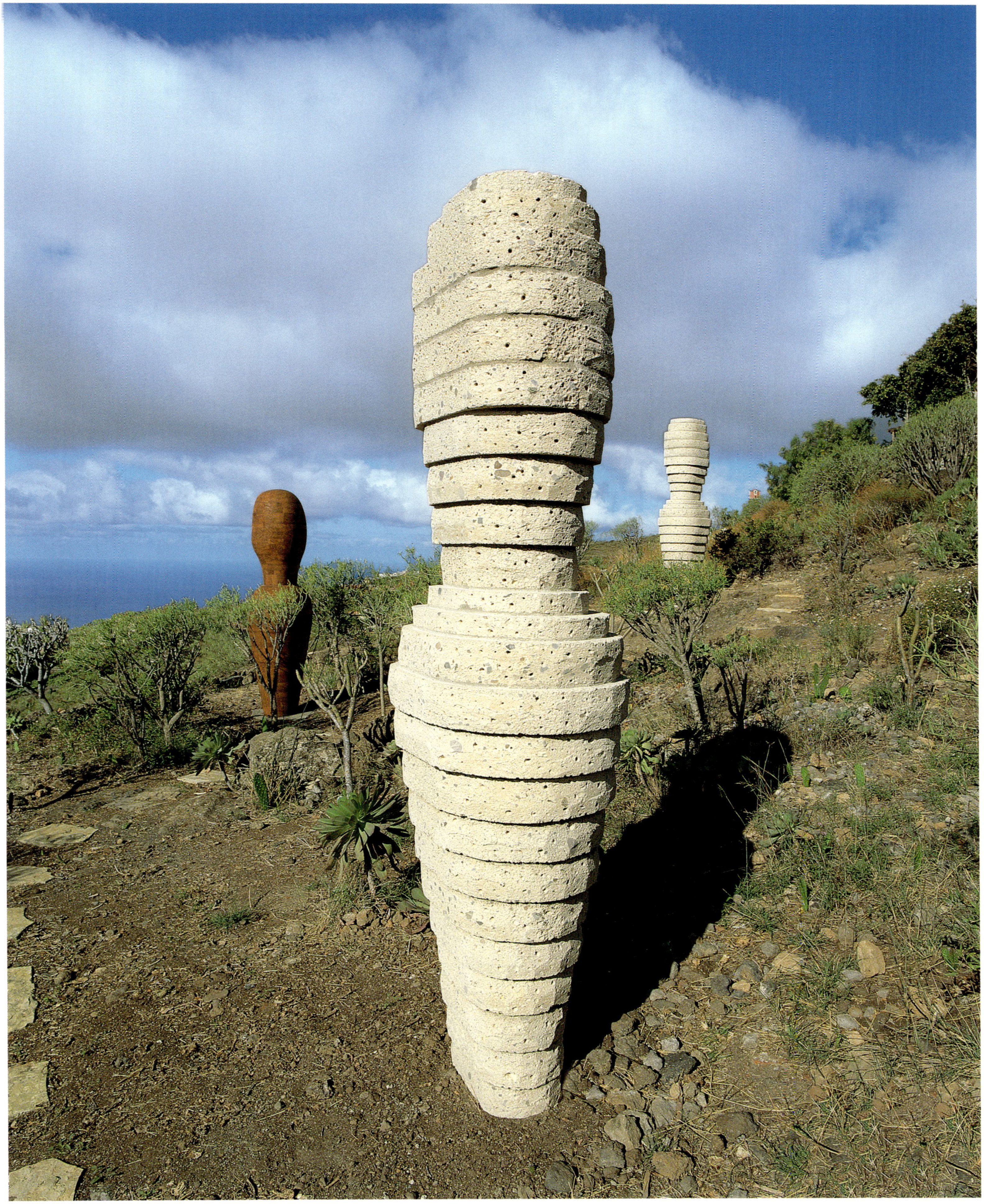

Jeanette Zippel
Bienengarten

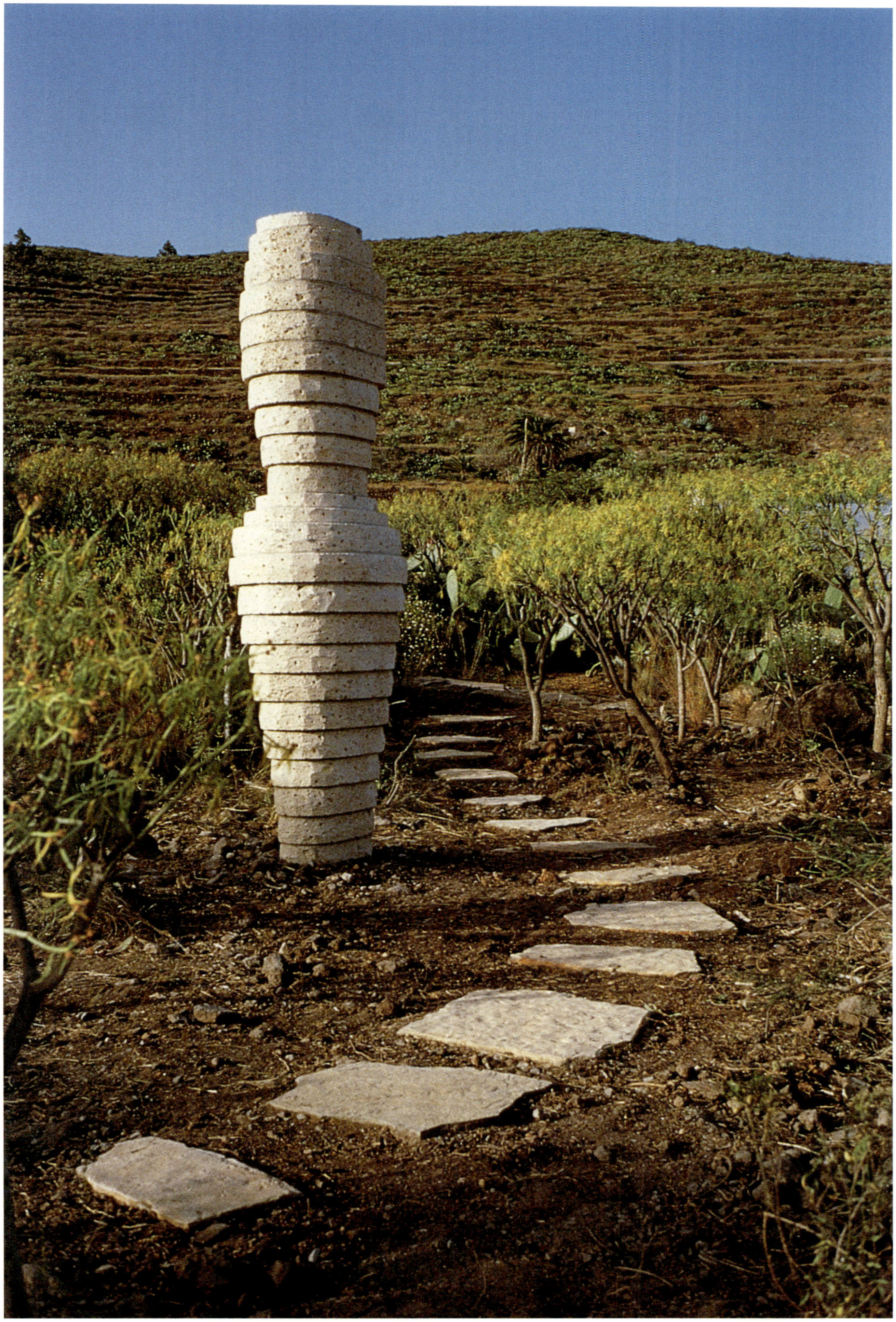

158

Verbindungswege
zwischen Bienengarten, Rotem Platz und CASA DOBERMANN
Gestaltung: Fernando Villaroya und Ulrike Theisen

Roter Platz mit Steinfluß. Gestaltung: Hans-Jürgen Müller und Fernando Villaroya

Skulptur: Fernando Villaroya

An allem Unfug, der passiert, sind nicht etwa nur die schuld, die ihn tun,
sondern auch die, die ihn nicht verhindern.   Erich Kästner

Tanzplatz
Gestaltung: Ivan Surikov (Wanja)

herman de vries ließ auf dem gelände – siehe plan – sechs steinkreise anlegen, in denen die pflanze asclepias curassavica den raupen des schmetterlings monarch als nahrung dienen wird.

Der Verzicht auf Versalien ist ausdrücklicher Wunsch des Künstlers

es wird erzählt, daß, als der dalai lama auf
seiner flucht aus tibet über die indische
grenze kam, er von vielen schmetterlingen
umflogen wurde.

dschuang dsi träumte einmal, daß er ein
schmetterling sei, als er dann aufwachte,
wußte er nicht, ob er dschuang dsi sei, der
geträumt hat, daß er ein schmetterling war,
oder daß er ein schmetterling sei, der
träumte, er sei dschuang dsi.

sein und werden
wandlung & chance
nicht raupe bleiben!
schmetterling werden!

166

Die komplizierteste Sonnenuhr der Welt

Magnesit, Dalmatiner Jaspis, Brekzien Jaspis, Chalcedon, Amazonit, Sodalith, Hämatit, Tigerauge, Orangencalcit, Landschaftsjaspis und Onyx: Alle diese Halbedelsteine sind auf einem 15 mal 10 Meter großen Felsen befestigt, um insgesamt 2 700 Lichteinfallpunkte zu kennzeichnen. Sie bilden einen riesigen Schmetterling, der sich zu verstecken scheint. So entstand auf dem Gelände unterhalb des Tagorors eine außergewöhnliche Sonnenuhr, nicht nur als Hommage an die Guanchen, sondern auch als lebendiges Zeichen der Spiritualität. Ein aus Edelstahl hergestellter, etwa 2 Meter hoher Zeiger projiziert den Lichteinfall auf den Felsen. Die Präzision ist zwar nicht das Wichtigste, denn es geht auch bei diesem Projekt für MARIPOSA um Schönheit – aber eine Verbindung zwischen Mensch und Gestirn, eine zum Himmel gestreckte Hand, sollte die Zeit so genau wie möglich anzeigen, jedoch nicht um Zeit zu „zerschneiden", zu trennen – wie unsere Atomuhren es tun –, sondern um Zeit zu fühlen, zu schauen, um

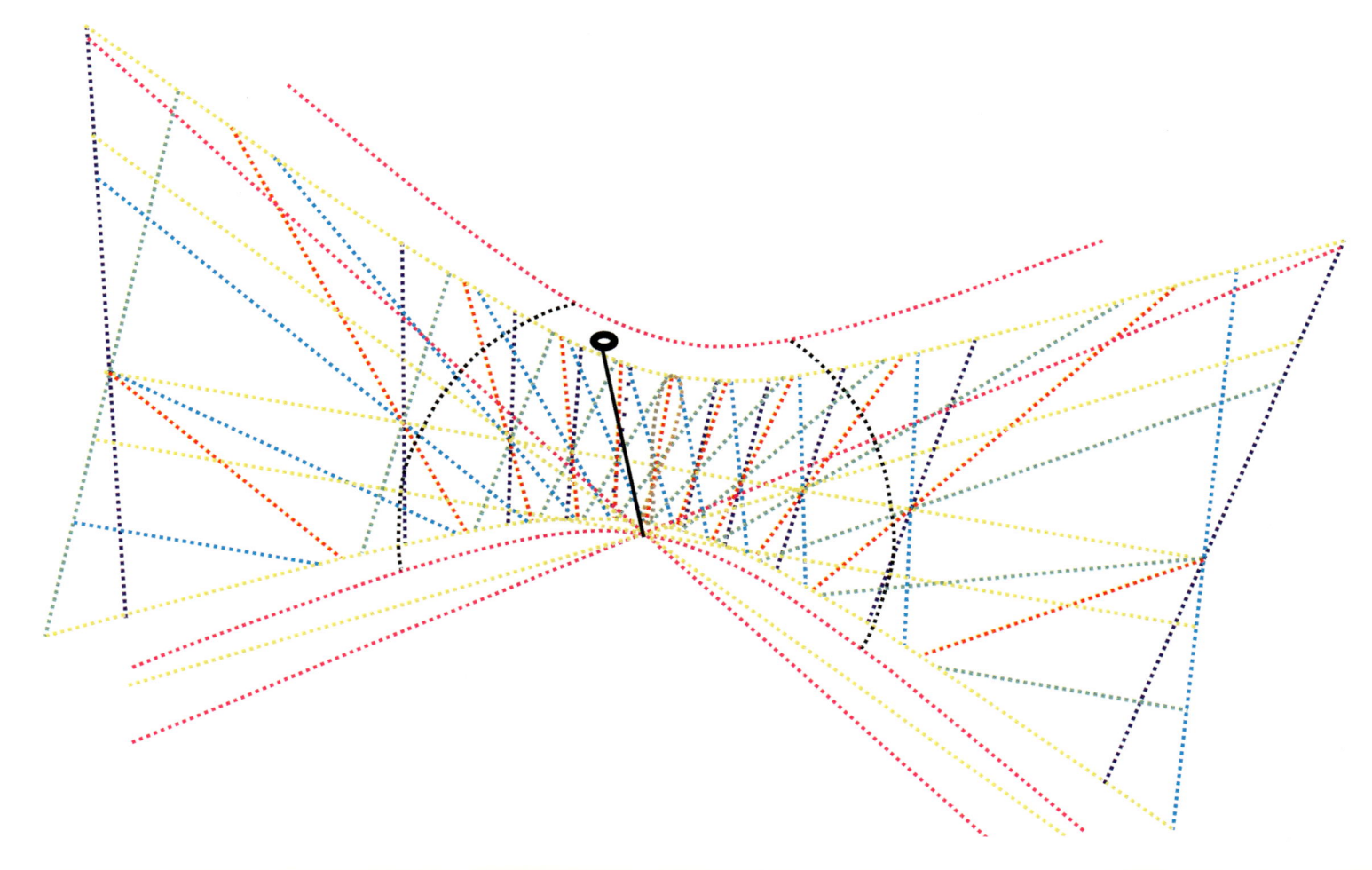

168

sich Gedanken über dieses Phänomen zu machen. In den meisten alten Sonnenuhren finden wir eine solche Spiritualität.

In MARIPOSA genügt es bereits, die parasitären Schatten zu beobachten, um erstaunt festzustellen, daß sie gar nicht so nebensächlich sind. In Wirklichkeit sind sie wesentlicher Bestandteil der Sonnenuhr, weil sie dem Beschauer ständig ein neues Bild offenbaren. Die Sonnenuhr scheint zu leben, wie ein ruhender Schmetterling. Aber auch der Zeiger lebt: Ein Arm, der einen friedlichen Lichtpfeil hält. Sein Schatten ist ein Stück Sonne als Negativ, ein Lichtstrahl des Lebens. Darüber hinaus aber gibt die Sonnenuhr natürlich interessante, nützliche Informationen.

Die Schmetterlingssonnenuhr zeigt die temporalen Stunden: Der Lichttag wurde in 12 gleich lange Teile geteilt, wie es die antiken Völker fast überall machten. Hierfür wurde Brekzien Jaspis verwendet. Der Betrachter erfährt auch, seit wie vielen Stunden die Sonne aufgegangen ist (Babylonische Stunden), festgehalten durch die Sodalithen, und in wie vielen Stunden sie untergehen wird (Italische Stunden) mit den Amazoniten. Die natürliche Zeit, die wahre Ortszeit, ist mit den Chalcedonen gekennzeichnet. Eine sogenannte Achterschleife zeigt das ganze Jahr über den Mittleren Mittag an. Sie wurde mit Magnesiten (Winter + Frühling) und Dalmatiner Jaspis (Sommer + Herbst) ins Werk gesetzt. Diese Achterschleife erlaubt es, unsere Armbanduhren darauf einzustellen, da ihre Präzision unter 30 Sekunden liegt.

Wenn der Lichtpunkt auf eine besondere Höhenlinie fällt, die sich aus Orangencalcitsteinen zusammensetzt, dann steht die Sonne (oder der Mond) auf einer Höhe von 28° 06'. Dies entspricht der geographischen Breite von MARIPOSA, d.h. der gleichen Höhe wie der Polarstern.

Die Solstitien und Äquinoktien sind mit Tigeraugen und die maximalen Mondpositionen mit Hämatiten markiert. Letztendlich sind die extremen Auf- und Untergangspositionen der Sonne (± 23,4°) und des Mondes (± 28,6°) mit Landschaftsjaspis und Onyx bezeichnet.

Yves Opizzo

Festplatz
Gestaltung: Albrecht Schilling, Withold Stasiak
und Hans-Jürgen Müller
Trennwand vor der Feuerstelle
mit einem Wandobjekt von Yves Opizzo

Wasserkinetisches Objekt: Jens Loewe

Tor: Vera Röhm

Feuerstelle
Gestaltung: Gottfried Blei

Teil des Festplatzes. Gestaltung und Ausführung: Thomas Stimm und Uta Weber

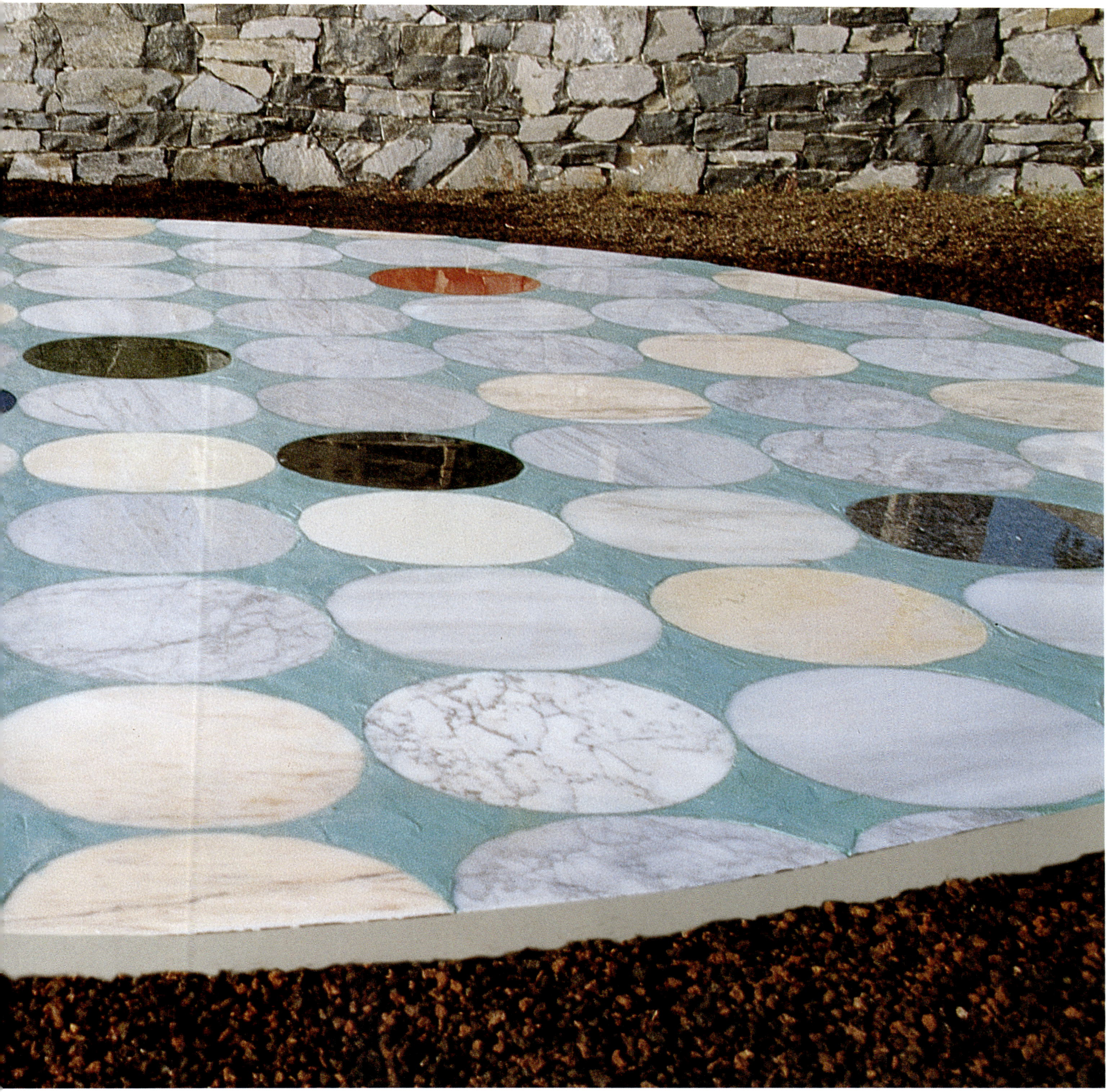

174

Kleines rotes Forum mit Feuerstelle
Gestaltung: Hans-Jürgen Müller
Verschattung: Auwi Stübbe und Studenten der Fachhochschule Coburg

Bauten sind der versteinerte Ausdruck des Geistes, der sie hervorgebracht hat. Gottlieb Guntern

Vogelhaus
Entwurf: Alexander Freiherr v. Branca
Im Hintergrund das Dorf Tunez

Geomantische Betrachtungen

In den Jahren 1993 und 1994 habe ich auf Einladung von Helga und Hans-Jürgen Müller das Gelände besucht, auf dem MARIPOSA im Entstehen war.

Bei meinen geomantischen Arbeiten nehme ich die Landschaft als eine mehrdimensionale Wirklichkeit wahr, die aus verschiedenen Ebenen zusammengeflochten ist. Die Raum-Zeit-Dimension, die sichtbare Ebene der Landschaft, wird nach meiner Ansicht durch vital-energetische, emotionale und geistige Ebenen komplementiert. Sie stellen den unsichtbaren Pol des Raumes dar, durch den er seine einmalige Identität und die Grundlage seiner Lebenskraft erhält.
Bei meinen Untersuchungen gehe ich gewöhnlich von einem markanten Punkt des betreffenden Geländes aus. Im Falle des MARIPOSA-Grundstücks war das der sogenannte „Dreschplatz", der sich im mittleren Bereich des Grundstücks befindet. Es handelt sich um ein gepflastertes Plateau, umgeben von einem Steinkreis. Man vermutet, daß solche „Dreschplätze", von denen mehrere auf den Kanarischen Inseln zu finden sind, ursprünglich der Urbevölkerung der Guanchen als Ritual- und Orakelplätze dienten. Diese Vermutung wurde durch ausgeprägte geomantische Phänomene bestätigt, die ich innerhalb des Steinkreises und um den Platz herum entdeckt habe. Im unteren Bereich des Steinkreises – man nennt solche Plätze in der Landessprache „Tagoror" – nahm ich einen starken Kraft-Brennpunkt wahr, der mit der Qualität der Sonne strahlt. Dieser wird am oberen Rand des Tagorors durch einen „kalten" Mondpunkt balanciert. Weiter nahm ich fünf Kraftbahnen wahr, die vom Sonnenpunkt aus sternartig in fünf verschiedene Richtungen verlaufen. Eine davon verbindet den Steinkreis mit dem zentralen Heiligtum der Guanchen, das in den Cañadas am Fuße des Teide liegt; weitere drei laufen in Richtung der drei Nachbarinseln La Palma, El Hierro und Lanzarote. Die fünfte Kraftbahn verläuft in Richtung Westafrika (Kamerun). Alle verbinden den Steinkreis von MARIPOSA mit den erwähnten Orten und dienen dem Kraft- und Informationsaustausch unter ihnen. Eine ähnliche Kraftlinienstruktur habe ich auch auf einem Platz im Zentrum des benachbarten Ortes Chayofa entdeckt, weswegen ich vermute, daß es ursprünglich auf den Kanarischen Inseln mehrere Kraft- und Ritualplätze dieser Art gab, die untereinander durch sogenannte „Leylinien" verbunden sind.
Bei dem Lithopunktur-Projekt auf dem MARIPOSA-Gelände habe ich das beschriebene vital-energetische Zentrum im Steinkreis und die von dort ausgehenden Kraftbahnen als Grundstruktur meiner Arbeit gewählt.
Mit dem Begriff „Lithopunktur" wird eine Art der Akupunktur der Erde benannt, die ich Mitte der 80er Jahre entwickelt habe. Dabei werden an bestimmten Punkten der Landschaft Steinsäulen aufgestellt, auf denen Zeichen eingemeißelt sind, die ich Kosmogramme nenne. Durch sie wird die Identität des Ortes kodiert, um heilend auf die Umgebung rückwirken zu können.
Zusätzlich zum beschriebenen Zentrum mit der solaren Qualität und zu seinem lunaren Kontrapunkt gibt es auf MARIPOSA noch Einstrahlungspunkte der anderen fünf klassischen Planeten. „Einstrahlungspunkte" muß man sich als eine Art vertikaler Informationssäulen vorstellen, durch die Qualitäten bestimmter Planeten in das Erdinnere einfließen und dabei den Ort der Einstrahlung in besonderer Weise prägen. Sie sind auf MARIPOSA in zwei Gruppen verteilt: Im westlichen Teil des Grundstücks befinden sich Brennpunkte von Venus und Mars, im östlichen die von Merkur, Jupiter und Saturn. Die beiden Gruppen sind untereinander durch zwei Kraft-Doppelspiralen verbunden. Die vollkommene und symmetrische Kräftekomposition auf dem Gelände von MARIPOSA läßt die Vermutung zu, daß es sich um den Bereich eines inzwischen verschwundenen heiligen Haines handelt, der den Ritualplatz des Steinkreises umgab. Diese Vermutung wird unterstützt durch die Präsenz gewisser Naturgeister bzw. Elementarwesen, die man sonst nur an alten heiligen Plätzen finden kann. Dazu gehört eine hohe Raumintelligenz, die ihren Fokus am roten Pfefferbaum im östlichen Teil des Geländes aufrechterhält. Sie scheint für die Koordination der Lebensprozesse zuständig gewesen zu sein, die in diesem Teil der Landschaft verlaufen. Ihr gegenüber – an der Basaltformation, die gerade in der Zeit meines Besuches von Unrat befreit wurde – habe ich einen gnomenartigen „alten Weisen" entdeckt, der die Weisheit des Ortes in sich versammelt.
Während meiner geomantischen Untersuchungen habe ich noch zwei weitere Phänomene wahrgenommen, die dem Gelände von MARIPOSA eine planetare Dimension einprägen: So habe ich in dem östlichen Bereich des Anwesens eine der großen Kraft-Leylinien entdeckt, die man als einen Akupunktur-Meridian der Erde bezeichnen könnte. So wie Akupunktur-Meridiane beim menschlichen Körper, transportieren solche Kraftbahnen Lebenskräfte über die Erdoberfläche. Einer Drachenschlange ähnlich, schlängeln sie sich über Meere und Landschaften.
Die Leylinie von MARIPOSA verläuft über Irland, Brasilien bis Uruguay (Montevideo) und schneidet dabei die Ost-Ecke des MARIPOSA-Geländes ungefähr in Nord-Süd Richtung. Bei meinen Lithopunkturarbeiten habe ich die Präsenz dieser Leylinie durch einen Lithopunkturstein mit einem sechseckigen Kosmogramm gekennzeichnet. Außerdem befindet sich ungefähr im Zentrum von MARIPOSA ein wichtiger Gleichgewichtspunkt des Planeten Erde. Es handelt sich dabei um einen „Gleichgewichtsstrahl" mit einem Durchmesser von ca. 100 Metern, der aus dem Kosmos auftrifft, den Bereich mit Tagoror, Sternhaus, Haus der Stille, Belvedere, Palomahaus und Finca durchstrahlt und weiter in Richtung Erdmitte verläuft. Durch solche Gleichgewichtsstrahlen wird auf der energetischen Ebene das planetare Gleichgewicht gesichert. Da die Gleichgewichtsstrahlen der Erde entweder yin- oder yang-polarisiert sind, sollte ich noch erwähnen, daß der auf MARIPOSA Yin-Qualität hat.
Die kostbare Präsenz des Gleichgewichtsorgans auf MARIPOSA wurde am 20. April 1994 durch eine Mitteilung bestätigt, die meine Tochter Ana seitens des kosmischen Bewußtseins erhielt. Aufgrund der äußerst selten anzutreffenden Präsenz eines solchen

Gleichgewichtsstrahles könnte man sagen, daß alles, was im Rahmen des Projektes MARIPOSA zustande gekommen ist und künftig zustande kommen wird, eine unmittelbare Auswirkung auf das planetare Wohl und Gleichgewicht hat.

Die Absicht meines Lithopunkturwerkes auf MARIPOSA war nicht, die Strukturen der Vergangenheit wiederzubeleben, sondern sie als ein vergessenes Potential des Ortes erneut zu aktivieren und in die moderne Widmung und Gestaltung des Geländes einzubinden. Dabei wurden die fünf besprochenen Kraftbahnen durch fünf Lithopunktursteine gekennzeichnet, in deren Fluß sie auch stehen. Die Kosmogramme, die darauf eingemeißelt sind, nehmen Bezug zu den anderen, mehr bewußtseinsmäßig anmutenden Qualitäten des Ortes. Dazu gehören die Kräfte der sieben Planeten und der Elementarwesen.

Meine geomantischen Untersuchungen, die ich zusammen mit meiner Tochter und Mitarbeiterin Ajra Miska im Jahr 1993 unternahm, waren jedoch nicht nur auf das Grundstück begrenzt.

Wie schon angedeutet, haben wir uns auch mit der geomantischen Struktur der gesamten Insel befaßt. Es handelt sich dabei um den „Landschaftstempel von Teneriffa", der sich nach dem Gesetz der fraktalen Geometrie auf gewissen Geländeeinheiten der Insel widerspiegelt, so auch auf dem MARIPOSA-Terrain.

Da es sich bei den Guanchen, den Ureinwohnern der Kanarischen Inseln, um eine neolithische Kultur handelte, haben wir den Landschaftstempel von Teneriffa nach dem Urmuster der „dreigestaltigen Göttin" gedeutet, wie das für die neolithischen Kulturen Europas und Nord-Afrikas üblich ist. Der „Jungfrau-Göttin-Fokus" der Insel befindet sich im Felsenbereich von Los Gigantes. Er steht für die Qualität der universellen Ganzheit. Seine Resonanz auf dem Gelände MARIPOSA haben wir im Bereich des Venus-Einstrahlpunktes lokalisiert. Der Naturtempel von Las Cañadas am Fuße des Teide repräsentiert den Brennpunkt der schöpferischen Kräfte der Insel, der Kräfte der „Muttergöttin". Seine Entsprechung auf dem MARIPOSA-Gelände ist der Tagoror, wo die Kräfte der Sonne und des Mondes zusammenwirken. Den Brennpunkt der „Schwarzen Göttin" bzw. der „Göttin der Wandlung" haben wir an der Ostküste von Teneriffa, bei der Wallfahrtskirche der „Schwarzen Madonna" von Candelaria geortet. Die Entsprechung auf dem MARIPOSA-Gelände wäre der erwähnte Einstrahlungspunkt Saturns.

Abschließend möchte ich betonen, daß ich bei meinen geomantisch inspirierten Werken die Beurteilung der einzelnen Plätze respektive ihre Qualitäten und Bedeutungen nicht als vordergründig ansehe. Sie ist wohl durch meine individuelle geomantische Sprache geprägt. Was ich wichtiger finde, ist: das Gefühl vom Reichtum eines Raumes und seiner unsichtbaren Dimensionen vermitteln zu können, damit sich dieser Reichtum der subtilen Ebenen als wesentlicher Teil des Lebens im Bewußtsein der Gegenwart wieder ausdrücken kann. Im Falle des Projektes MARIPOSA geschieht dies durch die sich dort befreiende künstlerische, geistig-philosophische und politische Kreativität.

Marko Pogačnik

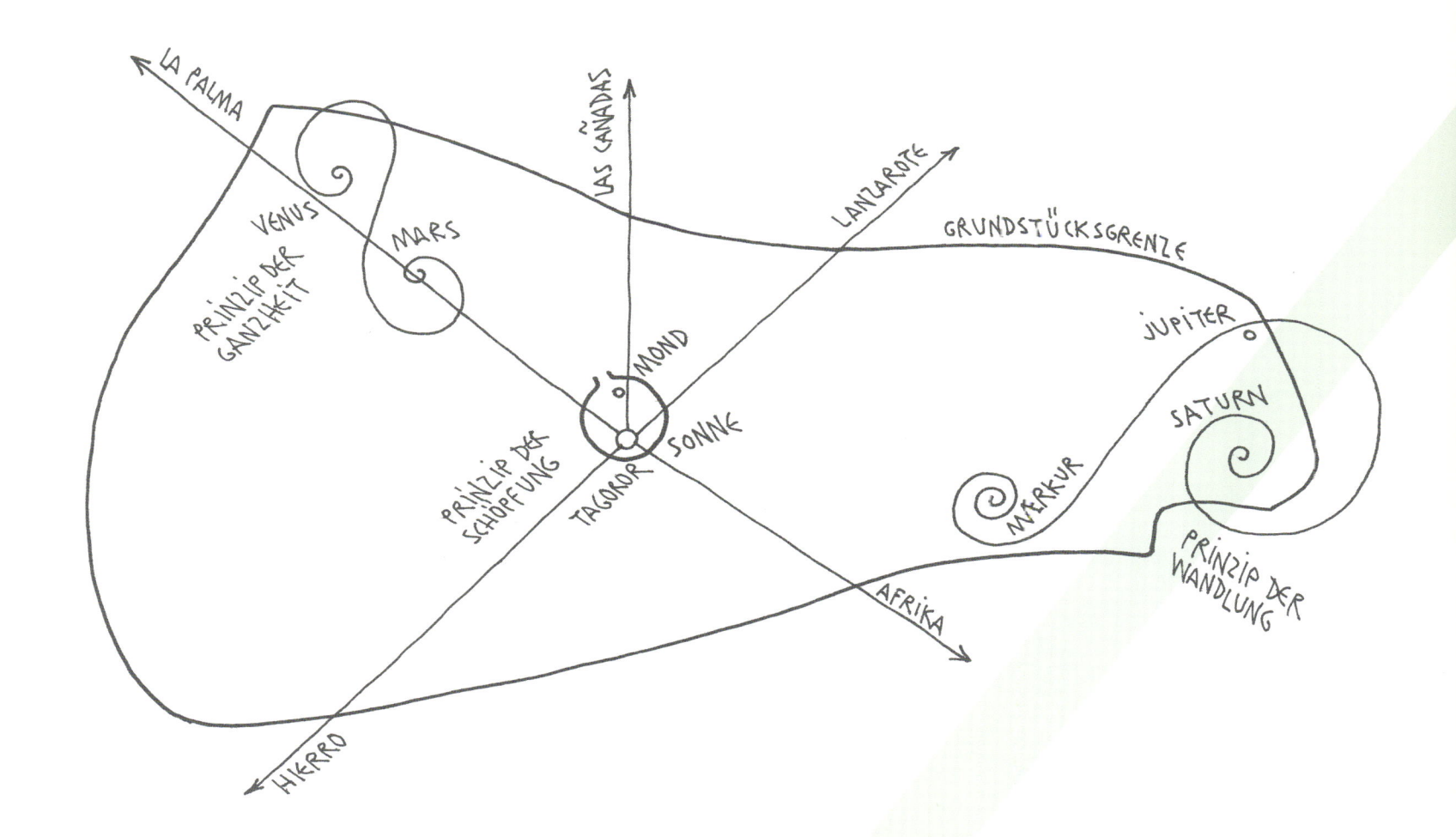

Tagoror und Goldene Treppe (Luftaufnahme 1995)

Vier von insgesamt sechs
Lithopunktursteinen auf dem Gelände

Es war einmal ein großes Land,
in dem regierte der Verstand;
nur er, nichts weiter, hatte Macht,
für Herz und Sehnsucht herrschte Nacht.

Auch gab es hier kein Abenteuer,
erloschen war der Liebe Feuer,
nichts war ganz böse oder gut,
und ein Kuriosum war der Mut.
Es herrschte ein für allemal
allein und ganz die nackte Zahl.

Ein Haus, drei Pferde, sieben Frauen,
zwölf Kinder, zwanzig Straßen bauen,
neun Neger, tausend Arbeitslose,
vier Gräber, eine Windelhose;
zehn Männer, fünf Minuten später.

Wohin man hörte oder sah,
ob weiter hinten oder nah:
Es eskalierte bis zur Qual
das Ordnen durch die nackte Zahl.

Drei Tote, fünfzehn Neugeborene,
elf Schlote, dreizehn Auserkorene;
ein Fleischberg und ein Berg aus Butter,
die dritte Welt, die zweite Mutter,
das erste Kind, der letzte Hauch,
das Zählen war für alle Brauch.

Man zählte Autos im Verkehr,
man zählte kreuz man zählte quer,
und wenn's nichts mehr zu zählen gab,
dann zählte man von vorne ab.

Die Seele aber ist ein Kind,
so frisch und frei wie Sommerwind,
und läßt sich ungern quälen
durch pausenloses Zählen.
Sie braucht den Raum,
sie braucht die Zeit.
Sie braucht den Traum,
sie sucht Unendlichkeit.

Balavat

Muschelschalen – Basismaterial für die Installation von Frank Schubert

Die Monadologie von Leibniz

Eine Interpretation

Der Philosoph und Mathematiker Gottfried Wilhelm Leibniz (1646-1716) konstruiert in seiner „Monadologie" in 90 Paragraphen eine komplette Metaphysik, die auf einer Elementen- oder physikalischen Kraftlehre beruht. Das Zusammenwirken aller Monaden stellt das Prinzip der Wirklichkeit dar. Monaden sind kleinste unteilbare Krafteinheiten. Mit dem Kraftbegriff gelingt es Leibniz, eine metaphysische Gliederung aller Lebewesen bis hin zu Gott zu erstellen. Jedes Lebewesen hat ein inneres Kraftzentrum, ein inneres Prinzip, das alles lenkt. Nach Bewußtseinsgrad unterscheiden sich die Monaden voneinander bis hin zu den Seelen und Geistern, die über Vernunft verfügen. Die Urmonade Gott hat ausschließlich deutliche Vorstellungen; Er sieht die Wirklichkeit so, wie sie ist: als das große Reich der Monaden.

Für den Künstler und Philosophen Frank Schubert ist jede einzelne Muschel eine Monade im Sinne der Leibnizschen Erkenntnisphilosophie: eine eigenständige Entität, jede für sich beinhaltet ein eigenes Stück Welt, die mit allen anderen Monaden ein Universum bildet.
Frank Schubert versucht, diesem Konzept in einer Querlektüre zu folgen, den Text bildlich in die heutige Zeit zu übersetzen. Nach der Friesstruktur eines Kreuzworträtsels, wo die 90 Thesen die Fragefelder bilden, gestaltet er als „Antworten" Geschichtenfragmente mit den Objekten, den Monaden. Die 330 Objekte oder vielmehr die Geschichtenstränge, die sich durch die bewußte Komposition der Objekte zueinander ergeben, variieren zu den Textfeldern bildhaft, formen aber doch einen zusammenhängenden Spiegel unserer Gesellschaft. Jedes einzelne Objekt enthält ein Modellszenario aus der heutigen Zeit. Die Auswahl der Szenarien stammt größtenteils aus dem tagespolitischen Geschehen (z.B. Schwarzgeldaffäre, Geiselnahme auf Jolo, Skinheads, Kampfhunde etc.).

Die Lektüre der Leibnizschen Metaphysik einerseits, der Bilderfolge andererseits, das Zusammenspiel von Text und Bild, funktionieren derart, daß jedes zu einem Textfeld in Nachbarschaft stehende Objekt auf den Textinhalt Bezug nimmt, in der Folge eine eigene Linearität entwickelt, um, am nächsten Textfeld ankommend, sich mit den benachbarten Strängen inhaltlich wieder zu treffen.

Der Künstler erstellt ein Modell seiner Welt. Er sammelt Eindrücke, Geschehenes, Wünsche, Vorstellungen, Traumata und Erlebtes und versucht, dies zu kompensieren, intellektuell zu verdauen, Herr der Lage, Herr über die Bilderflut zu werden, die alltäglich auf ihn einstürmt. Er sortiert, archiviert das alltägliche Geschehen, das sich in ihm durch seine eigene Bilderwelt – als Kompensation von Erlebtem, Gedachtem, Geträumtem – hyperreal durchmischt. Er versucht, Strukturen herauszuarbeiten dessen, was war, was ist und wie es in seinem psycho-physischen Ich zusammenkommt. Es ist ein Versuch, sein Ich zu retten. Es ist eine Arbeit gegen das Vergessen.

Materialästhetisch kommuniziert er mit der zeitgenössischen Freizeitkultur der heilen, spielerischen Welt der „Überraschungseier-Sammler", Modelleisenbahner. Als Grundlage für die Objektgestaltung nimmt er konventionelle Figuren aus der affirmativen Modelleisenbahn- und Modellarchitektur-Peripherie. Diese modelliert, fräst, schneidet er sich zurecht, um ein Modell seines alltäglichen Seins zu kreieren. Er transmittiert, konstruiert seine Welt im Modellmaßstab als Re-Entwurf des schon Entworfenen, Konstruierten, Verdauten, Einverleibten, Gesehenen, WAHR-genommenen.

Die Muschel funktioniert im Konzept des Künstlers als Metapher. Das Objekt als solches – als klassisches Werk, Unikat, geschlossene Arbeit – fügt sich in seinem Projekt als Baustein, Puzzlestück in ein Gesamtkunstwerk. Es ist hier das Bild des erotischen Motivs, das Geben-Nehmen, Gebären, Öffnen-Schließen, die Monade im Sinne Leibniz'.

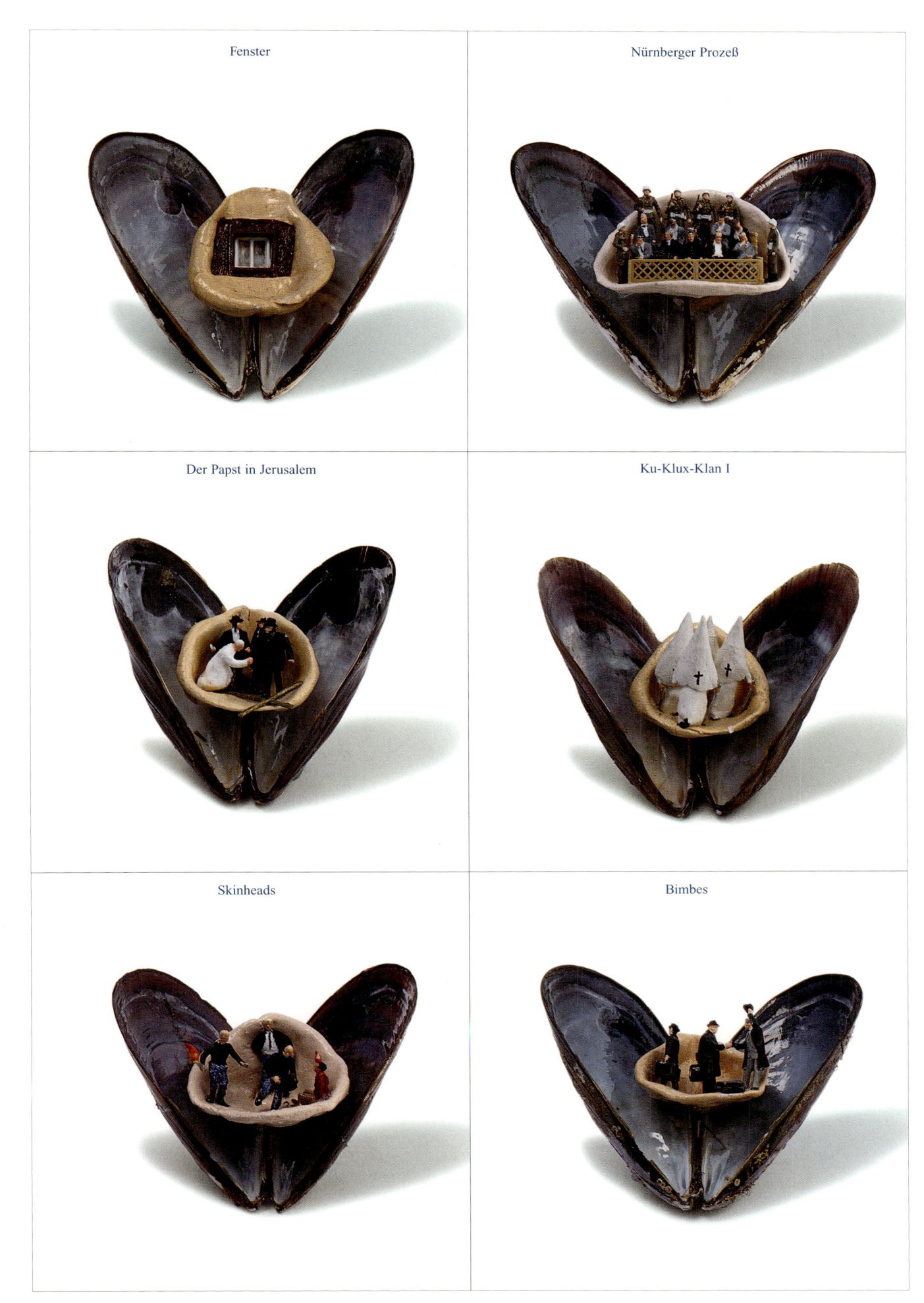

Fenster	Nürnberger Prozeß
Der Papst in Jerusalem	Ku-Klux-Klan I
Skinheads	Bimbes

Frank Schubert, Monaden, 1994-2000, Kunststoff, Miesmuschelschalen, Modelliermasse, Emaille, Acryl, Latex, Maße: ca. 5-11 cm

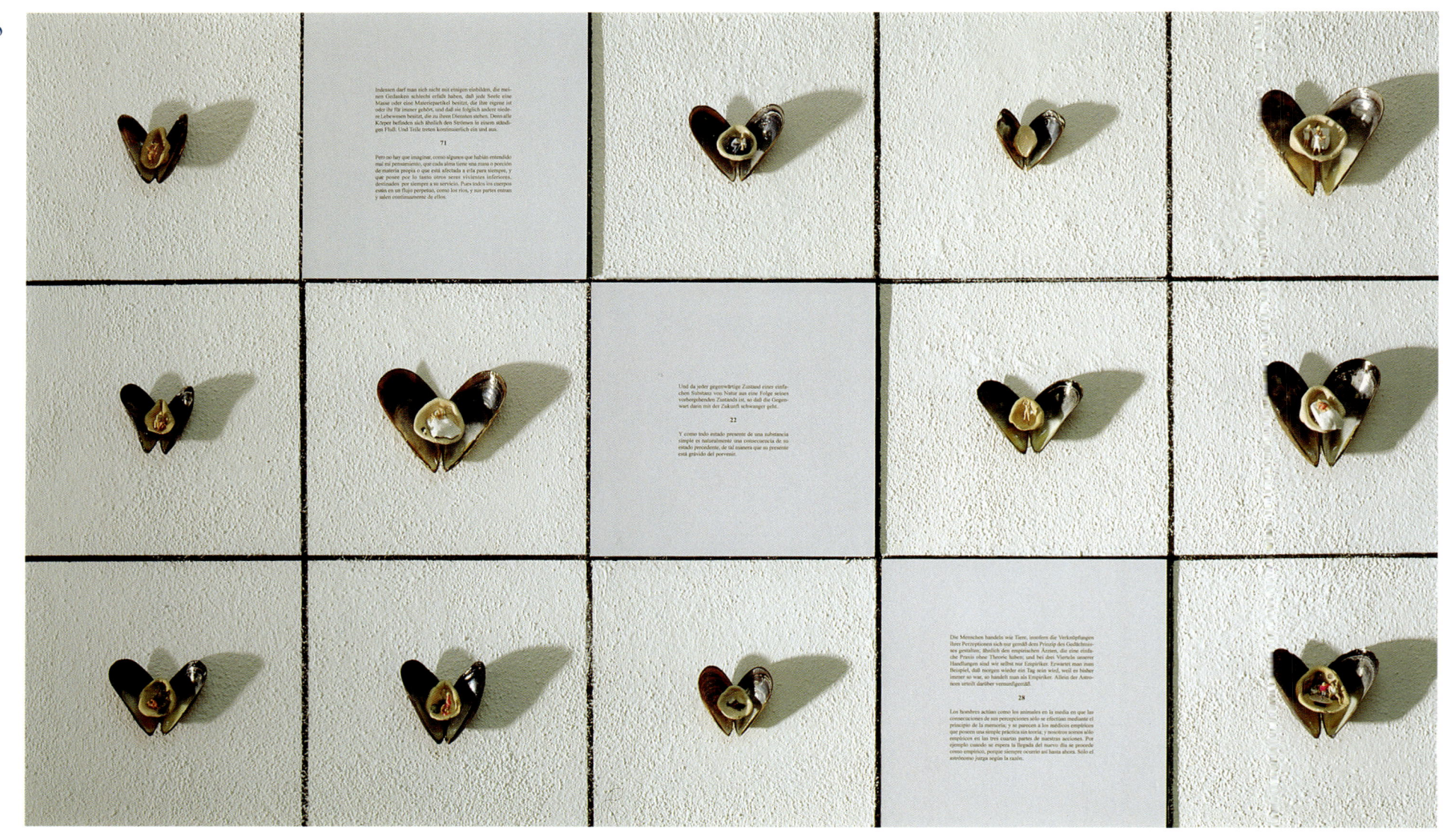

In der Schöpfungsmythologie der
Eingeborenen der Nordwestküste Kanadas
ging eines Tages der Rabe am Strand entlang
und hörte wirres Sprechen und Rufen, das
aus einer Muschel zu kommen schien. Er sah
nach, öffnete die Muschel, und heraus
kamen die Menschen.

Die Muschel war in der Kulturgeschichte stets Zeichen der Fruchtbarkeit, des Lebens, der Lust, aber auch des Geheimnisses, des Anderen, Unbekannten, der Verführung. Spätestens seit der Renaissance – bei den Madonnenbildern Piero della Francescas als versteckte, anamorphotische Hinweise der Lust im Heiligenabbild oder bei der Venusmuschel von Botticelli – gilt die Muschel als Motiv oder ästhetischer Transmitter ursprünglicher, archaischer Begierden. Sowohl das Wasser als auch das ewig sich erneuernde Leben sind Bereiche, auf die die Muschel als Symbol verweist.

188

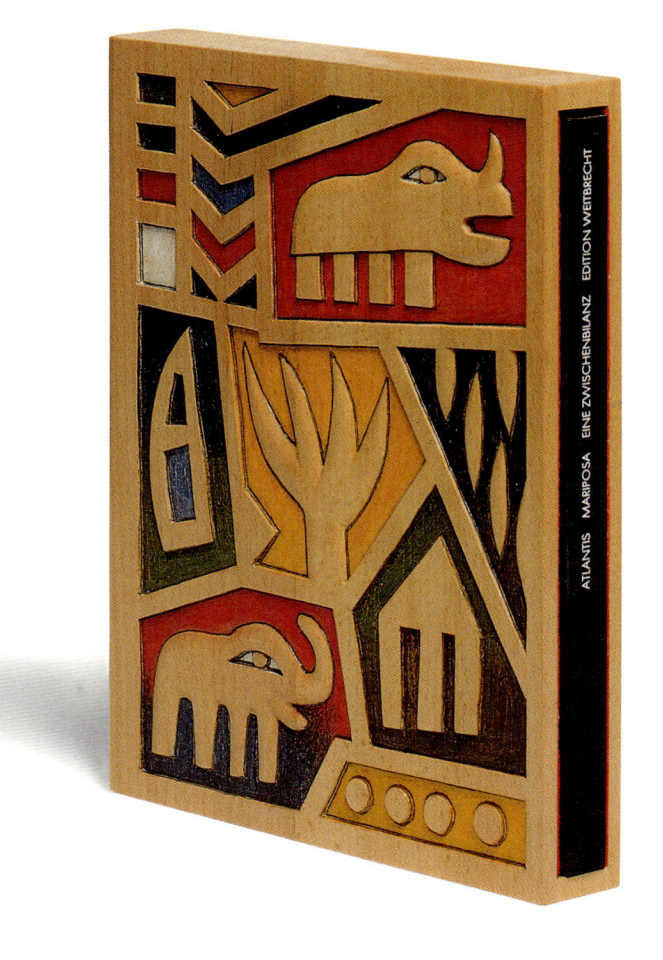

Buchhülle: Hartmut Elbrecht

Konferenz- und Speiseraum
CASA DOBERMANN
Eingangstür: Hartmut Elbrecht
Leuchte: Pep not Pop

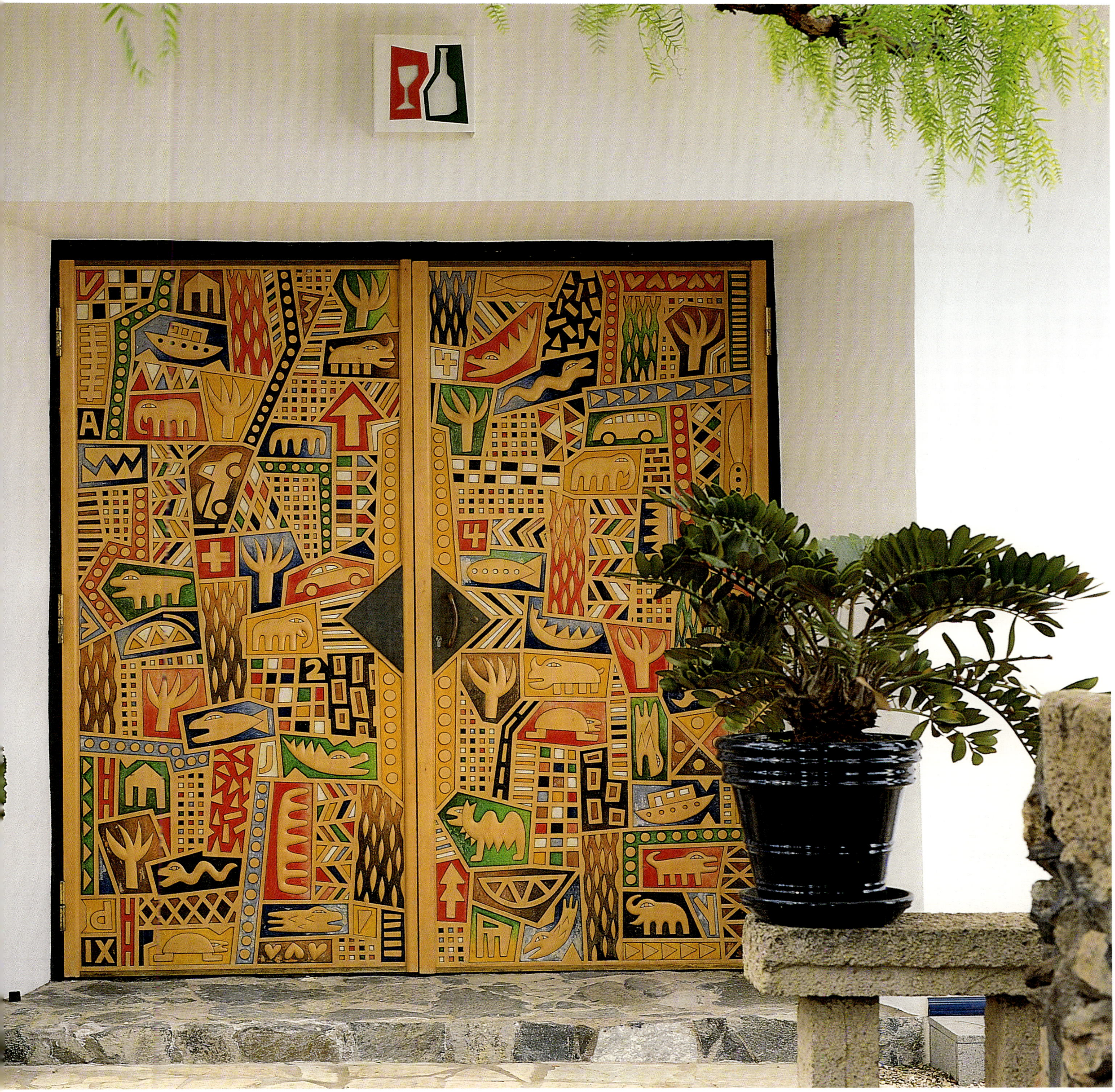

Innenraum
Gestaltung: Hans-Jürgen Müller
12teilige Fotoserie von Erwin Fieger (rechts)
Leuchten: Nani Weixler

Großdia des Atlantis-Entwurfs von Léon Krier
nach einem Gemälde von Carl Laubin

Die Sedus Stoll AG fördert das Projekt MARIPOSA, weil es mit der eigenen Firmenphilosophie sehr viel gemeinsam hat:

Traditionelle Werte und ein großer Erfahrungsschatz werden verknüpft mit inspirierenden Visionen und innovativen Produktideen für die interdisziplinäre Zusammenarbeit in der Zukunft.

Wir freuen uns außerordentlich, daß die Bodega mit dem Kommunikationsmöbelprogramm „no limits" eingerichtet wurde. Es reagiert flexibel und schnell auf unterschiedlichste Anforderungen, bietet unzählige Raumlösungen und fördert kommunikative Prozesse.
Langlebigkeit, ökologische Verträglichkeit und exzellentes Design inklusive.

Dr. Bernhard E. Kallup
Vorstandsvorsitzender der Sedus Stoll AG, Waldshut

Fürchte nicht den Tod – vielmehr das unzulängliche Leben.   Bertolt Brecht

Fotoarbeit von Gloria Friedmann

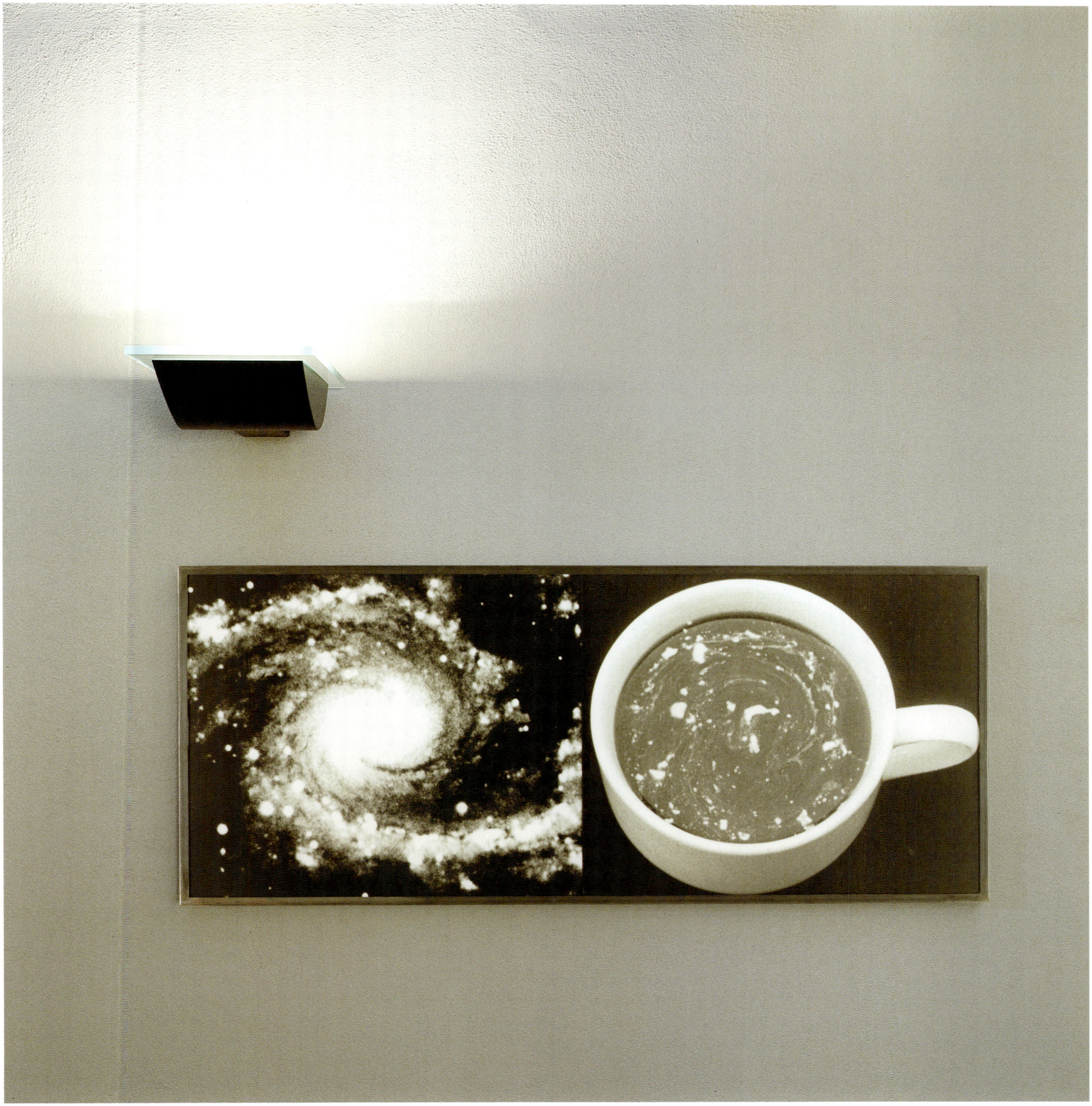

194

Casa Dobermann, Küche

Voraussetzung ist, daß wir die Evolution und ihre letzte Krönung lieben und daß wir mit all unseren Kräften versuchen, dorthin zu gelangen. Dazu müssen wir an den Menschen, die Welt und unsere letzte Bestimmung glauben. Der Mensch muß stärker an die Menschheit als an sich selbst glauben, sonst muß er verzweifeln.

Deshalb müssen wir unser Endziel lieben. Sind wir fähig, genügend Liebe einem zukünftigen Zentrum entgegenzubringen, das als Abstraktion oder als eine Sache vorgestellt wird? Konzentriert sich nicht jede wahre Liebe letzten Endes auf eine Person? Wenn wir den Punkt Omega nur als eine Sache oder als eine Vorstellung ansehen, würde unsere Liebe bald unzureichend sein, und es dauerte nicht lange, bis sie angesichts der zu überwindenden Schwierigkeiten zusammenbräche. Wenn wir jedoch versuchen, uns den Punkt Omega als jemanden vorzustellen, bestehen einige Aussichten, daß uns die Liebe alle Hindernisse überwinden läßt und wir die notwendige Kraft finden, um die Evolution bis zu ihrem letzten Zielpunkt zu führen.

Die große Aufgabe des Menschen als freies und intelligentes Wesen besteht darin, das großartige Werk des Kosmos zu seiner Vollendung zu führen.

Teilhard de Chardin

Schattenplatz
unter einem über 100jährigen Baum
vor der Casa Dobermann

196

Bruno Müller-Meyer

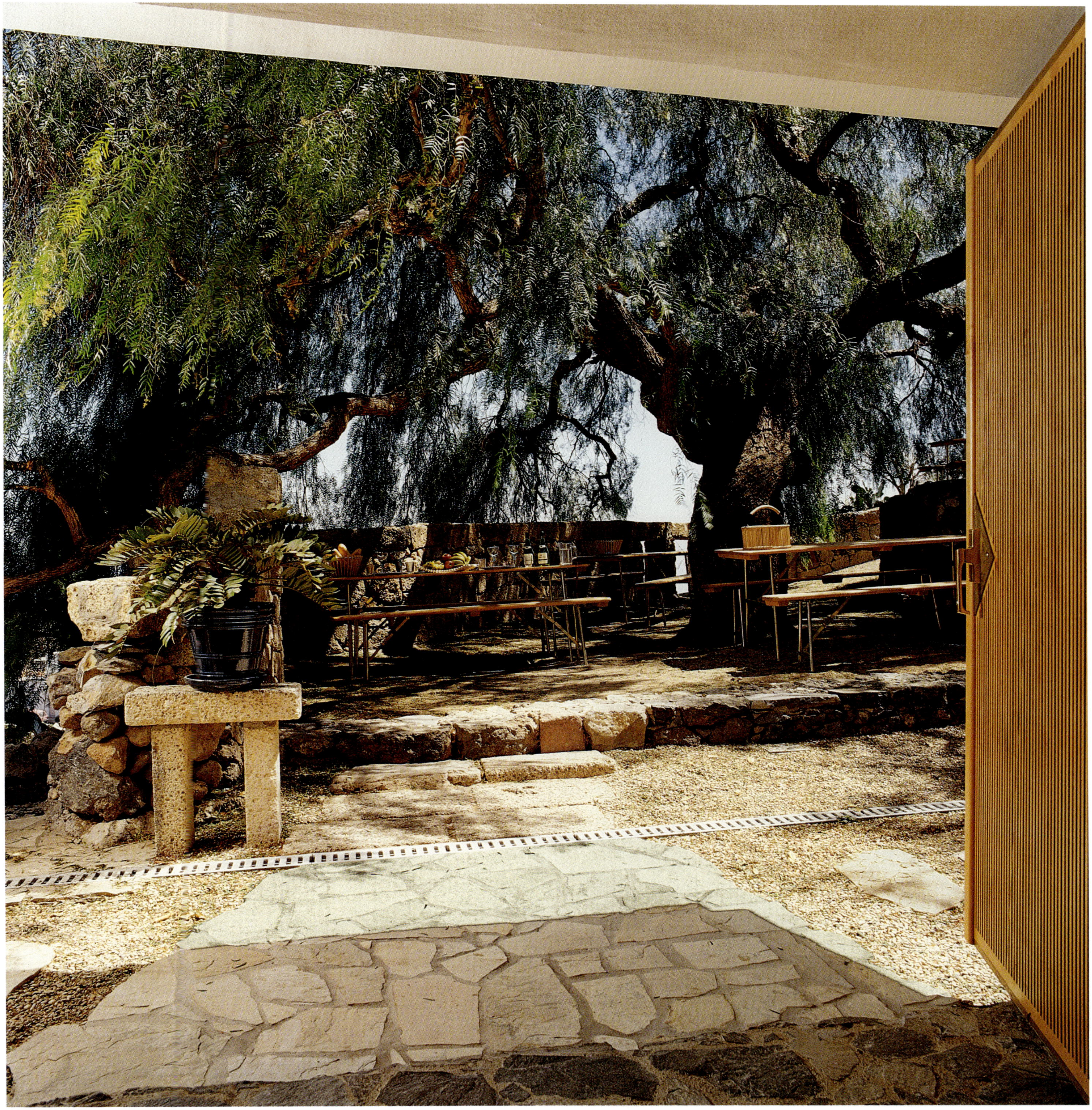

Casita
Innengestaltung: Helga Müller

Nam June Paik

Keine Staatsform bietet ein Bild häßlicher Entartung, als wenn die Wohlhabendsten für die Besten gehalten werden.

Cicero

Casita
in der Abenddämmerung
mit Glasfenster
von Heinz-Josef Mess

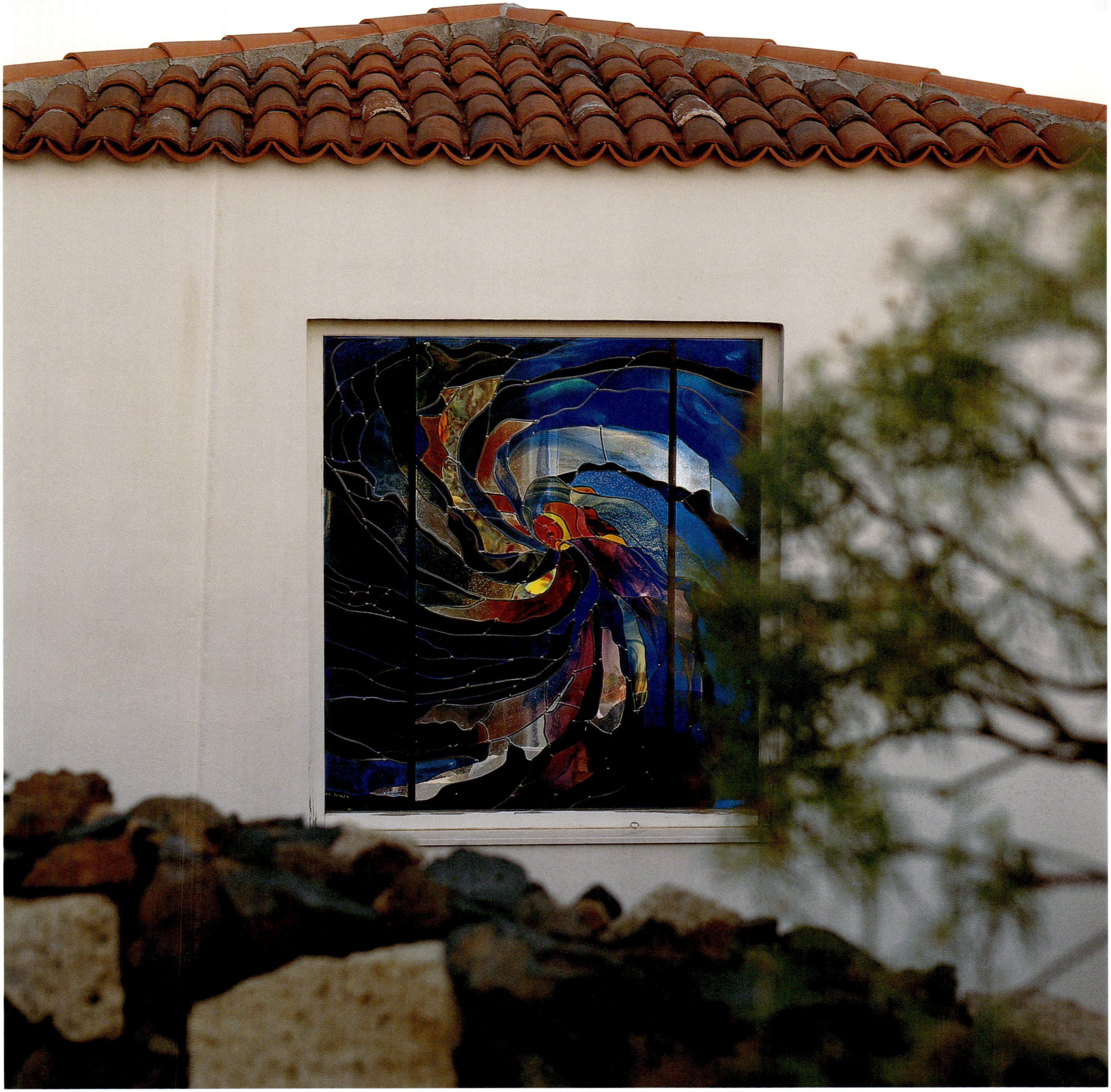

Glasfenster in der Casita
Ausführung: V. Saile, Stuttgart

Detail

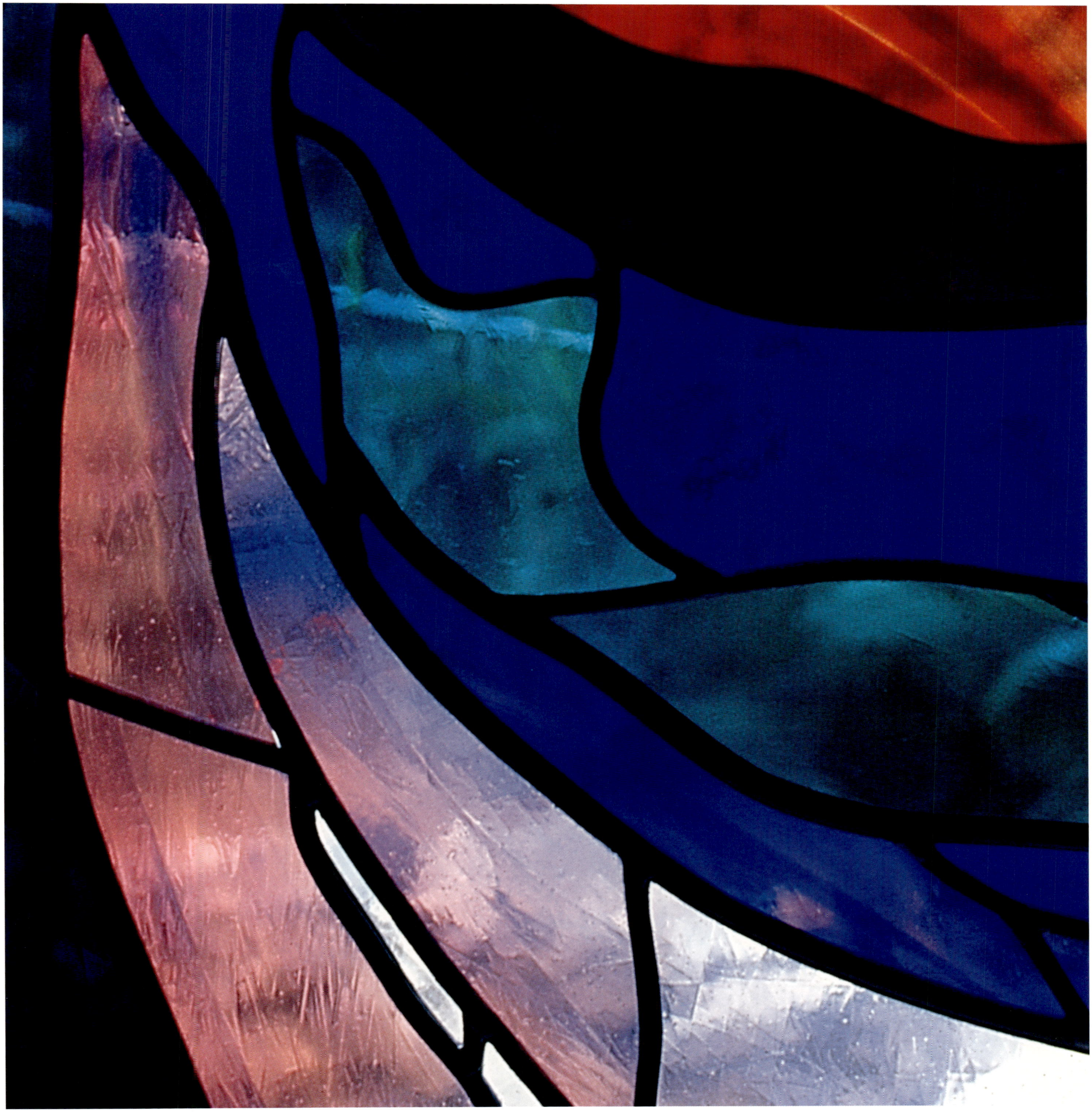

204

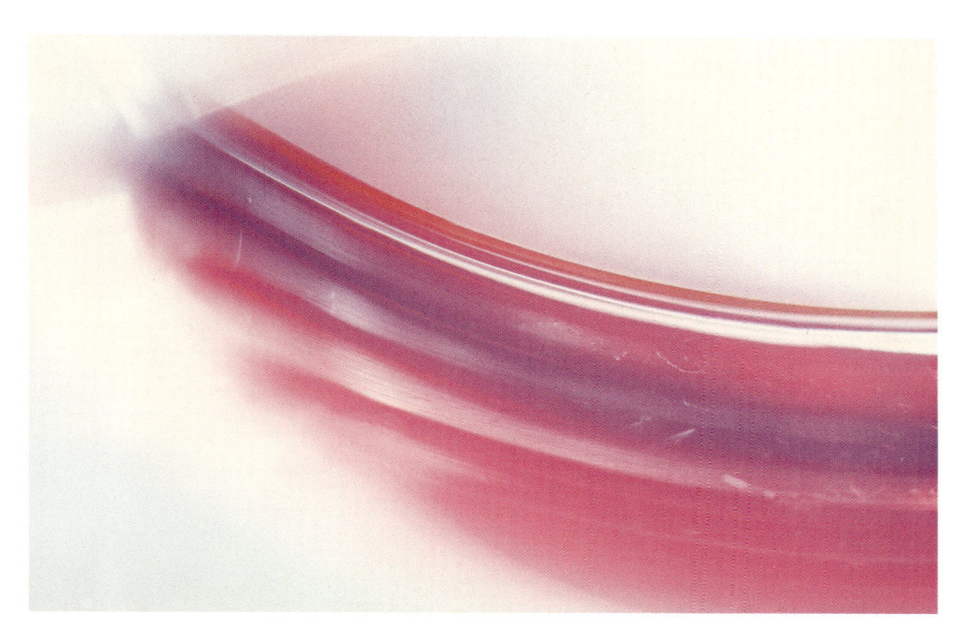

Durch das Glasfenster ausgelöste Farbspiele
im Innenraum der Casita

206

WC. Idee und Ausführung: Jan Hooss

Verbindungstür: Tobias Hauser

Die Arbeit von Tobias Hauser (Seite 79) und die
Kaktusskulptur (Seiten 41 und 115) sind klassische
Bronzegüsse im Wachsausschmelzverfahren.

Die nebenstehend abgebildeten halbkreisförmigen
Türgriffe wurden nach Entwürfen von Tobias Hauser
aus Aluminiumguß hergestellt.

Die Firma STRASSACKER
in Süssen, Baden-Württemberg,
gehört zu den führenden Kunst-Gießereien
in Europa.
Sie unterstützt MARIPOSA seit vielen Jahren.

Ein Aufruf zur Hoffnung ist heute ein Aufruf zum Widerstand.   Max Frisch

Original-Jurte aus der Mongolei

210

Jurtenplatz
mit drei, mongolischen Jurten nachempfundenen, Zelten
von Florian Geiger.
Im Vordergrund Pflanzbecken von Ivan Surikov,
die als Sichtschutz dienen.
Platzgestaltung: Hans-Jürgen Müller.

Westeingang
mit Keramik-Skulptur von
Ulrike Zilly
und Robert Hartmann

Obere Jurte mit Aufgang zum Festplatz

Innenraum der großen Jurte bei Nacht.
Einrichtung: Helga Müller
Hocker: Lars Zech

Florian Geiger widmet sich seit vielen Jahren der Entwicklung und Fertigung von textilen Spannkonstruktionen, von Sonnensegeln und Zelten. Ausgehend von den Kulturen der Nomaden und der Migranten sieht er seine wesentliche Aufgabe in der Entwicklung des temporären, mobilen und transportablen Habitats. Er bevorzugt bei seinen Konstruktionen die Verwendung von traditionellen und ökologischen Materialien. Wichtig ist ihm die Öffnung hin zur Natur. In den letzten Jahren wird sein Schaffen von den mongolischen Jurten beeinflußt, bei denen sich die äußere windschnittige Form mit einem kosmologischen Eindruck im Innern verbindet, so daß ein beispielhaft zusammenzusehender Raum entsteht.

In den Jurten sind Matratzen, Zudecken und Kopfkissen ausschließlich mit KAPOK gefüllt.
KAPOK ist eine wildwachsende Pflanzenfaser. Die Faser ist atmungsaktiv, hält aber Feuchtigkeit nicht zurück, speichert sie also nicht. Deshalb ist sie für Gegenden mit hoher Luftfeuchtigkeit (wie auch im Süden von Teneriffa) geradezu ideal. Alles kommt vom KAPOK-KONTOR in Rottenburg, einem Unternehmen, in dem Naturbewußtsein und Ökologie zur Firmenphilosophie erhoben wurden. Wie man hier sieht, kann Ökologie auch ästhetisch schön sein.

216

In den drei Jurten wurden Linoleumbeläge von Armstrong DLW verlegt.
Die Fläche ist optisch hervorgehoben durch eine interessante Intarsie,
die dem Raum eine besondere Note verleiht

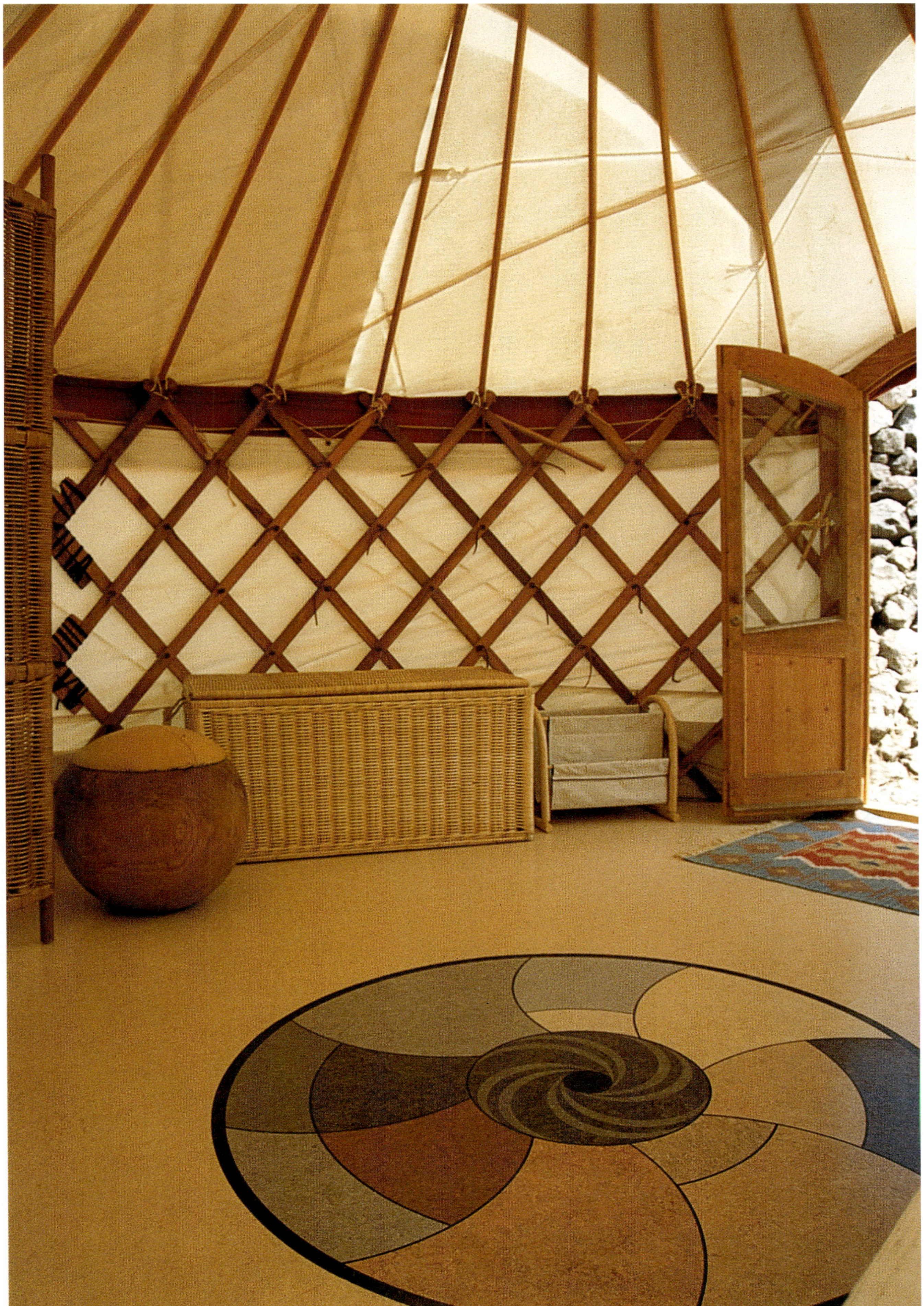

218

Badehaus am Jurtenplatz
Architektur: Hans-Jürgen Müller
Innengestaltung und Küchenwand:
Helga Müller

Denken, das nach Klarheit strebt, benötigt auch eine ebensolche Umgebung. Nicht umsonst hat man für die Ausstattung der sanitären Einrichtungen auf MARIPOSA Axor Starck von Hansgrohe gewählt: Reduziert auf das Wesentliche, zieht sich eine klare, einfach Formensprache durch die gesamte Armaturenlinie, bis hin zum kleinsten Accessoire. Visuelle Inspiration für Designer Philippe Starck war übrigens eine simple Flußgabelung – zwei Ströme, die zusammenfließen. Ein schönes Bild für die Gedanken, die auf MARIPOSA ausgetauscht werden und Neues entstehen lassen.

Armaturen: Axor Starck. Waschbecken: Villeroy + Boch

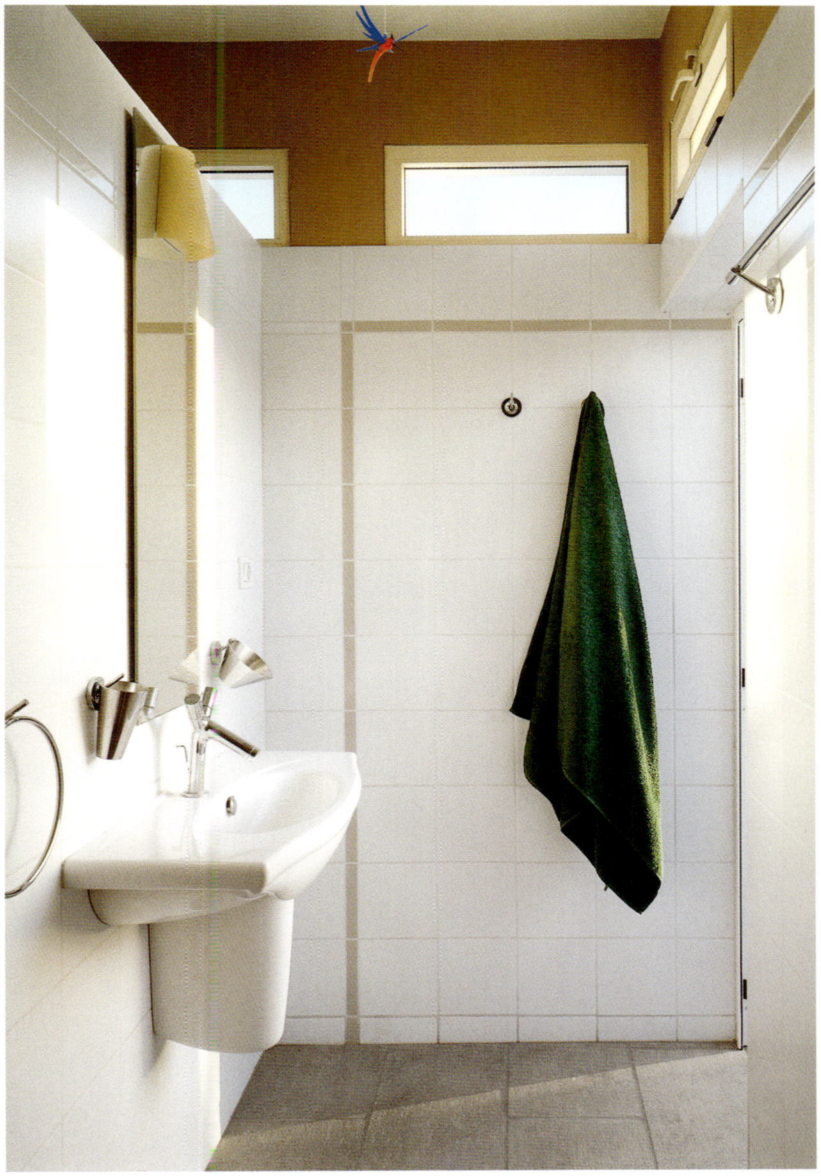

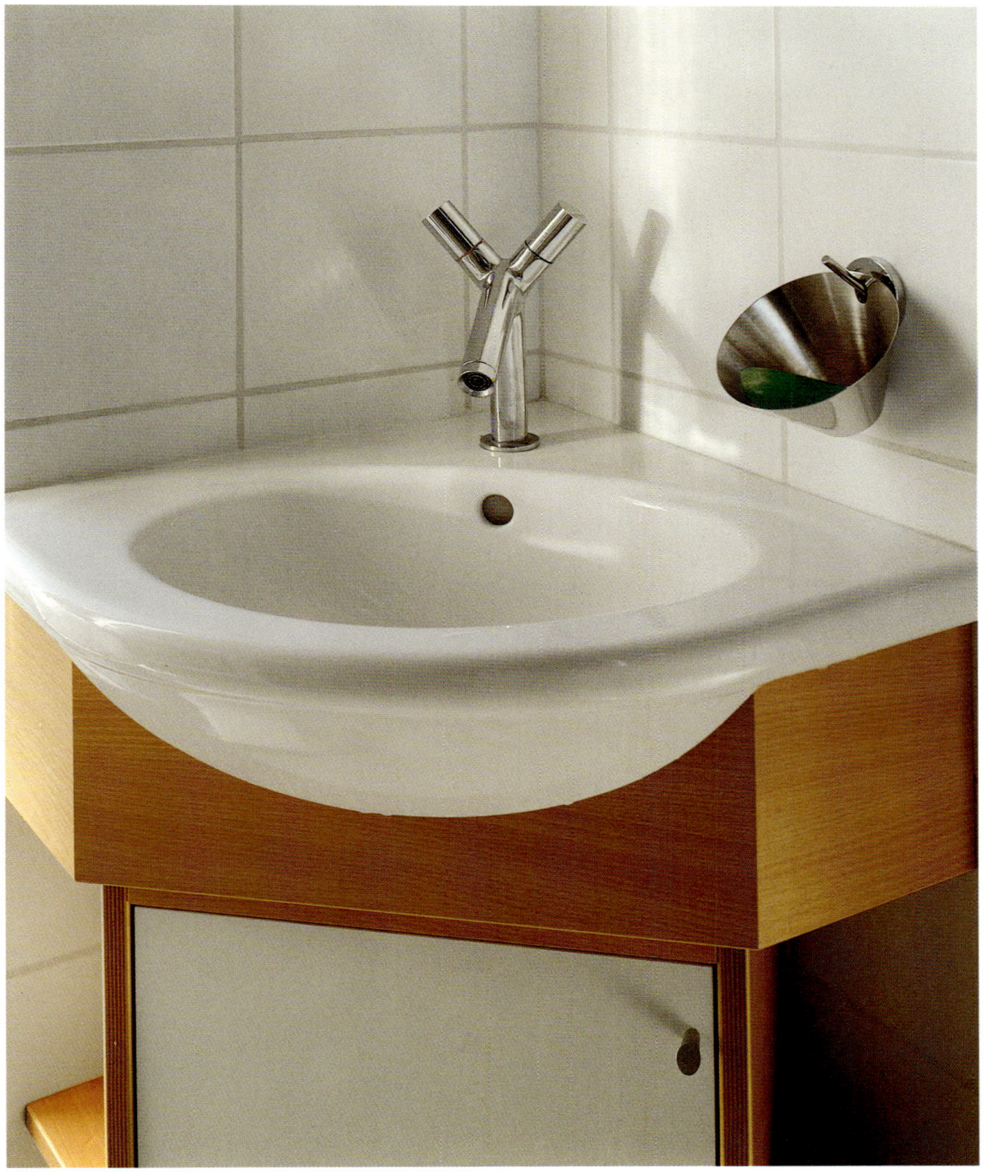

Baderaum I
Dusche, Armaturen und
Zubehör: Philippe Starck

Baderaum II
Leuchte: Spectral
Glaskolibri aus dem Thüringer Wald

224

Kühlschrank
Waschmaschine
Spülmaschine:
AEG

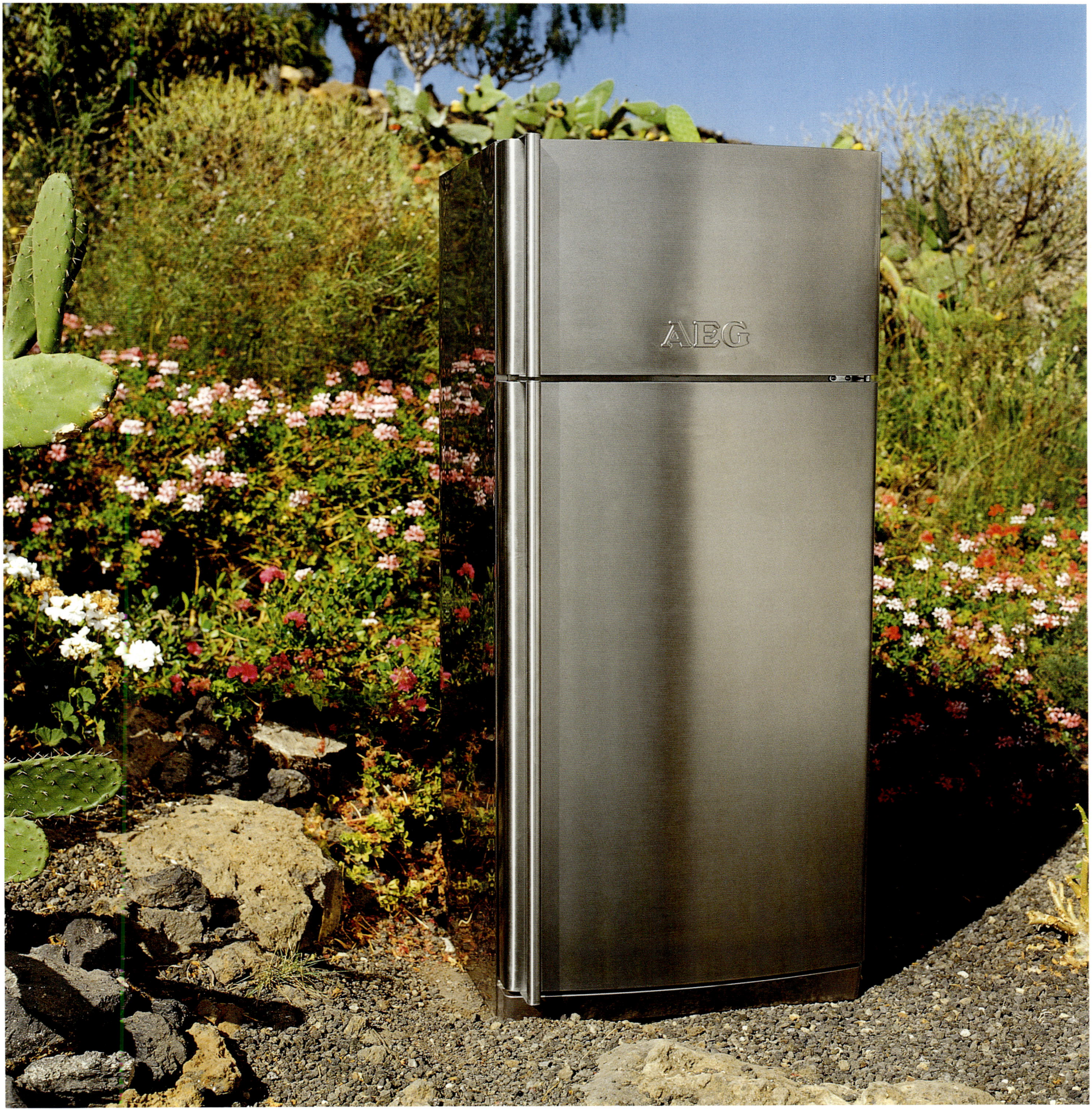
AEG

SYLPHE ist ein Geist der Lüfte. Der Name leitet sich aus dem Altgriechischen *Silfe* ab.

Luft ist farblos und unsichtbar.

Im antiken Griechenland wurden die Götter bevorzugt im Kontrapost, das bedeutet in Standbein-Spielbein-Stellung, dargestellt. Auf dem hier gezeigten Sockel sehen Sie die Spuren einer Sylphe in Kontrapoststellung. Die Sylphe selbst ist nicht sichtbar, da sie ja ein Luftgeist ist.

Der Betrachter soll sich seine eigene Sylphe „bilden", vorstellen. Er oder sie ist jedenfalls da, und zwar so gewichtig, daß sogar der Marmor nachgibt und Abdrücke zeigt.

Nicolae Rosu

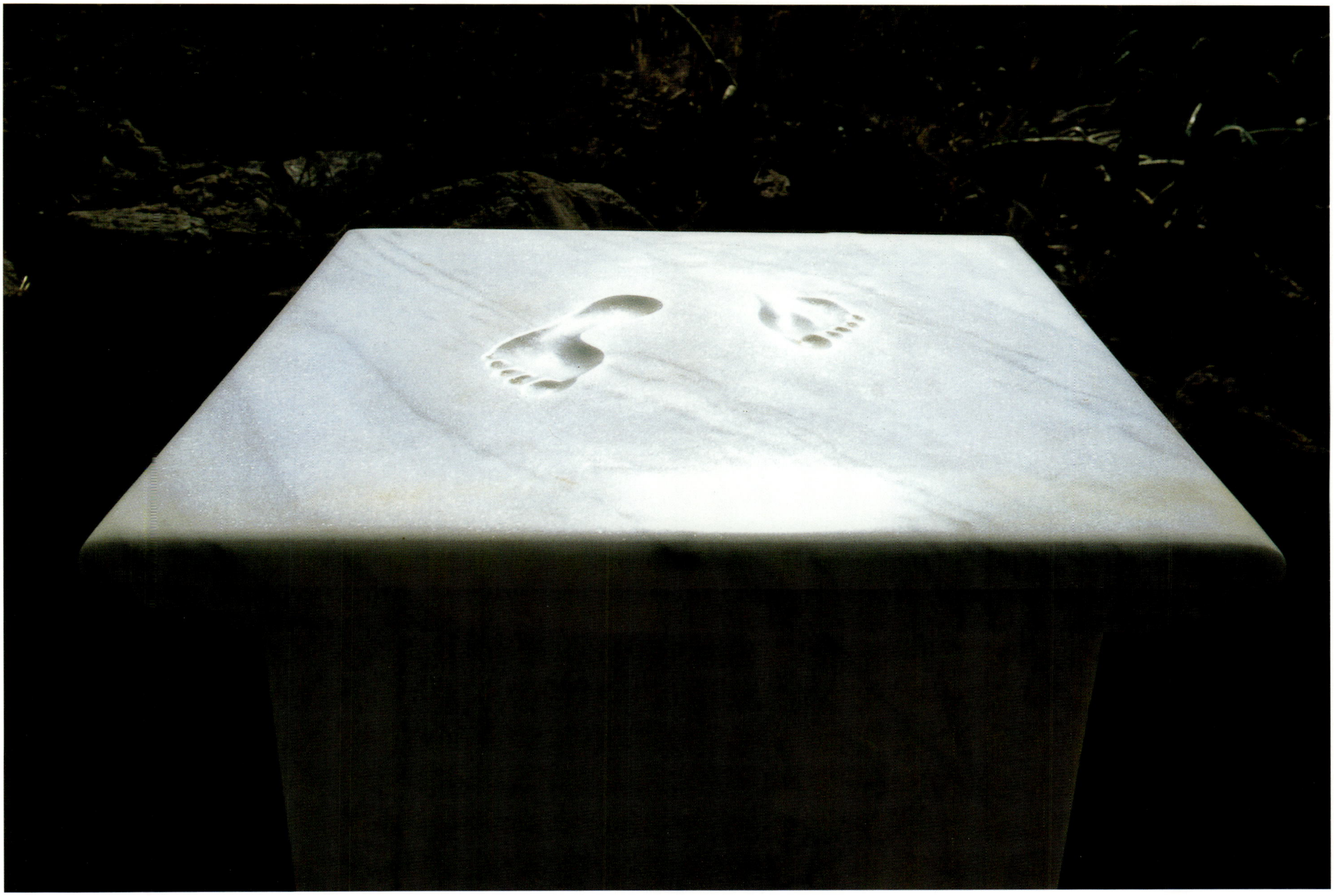

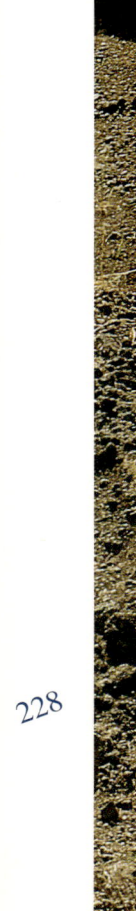

Glasblumenteppich von Magdalena Maihoefer

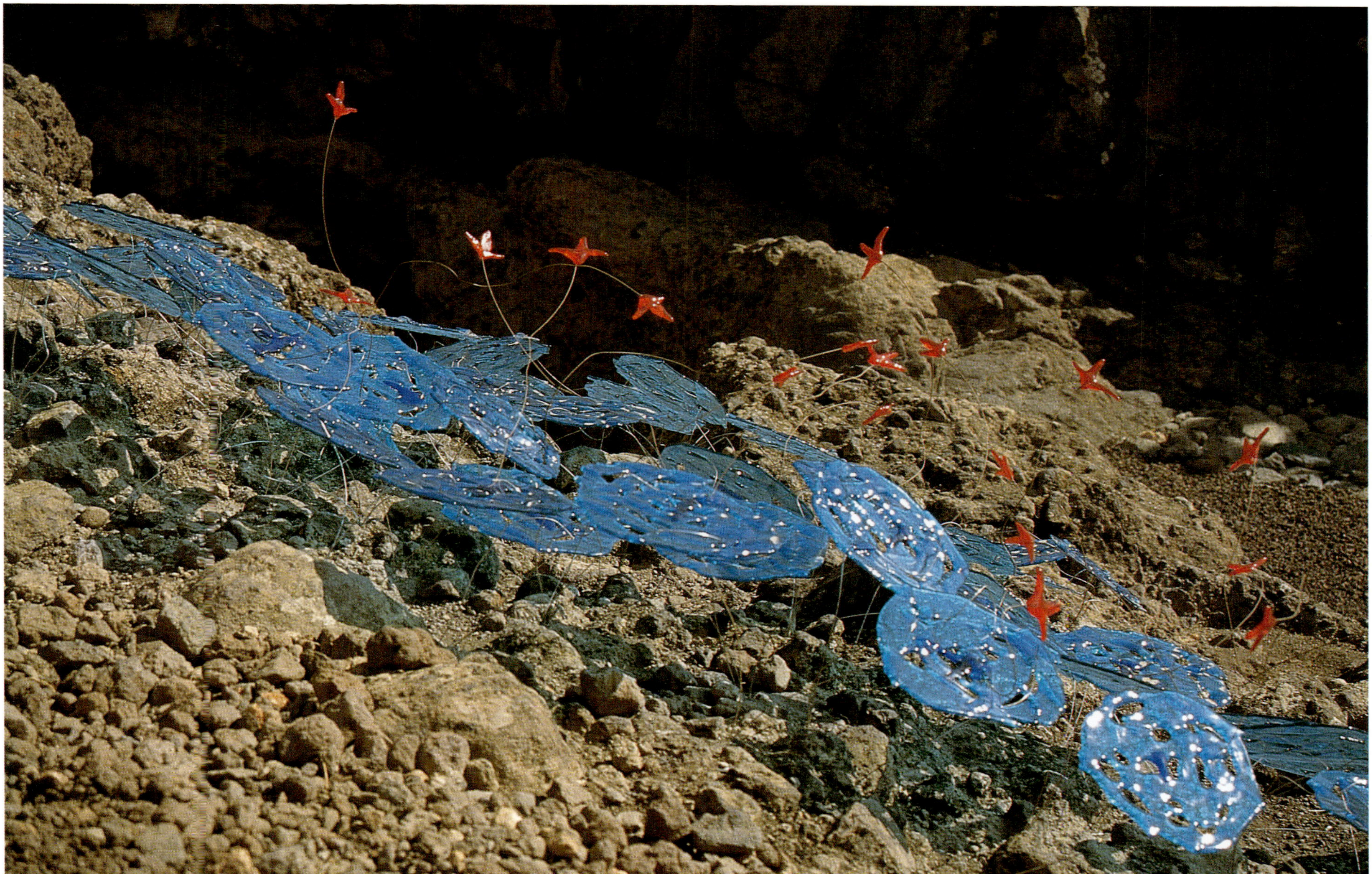

Detail

FASZINATION FARBIGES GLAS

Glas bringt Licht in unser Leben, ohne von der Außenwelt abzuschotten. Glas schafft eine transparente Verbindung zwischen natürlicher und bebauter Umwelt, eine Einheit von Innen- und Außenwelt. Mit Farbglas verwandelt sich Licht in Atmosphäre.

Dies kommt ganz besonders im Glasblumenteppich von Magdalena Maihoefer zum Ausdruck, die mit Farbglas von SCHOTT DESAG ein einzigartiges Kunstobjekt geschaffen hat.

Drusen-Platz.
Einer der größeren, überschatteten Versammlungsplätze.
Vogelnest (rechts vorn): Judith Edelmann

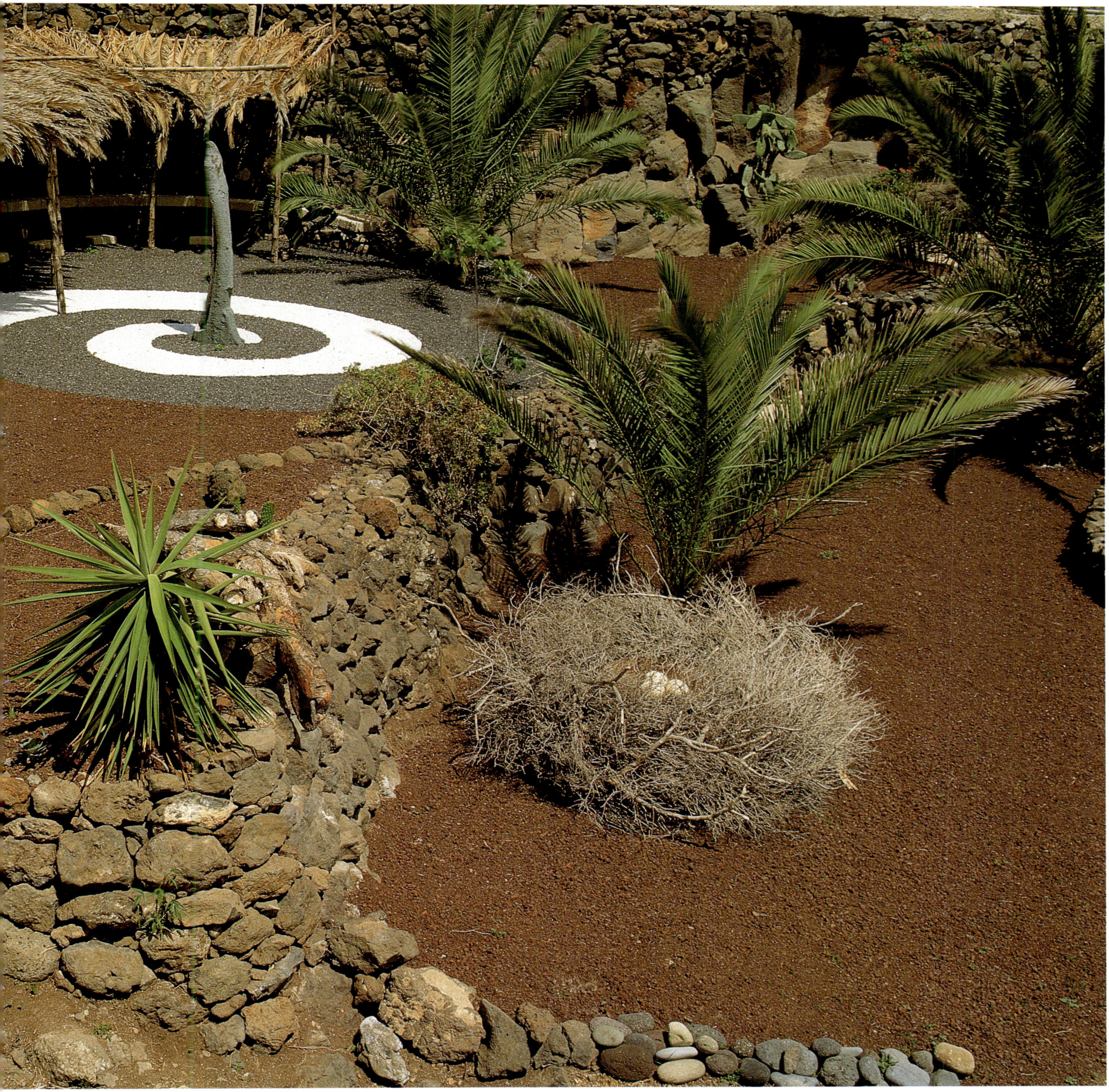

Amethyst-Druse

Drusenplatz
Gestaltung: Frank Labudda und Frank Lautersack

Es lastet auf dieser Zeit der Fluch der Mittelmäßigkeit. Kurt Tucholsky

PAN
Skulptur von Thomas Kahl

Eine „tönerne" Schöpfung für MARIPOSA

Die 29 Schüler der Klasse 4a der Balthasar-Neumann-Grundschule Werneck arbeiteten in den Jahren 1998 und 1999 im Rahmen eines interessendifferenzierten, projektorientierten Kunstunterrichts zum Thema „Schöpfung". Unter Leitung von Petra E. Weingart, Klassenlehrerin und Dozentin der Kunstpädagogik an der Universität Würzburg, entstanden in der ersten Projektphase mit Begleitung der Studentin und Theologin Bettina Natschka „Schöpfungsbücher", in denen jedes einzelne Kind in den Techniken Malen, Zeichnen und Collagieren ein eigenes Malerbuch zu den sieben Schöpfungstagen gestaltete. In einer zweiten Phase wurden einzelne Themen weiterentwickelt. Einen Höhepunkt stellte die Gestaltung von acht Bildtafeln zum Thema „Es werde Licht" dar, die im Advent 1998 in der Kirche von Leinach präsentiert wurden. Auch entstanden in einer Druckerei „Schöpfungsbücher" aus Handsätzen, die die Kinder selbst anfertigten.

Nach dem Vorstellen unserer Arbeit während eines Besuches in Stuttgart wurde uns von Helga und Hans-Jürgen Müller, den „Schöpfern" von MARIPOSA, das Angebot gemacht, doch unsere „Bücher" in eine Wandkeramik umzusetzen. An dieser Gestaltung beteiligten sich elf Kinder der Klasse, die sich schon zuvor gern mit Tonarbeiten beschäftigt hatten. In der Würzburger Keramikerin Mag Lutz fanden wir eine ideale Betreuerin dieser Arbeitsprozesse. In ihrer Werkstatt lernten die Schüler und Schülerinnen in mehreren Wochen einen sachgerechten Umgang mit Tonarten und Glasuren, um dann ihre eigenen Ideen von einer „Schöpfung in Ton" gestalten zu können. Liebevoll begleitete Mag Lutz alle Arbeitsschritte, so daß auch in Tonplatten zuerst ein „Urzustand" unserer Welt und danach alle sieben Schöpfungstage entstanden.

Petra E. Weingart

Die beteiligten Kinder:
Sandra Baumann
Florian Fratz
Madeleine Hetterich
Maximilian Hornung
Katharina Maul
Amelie Ochs
Julia Ruppenthal
Stefanie Schmier
Lisa Schyroki
Martin Velde
Johannes Weiß

Unsere Schöpfung

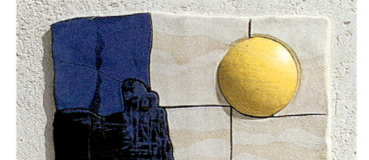

Chaos

1. Tag — Es werde Licht

2. Tag — Gott scheidet Himmel und Wasser

3. Tag — Gott scheidet Erde und Meer und auf der Erde wachsen Wiesen und Wälder

4. Tag — Es leuchten Sonne, Mond und Sterne

5. Tag — Fische schwimmen im Meer und Vögel fliegen durch die Lüfte

6. Tag — Tiere beleben die Erde und Gott erschafft den Menschen

7. Tag — Gott segnet den siebten Tag

Detail
mit Fußabdrücken der beteiligten Kinder

Eine Idee von Hans-Jürgen Müller – nämlich Handwerker mit Künstlern zusammenzubringen – realisierte sich glücklicherweise im Sommer 2000. Ali Bisgin und Michael Paprotny, die sich auf ihre Meisterprüfung in der Robert-Mayer-Schule bei Gerd Böhm vorbereiteten, waren bereit, ihre Meisterstücke nach Entwürfen von Jürgen Rustler und Jan Hooss zu fertigen und die Werke anschließend dem Projekt MARIPOSA zu schenken.

Vogeltränke
Entwurf: Jürgen Rustler. Ausführung: Ali Bisgin

Tor
Entwurf: Jan Hooss. Ausführung: Michael Paprotny

Palomahaus
Gestaltung: Sabine Holz und Jürgen Kleinmann

Palomar-Pigeonnier-Dovecot-Taubenschlag

Der als Gästehaus genutzte ehemalige Taubenschlag besticht durch seine zufallsbedingte und dadurch eigenwillige Gestalt. Diese wurde bei der Bemalung der Innenwände und Decken berücksichtigt, wie auch die ehemalige Funktion des Gebäudes, die Natur- und Kulturgeschichte seines Standortes sowie Anliegen und Biographie der Begründer von MARIPOSA das ikonographische Programm maßgeblich bestimmt haben.

Im Erdgeschoß befindet sich das „Büro von Schlange und Kaninchen". Bei diesen Tieren handelt es sich um allegorische Figuren für die Vermittlung und Produktion von Kunst. Die aufgemalten Scheinreliefs kommentieren mit ihren Figurationen die gegenseitige Abhängigkeit Kunst produzierender und Kunst vertreibender Personen voneinander.

Die Decke des Büros zeigt eine überdimensionale Filmspule, von der sich ein Filmstreifen abrollt, auf dem elf Stationen aus dem Werdegang der Initiatoren von 1958 bis zur Gegenwart gezeigt werden; gemalt nach Abbildungen aus früheren Publikationen Hans-Jürgen Müllers.

Den großen Raum im Obergeschoß, das „Wohnzimmer der fünf Kontinente und sieben Künste", bestimmen allegorische Figuren. Zum einen die fünf Erdteile an den Wänden, zum anderen Symbole für Kunst, Musik, Philosophie, Architektur, Mathematik, Naturwissenschaft und Kulinarik an der Decke. Weitere Motive verweisen auf die Geschichte und Gegenwart, auf Traditionelles und Zeitgenössisches, Endemisches und Fremdes auf den Kanaren.
Letzteres bestimmt auch das „Schlafzimmer des guten Hirten", welcher einer Illustration Leonardo Torrianis aus dem 16. Jahrhundert entnommen ist und einen Guanchen (kanarischen Ureinwohner) zeigt. Seine Herde besteht nicht aus Tieren, sondern aus Mietautos, denen wiederum Pflanzen entwachsen, die vor langer Zeit aus anderen Weltgegenden auf die Kanarischen Inseln gebracht worden sind.

Das „Badezimmer des Wassersparens" bezieht seine Bildwelt zum einen ebenfalls aus einer alten Sage über den Regenbaum auf der Insel El Hierro, zum anderen werden in freier Assoziation Motive gezeigt, die an die Sparsamkeit der Gäste appellieren sollen, um die oft prekäre Wasserversorgungssituation auf den Kanaren durch einen – wenn auch kleinen – persönlichen Beitrag entschärfen zu helfen.

Sabine Holz und Jürgen Kleinmann

Deckenmalerei im Büro

Teil der Küche und Arbeitstisch, vom Wohnraum aus gesehen

Zwei Details im Badezimmer

Finca
Innengestaltung: Helga Müller

Eingang
Rechts: Zwei verbrannte Holzplatten
aus dem Atlantis-documenta-Container,
der 1992 einem Brandanschlag
zum Opfer fiel

248

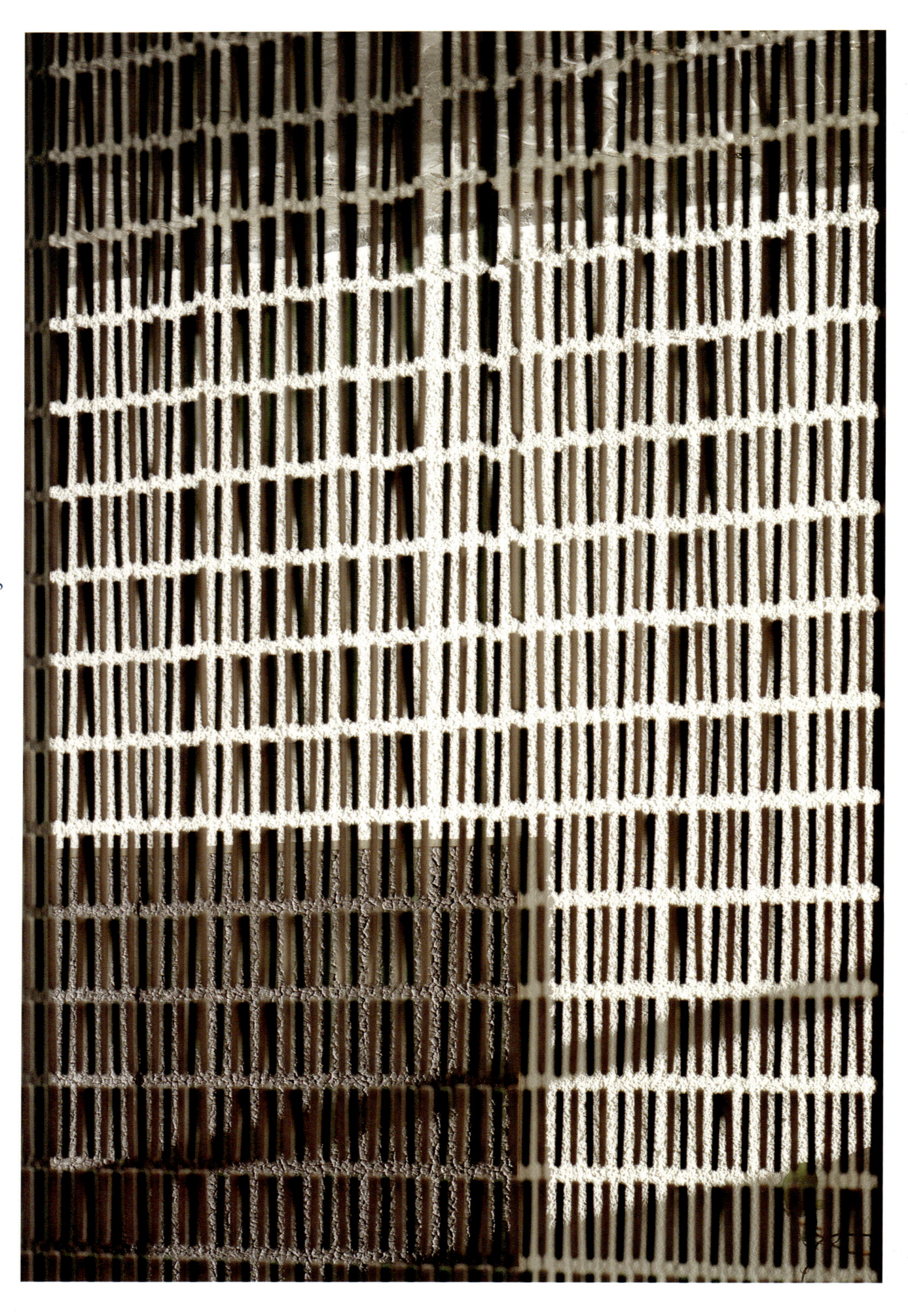

Wohn- und Arbeitszimmer

Schlafzimmer. Bilder von Holger Bär

Küche

Casa Blanca
Seminarraum und Bibliothek
mit einer Installation
von Rune Mields

250

Die Ziffernsysteme

Tisch: Heinz Witthoeft

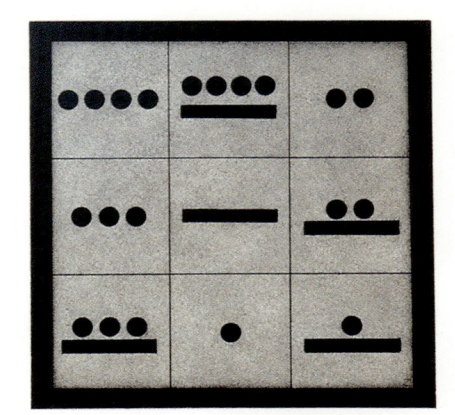

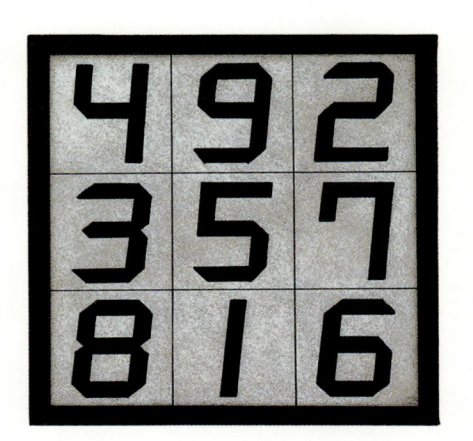

Linke Abbildung:
Die Ziffern der Mayas
Rechte Abbildung:
Unsere heutigen Ziffern

Über die Jahrtausende hin haben sich Völker und Kulturen nicht nur durch Sprache, Religion usw. definiert und unterschieden, sondern auch durch die verschiedensten Formen ihrer Zahlzeichen.

Nach dem Siegeszug der heute noch benutzten indisch-arabischen Ziffern, der viele praktische Gründe hatte, sind die meisten dieser Zeichen in Vergessenheit geraten, selbst die römischen Ziffern sind vielen Menschen heute nicht mehr vertraut.

Seit 1974 „sammle" ich solche Systeme und werde auch immer wieder fündig, da Mathematik- und Wissenschaftshistoriker daran arbeiten und forschen und folglich alte Ziffern gefunden werden. So zuletzt der Wissenschaftshistoriker David A. King, der ein altes Ziffernsystem entdeckte, welches im 13. Jahrhundert von den Mönchen des Zisterzienserordens gebraucht wurde, „zu einer Zeit also, da die indisch-arabischen Zahlen noch neu waren und nur von Spezialisten benutzt wurden" (D. A. King).

So kann man meine Arbeit („Die Ziffernsysteme") dementsprechend als ein „Work-in-Progress" bezeichnen, auch im Hinblick darauf, daß ich seit der Beendigung der Arbeit auf Teneriffa (1994) noch 20 verschiedene Ziffernsysteme gefunden habe, die in dem Ziffernraum der „Casa Blanca" (MARIPOSA) noch nicht vertreten sind, aber vielleicht dort noch verwirklicht, d.h. auf die Wand gemalt werden können.

Über die Arbeit:

Die in den einzelnen Ländern und Kulturen entwickelten 70 historischen geschriebenen Ziffernsysteme, die ich bis zur Erstellung der Arbeit (1994) gefunden hatte, bilden die Grundlage der Wandarbeit.
Die Ziffernsysteme wurden in der Form des Magischen Quadrates der Ordnung 3 (Ziffern von 1 bis 9) definiert.

Im Magischen Quadrat sind die aufeinanderfolgenden Zahlen so angeordnet, daß die Summe der Reihen, Spalten und Diagonalen jeweils die gleiche Zahl, nämlich 15, ergibt. Für die Ordnung des kleinsten Magischen Quadrates gibt es nur eine Lösung, wenn man von den sieben Spiegelungen absieht.

Die Wandflächen des rechteckigen Raumes wurden den Längengraden entsprechend imaginär senkrecht geteilt, waagrecht entspricht die Teilung den Breitengraden 0 (Äquator) bis 60 nördlicher Hälfte, d.h., die Fußbodenlinie bezeichnet den Äquator und die Deckenlinie den 60. Breitengrad Nord. Südlich des Äquators gibt es praktisch keine geschriebenen Ziffernsysteme.

Die einzelnen Ziffernsysteme wurden auf der so entwickelten Weltkarte der nördlichen Hemisphäre am jeweils kulturell verbürgten Ort ihrer Entstehung plaziert. Folglich gibt es große leere Stellen, die Flächen des Atlantiks bzw. des Pazifiks.

Rune Mields

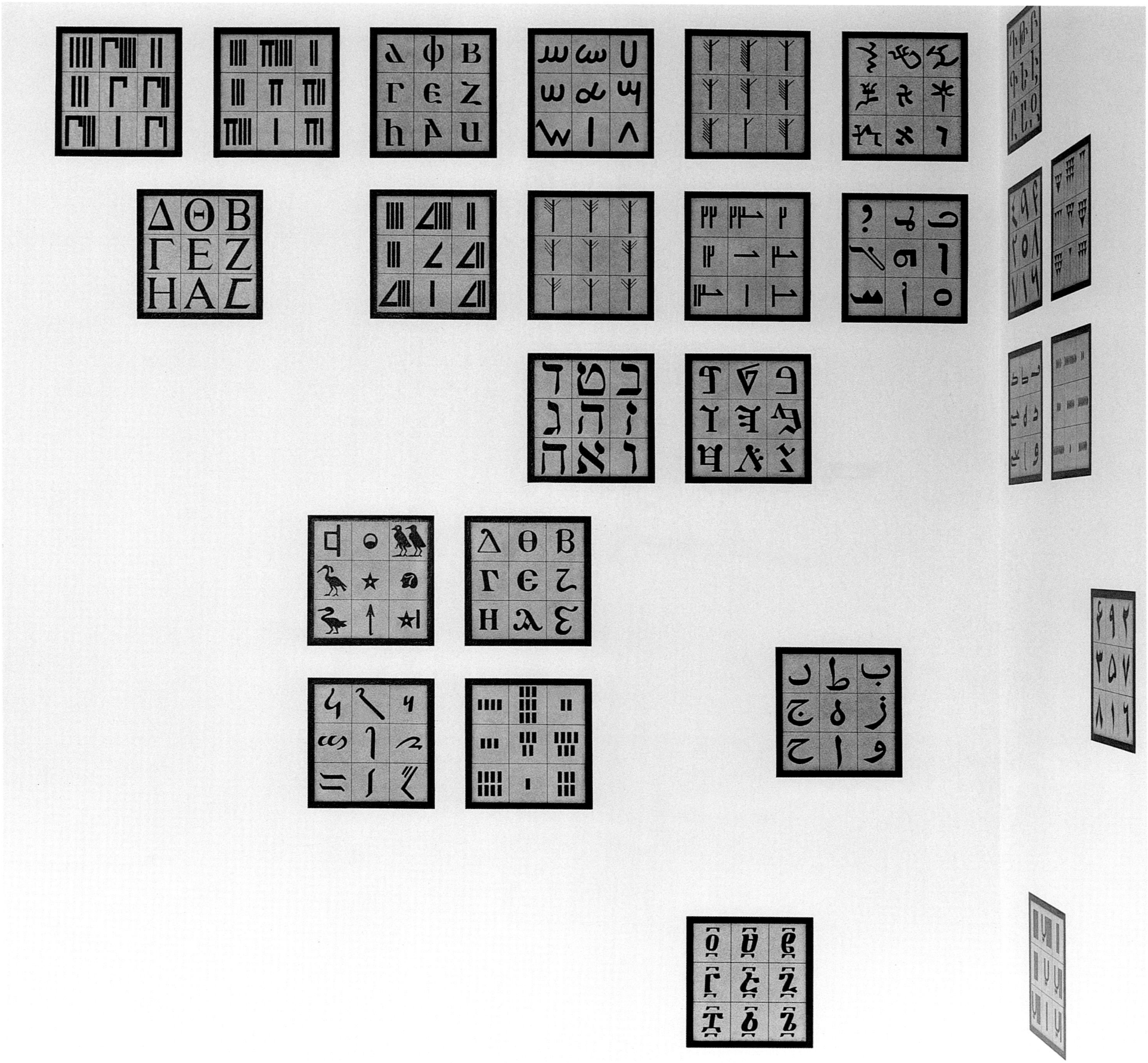

254

ATLANTICO DEL NORTE

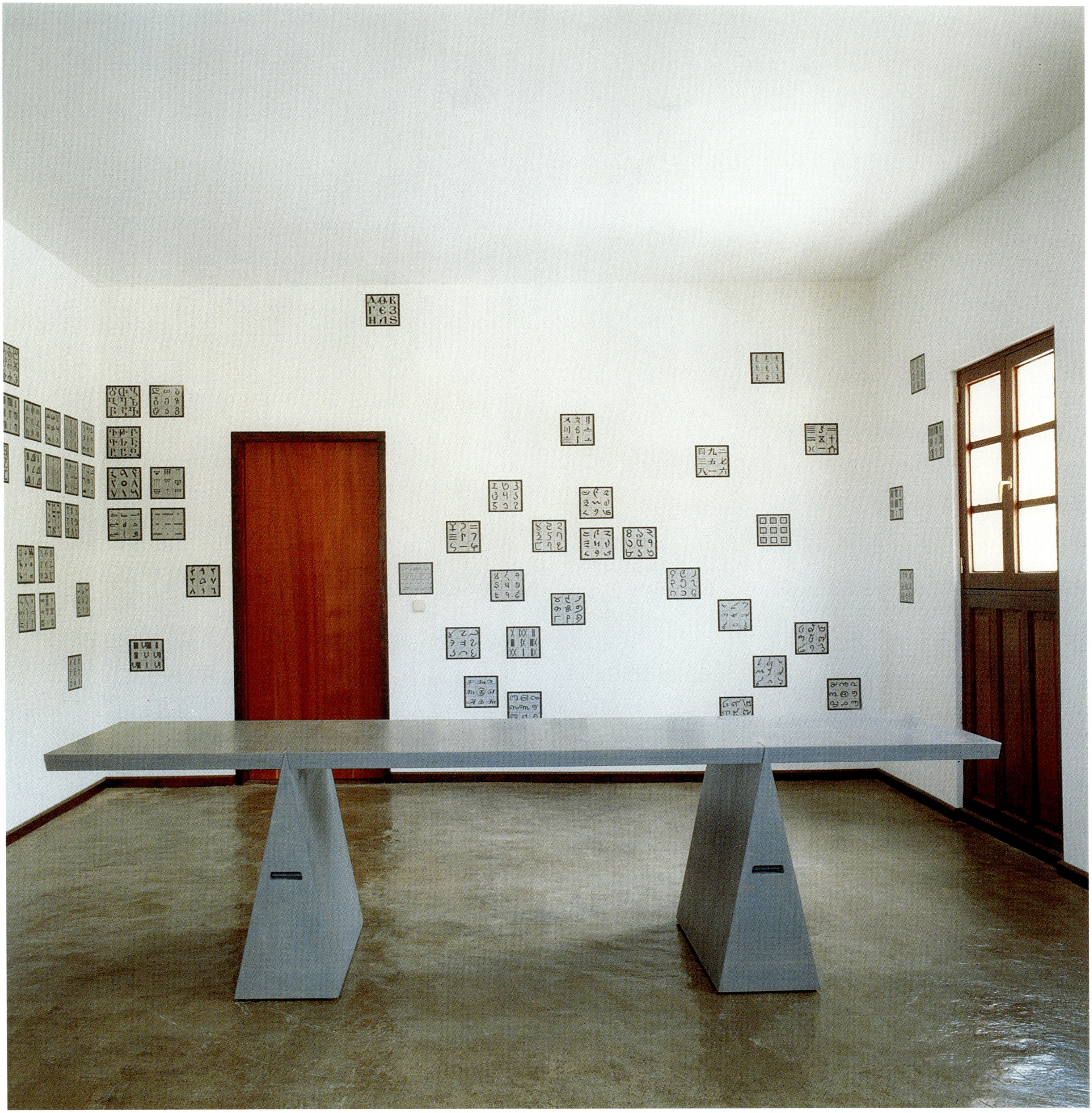

Kontemplativer Rückzugsraum

Am tiefsten Punkt des MARIPOSA-Geländes wurde ein besonderer Platz geschaffen, um sich im Schoß des Berges mit sich selbst, der Natur beziehungsweise seinem Gesprächspartner zu verbinden.

Gestaltung und Ausführung:
Sylvia und Toni Reich

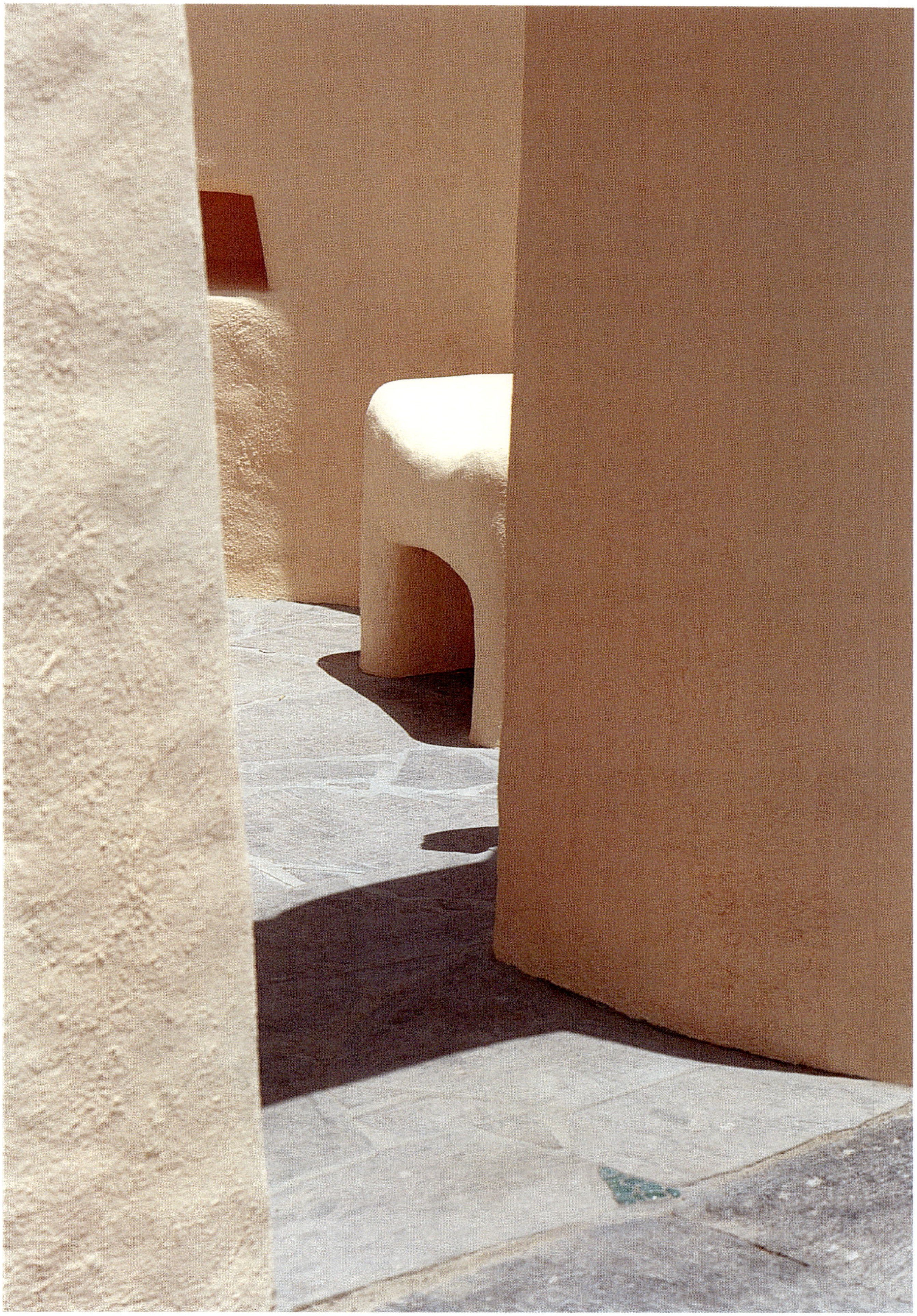

258

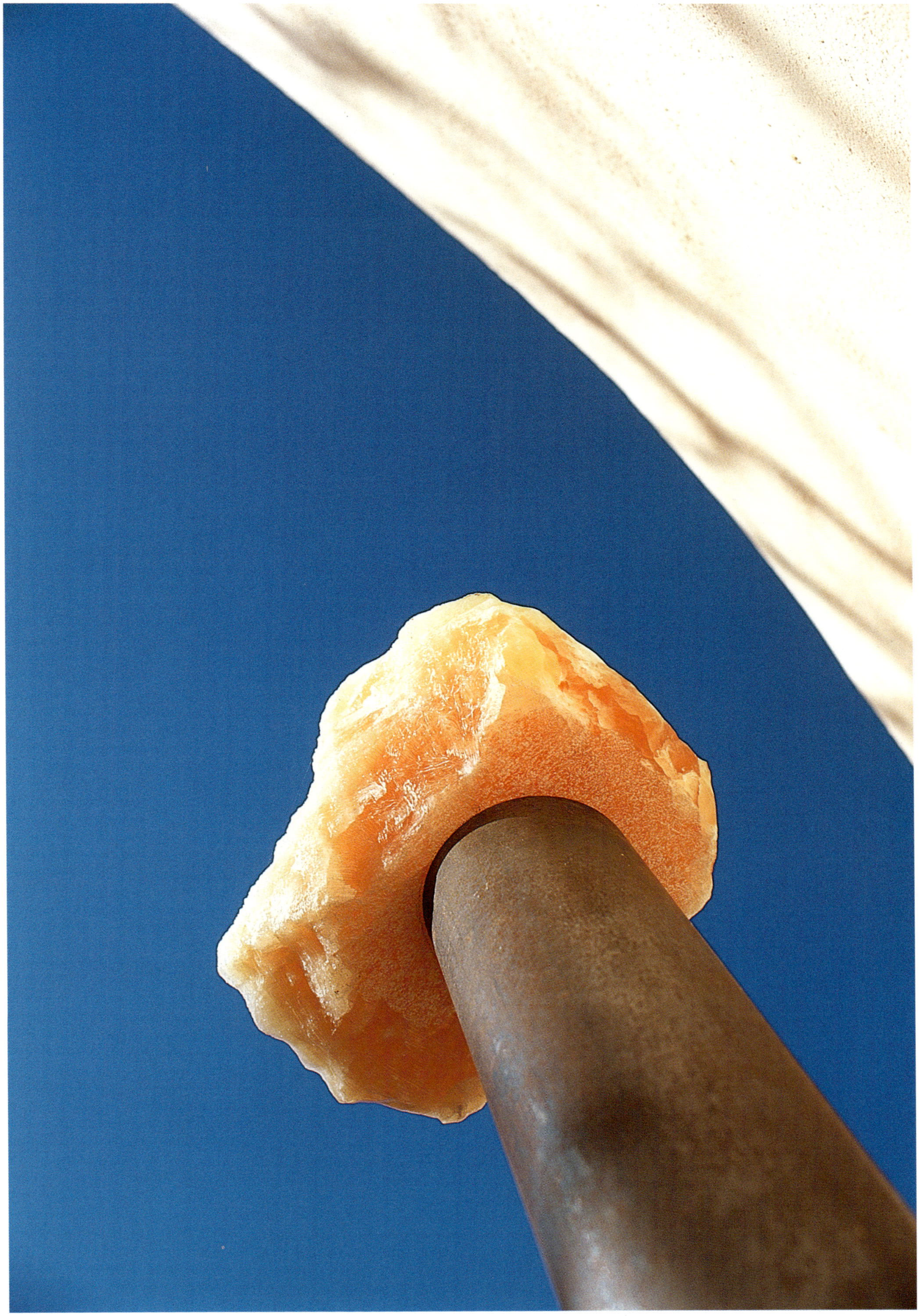

Zwei Sitze in einer von Menschenhand
erweiterten Höhle.
Geschützt durch zwei Vorhöfe

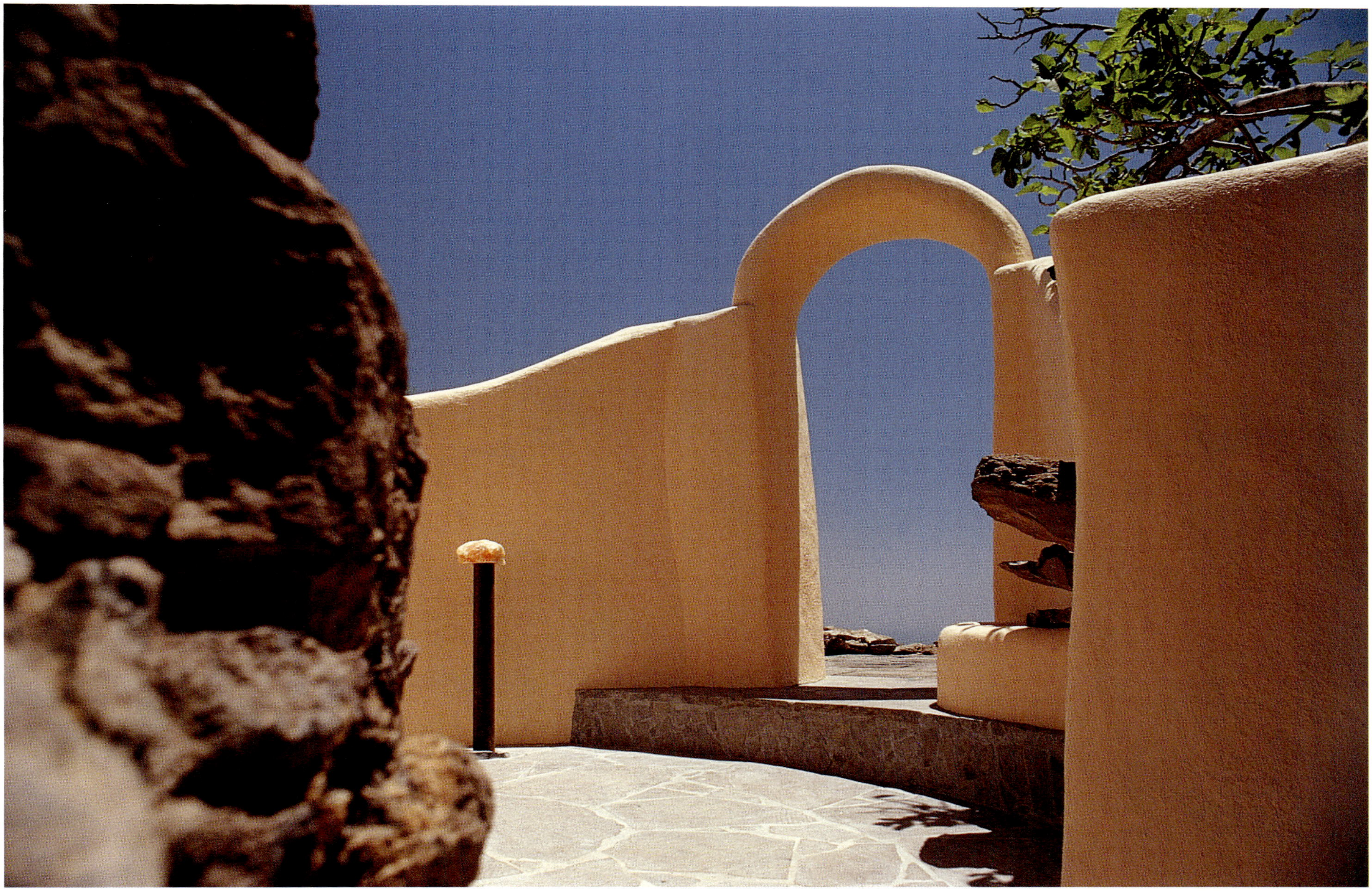

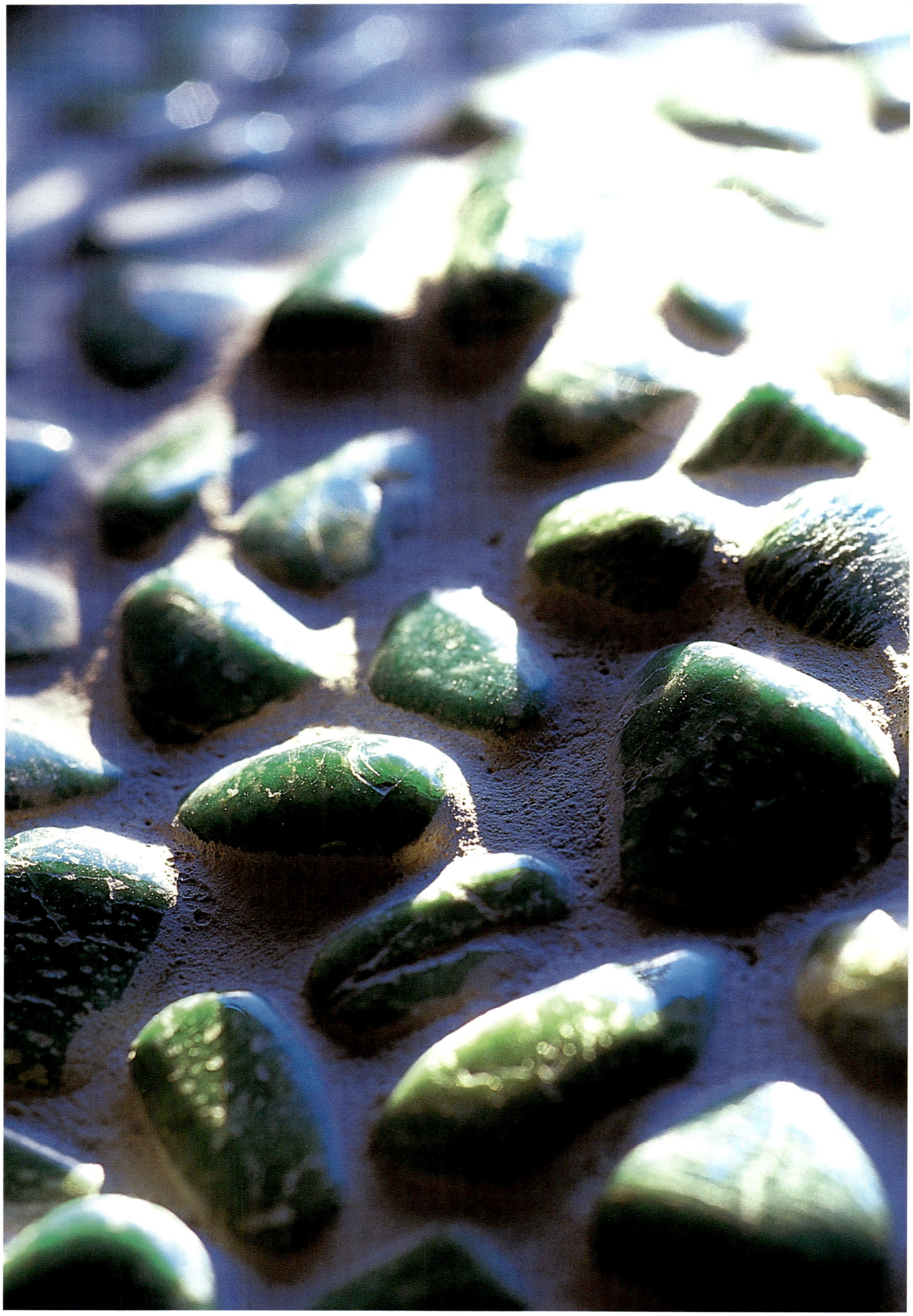

Die Sitze, der Moment des Jetzt im Fluß der Zeit,
mit kostbaren Amazoniten bedeckt.
Steine der Selbstbestimmung und Geburt neuer Ideen

Der Himmel im Gewölbe
der Grotte mit neuen
Sternbildern aus Herkimer
Kristallen, den Boten von
Einsichten

Wir wollen symbolisch
der Erde ihre Schätze
zurückgeben
und gleichzeitig
den Menschen an seine
eigenen erinnern

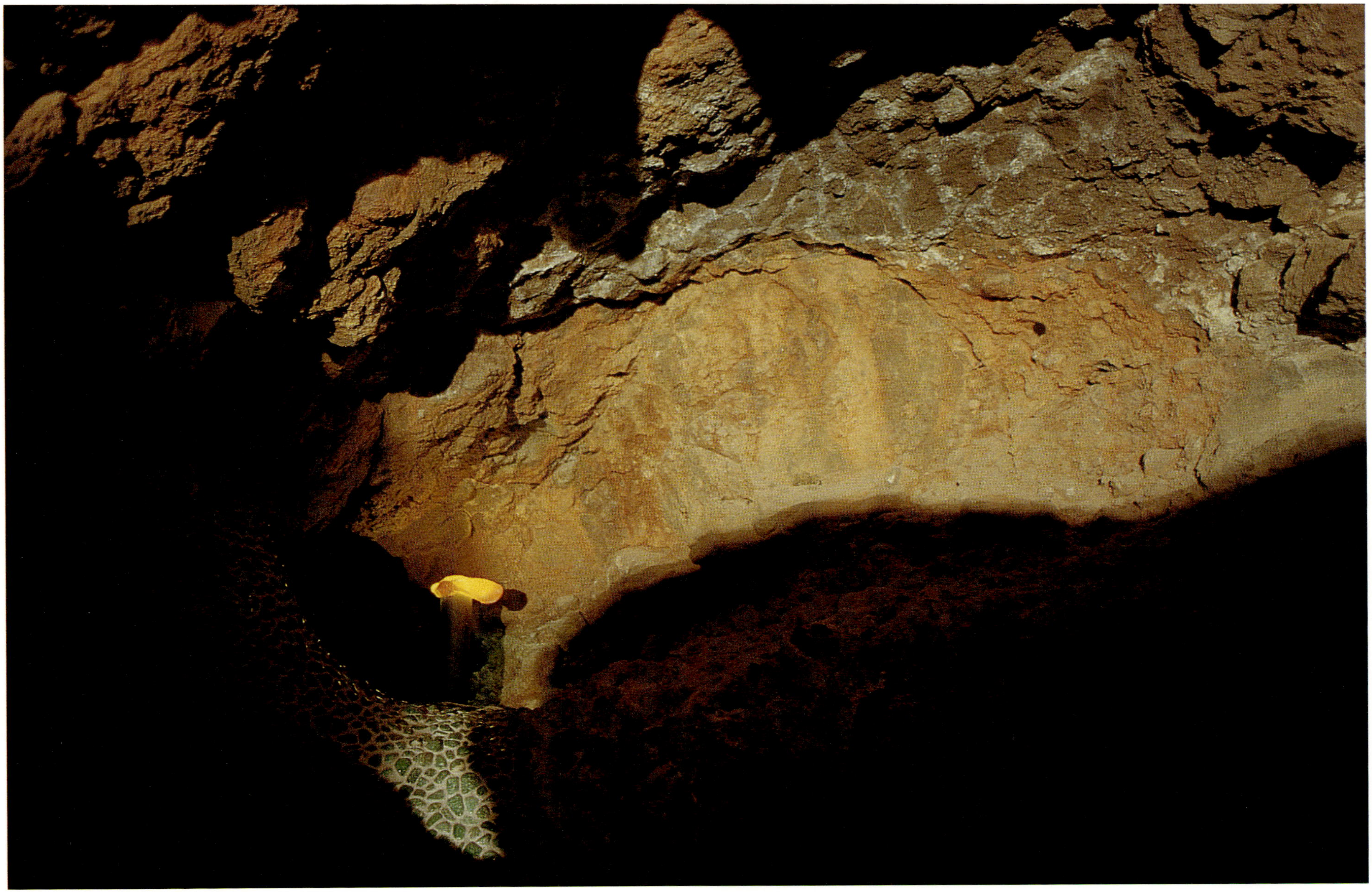

266

WIR und der Stein,
der Stein und WIR.
WIR und der Stein,
die Pflanze, das Tier.
WIR und der Geist,
der Geist im Stein.
WIR und das Ganze,
der Geist im Sein.
Die Form im Leben,
die Form in Dir.
Die Form im Menschsein,
das Sein im Hier.

Sylvia und Toni Reich

268

Das „Nachtgesicht", beleuchtet mit edlen Calciten, den Steinen der Kreativität

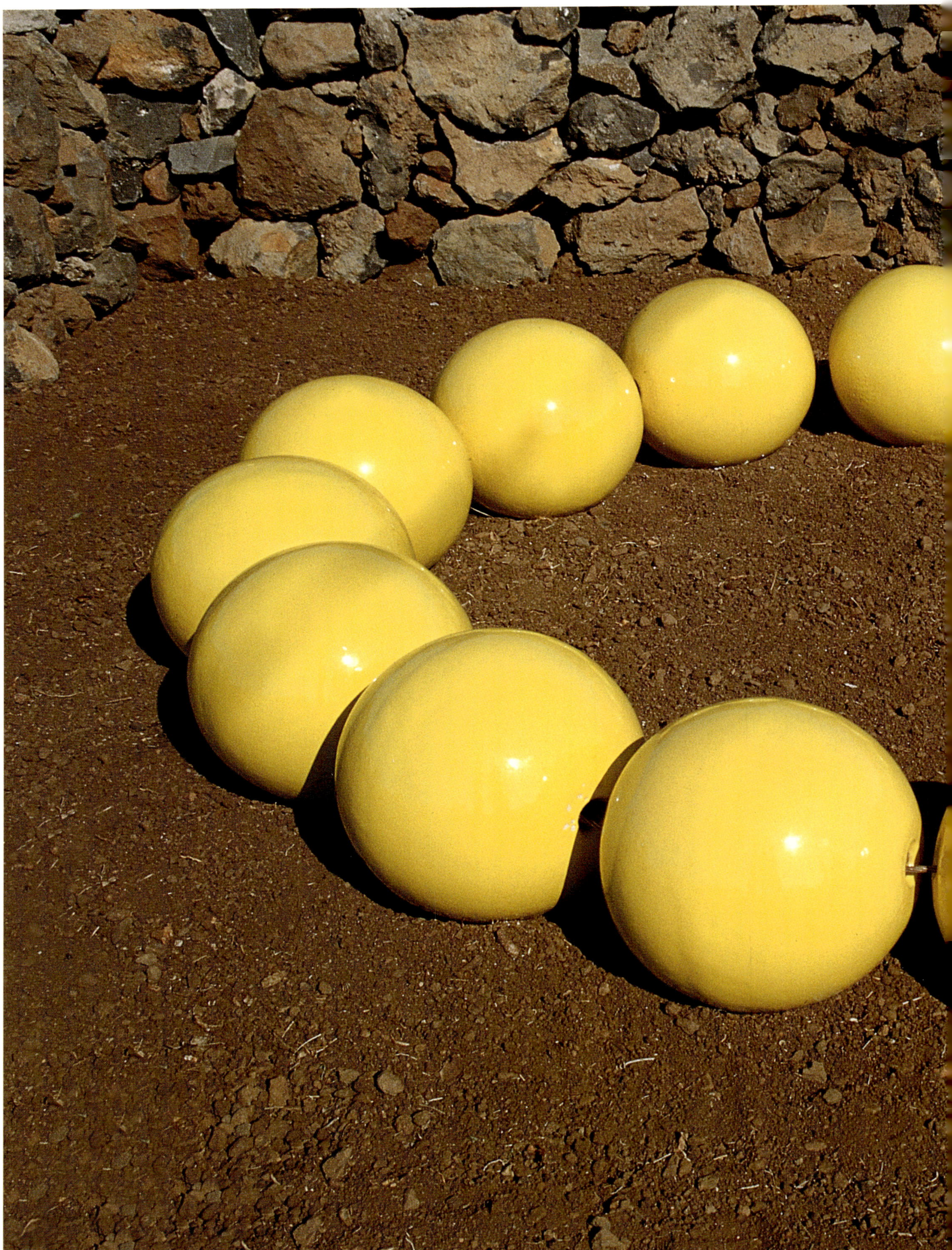

Thomas Stimm

Verantwortung

Johannes Brus

hat einen Namen:
Deinen

274

DIE GESCHICHTE EINER UTOPIE

276

Bauzustand 1993

MARIPOSA – ganzheitliche Denk- und Handlungsräume, Landschaft, Kunst und Architektur

1. Einführung

Wer zum ersten Mal nach MARIPOSA im Südwesten Teneriffas fährt, empfindet die karge, zerklüftete Bergwelt mit ihrer Zersiedelung als höchst eindrucksvolles Erlebnis. Das Projekt liegt etwa 20 Autominuten vom Flughafen (Reina Sofia) entfernt, und wer bereits den Klimawechsel zwischen Nordeuropa und der Inselwelt im Atlantik überwunden hat, kann in die Zauberwelt MARIPOSAS, des „Schmetterlings", eintauchen. Mit unendlicher Mühe und Liebe zum Detail ist es Helga und Hans-Jürgen Müller gelungen, aus einem Ort, an dem nur wilde Kakteen wucherten und Lavagestein eine zerklüftete Landschaft formte, ein Paradies, eine „Oase der Schönheit" zu schaffen.

Das Projekt Atlantis/MARIPOSA, bereits bekannt durch das Atlantis-Modell von Léon Krier, stellt sich heute, etwa 12 Jahre nach der Krierschen Vision, als eine glücklicherweise weniger dogmatische Realisierung dar. Es ist viel bescheidener und auch viel persönlicher geworden als von Krier gedacht, und das ist schon beachtlich in Zeiten allgemeiner Großmannssucht in Wirtschaft und Politik. Diese Maßstäblichkeit des Projektes, bestehend aus Kunst-, Handwerks- und Architekturprojekten, ist es auch, die beeindruckt und genauer hinschauen läßt auf das, was in den knapp zehn Jahren, genauer seit 1993, an Kunst und Architektur in MARIPOSA verwirklicht wurde. Verwirklicht mit Hilfe ortsansässiger Handwerker und Künstlern aus verschiedenen europäischen Ländern.

2. Planungsgeschichte – Beschreibung der Architekturentwürfe für MARIPOSA

Im Dezember 1984 beschließen Helga und Hans-Jürgen Müller, ihre beruflichen Fähigkeiten und persönlichen Erkenntnisse aus einer drei Jahrzehnte langen Arbeit für die Kunst in eine zukunftsorientierte Aufgabe einzubringen und dafür ihre privaten Geldmittel einzusetzen.

Auf einem 23.000 m² großen Gelände im Süden Teneriffas soll eine internationale, interdisziplinäre Begegnungsstätte für Verantwortungsträger aus Wirtschaft, Politik, Wissenschaft und Kultur entstehen.

Am 1. Juni 1985 wird der in London lebende Luxemburger Architekt Léon Krier mit dem Gesamtentwurf des Atlantis-Projektes beauftragt. Unabhängig davon entstehen weitere Architekturentwürfe durch Georg A. Hermann (München) und Uli Wiegmann (Köln).

1987 wird die Arbeit von Léon Krier im Deutschen Architekturmuseum in Frankfurt ausgestellt, danach in Brüssel, Stuttgart und Zürich. 1987 wird die Idee auf der Hannover Messe und anläßlich der internationalen Tagung des Club of Rome in Hannover der Öffentlichkeit präsentiert.

Im Mai 1990 kann der in Warmbronn bei Stuttgart lebende Architekt Prof. Frei Otto für eine im Bauumfang reduzierte Version der Atlantis-Idee gewonnen werden, die den Namen MARIPOSA erhält.

Diesen Entwurf stellt das Colegio de Arquitectos de Tenerife im Frühjahr 1991 in Santa Cruz aus. 1992 werden die Initiatoren des Projektes eingeladen, beide Entwürfe – vor allem aber die Idee – auf der documenta IX in Kassel vorzustellen. Zehn Tage vor der Eröffnung wird der eigens für das Ereignis geschaffene Pavillon durch Brandstiftung zerstört. Die Präsentation der Idee wird deshalb auf Filme, Kataloge, Plakate und Schrifttafeln in der restaurierten Brandruine beschränkt. Hundert Tage lang diskutiert das Atlantis-Team mit den documenta-Besuchern.

1992 will der SDR einen Fernsehfilm drehen. Aus diesem Grunde entschließen sich Helga und Hans-Jürgen Müller, zwei auf dem Grundstück stehende alte Gebäude wieder restaurieren zu lassen und beauftragen den Bildhauer Alfred Meyerhuber mit der Aufstellung eines plastischen Wahrzeichens.

1993 können zwei Künstler – der Spanier Fernando Villaroya und die Deutsche Ulrike Theisen – als Mitarbeiter gewonnen werden.

In zwölf Monaten gelingt es den beiden, den ersten Teil des MARIPOSA-Projektes künstlerisch sensibel und wegweisend zu gestalten.

Im Frühjahr 1994 übernehmen Pompeo Turturiello, Harald Voegele und Ulrich Roesner die weiterführende künstlerische Gestaltung. Im Oktober 1994 wird ein 4.372 m² großes Grundstück, welches das bisherige Gelände sinnvoll ergänzt, dazu erworben. Von diesem Zeitpunkt an liegt die künstlerische Projektleitung in den Händen der Initiatoren. Begleitet von insgesamt 50 Künstlern entsteht ein Ort von außergewöhnlicher Ausstrahlungskraft.

Die in der traditionellen Bauweise Teneriffas restaurierten und neu geschaffenen Häuser sollen durch eine entsprechende Architektur, im Sinne der Gesamtidee, ergänzt werden. Getreu der Philosophie des Soziologen Ernst Schumacher „small is beautiful" entsteht eine Architektur der Einfachheit und Dichte. Eine Architektur, die wieder die kleinen Dinge und die Liebe zum Detail in den Vordergrund stellt.

Die Idee, Menschen aus verschiedenen Berufen zusammenzuführen, hat Hans-Jürgen Müller schon immer beschäftigt. So beauftragt er den Münchner Architekten Georg A. Hermann bereits 1978 mit dem Entwurf für ein privates Wohnhaus, das aus heutiger Sicht inhaltlich die spätere Idee der Begegnungsstätte vorwegnimmt.

Antoine Laroche

Auch die Architekten Antoine Laroche und Ulrich Wiegmann planen 1985 – schon vor Léon Krier – eine „klosterartige Akademie auf Zeit". Nach dem allzufrühen Tod Laroches findet Ulrich Wiegmann in Bernd Trübenbach einen neuen Partner.

1986 entwickeln sie eine markante, einprägsame Großform, die sich deutlich vom Erscheinungsbild gewachsener Dörfer unterscheidet. Die betont künstlerische Form, die vom Symbol des „Kreuzes von Atlantis" abgeleitet wurde, soll als moderner Fremdkörper wahrgenommen werden.

Ganz anders entwickelt Léon Krier seine ersten Konzepte für Atlantis. Skizzenhaft aquarelliert er, was später im Modell akribisch durchgearbeitet und detailliert festgelegt wird (siehe gegenüberliegende Seite, Abbildung oben): „Atlantis-Mariposa", eine an der griechischen Antike orientierte Siedlung mit klaren, gebauten Grenzen zur bestehenden Landschaft. Seine Architektur wirkt aus heutiger Sicht rückwärtsorientiert, gemessen an den aktuellen Landschafts- und Stadtdebatten der letzten Jahre in Europa. Im Gegensatz zu Krier pflegen Architekten und Landschaftsplaner heute einen parallelen Ansatz von Landschaft und Stadt, vertreten einen hybriden, fluiden Zusammenhang zwischen Landschaft und gebauten Agglomerationen und treten nicht sehr vehement für ein Wiedererstarken der relativ abgeschlossenen Stadtformen der „alten griechischen Polis" ein.

Faszinierend bleiben aber dennoch die restlos geklärt wirkenden, räumlichen Gefüge des Krierschen Entwurfes. Die Maßstäblichkeiten und glaubhaften räumlichen Strukturen und Dimensionen. Plätze, Fassaden und Aussichtstürme wirken spannungsreich und laden den Betrachter auch heute noch zum romantischen Träumen über ein „möglicherweise versunkenes" oder erneut „aufgetauchtes Atlantis" ein.

Es ist eine Erlebniswelt, welche die Bauformen didaktisch aufbereitet und vorführt, damit man sich die „Stadt als Bühne" erneut vorstellen und ihr huldigen kann.

Obwohl für die Kriersche Version nicht *mehr* Geld nötig gewesen wäre als die Kosten eines einzigen Tages Golfkriegsführung, gelingt es den Initiatoren trotz intensivster Bemühung nicht, das notwendige Kapital zu akquirieren.

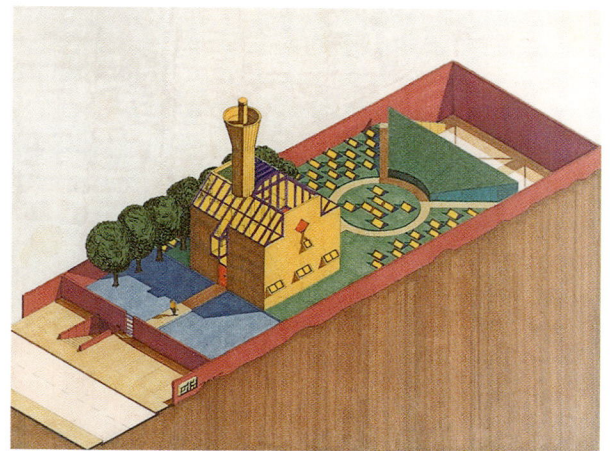

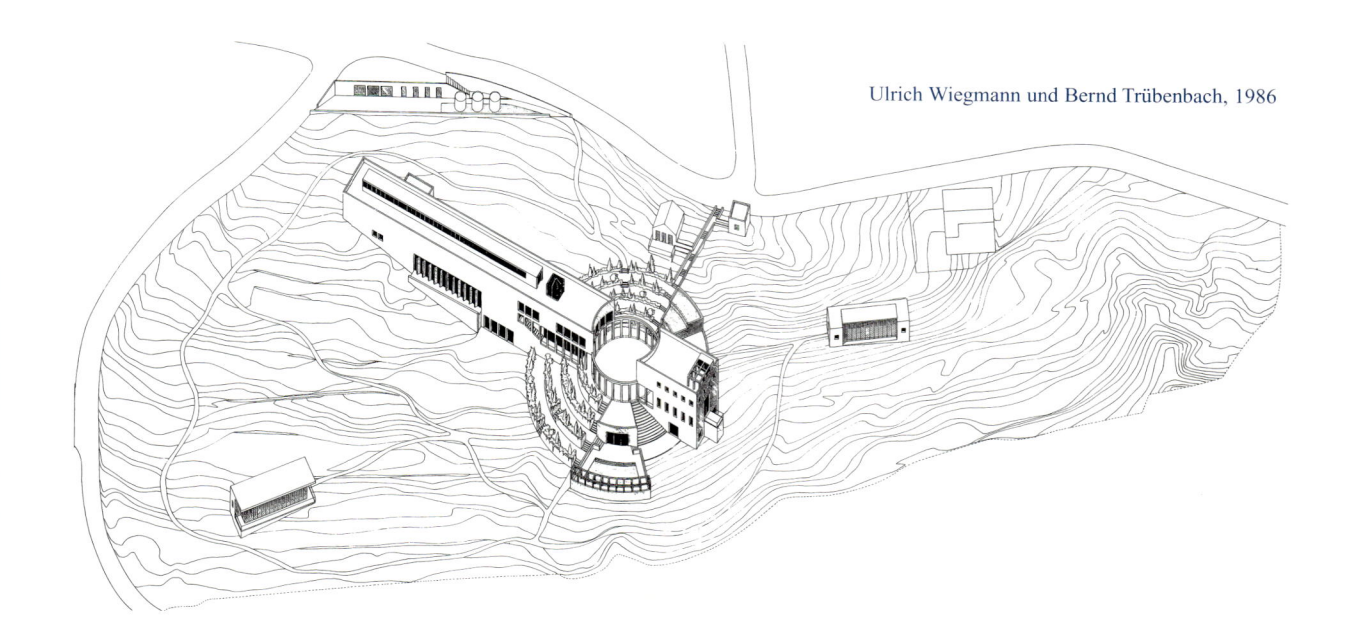

Georg A. Hermann. Entwurf für ein privates Wohnhaus

Ulrich Wiegmann und Bernd Trübenbach, 1986

Am 9.3.1988 besucht eine spanische Delegation aus Sevilla die Atlantis-Ausstellung in der Galerie der Stadt Stuttgart. Der Minister für Öffentliche Bauvorhaben Andalusiens, Don Jaime Montaner Rosello, hatte überlegt, den Atlantis-Entwurf von Krier als Wahrzeichen der Weltausstellung 1992 zu realisieren. Da durch eine derartige Realisierung die Grundidee der Müllers in eine völlig andere Richtung abgeglitten wäre, lehnen sie diese Möglichkeit jedoch ab.

Auf Anraten von Vilém Flusser, den Helga und Hans-Jürgen Müller 1989 in Südfrankreich mit dem Projekt vertraut machen, nehmen die Initiatoren bereits wenige

Léon Krier: Erstes Konzept für Atlantis

Lageplan
Léon Krier: Modell der Stadt Atlantis

Hans-Jürgen Müller / Milan Kunc, Acryl/Lwd. 200 x 100 cm

Wochen später mit dem in Warmbronn lebenden Architekten Frei Otto Kontakt auf. Frei Otto entwickelt in seinem Entwurf für MARIPOSA leichte Zelt- und pneumatische Konstruktionen. Er entwirft vorgespannte Flächentragwerke über offenen Grundrissen und naturanaloge, aus den Bauprinzipien von Pflanzen und Tieren abgeleitete Leichtbaukonstruktionen.

Frei Otto gestaltet seine Architekturphantasien für das Grundstück der Müllers in virtuoser Weise. Dabei zeigt er in vielen farbigen Aquarellen sowie Plänen und

Frei Otto:
Modell der gesamten Anlage

Museum

Modellen eine von „Zelten und Sonnensegeln" geprägte Architektur, die ihren eigenen Charme entwickelt.
Frei Ottos Architektur fügt sich situationsbezogen in die Landschaft ein. Schon damals wird das Energiekonzept der Siedlung mitgedacht. Eine weitgehend autarke Versorgung soll durch Sonnenenergie und vulkanische Erdwärmenutzung mitentwickelt werden.

Das locker gefügte, in die Landschaft „gestreute" Begegnungszentrum, gedacht als Begegnungsstätte für Wissenschaftler und Künstler sowie für kulturell interessierte Menschen, aufgeteilt in mehrere Pavillons, prägt die Architektur Frei Ottos auf Teneriffa für MARIPOSA.
Der Lageplan zeigt eine aufgelockerte und dem Umfeld angepaßte, angemessene Architektur, die auf den Ort bezogen auch heute noch sehr glaubwürdig erscheint und einen heiteren Eindruck hinterläßt. All diese Entwürfe Frei Ottos nehmen Positionen vorweg, die zum Teil erst Jahrzehnte später die Architekturdebatte in Europa und Übersee erneut anstoßen sollten. Eine Debatte über Natur und Kultur, über Landschaft und Stadt. Frei Otto offeriert mit seinen Entwürfen eine geradezu märchenhaft heitere Atlantis-Version. Aber auch diese Version bleibt Theorie, weil die notwendige Unterstützung fehlt.

Aquarelle von Frei Otto

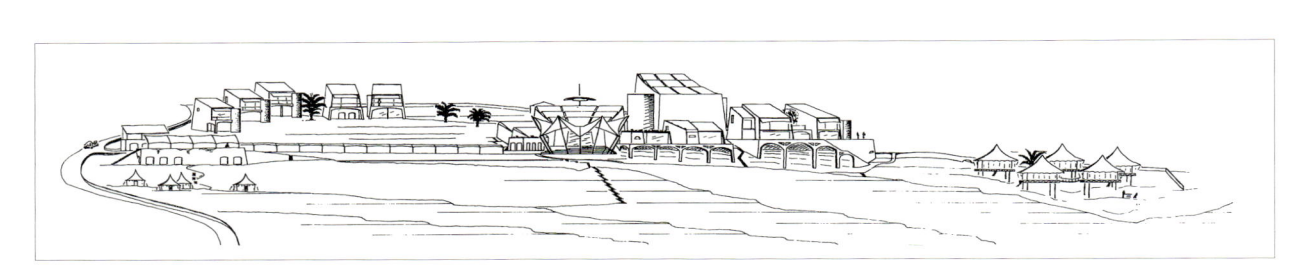

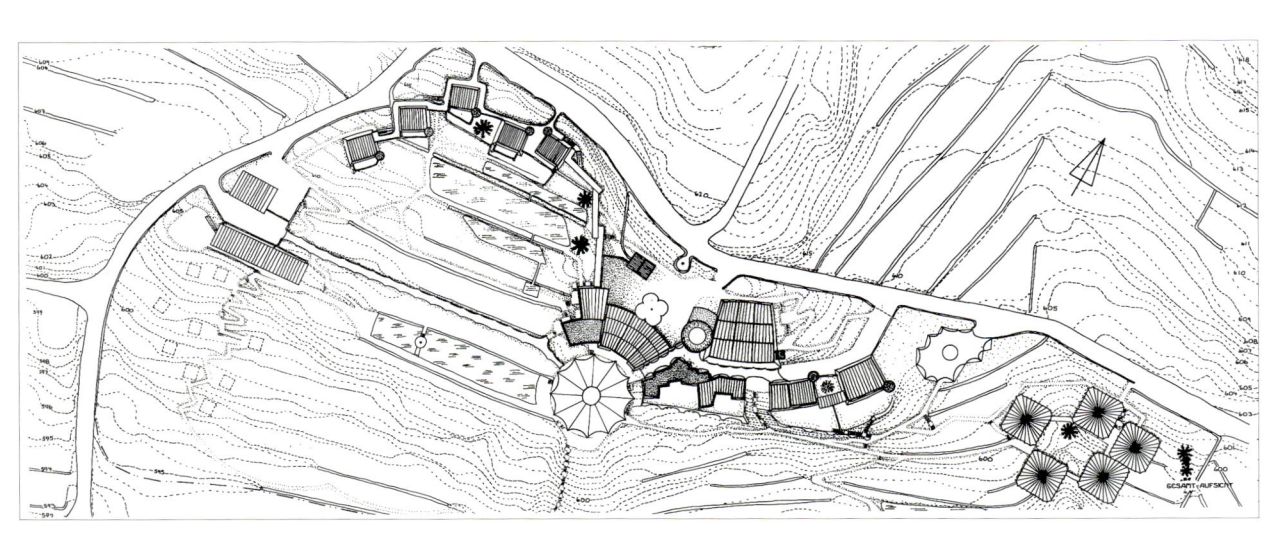

So wenden sich die Initiatoren nach den großen, oben benannten Architekturentwürfen immer häufiger an Künstler in Deutschland und Europa, um diese für ein Engagement für MARIPOSA zu motivieren. So sind es Künstler, die zusammen mit den Initiatoren den Kunstgarten, die Landschaft und die Architektur auf MARIPOSA formen. Ein spannendes, im Prozeß verhaftetes Handeln, welches ständig nach geeigneten Realisierungschancen sucht und bereits im Vorfeld der großen Entwürfe Lösungsansätze durch Kunstprojekte partiell erörtert und etabliert.

In dieser Phase der Entwicklungen um MARIPOSA ist es das erklärte Ziel der Müllers, sich um realistische Maßstäbe zu bemühen und auf geeignete Realisierungschancen zu setzen, abzuwarten und gleichzeitig Interventionen zuzulassen und sie persönlich zu fördern.

Die weltweite Kritik am Krierschen Atlantis-Entwurf nimmt Prof. Ostertag zum Anlaß, mit seinen Studenten alternative Ideen zu entwickeln.

Durch den guten Kontakt Hans-Jürgen Müllers zu Hochschullehrern in Deutschland werden immer wieder Studenten angeregt, das MARIPOSA-Thema mit eigenen Entwürfen neu zu überdenken.

Diese Praxis ist offenbar Teil des Entwurfsprozesses um MARIPOSA. Oft inspiriert durch die Krierschen Entwürfe und die ganze Debatte um dieses Projekt und seine Einbindung in die Landschaft, lassen sich die Studenten zu phantasievollen Projekten animieren. Sie versuchen einmal mehr die topographische Situation der Felsspalte, wie sie auf Teneriffa zu finden ist, in den architektonischen Entwurf merkmalbildend miteinzubeziehen.

Da auf dem Gelände MARIPOSA eine solche Felsspalte in der gezeigten Dimension nicht vorhanden ist, bleibt das inhaltlich und formal starke Projekt im Bereich der unrealisierbaren, aber für die Debatte um eine Architektur für MARIPOSA anregenden Beispiele in Erinnerung.

3. Kunstprojekte für MARIPOSA

In der Folge beauftragt Hans-Jürgen Müller mehrere Künstler, ihre Vorstellungen zu skizzieren. Milivoj Bijelic, Thomas Huber, Herbert Koller und Dirk Posselt.
Die Arbeiten von Thomas Huber und Herbert Koller bringen den konkreten Ort MARIPOSA erneut in die Kunst- und Architekturdebatte zurück.

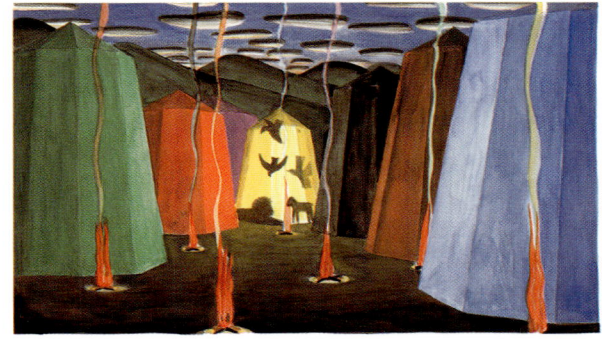

Thomas Huber

Dennoch sind beide Arbeiten Studien zu sehr konkreten Bauten in kleinen Maßstäben, die an Zeltlager und kleine Glomerationen temporärer Bauten erinnern. Ausgeprägt in Farbe und Detail, zeigen die Künstler eine phantastische farbenreiche Welt. Huber und Koller möchten demonstrieren, daß man viel weniger gebauten Raum auf Teneriffa braucht als beispielsweise in europäischen Großstädten, da Naturbezüge und ihre Nutzung manchmal wichtiger sind als ein „schweres, massives" Dach über dem Kopf. Bezüge, in denen ein Leben mit der Natur spannungsreicher und osmotischer möglich ist als in vollklimatisierten Hotelbauten der nahen Umgebung MARIPOSAS, etwa im nahegelegenen „Playa de Las Americas".

links:
Aufbrechender Weg in einer Felslandschaft
Entwurf:
Lorenz Langer

rechts:
Betonskulptur
Entwurf:
Thomas Pöhlmann

Die Kunstprojekte auf MARIPOSA zeigen immer wieder ein sehr offenes Entwurfskonzept, welches im Inneren der Räume Kontemplation gewährleistet und von außen offen Zugang gewähren soll.
Das Milivoj-Bijelic-Projekt erinnert jedoch konzeptionell eher an das Symbol des asiatischen „Yin und Yang" denn an eine Auseinandersetzung mit dem Ort oder der Topographie MARIPOSAS.

Herbert Koller: Kosmogonische Stadt

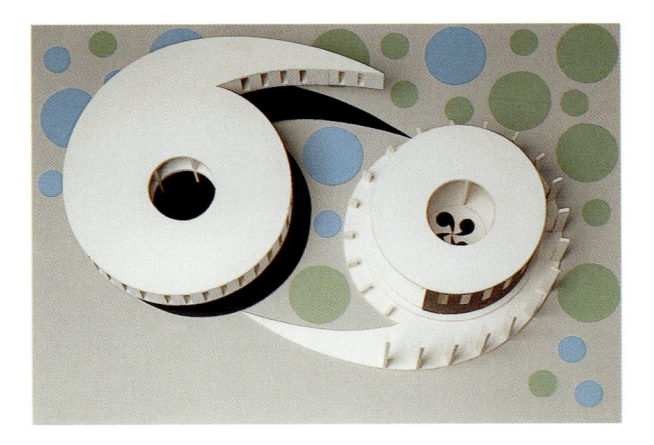

Milivoj Bijelic

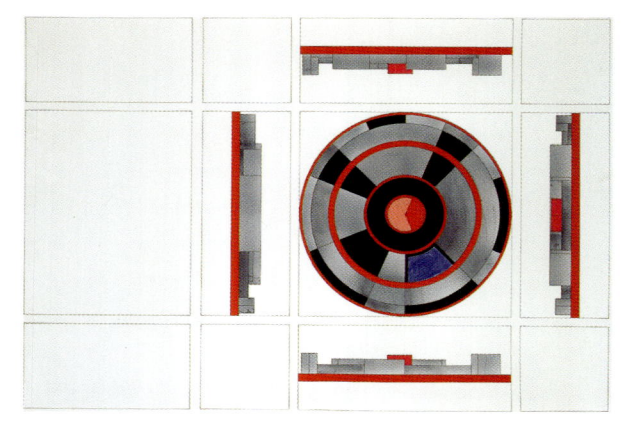

Dirk Posselt

Der Entwurf von Dirk Posselt zeigt in seinem Grundriß einen kontemplativen runden, nach oben geöffneten Raum.

Das Projekt bleibt durch Grundrißzeichnung und vier Ansichten schematisch, ohne jede Angabe zum konkreten Ort und zur Höhenentwicklung. Es handelt sich offensichtlich um einen höchst subjektiven, fast suggestiven Entwurf zum Thema eines Meditationsplatzes. Gewichtungen und Wertungen einzelner Kreisabschnitte durch physisch gebaute Wände und Blöcke tragen zur skulpturalen Kraft des Projektes bei.

Nachdem die Initiatoren 1994 einen kurzfristigen Baustop wegen baulicher Genehmigungsfragen haben hinnehmen müssen, machen sie aus der Not eine Tugend und entscheiden, ihr Hauptaugenmerk auf die Gestaltung der Gärten und Kunstprojekte zu legen und diese in enger Zusammenarbeit mit den Künstlern selbst zu lenken. Diese autodidaktische Vorgehensweise des „Entscheidens während des Bauens" hat den großen Vorteil der sensiblen Projektsteuerung vor Ort einerseits und der Bewußtseinsbildung für das Terrain und die Region mit ihren Anforderungen und Besonderheiten andererseits.

Schon nach kurzer Zeit wurden auch kleinere Bauten errichtet, wie die Sommerküche und Räume für künstlerische Installationen, aber auch der Fluß und die große Treppenanlage, die „Escalera Dorada".

Zum ersten Mal wird ein Radiästhesist beauftragt, zusammen mit dem Architekten Georg A. Hermann die besten Positionen für den Seminarraum oder die Schlafstätten herauszufinden. Die Kraftfelder und -linien dieser Analyse, quasi der „Plan der Kräfte", führen zu einer erneuten weitreichenden, spannenden Auseinandersetzung mit dem Gelände.

Der im Projekt von 1981 dorfähnliche Zusammenschluß der Häuser (nicht abgebildet) leitet sich nach Aussage des Architekten Georg A. Hermann von der Bautradition der Insel ab. Das Wechselspiel der Dächer zitiert diese Einflüsse: Flachdach als nordafrikanischer Bautyp und Satteldächer, wie sie die Spanier nach Teneriffa brachten. Ziel ist es, einen Baukörper zu entwickeln, der Bezug nimmt auf die großartige Aussicht auf den nahen Ozean, gleichzeitig aber eine nach innen gerichtete Lebensgemeinschaft ermöglicht. Die Anlage repräsentiert damit bewußt ein traditionelles dörfliches Schema, das auf der Insel häufig anzutreffen ist.

Der dritte Entwurf Hermanns 1993 steht im Geiste einer modernen Gegenutopie. Nicht die Wohnhäuser, sondern ein Begegnungszentrum steht im Mittelpunkt und bestimmt die Haltung dieses Projektes. Materialien und Energieversorgung stehen im Vordergrund. Der Ort, die Insel Teneriffa, wird zum Lieferanten der Baustoffe. Erstmalig wird ein zweischaliger Wandaufbau aus Lavagestein und Bimsstein beschrieben, der zu einem angenehmen Raumklima beitragen soll. Drei Stockwerke Bauhöhe, erreicht durch Betonrahmenkonstruktionen, stellen ein ausreichend großes Volumen der Gebäude für die Nutzung als Begegnungszentrum, Wohnort und Treffpunkt zur Verfügung.

„Von der Straße her lenkt die tangentiale Rampentreppe den Besucher ohne Umschweife dorthin, wo alle öffentlichen Veranstaltungen stattfinden. Die Mitte ist nicht verloren, wohl aber in Bewegung geraten", schreibt der Architekt in seiner Baubeschreibung. „Die Verrückung des Kegels aus dem Zentrum der Umfassungskreise erzeugt eine Störung im konstruktiven Sinne, ein Statement gegen feste Ordnungen. Geplant ist ein Stadtplatz, ein Treffpunkt mit spektakulärem Ausblick auf den Ozean und in die umgebende Landschaft. Nach innen wirkt dieses Projekt wie eine Insel auf der Insel, wird quasi ein Bild im Bilde."

Der Architekt beschreibt die beiden Hauptthemen seines Entwurfes als „Öffnung zur Diskussion" und „Konzentration nach innen". „Die Gesamtanlage ist am leichtesten lesbar in einem Dreierschritt und dem folgenden Raumprogramm: Lehren und Lernen im Zentrum, Körperlichkeit im Gesundheitsbereich und schließlich Administration, Empfang und Wohnen im Rückzugsbereich des Privaten mit separatem Straßenzugang.

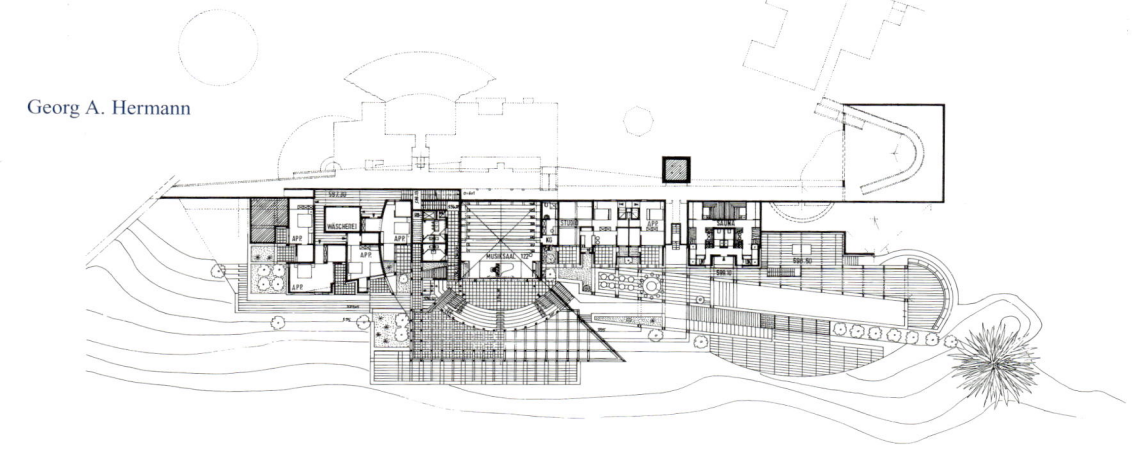

Georg A. Hermann

Den Übergang zum Gesundheitsbereich markiert einer von drei sogenannten ‚Kunsträumen'. Die gesamte Anlage beherbergt drei solcher Räume für temporäre Ausstellungen. Herausgenommen aus einem abgezirkelten Museumsambiente überraschen Kunstwerke als Wegelagerer an Orten des Übergangs und Überschreitens von unsichtbaren Grenzen. Zwei Typen von Wohnungen, 29 Appartements und 11 Studios, bieten rund 80 Gästen Unterkunft. Die Studios ermöglichen es Künstlern, in den eigenen vier Wänden kreativ zu sein."

Georg A. Hermann, 1993

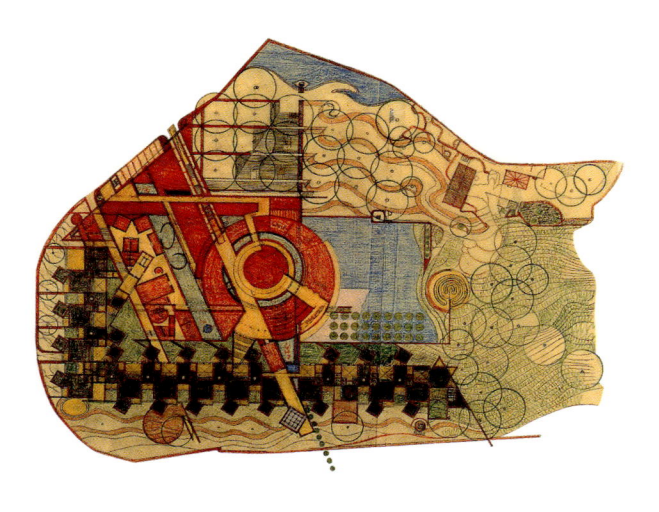

Dieser Entwurf von Georg A. Hermann deckt sich in jeder Beziehung mit den Vorstellungen von Helga und Hans-Jürgen Müller. Doch vor Ort, also im direkten Gegenüber mit den bereits bestehenden Gebäuden, stellt der Entwurf einen ausgesprochenen Fremdkörper dar – trotz Einsatz regionalen Baumaterials, trotz geomantischer Untersuchungen. So wird die Anlage MARIPOSA in der Folgezeit durch Künstler und die Initiatoren selbst erweitert. Sommerküche, Fluß, Bodega, Gästehaus und andere Gebäude entstehen.

1996 wird Georg A. Hermann erneut gebeten, in der östlichen Hälfte des Grundstücks einen Plan für 15 bis 20 Wohneinheiten auszuarbeiten.
Eine solche Aufgabe, das war und ist den Initiatoren bewußt, kann man nicht in der bisherigen Form bewältigen. Der Architekt beschreibt sein Projekt: „Über eine Rampe gelangt jeder direkt ins Paradies. Nach dem Vorbild des Jardin del Edén, des sogenannten „Paradiesgartens" der Kathedrale von Cordoba, einem architektonisch streng angelegten Garten, der die Geschlossenheit und Spiritualität eines Kreuzganges mit der verspielten Geometrie eines arabischen Steingartens vereint. Die vier Meter hohe Mauer ist nicht undurchdringlich. Ein schmaler, 80 cm breiter Schlitz weckt Neugier.

Typisch für den Wohnungsbau der Insel sind mehrere Erschließungstreppen, auch die offene Außentreppe findet sich häufig auf Teneriffa. Der 1.100 m² große Wohnbereich gliedert sich in drei Teile: Einmal bestimmt eine vertikale Struktur die Fassade der Haushälften. Sie sind durch eine offene Mitteltreppe miteinander verbunden, an der sie sich wie an einer Spiegelachse entlang duplizieren. Ein offener, vorgeschobener Wohnraum in Naturstein speichert die Hitze tagsüber und gibt sie erst abends an den kühlen verputzten Wohnbereich ab. Licht kommt herein, die Hitze aber bleibt draußen. Keine Wohnung gleicht genau der anderen. Sie sind Typen, so individuell verschieden wie die Menschen, die dort wohnen sollen. Noch individueller und etwas luxuriös präsentiert sich der dritte Haustypus. Drei Appartements mit Küche beherbergt er unter seinem Dach und außerdem das Studio für den Pianisten. Das in den Hang eingebettete Amphitheater bildet die Grenznaht von Architektur und Natur."
Doch auch mit diesem Entwurf ist eine Integration mit dem bereits Gebauten nicht vorstellbar und so wenden sich Helga und Hans-Jürgen Müller an den Architekten Heinz Bienefeld. Als dieser sich bereit erklärt, für MARIPOSA eine Art „modernes Kloster" zu entwickeln, sind die Initiatoren überzeugt, die richtige Wahl getroffen zu haben. Durch den unerwarteten Tod des Architekten kommt es aber leider nicht zu einem Vorentwurf, auf dem man hätte aufbauen können.
1994 besucht Hans-Jürgen Müller im Karlsruher Kunstverein eine Ausstellung des mit ihm seit Jahren befreundeten Künstlers Mic Enneper. Alle gezeigten Kleinskulpturen besitzen eine ausgesprochen architektonische Grundkonzeption, und so keimt die Hoffnung auf, auch für die Gestaltung der Wohnbauten endlich einen kompetenten Künstler gefunden zu haben.
Mic Enneper Architekturprojekt eines „Klosters für MARIPOSA" von 1997 zeigt

Georg A. Hermann, 1993

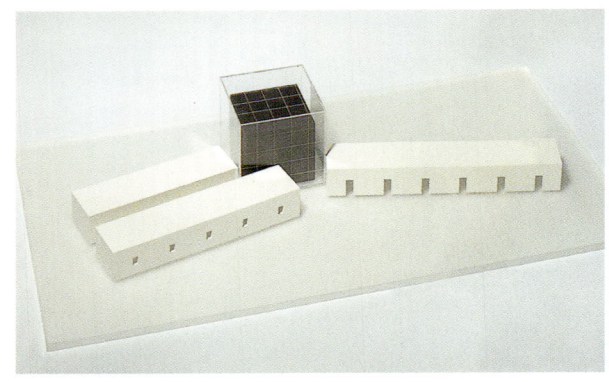

Mic Enneper

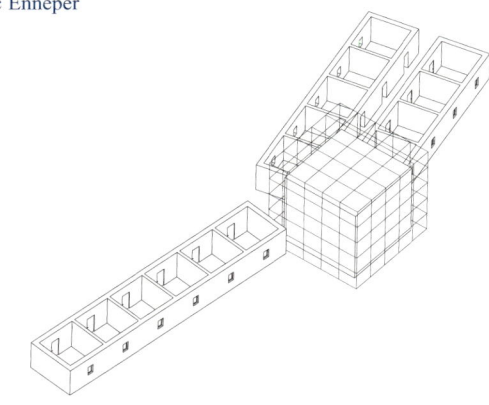

konzeptionelle und radikal minimalistische Züge. Enneper läßt seine archaisch anmutenden Langbauten an einem zentralen, monolithisch wirkenden, kubischen Mittelbau zusammentreffen. In der Mitte dieses 8 x 8 x 8 Meter großen Betonkubus befindet sich pures Gold, mengenmäßig vergleichbar mit dem Gewicht seines gerade geborenen Kindes.

Mic Ennepers Architektur ist der typische, sympathische Gegenentwurf zur Krierschen Idee: sakral, still, monumental.

Paul Carless

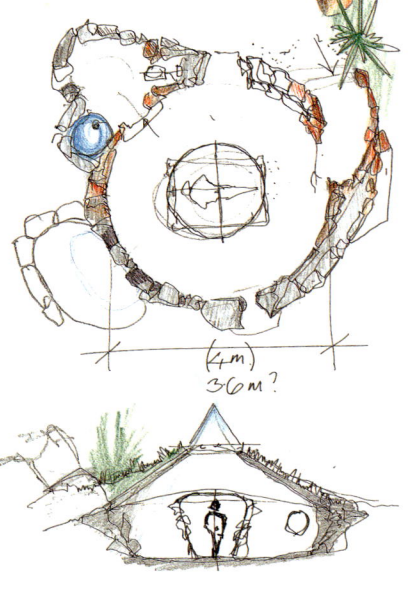

Doch dieser Entwurf deklassiert das bisher Gebaute, erhebt sich übermächtig über den poetisch freieren Grundcharakter der Anlage und scheidet deshalb als Möglichkeit aus, trotz der faszinierenden Idee, einen riesigen Betonklotz – praktisch unnutzbar – der Demonstration einer Menschengeburt zu widmen.

Der Architekt Paul Carless erhält 1995 in Gstaad während eines Symposions von MARIPOSA Kenntnis und erscheint wenige Monate später auf dem Gelände, um seine sehr von der Anthroposophie inspirierten Gedanken zu Papier zu bringen. Für ihn ist die Rundform als ursprüngliche Bauform von großer Bedeutung. So entwickelt er – ausgehend von dem auf dem Grundstück befindlichen Tagoror – mehrere kreisförmige Häuser.

Paul Carless schafft Erdhöhlen aus Lavagesteinsmauerwerk, die über kleine zentral angelegte Lichtdome belichtet werden und einen individuell angelegten Eingangsbereich zu jedem Bau zeigen.

Ein sehr bestechender Ansatz, da versucht wird, die bauliche Struktur zu verstecken und das ursprüngliche Gelände in seiner Ausformung und seinem Bewuchs, wie Lavagestein und Kakteen, weitgehend bestehen zu lassen. Teile dieser Entwurfshaltung werden im Jahr 2000 von Sylvia und Toni Reich im Projekt der

„Edelsteingrotte" realisiert. Auch die Ureinwohner (Guanchen) haben auf Teneriffa und der umliegenden Inselwelt in Erdhöhlen gelebt. Auf der gesamten Insel Teneriffa werden Höhlenbauten heute noch als Lagerstätten im Agrarbau genutzt.

Da die Baugenehmigungsverfahren auf Teneriffa oft Jahre brauchen, kommt den Initiatoren von MARIPOSA ein Angebot von Florian Geiger sehr gelegen. Geiger bietet den Bau von drei Jurten an, und diese können ohne Baugenehmigung auch wenige Monate später installiert werden.
Als neue Fragestellung erweisen sich die sanitären Anlagen. Auch hier beauftragt man zunächst drei junge Architekten in Deutschland: Florian Nagler sowie Peter Ippolito und Markus Weismann.

Florian Nagler plant 1999 einen Infrastrukturbau, mit einer Toilettenhausanlage im unteren Terrassenbereich des Geländes, welche komplett in den Hang gebaut ist. Nagler versucht deutlich, den Infrastrukturcharakter seiner Rampenbauten zu betonen, indem er alle Funktionen hinter einer Bruchsteinwand aus Lavagestein aufbaut. Im wesentlichen orientiert sich diese Architektur des kleinen Maßstabes an den überall sichtbaren Trockenmauern im Ackerbau der gesamten Insel. Fast unsichtbar, lediglich durch den Aufriß und die geradlinige Ausrichtung der Wände, entsteht hier eine Arbeit auf sehr hohem Niveau.

Die Architektengruppe Zipher (Peter Ippolito und Markus Weismann) plant alternativ ebenfalls ein Badehaus für die drei Jurten. Bei Zipher findet die Wasch- und Toilettenanlage in großen Betonrahmen ihre Behausung. Die Beleuchtung der „Container" erfolgt von der Seite.
Doch auch bei diesem Entwurf wird die gleiche Erfahrung wie bei den Arbeiten von Georg A. Hermann gemacht. Was in Stuttgart noch wie ein architektonisches Juwel wirkt, erweist sich vor Ort für die Initiatoren als störender Fremdkörper.

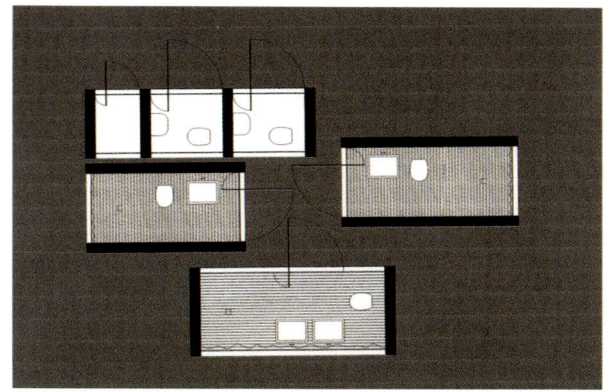

Zipher

Jürgen Rustler: Haus der Erinnerung (Modell)

Herbert Koller: Pavillon zum Betrachten der Sterne bei Tag (Modell)

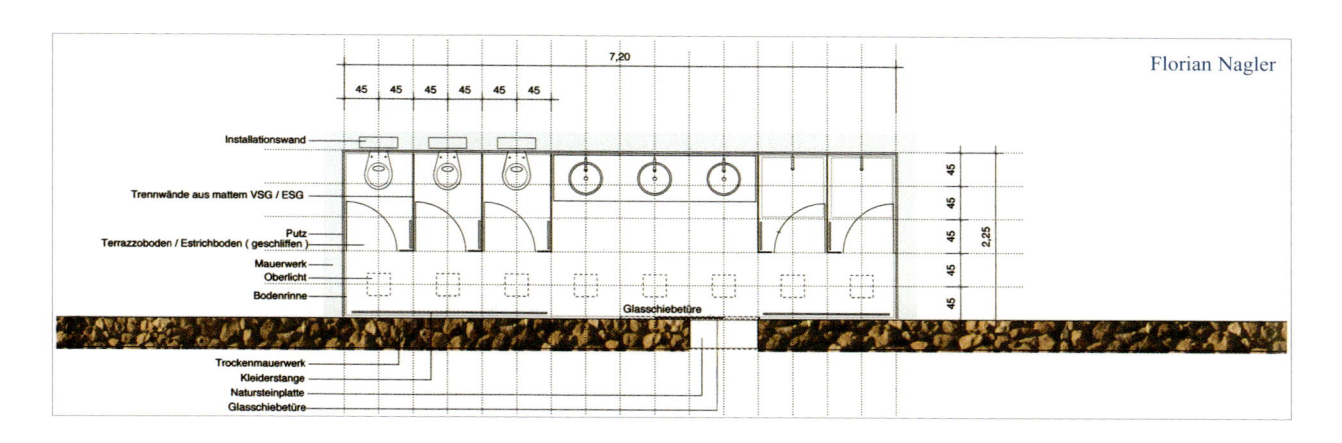

Florian Nagler

Für die Nutzung des kleineren Grundstücks auf der gegenüberliegenden Straßenseite gibt es mehrere Überlegungen. Zum einen besteht die Möglichkeit, vorbildliche ökologische Landwirtschaft zu betreiben, zum anderen könnte hier auch die Wohnanlage geplant werden.
Durch den Besuch eines großen Bewunderers der Arbeiten von Dieter Teusch entsteht aber eine ganz neue Variante. Walter Spiegl beauftragt im Einverständnis mit Hans-Jürgen Müller den Architekten Georg A. Hermann mit der Planung für ein Bildhauer-Museum.

Auch dieser Entwurf weist spannungsreiche und erzählende Räume auf. Auf der Nordseite des MARIPOSA-Geländes in den Hang gebaut, bietet das Museum eine Vielzahl an komplexen Innen- und Außenräumen an. Da die Ausstellungsräume in den Hang gebaut sind, ergeben sich außenräumliche Höfe, welche homogene Hintergrundsituationen für die Skulpturen bilden, gleichzeitig aber – von den Innenräumen, nur durch eine Glasscheibe getrennt, optisch in Verbindung stehen. Die Innenräume setzen sich in den Höfen nach außen hin fort. Der Besucher kann die Außenhöfe von innen mit einem Blick erfassen. Lediglich die Materialien wechseln. Innen wird ein Lavabruchstein als Wandverkleidung verwendet. Außen ist der Hof weiß verputzt, um Licht- und Schattenspiel zu verstärken und den Betrachter in eine meditative Stimmung zu versetzen. Es gibt ganz präzise vorformulierte Aussichtspunkte und Sehschlitze, an welchen die Architektur einen Blick auf den Ozean freigibt.

Die Funktion des Gebäudes als Skulpturenmuseum wird nach außen hin jedoch nicht sichtbar. In den Hang integriert, verschließt sich der Bau fast vollständig und zeigt eine fast monolithische Fassade aus Lavabruchsteinen.
Zum Museum gehören außer einem Raum für Wechselausstellungen auch ein kleiner Wohnhausbau für den Hausmeister und verschiedene Gärten.

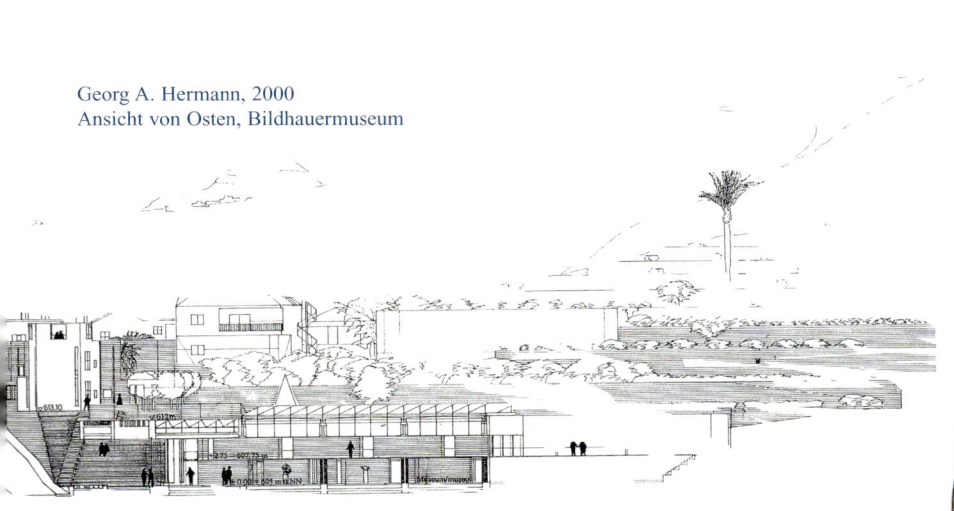

Georg A. Hermann, 2000
Ansicht von Osten, Bildhauermuseum

Die Architekturstudenten der Fachhochschule Darmstadt haben im Wintersemester 2000/2001 unter Anleitung der Professoren Ansgar Lamott und Frank Dierks Entwürfe für ein Bildhaueratelier und für eine Wohnanlage als Studienaufgabe erarbeitet.
(Nebenstehend vier Beispiele aus der ersten Entwurfsphase)

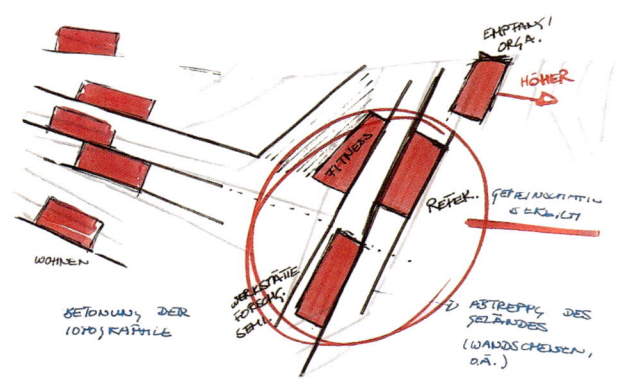

Daniele Springefeld

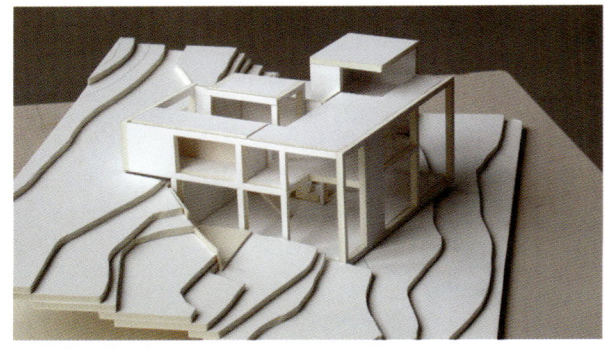

Bianca Lautenschläger

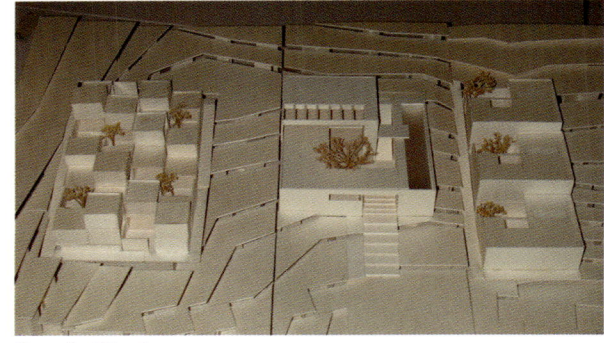

Melanie Fahrenkrug

Cornelia Bäumle

Die Entwürfe von Léon Krier, Frei Otto, Ulrich Wiegmann und Georg A. Hermann können aus Platzgründen in diesem Buch nur teilweise dokumentiert werden.

5. Wirkungsgeschichte und Ausblick

Wenn man die Planungsgeschichte nachvollzieht, zeigt sich, daß die Initiatoren nie müde geworden sind und weder Zeit noch Kosten gescheut haben, um ein optimales Ergebnis für den Ort MARIPOSA zu erreichen.
Ein Ergebnis, das nicht voraussehbar war, sondern sich ähnlich der Herstellung eines Bildes stufenweise entwickelt hat.

Wenn man heute MARIPOSA erlebt, kann man Helga und Hans-Jürgen Müller nur beglückwünschen, daß Geldmangel das Großprojekt von Krier verhindert hat – aber auch die Entwürfe von Frei Otto und Georg A. Hermann.

Was entstanden ist, stellt die Gestaltungskraft von Künstlern unter Beweis – Künstler, Bildhauer wie Maler, die in unserer Zeit selten Gelegenheit bekommen, ihre Kreativität anders als in den eigenen Werken zu beweisen.
In MARIPOSA spürt man, daß jedes Detail mit Liebe ausgeführt wird und daß die Frage nach den Kosten erst in zweiter Linie eine Rolle spielt. In einer Zeit wie der unseren, in der für Autos, Urlaub, Schmuck und zum Glück auch für Kunst viel Geld bezahlt wird, sollte uns auch für unser persönliches Umfeld Gestaltungsqualität nicht zu teuer sein.

Wie sehr solche Erwartungen gerechtfertigt sind, wird auf MARIPOSA sichtbar.

Inmitten einer überwiegend unsensiblen, charakterlosen, spekulativ erbauten Architekturlandschaft ist eine Art „Perle im Wasteland" entstanden, die Hoffnung macht. In überschaubaren Maßstäben und unter maximalem persönlichen Einsatz wurde ein Projekt geschaffen, das auch die überfällige Debatte um Kunst und Kultur im öffentlichen Raum wieder neu beleben möchte. Es wäre zu wünschen, daß Architekten und Bauherren die Gelegenheit wahrnehmen würden, MARIPOSA zu besuchen, um sich vom Charme und der Poesie dieser einmaligen Anlage inspirieren zu lassen.
Was einem eher wenig begüterten Galeristenpaar in wenigen Jahren gelungen ist, sollte Hoffnung geben auf eine Zukunft, in der mit allen verfügbaren finanziellen und ideellen Mitteln unsere Welt endlich in ein „Paradies" verwandelt wird.
Was gibt es Schöneres, als sich eine solche Möglichkeit zu erträumen?

Jens Wodzak

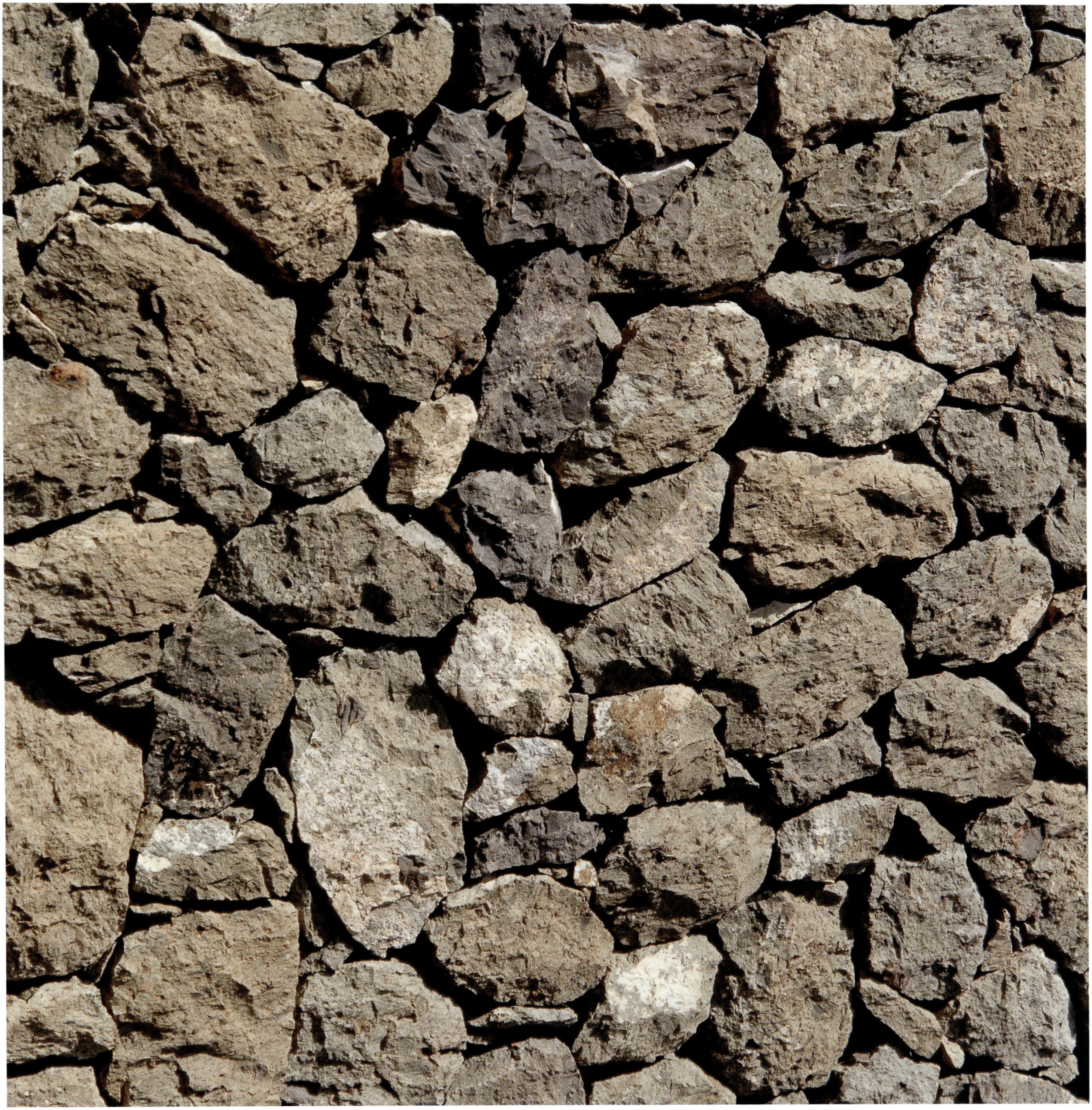

Anzeigenwerbung im Kunstforum International. *Einige Beispiele:*

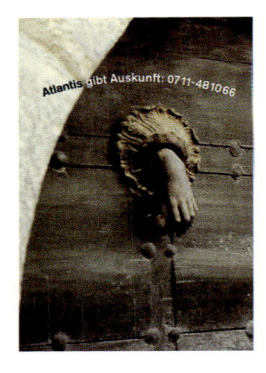

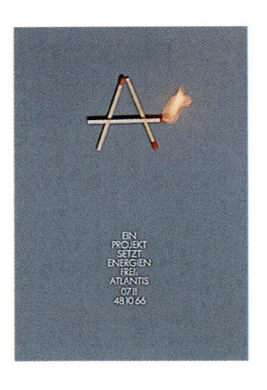

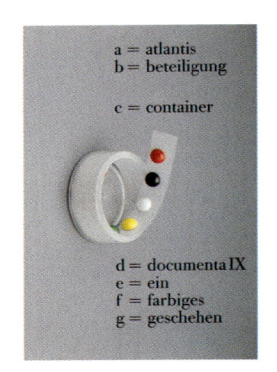

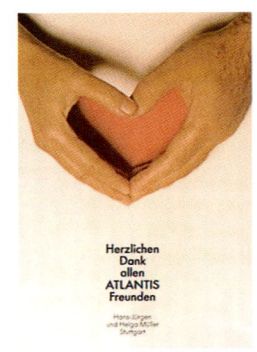

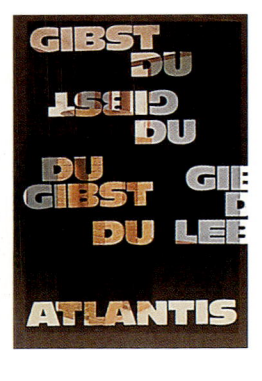

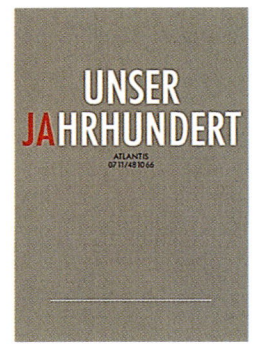

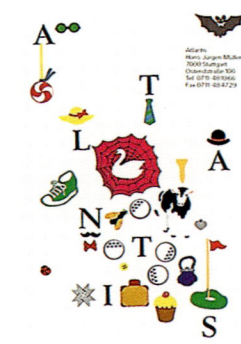

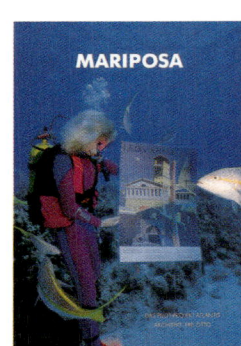

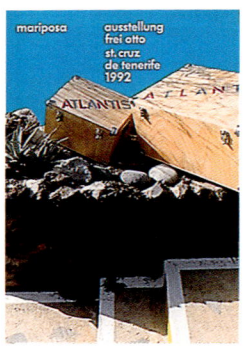

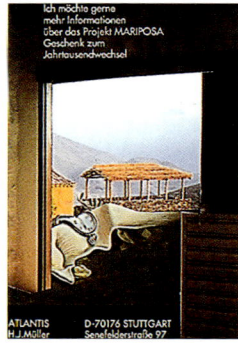

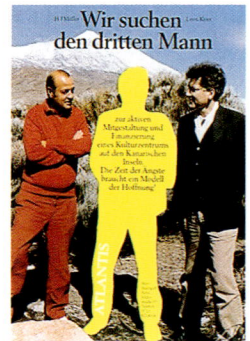

Presse und Bibliographie

Kühner Aufbruch nach Atlantis *Art 4/86*

Atlantis 2000 *Zyma 9/86*

Atlantis soll nicht untergehen *Art 12/86*

ATLANTIS *Eurotele-Text 12/1 86/87*

Über Leute *FAZ 3/87*

Wie komme ich auf dem schnellsten Weg nach Atlantis?
Südwest-Presse 5/87

Leute *Art 5/87*

ATLANTIS 2000 - Die Zeit der Ängste braucht ein Modell der Hoffnung
Mitteilungen des Instituts für Moderne Kunst, Nürnberg 7/87

Neu-Atlantis auf Teneriffa: Traumstadt der anderen Art?
Stuttgarter Nachrichten 9/87

Léon Krier en Tenerife *basa, Sta. Cruz de Tenerife 10/87*

Akropolis im alten Stil überragt das neue Atlantis
Art 11/87

Utopia im Hinterhaus *Stuttgarter Zeitung 11/87*

Souvenirladen der Baugeschichte? *Stuttgarter Zeitung 11/87*

Ausstellung im DAM Frankfurt *FAZ-Magazin 12/87*

Noch ist die Stadt des Geistes nur ein Modell *Die Welt 12/87*

By golly golopolis, it's an Atlantis megalopolis
The German Tribune 12/87

Veitstanz der Baugeschichte *FAZ 12/87*

Schrecken der Schönheit *Wiesbadener Kurier 12/87*

Träume und Wirklichkeit *Landshuter Zeitung 12/87*

Vision vom schwerelosen Bauen *Südkurier 12/87*

Blick in die Zukunft *FAZ 12/87*

Romantischer Geist gepaart mit postmoderner Freiheit
Die neue Ärztliche 12/87

Nochmals als Regenwurm anzufangen, hat keinen Zweck
Esslinger Zeitung 12/1 87/88

Hey, Atlantis *Frankfurter Rundschau 1/88*

Der Sturz des Bahnhofs auf Atlantis *Stuttgarter Zeitung 1/88*

Rückzug aus der Moderne auf eine Trauminsel
Darmstädter Echo 1/88

Antike für Teneriffa *Rheinischer Merkur 1/88*

Atlantisches im neuen Jahr *Der Architekt 1/88*

Der Mann, der die neue Kultur plant *Vogue 1/88*

Atlantis - Modell für die Kunst des Lebens
Insel-Nachrichten 1/2/88

„Atlantis" in der Diskussion *Stuttgarter Nachrichten 2/88*

Le Corbusier ist viel unmenschlicher als Speer
Stuttgarter Zeitung 2/88

Gedankenspiel mit Luftschlössern *Südkurier 2/88*

Keine Angst vor der Schickeria *Stuttgarter Nachrichten 2/88*

Ein Projekt zur Anregung und Abschreckung
Esslinger Zeitung 2/88

Viel Lärm um eine urbanistische Kleinigkeit
Stuttgarter Zeitung 2/88

Zwischen Lob und Tadel
Nachrichten und Berichte aus der BRD 2/88

Zeitlose Metapher *VISA 2/88*

Wenn Atlantis nur in unseren Köpfen entsteht
Göppinger Zeitung 3/88

Les Cités imaginaires *La Construction 3/88*

Atlantis bald in Andalusien? *Stuttgarter Nachrichten 3/88*

Atlantis 2000: Müllers Utopia in Kriers Idealstadt
Basler Magazin 3/88

Avec Atlantis, Léon Krier veut bâtir la ville utopique
Le Soir 3/88

Atlantis, une cité idéale *Le Petit Courrier 3/88*

Building on Tradition *Sphere 4/88*

Utopie *L'Express 4/88*

Drei Stuttgarter wollen Atlantis bauen *Bild 3/88*

Limelight *The Bulletin 3/88*

Der Guru neuer Bau-Klassik
Deutsches Jaguar Magazin Frühjahr 88

Traumstadt. Wie ein Galerist ein neues Atlantis schaffen will
Capital 4/88

„Atlantis: Geschenk 2000" auf Teneriffa *Baumeister 5/88*

Atlantis, Teneriffa *Domus 5/88*

Atlantis Projekt *Kunstblick 5/6/88*

Das Mögliche machen und das Unmögliche träumen, bis es machbar wird *Lui 6/88*

Atlantis Metropolitan *Review 7/8/88*

Stuttgarter Galerist plant ein Atlantis der Zukunft
Das Neue Zeitalter 9/88

Von Stuttgart über Moskau nach „Atlantis"
Stuttgarter Nachrichten 9/88

Der Atlantis Komplex *Die Presse 11/88*

Obsession oder Utopie - Atlantis 2000
Wolkenkratzer Art Journal 11/88

Vision Atlantis 2000 Stuttgart *Live 11/88*

Atlantis mit dem Gesicht zum Sonnenaufgang *züri-tip 1/89*

Antike Stadt auf dem Berg *Neue Zürcher Zeitung 2/89*

Gestörter Friede *Hochparterre 3/89*

Atlantis in neuem Licht *Deutsche Bau-Zeitung 6/89*

Die Ratlosigkeit unserer Zeit *Apex 7/89*

Geburt der Denkwerkstatt aus der Felsspalte *Podium 9/89*

Projekt „Atlantis": Chance oder Irrtum? *Art 11/89*

Kunst zwischen Geist und Technik *Alpina 2/90*

Bei Hauser geht es wieder um „Atlantis" *Schwarzwälder Bote, 6/90*

Ein Wink vom Himmel *Stuttgarter Nachrichten 6/90*

Atlantis - nicht nur eine Sehnsucht *Die Neckarquelle 6/90*
Auf dem Weg zu einer schöneren Welt *Schwäbische Zeitung*

HRH The Prince of Wales: Die Zukunft unserer Städte
Heyne Verlag, München (Buch)

Experimentelle Architekten der Gegenwart *DuMont, Köln (Buch)*

New Classicism *Edited by Papadakis & Watson London 1991 (Buch)*

Chromblitzende Idylle *Art 5/91*

Idyllen für avantgardistische Architekturprojekte
Architektur + Wohnen 6/91

Atlantis - Eine Stadt für die Kunst *PAN 7/91*

Die Feierstunde der Utopisten *Stuttgarter Nachrichten 9/91*

Das neue „Atlantis" auf Teneriffa soll die Welt retten
Stuttgarter Zeitung 10/91

Vision einer Stadt ... *Rheinischer Merkur 10/91*

Atlantis 2000 - Zwischenbilanz eines Projekts
Kunstforum 10/91

Atlantis taucht auf *Manager Magazin 11/91*

Abglanz einer Utopie *Art 11/91*

Traum von Atlantis *Neue Ruhrzeitung 12/91*

Viele Aktionen und Träume *Merian 1/92*

Otto, maestro de la arquitectura alemana, proyecta una ciudad residencial en Arona *La Gaceta de Canarias 1/92*

Atlantis: Utopía o realidad en el umbral del tercer milenio
La Gaceta 1/92

El COAC presenta hoy la muestra del arquitecto Frei Otto
Jornada 1/92

El complejo urbanístico Mariposa, un albergue para el encuentro de artistas *El Dia 1/92*

Atlantis - Los ciclos de la Humanidad Terrestre
El Sueno del Planeta Azul *Diario de Avisas 2/92*

Zwei für Atlantis - Portrait: Hans-Jürgen und Helga Müller
Living 2/92

El resurgir de Atlántida? *El Dia 2/92*

Atlantis: alternativa de cambio para un mundo acabado
La Gaceta de Canarias 3/92

Während der documenta IX 100 Tage in der Diskussion:
Atlantis 2000 *Belser Kunst Quartal 3/92*

Atlantis vor der documenta *Südwest Presse 4/92*

Atlantis - Von Platon frei erfunden? *Esotera 5/92*

Atlantis nach der Feuersbrunst *Documenta Magazin 1992*

Feuer vernichtet sieben documenta-Container
Hessische Allgemeine 6/92

Kunst geht in Flammen auf *Darmstädter Echo 6/92*

Die Brandruinen als Mahnmal *Hessische Allgemeine 6/92*

Moderne Kunst oder Show-Boxen? *Abendzeitung 6/92*

Neue Namen für die „documenta" *Schwäbische Donauzeitung 6/92*

Sonnenenergie für Atlantis-Projekt *Hessische Allgemeine 6/92*

Brot mit den Toten teilen *Der Spiegel 6/92*

Anschlag auf „Atlantis"-Stand in Kassel *Art 8/92*

Atlantis. Der Glaube an das Primat der Schönheit gibt dem Projekt für eine bessere Zukunft Gestalt: Die Gelehrtenrepublik auf Zeit
FAZ-Magazin 8/92

Aus der Provinz die Utopie mitdenken
Braunschweiger Zeitung 9/92

Mit Märtyrergesicht *Stuttgarter Zeitung 11/92*

Der Ort der Demokratie *Stuttgarter Nachrichten 11/93*

Un lugar de encuentro para los pensadores del mundo *Diario de Avisos 1/94*

„Atlantis", Utopie für eine menschlichere Welt und Modell für die Zukunft *Wochenspiel 2/94*

Keimzelle für die Künstlerstadt *Südwest Presse 2/94*

Utopia *Kotiliesi (Finnland) 3/94*

Project Atlantis: Germans give world peace a chance in Arona *Connections 3/94*

Müllers Luftschloß *Focus 3/94*

Zukunftsmanager braucht Erlebniswelten *Management & Seminar 3/94*

Kein Ort für Avantgarde? *Stuttgarter Zeitung 6/94*

Das Handwerk lebt auf Teneriffa *Stuttgarter Nachrichten 8/94*

Atlantis - für eine neue Sinnwelt *Zukünfte 9/94*

Atlantis-Mariposa - Impuls für eine neue Kultur, Arona/Teneriffa *Bajazz Kulturmagazin Kempten 4/95*

Atlantis taucht auf *Colibri-Magazin 7/95*

Atlantis-Projekt MARIPOSA - Eine Insel für Eliten *Wuppertaler Nachrichten 7/95*

Mariposa - ein Schmetterling will fliegen *Wuppertaler Nachrichten 7/95*

Ein Traum wird endlich Wirklichkeit *Wuppertaler Zeitung 7/95*

Mariposa - Traum zwischen Realität und Utopie *Top Magazin Wuppertal IV/95*

Kunst und Natur *Kölner Stadt-Anzeiger 11/95*

Geschenk 2000: Mariposa *Stefan J. Skirl, Lust auf Zukunft 1996*

Teneriffa *Flug Journal Hapag-Lloyd 1/96*

Mariposa *Kunstforum 2/96*

Kulturtip *Südwest-Presse 2/96*

Ein bißchen Schönheit zur Rettung der Welt *Süddeutsche Zeitung 3/96*

Blick durch die Wüste *Frankfurter Allgemeine 3/96*

Ideenschmiede auf Teneriffa *Natur 5/96*

Mariposa ... Zukunftsvisionär *Südkurier 6/96*

Die goldene Treppe der Mäzene *Stuttgarter Nachrichten 8/96*

Vision von Kunst und Natur *Weser Kurier 11/96*

Atlantis/Mariposa zu Gast im Neuen Museum Weserburg Bremen *Museums-Freunde Weserburg e.V. 11/96*

Geistige Schubumkehr *TAZ 11/96*

Stätte der Schönheit *Kunstzeitung 12/96*

Mariposa im Blick. Die Welt von morgen *Stuttgarter Nachrichten 2/97*

Der Schmetterling ist ausgeschlüpft *Stuttgarter Zeitung 3/97*

Alle Leute mit großen Ideen brauchen Geld *Art 3/97*

Schmetterlingsträume *Stuttgarter Zeitung 4/97*

Begegnungsstätte kreativer Geister *Neue Osnabrücker Zeitung 4/97*
Eine Verzauberung der Sinne *Thüringer Allgemeine 4/97*

Eine Denkschmiede auf Teneriffa? *Schwäbische Donauzeitung 4/97*

Schmetterlingsträume. Das Projekt Atlantis *Heilbronner Stimme 4/97*

Für ein neues Denken *Kölner Stadt-Anzeiger 4/97*

Kunst und kritische Zukunftsgespräche *Nordbayerischer Kurier 4/97*

Geschichte einer Utopie *Stern 4/97*

Künstlerkolonie Teneriffa *Passauer Neue Presse 4/97*

Veränderungen der Welt im Dialog der Kulturen *Mitteldeutsche Zeitung Halle 4/97*

Die Akademie auf der Insel *Westfälische Nachrichten 4/97*

Gesehen: Schmetterlingsträume *Hamburger Abendblatt 4/97*

Geschichte einer Utopie *Nürnberger Nachrichten 4/97*

Ein Hort für kreative Geister *Hamburger Abendblatt 4/97*

Wie ein Stuttgarter Galerist seine Utopie verwirklichen will *ZDF vor Ort 4/5/97*

Ideenschmiede auf Teneriffa *Esotera 5/97*

Deutscher baut Atlantis auf Teneriffa *Neue Revue 6/97*

Wieder auf Mutter Erde bauen *Esotera 7/97*

Eine Utopie wird konkret *Hessisch-Niedersächsische Allgemeine 7/97*

Moderner Don Quichotte für Schönheit *Der neue Monatsspiegel 8/97*

Schmetterlingsträume *Peter Meyer Reiseführer Teneriffa 1998*

Schmetterlingsland *WohnDesign 1/98*

New Atlantis or Mariposa - the new Butterfly-dream *Octogon Architectur & Design 2/98*

Giardino per il nuovo Millennio *Abitare, Mailand 7/8/98*

Zeichen für die Wiederverzauberung der Welt *Tempora Nr. 3, 7/98*

Das Geschenk - „Atlantis"-Projekt: Partner gesucht *Kunstzeitung 9/98*

Die Denkfabrik (Buchtip) *Südwest-Presse 11/98*

Mariposa als Modell *Ludwigsburger Kreiszeitung 12/98*

Kulturzentrum gegen die Angst *Mannheimer Morgen 12/98*

Eine Zukunfts-Werkstatt für Querdenker *Augsburger Allgemeine 12/98*

Ein Modell der Hoffnung *Schwarzwälder Bote 12/98*

Hoffnung führt weiter als die Furcht *Stuttgarter Nachrichten 12/98*

Atlantis/Mariposa - In der Zukunftswerkstatt ... *Atelier 2/99*

Den Horizont im Ausland erweitern *Reutlinger General-Anzeiger 3/99*

Knochenarbeit unter südlicher Sonne - Praktikum auf Teneriffa *Stuttgarter Nachrichten 3/99*

Auslandspraktikum von Studenten *Schwäbische Zeitung 3/99*

Ideen für eine bessere Welt *Häuser 5/99*

Oase der Ruhe *Die Zeit 6/99*

Der Künstler ist ein freier Unternehmer *Stuttgarter Nachrichten 7/99*

Atlantic Utopia *The Architectural Review 8/99*

L'Isola che c'è *Arte In 10-11/99*

Ausstellungen, Diskussionen, Vorträge

1987
- Architekturmuseum Frankfurt, Ausstellung mit Katalog + Plakat

1988
- Galerie der Stadt Stuttgart, Ausstellung mit Katalog
- Hospitalhof Stuttgart, Podiumsdiskussion mit Prof. Bazon Brock, Prof. Kurt Weidemann u.a.
- Fondation pour l'Architecture - Brüssel, Ausstellung mit Katalog
- Architekturforum - Zürich, Ausstellung mit Katalog
- Architekturgalerie „Am Weißenhof" Stuttgart, Ausstellung und Plakat
- Technische Hochschule Braunschweig, Institut Prof. Ostertag, Vortrag

1989
- Industriemesse Hannover, Ausstellung mit Katalog + Plakat
- Internationale Tagung des Club of Rome, Hannover, Präsentation und Plakat

1990
- Buchmesse Frankfurt
- Vortrag in der „Friedrich-Ebert-Stiftung", Bonn

1991
- Landesgirokasse, Stuttgart, Buchpräsentation: „Atlantis/Mariposa - Eine Zwischenbilanz", Vortrag von Michael Ende
- Colegio de Arquitectos de Canarias, Sta. Cruz de Tenerife, Ausstellung und Vortrag von Prof. Frei Otto
- Buchmesse Frankfurt

1992
- BP Hamburg: „Forum 2000" - mit Vertretern aus Wissenschaft und Wirtschaft
- „documenta IX" Kassel, 100 Tage Ausstellung des Projektes und Diskussion im eigenen Pavillon (12 Künstlerplakate)

1993
- BMW-Ausbildungszentrum Tegernsee, Symposion mit Prof. Bazon Brock, John Horman u.a.
- Buchmesse Frankfurt
- FIFF - Freie Informatikerinnen für den Frieden mit Josef Weizenbaum

1994
- TH Karlsruhe, Interdisziplinäres Forum am Institut für Angewandte Mathematik, Prof. Dr. Kaucher, Vortrag
- Gesamthochschule Mainz, Vortrag und Diskussion
- Jahrestagung der „Deutschen Gesellschaft für Marketing", Alte Oper Frankfurt, Podium mit Prof. Peter Glotz, SPD, Dr. Friedmann, Zentralrat der Juden u.a.

1995
- Forum Stuttgart, Vortrag und Diskussion
- CYT e.V. und Galerie Epikur Wuppertal, Ausstellung und Vorträge.
- Gstaad, Symposion.
- Kulturfrühstück Stuttgart mit Prof. Kurt Weidemann, Edzard Reuter, Michael Klett, Prof. Zehelein u.a.
- Buchmesse Frankfurt
- Landegg - Academy St. Gallen, Symposion: „The United Nations and The New World Order", Vortrag
- Management-Forum Darmstadt, „Durch neue Kompetenzen und Strategien zu Märkten von Morgen", Vortrag und Diskussion mit Forschungsminister Dr. Heinz Riesenhuber u.a.
- Galerie FM Schwarz Köln, Ausstellung und Prospekt

1996
- Galerie Dany Keller München, Ausstellung, Video
- ART Frankfurt, Sonderschau, Katalog und Video (siehe Abbildung rechts oben)
- Galerie Vayhinger, Bodensee, Vortrag im >19. Salon<, Diskussion
- Vortrag vor Mitgliedern des Rotary Clubs, Radolfzell

Sonderschau auf der ART Frankfurt 1996 Foto Michael Schultes

Die Sendung „Domino-Day" in RTL hatte 1999 über 9 Millionen Zuschauer. Mariposa wurde zusammen mit weiteren 50 Kulturprojekten unter dem Titel „Europa ohne Grenzen" vorgestellt. Die künstlerische und technische Konzeption stand unter der Leitung von Robin P. Weijers.

1996	- „La Ville moderne en Europe", Ausstellung des Centre Pompidou Paris mit Atlantis-Projekt von León Krier, Juli – September 1996, Tokio
	- Architektur-Biennale Venedig, Projekt Atlantis von Léon Krier, September - November 1996
	- Neuer Kunstverein Berlin, September 1996, Projektpräsentation, Vorträge
	- Neues Museum Weserburg, Bremen, November 1996, Projekt-Ausstellung und Vorträge
	- Eberhard-Passage, Stuttgart, Dezember 1996 - Ende Mai 1997, Projekt-Präsentation und Vorträge
	- Vortrag mit Lichtbildern, Rotebühlzentrum Stuttgart, Dezember 1996
1997	- Präsentation während der documenta X, im Rahmen der Ausstellung „Beuys in Bildern", Staatstheater
	- 1. Symposion (Mariposion) auf MARIPOSA mit Vertretern aus der Wirtschaft und dem Dienstleistungsbereich, August 1997
	- Übernahme der Schirmherrschaft über das Projekt Atlantis/MARIPOSA durch den Club of Budapest
1998	- Lichtbildervortrag MARIPOSA-Projekt, Rotebühlzentrum Stuttgart, Februar 1998
	- Architekturausstellung „End of the Century" mit Atlantis-Projekt von Léon Krier, Museum of Contemporary Art, Tokio
	- Fachtagung „Fit für die Globalisierung?!" Veranstalter: Bfz Essen, C. Duisberg Centren Köln, IHK Essen, RWE Essen u.a. Workshop: „Die Bedeutung der Schönheit für das Neue Denken" und Teilnahme am Podium mit Vertretern der Wirtschaft
	- Buchwochen „Schöne neue Welt", Verband der Verlage und Buchhandlungen. Lichtbildervortrag im Haus der Wirtschaft, Stuttgart, November 1998
1999	- Architekturausstellung „End of the Century" mit Atlantis-Projekt von Léon Krier: Colegio de San Ildefonso, Mexico City, Ludwig Museum/Josef-Haubrich-Kunsthalle, Köln, Foundacao Bienal de São Paulo, Brasilien
2000	- Architekturausstellung „End of the Century" mit Atlantis-Projekt von Léon Krier: The Geffen Contemporary at MOCA (Museum of Contemporary Art), Los Angeles, Solomon R. Guggenheim Museum, New York

Rundfunk und Fernsehen

1987	- „Aspekte" - ZDF, Das Projekt "Atlantis" im Deutschen Architektur-Museum, Frankfurt, Video
1988	- Interview mit Hans-Jürgen Müller im Schweizer Fernsehen anläßlich der Ausstellung im Architekturforum in Zürich
1990	- „Sag die Wahrheit" - ARD + BR
1991	- „Aspekte" - ZDF, Buchvorstellung „Atlantis/MARIPOSA, Eine Zwischenbilanz", Video
	- 3SAT - Wissenschaft im Kreuzverhör: „Auf der Suche nach einer besseren Welt" (45 Min.), Video
1992	- SDR 3 - „Mensch Müller, laß' die Welt doch untergehen!" 45 Minuten Film von Rudij Bergmann, Video
1994	- SDR 3 - „Leute", Hörfunksendung, 2 Std., Toncassette
1997	- Film für das ZDF, von Gero v. Boehm (April 1997) „Schmetterlingsträume. Atlantis/Mariposa - Die Geschichte einer Utopie"
1999	- MARIPOSA-Feld beim Domino-Day (RTL) siehe Abbildung links

WIR DANKEN

HELGE ACHENBACH
LUTZ ACKERMANN
PROF. GÖTZ ADRIANI
AEG
WILLEM VAN AGTMAEL
JUANA DE AIZPURU
DR. ERNST ALBRECHT
DR. FRANZ ALT
EMILIO ALVAREZ
ROBERT AMOS †
MARCOS ANDROSCH
PETER ANGERMANN
TERESA ARDINES SAMPEDRO
ULRIKE ARNOLD
GISELA ARP
ART & DECOR
ARTIPRESENT
ATELIER LILA
DR. RUDOLF AUGSTEIN
MANUELA BACH
HOLGER BÄR
MANUEL BARRIOS RODRIGUEZ
ELISABETH BARTH
GERT VON BASSEWITZ
BERND BAUER
GOTTHARD UND MARION BAUER
NINA BAUER
MARY BAUERMEISTER
RUDOLF BAYER
THOMAS BAYRLE
BAZZAR-KAFFEE
DIETER BECHTLOFF
ANITA BECKERS
DR. GÜNTHER BECKERS
MICHAEL BELER
RUDIJ BERGMANN
WALTER BERGMEIER †
ULRICH BERNHARDT
DAVID BESENFELDER
MARTIN BIALAS
INGRID UND HARALD BIELER
HEINZ BIENEFELD †
MARTIN BISCHOFF
ALI BISGIN
CHRISTOPH BLASE
GOTTFRIED BLEI
NICK BLEY
ANNA UND BERNHARD J. BLUME
GERHARD BLUST
FRANK-MICHAEL BÖER
GERD BÖHM
GERO VON BOEHM
ROLAND BÖHM
BOSCH
RUDOLF BOTT
BP SOLAR
OTTO BRANDL
STEFFEN BRAUN
PROF. BAZON BROCK

THOMAS BRODBECK
EVA UND DIETER BRUCKLACHER
JOHANNES BRUS
DIPL. ING. HEINZ BUCHER †
GUIDO BUCHMANN (GEMINI)
HANS BÜKER
UDO BUGDAHN
GERD BULTHAUP
PROF. DR. FRITJOF CAPRA
JOSÉ BRITO CARBALLO
PAUL CARLESS
BRUNO CECCOBELLI
COLOURSERVICE
TONY CRAGG
MAURICE CULOT
WOLFGANG DAUNER
DR. THOMAS DEECKE
AURELIANO PEREZ DELGADO
STEFAN DEMARY
BRUNO DEMATTIO
ANDY DICKERT
DR. RAINER DIEHL
EBERHARD DIETER
HELMUT DIEZ
DLW
BARBARA DOBERMANN
JOHANNES UND HEDWIG DÖBELE
ANDREAS DÖFFLEIN
DR. UWE DREISS
MARLIS DREVERMANN
PAUL UWE DREYER
DR. THOMAS DRUYEN
KURT DÜRR
PETRA DÜRR
DOMENIK DYRSCHKA
JUDITH EDELMANN
ALICE EHRLER
HARTMUT ELBRECHT
THOMAS ELSER
HARTMUT ENGEL
GÜNTER ENGELHARD
MIC ENNEPER
SEBASTIAN ERDLE
ERICSSON
HERBERT FALKENSTEIN
DR. ROLF FEHLBAUM
ANGELIKA FELLMER
ERWIN FIEGER
HELMUT FINK
RAINER FLEBUS
PROF. DR. VILÉM FLUSSER †
GÜNTHER FÖRG
NORBERT UND SABINE FÖRSTERLING
MAX FRANZ †
MARTIN FRISCHAUF
HANS-PETER FRÖLICH
CLAUS A. FROH
PROF. DR.-ING. ERNST FUHRMANN †
LIANO PEREZ FUMERO
FRANCISCO REYES FUMERO
MOISÉS REYES FUMERO

PEDRO RODRIGUEZ GARCIA-PRIETO
GARDENA
DR. ULRIKE GAUSS
GEBERIT
FLORIAN GEIGER
DR. JOACHIM GERNER
HORST GLÄSKER
ANDREAS GÖTZ
THOMAS GRÄSSLIN
PROF. INA-MARIA GREVERUS
KLAUS GROHE
ANDREAS GROSZ
ARTHUR GRUNDER
ALFONSO GUERRA GONZALES
SYLVIA GUTH-WILLERER
ARMIN GUTTENBERGER
KLAUS HABANN
GÜNTHER HÄBICH
ROLAND HALBE
HALBE-RAHMEN
ULRICH HALSTENBACH
HERBERT HAMAK
RUDOLF HANKE
HANSGROHE
HAPAG-LLOYD
MARIANNE EL HARIRI
ROBERT HARTMANN
PROF. ERICH HAUSER
TOBIAS HAUSER
ADRIAAN VAN DER HAVE
AXEL HECHT
PETER HELBIG
HEINZ-WERNER HELLWEG
THOMAS HENLE
GEORG A. HERMANN
ULRICH HERRMANN
MAX HETZLER
PROF. DR. THOR HEYERDAHL
MARIA GRÄFIN HIPPIUS-DÜRCKHEIM
TEUN HOCKS
JAN HOET
JAN HOOSS
MICHAEL HORBACH
JOHN HORMANN
WOLFGANG HORNY
THOMAS HUBER
PETER HUBERT
WOLFGANG HUBERT
ALEX HUBRIG
MARGARETE HÜTTER
PETER HUTCHINSON
PETER IPPOLITO
ALFREDO JAAR
PETER JANEVERS
UTE JANSSEN
JÜRGEN JAUMANN
DR. JÖRG JOHNEN
JEAN-BAPTISTE JOLY
JUDO
PROF. DR. ROBERT JUNGK †
HELMUT KÄSER

Münze aus dem Jahr 1774, die auf dem MARIPOSA-Gelände von einem spanischen Arbeiter gefunden wurde

KLAUS-JOSEF KAESLER
THOMAS KAHL
BERNHARD KAHMANN
KAPOK-KONTOR
BERNHARD KAUFFMANN
KAY-UWE KAUL
ALBIN KAUT
GERHARD KEHL
JOHANNES KEIL †
DANY KELLER
ACHIM KETTERER
ROBERT KETTERER
FRANK KICHERER
ERHARD KICK †
WERNER KIESER
DR. ALEXANDER KING
AYDIN KIRICI
FRANK KISTNER
PROF. HEINZ-JÜRGEN KLEIBER-WURM
JÜRGEN KLEINMANN
DR. MICHAEL KLETT
PROF. DR. HEINRICH KLOTZ †
KNOLL INTERNATIONAL
UTE KÖHLER
DR. HELMUT KOHL
HERBERT KOLLER
CLAUDIA VON KOOLWIJK-HUBER
JOSEPH KOSUTH
NIKOLAUS KOLIUSIS
MAX KRAFT
BETTINA KRÄMER
HELLA UND GÜNTER KRAUSS
DR. ROLF KRAUSS
DR. GEORG KREMER
JÖRG KRICHBAUM
LÉON KRIER
HORST KRONE
PETER KRÜGER
ACHIM KUBINSKI
WALTER KUCH
SABINE KÜHNE
FRANK LABUDDA
ANSGAR LAMOTT
WALTER LANG
ANTOINE LAROCHE †
DIRK LARSEN
PROF. DR. ERVIN LASZLO
FRANK LAUTERSACK
BARBARA UND MICHAEL LEISGEN
LEITNER
PROF. DR. GILBERT LENSSEN
BERND LIEBETRAU
LIESEGANG
ANTONIO LINARES MELO
KLAUS LITTMANN
THOMAS LOCHER
KARL LÖW
JENS LOEWE
PROF. UWE LOHRER
PROF. DR. LOTZ
ANNA LUBINUS

URS LÜTHI
MAG LUTZ
ROLF MAIER
URSULA MAIER
HANSJERG MAIER-AICHEN
MAGDALENA MAIHOEFER
ALEXANDER U. MARTENS
EILEEN MARTIN
ROLF MAYER
THOMAS MAYER-DODERER
GERHARD MAYER-VORFELDER
RAINER MEGERLE
MARION MEINHARDT
MEMPHIS-MÖBEL
MERCEDES-BENZ
HEINZ-JOSEF MESS
NORBERT MEYER
BURKHARDT MEYER-GROLMANN
DR. ALFRED MEYERHUBER
RUNE MIELDS
ROBIN MINARD
PROF. DR. GERNOT MINKE
MOBILBAU SÜSSEN
BERND MÖLLER
ANNELIESE MÜLLER
HELMUT A. MÜLLER
MAX UND DORIS MÜLLER
BRUNO MÜLLER-MEYER
DR. KLAUS MURMANN
HANS-PETER NACKE
NAEFF-SPIELZEUG
MANFRED NÄGELE
FLORIAN NAGLER
HELMUT NANZ
MICHAEL NEFF
GUIDO NEULAND
KAY H. NEUMANN
FRANK NICOLAUS
PETER NIEMANN
HEINRICH NIKOLAUS
NILS-UDO
YVES OPIZZO
PROF. OSWALD OSTERTAG
DR. HARRO OSTHOFF
PROF. DR. GERHARD OTT
DR. MARIE-LOUISE OTTEN
PROF. FREI OTTO
MICHAEL PAPROTNY
WOLFGANG PELLICCI
RENATE PEZOLDT
PFAFF-HÖLZER
KARL-GEORG PFAHLER
HANS-JÜRGEN PLEUGER
MARKO POGAČNIK
ANNE UND PATRICK POIRIER
RALPH-GERHARD PRANKE
MANFRED PREUSS
WOLFGANG PÜSCHEL
HOLGER QUAMBUSCH
PROF. GUNTER RAMBOW
KLAUS H. RAPP

EDITH REDA
FRANZ REIBER
SYLVIA UND TONI REICH
MANFRED REINER
RIEBER GMBH
RIEDEL-BAU
ROSE-MARIE RIEDL
EBERHARD RIESE
THOMAS RÖSLER
ULRICH ROESNER
JUTTA RÖSSNER
ROGGENDORF
NICOLAE ROSU
DR. JOACHIM ROSSBROICH
MARGRET RUNGE
KARL RUSCHE
JÜRGEN RUSTLER
JERONIMO SAAVEDRA
SAILE GMBH
SALACH-PAPIER
NESTOR SANTANA
GUNTER SCHADE
ELMAR SCHALK
JENS SCHEFFLER
KLAUS SCHIEDEWITZ
ALBRECHT SCHILLING
CORNELIA SCHLEIME
KARLHEINZ SCHMID
DR. ARTUR SCHMIDT
DR. JOHANN-KARL SCHMIDT
JÜRGEN SCHMITT
RICHARD SCHMITZ
DIETMAR SCHNEIDER
HEINZ SCHNEPF
WALTER SCHOEFER
ANNETTE SCHOEMMEL
SCHOTT DESAG AG
MARCO SCHREIER
FRANK SCHUBERT
MICHAEL SCHULTES
KARL-HEINZ SCHULZE
MARGARETE SCHURR
OLIVER SCHWARZMANN
SEDUS STOLL AG
THOMAS SEVCIK
UWE H. SEYL
PROF. DR. RUPERT SHELDRAKE
KARL-HEINZ SIEBERT
SILENT-GLISS
ILONA UND GERHARD SINGER
DR. H.C. LOTHAR SPÄTH
JOACHIM SPARENBERG
SPECTRAL
PETER SPIEGEL
WALTER SPIEGL
PABLO STÄHLI
STAFF-ZUMTOBEL
STAHEL + KÖNIG
URSULA STALDER
ANTON STANKOWSKI †
WITHOLD STASIAK

PROF. PETER STEINER
BERTRAND STERN
THOMAS STIMM
PROF. DR. DIETER STOLTE
DR. HANSJÖRG STOLZ
RUPERT GRAF STRACHWITZ
EDITH STRASSACKER
BERND STUBNER
PROF. AUWI STÜBBE
HANSJÖRG STULLE
IVAN SURIKOV (WANJA)
HEIDI SUTTERLÜTY-KATAN
AXEL TEBAR
EDGAR TEZAK
BERND TRÜBENBACH
POMPEO TURTURIELLO
UZIN
VAP
VILLEROY & BOCH
VITRA
HARALD VOEGELE
HUBERTUS VON GALLWITZ
PROF. ARNO VOTTELER
HERMAN DE VRIES
ULRICH WAGENBRENNER
PETRUS WANDREY
DÖRTE WEHMEYER
PROF. KURT WEIDEMANN
ROBIN PAUL WEIJERS
WEINBRECHT & KÜCHERER
PETRA WEINGART
THOMAS WEINIG
MARKUS WEISMANN
NANI WEIXLER
RICHARD VON WEIZSÄCKER
PROF. DR. FRANK R. WERNER
HARALD WIBBELMANN
ULRICH WIEGMANN
ANDREAS WIESER
BEATRIX UND KARL WILHELM †
GREG WILLIAMS
HERBERT UND ELFRIEDE WINZER
MARKUS UND CLAUDIA WINZER
RAINER WITTENBORN
HEINZ WITTHOEFT
DIPL. ING. JENS WODZAK
PETER WOHNHAS
JOSEF WOLF
GÜNNE WOLFF
GUIDO VAN DE WOUWER
DOROTHEA WÜNSCH
REINHOLD WURSTER †
PROF. DR. BEAT WYSS
ZANDERS
LARS ZECH
WALTER ZENDLER
ULRIKE ZILLY
DANIEL ZIMMERMANN
JEANETTE ZIPPEL
HEINZ ZOLPER
DR. WALTHER ZÜGEL

Inhaltsangabe

Märchen aus 1001 Nacht. Auszug aus der Berliner Erklärung der Weltkonferenz Urban 21.	3	
Georg A. Hermann *Lageplan*	8	Architekt
Verzeichnis der Künstler / Autoren / Fotografen	11	
Hans-Jürgen Müller *Ein Juwel der Schöpfung*	13	Typograf, Galerist, Autor und Gründer des Kulturprojektes MARIPOSA
Prof. Dr. Konrad Lorenz *Verhäßlichung von Stadt und Land*	15	Verhaltensforscher
Hans-Jürgen Müller *Die Zeit der Ängste braucht ein Modell der Hoffnung*	17	Typograf, Galerist, Autor und Gründer des Kulturprojektes MARIPOSA
Helga Müller *Gedanken zum Neuanfang*	19	Dolmetscherein, Galeristin und Gründerin des Kulturprojektes MARIPOSA
Prof. Dr. Ervin Laszlo *Reflexions- und Kreativitätszentrum MARIPOSA*	22	Systemwissenschaftler Gründungsmitglied des Club of Rome Gründer des Club of Budapest
Dr. Joachim Rossbroich *Die Suche nach dem Schönen, Wahren und Guten*	25	Philosoph, Sozialwissenschaftler und Unternehmensberater
Dr. phil. Bruno Müller-Meyer *Der Künstler als Mittler*	28	Philosoph und Künstler
Prof. Dr. Beat Wyss *Kunst als Natur*	31	Direktor des Instituts für Kunstgeschichte, Universität Stuttgart

Oliver W. Schwarzmann *Warum Schönheit zur größten Wirtschaftskraft im 21. Jahrhundert wird*	36	Zukunfts- und Marketing-Forscher, Publizist
Prof. Dr. Ina-Maria Greverus *Über den Eigen-Sinn*	40	Ehemalige Leiterin des Instituts für Kulturanthropologie an der Johann-Wolfgang-von-Goethe-Universität, Frankfurt
John Hormann *Ein Lichtblick für die Zukunft vieler*	42	Autor und Bewußtseinsforscher
Helmut A. Müller *Atlantis-Mariposa und die Religion*	45	Pfarrer und Leiter des Evangelischen Bildungswerks Hospitalhof in Stuttgart
Prof. Dr. Gilbert Lenssen *Mehr als Kunst*	48	Professor für Internationales Management in London, Brüssel, Warschau Vorsitzender des Vorstands der BP Solar a.D.
Petra E. Weingart *Ästhetische Bildung darf kein Luxus sein*	53	Dozentin der Kunstpädagogik an der Universität Würzburg und Lehrerin an der Grundschule Werneck
Björn Engholm *Ästhetisches Gegengewicht: MARIPOSA*	55	Ehemaliger Ministerpräsident von Schleswig-Holstein
Dipl.-Ing. Norbert Meyer *Brief an einen Freund*	58	Vorstandsvorsitzender des Berufsförderungszentrums Essen
Dr. Johann-Karl Schmidt *Erkenntnis durch Kunst verpflichtet* *Ein Portrait*	60	Direktor der Galerie der Stadt Stuttgart
Richard v. Weizsäcker *Geleitwort*	65	Ehemaliger Bundespräsident
Fotografische Einblicke	67	13 Fotografen aus Castelfranco/Arezzo, Hamburg, München, Stuttgart, Teneriffa und Wuppertal.

Jo Wallmann *Impuls für ein neues Kulturbewußtsein*	91	Kulturphilosoph
Ulrich Roesner *Zellulärer Automat*	92	Künstler
Hans-Jürgen Müller *Escalera Dorada*	116	Typograf, Galerist, Autor und Gründer des Kulturprojektes MARIPOSA
Ursula Stalder *Die Kreativität der Natur*	148	Künstlerin
Jeanette Zippel *Der Bienengarten*	154	Künstlerin
Herman de Vries *Steinkreise für Schmetterlinge*	164	Künstler
Yves Opizzo *Die komplizierteste Sonnenuhr der Welt*	166	Astronom, Informatiker, Künstler
Marko Pogačnik *Geomantische Betrachtungen zum Projekt Mariposa*	178	Land-Art-Künstler Autor einer Reihe von Büchern über Geomantie
Balavat *Gedicht*	182	Künstler
Frank Schubert *Die Monadologie von Leibniz*	184	Philosoph und Künstler
Nicolae Rosu *Sylphe*	226	Künstler

Petra E. Weingart *Eine „tönerne" Schöpfung für MARIPOSA*	238	Dozentin der Kunstpädagogik an der Universität Würzburg und Lehrerin an der Grundschule Werneck
Sabine Holz und Jürgen Kleinmann *Palomar-Pigeonnier-Dovecot-Taubenschlag*	243	Künstler
Rune Mields *Die Ziffernsysteme*	251	Künstlerin
Sylvia und Toni Reich *Kontemplativer Rückzugsraum*	256	Künstler
Jens Wodzak *MARIPOSA – ganzheitliche Denk- und Handlungsräume, Landschaft, Kunst und Architektur*	276	Assistent am Institut für Architekturgeschichte und Architektur-Theorie, Universität Wuppertal
Hans-Jürgen Müller *Anzeigenwerbung*	288	
Presse und Bibliographie	289	
Ausstellungen, Diskussionen, Vorträge, Rundfunk und Fernsehen	290	
Danksagung	292	
Impressum	298	

Papierfabrik Scheufelen

Schwabenrepro

Rösler Druck

Buchbinderei Lachenmaier

Das Layout besorgte Hans-Jürgen Müller,
die Satzarbeiten Carmen Häußermann

Das Lektorat wurde von Ulrike Liebl übernommen

Die Lithoarbeiten führten Andy Dickert und Thomas Hadermann
im Auftrag der Firma Schwabenrepro, Stuttgart, aus

Den Druck übernahm die Firma Rösler, Schorndorf

Die buchbinderische Verarbeitung lag in den Händen der
Firma Lachenmaier, Reutlingen

Als Papier wählten wir BVS 150 g halbmatt der Firma
Scheufelen, Oberlenningen, aus

ZUKUNFTSWERKSTATT
MARIPOSA

E-38640 Arona / Teneriffa, Calle Tunez 21

Büro:
D-70176 Stuttgart, Senefelderstraße 97

ISBN 3-929970-44-9

Die Deutsche Bibliothek – CIP-Einheitsaufnahme

©2001 by Lindinger + Schmid Verlag GdbR,
Margaretenstraße 8, D-93047 Regensburg,
sowie Herausgeber und Autoren
Erste Auflage 2001
3000 Exemplare
Printed in Germany

Ein Titeldatensatz für diese Publikation ist bei
Der Deutschen Bibliothek erhältlich.

Die Vervielfältigung der Idee,

auch einzelner Bereiche, ist ausdrücklich erwünscht

Rainer Diehl

PARTNER GESUCHT PARTNER GESUCHT PARTNER GESUCHT PARTNER GESUCHT PARTNER GESUCHT
GESUCHT PARTNER GESUCHT PARTNER GESUCHT PARTNER GESUCHT PARTNER GESUCHT PARTNER
PARTNER GESUCHT PARTNER GESUCHT PARTNER GESUCHT PARTNER GESUCHT PARTNER GESUCHT
GESUCHT PARTNER GESUCHT PARTNER GESUCHT PARTNER GESUCHT PARTNER GESUCHT PARTNER
PARTNER GESUCHT PARTNER GESUCHT PARTNER GESUCHT PARTNER GESUCHT PARTNER GESUCHT
GESUCHT PARTNER GESUCHT PARTNER GESUCHT PARTNER GESUCHT PARTNER GESUCHT PARTNER
PARTNER GESUCHT PARTNER GESUCHT PARTNER GESUCHT PARTNER GESUCHT PARTNER GESUCHT
GESUCHT PARTNER GESUCHT PARTNER GESUCHT PARTNER GESUCHT PARTNER GESUCHT PARTNER
PARTNER GESUCHT PARTNER GESUCHT PARTNER GESUCHT PARTNER GESUCHT PARTNER GESUCHT
GESUCHT PARTNER GESUCHT PARTNER GESUCHT PARTNER GESUCHT PARTNER GESUCHT PARTNER
PARTNER GESUCHT PARTNER GESUCHT PARTNER GESUCHT PARTNER GESUCHT PARTNER GESUCHT
GESUCHT PARTNER GESUCHT PARTNER GESUCHT PARTNER GESUCHT PARTNER GESUCHT PARTNER
PARTNER GESUCHT PARTNER GESUCHT PARTNER GESUCHT PARTNER GESUCHT PARTNER GESUCHT
GESUCHT PARTNER GESUCHT PARTNER GESUCHT PARTNER GESUCHT PARTNER GESUCHT PARTNER
PARTNER GESUCHT PARTNER GESUCHT PARTNER GESUCHT PARTNER GESUCHT PARTNER GESUCHT
GESUCHT PARTNER GESUCHT PARTNER GESUCHT PARTNER GESUCHT PARTNER GESUCHT PARTNER
PARTNER GESUCHT PARTNER GESUCHT PARTNER GESUCHT PARTNER GESUCHT PARTNER GESUCHT
GESUCHT PARTNER GESUCHT PARTNER GESUCHT PARTNER GESUCHT PARTNER GESUCHT PARTNER
PARTNER GESUCHT PARTNER GESUCHT PARTNER GESUCHT PARTNER GESUCHT PARTNER GESUCHT
GESUCHT PARTNER GESUCHT PARTNER GESUCHT PARTNER GESUCHT PARTNER GESUCHT PARTNER
PARTNER GESUCHT PARTNER GESUCHT PARTNER GESUCHT PARTNER GESUCHT PARTNER GESUCHT
GESUCHT PARTNER GESUCHT PARTNER GESUCHT PARTNER GESUCHT PARTNER GESUCHT PARTNER
PARTNER GESUCHT PARTNER GESUCHT PARTNER GESUCHT PARTNER GESUCHT PARTNER GESUCHT
GESUCHT PARTNER GESUCHT PARTNER GESUCHT PARTNER GESUCHT PARTNER GESUCHT PARTNER
PARTNER GESUCHT PARTNER GESUCHT PARTNER GESUCHT PARTNER GESUCHT PARTNER GESUCHT